U0107750

CSSCI来源集刊

武汉大学哲学学院◎编

Wuda Philosophical Review

哲学评论

第 27 辑

岳麓書社·长沙

《哲学评论》编委会

（以姓氏拼音为序）

编 辑 部

目　录

德国哲学

政治哲学与伦理学

博士论坛

书评与前沿追踪

哲学与社会

"生殖座架"：现代人工辅助
生殖技术本质的现象学解读

吴梓源*

摘要：现代人工辅助生殖技术（ART）自诞生之日起就引发了社会各界的广泛争议，争议背后体现的是对技术本质的关注。对于现代人工辅助生殖技术的本质应该为何，不能仅停留在一阶观察的视角，更应该揭开面纱探究其深层机理，上升到二阶观察。立基于海德格尔对技术本质的思考，现代人工辅助生殖技术在本质上展现出的是一种"生殖座架"，它将在传统上被认为是一个整体的生殖系统分解成一组离散的和可移动的生殖部分，这些部分被一系列分解的区别于传统自然生殖的现代人工辅助生殖技术方法所管理，它们随时待命，等待进一步的"订购"或"优化"。在这一过程中，生殖系统尤其是女性生殖细胞和器官在一定程度上被当作一种可用的医疗资源、一种可替代的实体和一种为进一步研究的手段而存在，从根本上重新表述了传统的生育观念以及与母亲身份相关的文化意涵。随着技术的不断更新，这种根源于主体形而上学思维模式而创造的技术使得人类开始超越自然、成为统治者甚至是上帝，并日益推动着一个"无母时代"的到来。

关键词：人工辅助生殖技术；生殖座架；工具化理论；主体形而上学

* 作者简介：吴梓源，男，东北师范大学政法学院讲师，瑞典斯德哥尔摩大学访问学者，主要研究方向：科技哲学、生命法学，邮箱：zywu1993@163.com。本文系中国博士后科学基金资助项目"现代生命技术的理论反思与法律规制研究"（2020M681023）的阶段性成果。

一、引言

自 1978 年，一个名叫路易斯·乔伊·布朗的女婴出生的那一刻起，体外授精、试管婴儿、代孕、基因编辑等现代人工辅助生殖技术已经帮助人类生产了数以百万计的健康婴儿。最初技术只是适用于已婚的、无子女的异性不孕夫妇。[1] 而如今，技术市场已明显扩大、技术类型也呈现多样化，包括那些并不受不孕不育影响的群体也要诉诸现代人工辅助生殖技术来实现生殖的目的，如由于身体健康或者职业压力而不想怀孕的妇女、有遗传缺陷的育龄夫妇以及同性伴侣、单身不婚男女等。在我国，随着二胎生育政策的放开，出现了大量想要生育更多子女的夫妇，他们都试图使用现代人工辅助生殖技术通过体外授精、妊娠代孕等手段来生育与自己有基因关系的孩子。

技术用户群体的多样化同时也促进了技术的多元化发展。然而，技术在发展过程中引发的一系列道德、伦理和法律问题也导致了社会各界的广泛关注。盲目的推动技术者与无助的反抗技术者比比皆是。支持技术发展的一方认为其不仅给不孕夫妇带来了福音，同时通过增加女性对生育选择的控制提高了女性的自主性，有利于保护其生育自主权。反对的一方则认为它的出现打破了自然生育的繁衍规律，使得传统与两性行为紧密结合的生育方式通过技术手段割裂开来，有违自然规律和伦理纲常甚至会侵犯人的尊严。激进女性主义和社会主义女性主义还强烈批评现代人工辅助生殖技术会促进父权主义和种族主义的复辟。[2] 当然其他学者也从不同的视角

---

[1] See Janice Raymond, *Women as Wombs:Reproductive Technologies and the Battle Over Women's Freedom*, (San Francisco: Harper, 1993) p.3.

[2] 激进女性主义者和社会主义女性主义者认为包括妊娠代孕在内的 ART 技术的扩大和多样化将焦点从为妇女的健康服务转移到 "使妇女的身体纳入技术化生殖系统"。声称对生殖技术的吸引力掩盖了影响或者导致女性不孕的社会风险因素，比如营养不良、医疗保健不良、性传播疾病以及为了在一个男性有序的社会中取得事业成功而推迟分娩。体外授精是一种创可贴，但不解决任何这些性别不平等和社会压力。相反，它 "将社会问题的负担置于妇女的身体上" 并使许多妇女更容易不批判性地考虑社会主流的规范和价值观，从而复制着父权制规范。See Karey Harwood, *The Infertility Treadmill: Feminist Ethics, Personal Choice and the Use of Reproductive Technologies*, (University of North Carolina Press, 2007) p.26.

提出了自己的看法，然若对这些思考加以深入剖析，其依然没有超出一阶观察的理论窠臼。对于现代人工辅助生殖技术的本质应该为何，实质上现有的考察大多出现了"稻草人现象"。[1]而对这一问题的解答，现象学则为我们提供了一个很好的分析工具。

在现代人工辅助生殖技术本质的各方争议中，大家所关注的技术"现象"都并非是现象学意义上的"现象"。在人某种意义上屈服于技术的时代，作为技术本质的"现象"并不显著，人们实质上形成了一种海德格尔称之为流俗的技术观念：即把技术视为一种工具或者仅仅是人的行为。[2]由于共同秉承这种工具论和人类学的技术观，无论是支持者还是反对者，表面上看似对立的双方他们始终说的是一回事，这里所指的并不是说双方都持有相同的观点，而是说他们对各自的立场和所持的观念完全缺乏反思。[3]为了超越技术的本体实在层面探究技术的本质并为了日后更好地引导技术的发展方向，本节从海德格尔现象学入手，提出"生殖座架"的概念，并借此展示现代人工辅助生殖技术的现象学意义及其应用。生殖座架使得生殖系统尤其是女性生殖资源的医学碎片化与持续的医学优化，它不同于更传统的客观化和工具化过程，女性也不仅仅被认为是自主的或者被动的对象，而是作为医疗服务上可利用的、可交换的、可持存的资源存在。随着技术的不断更新，以"生殖座架"为核心的人工辅助生殖技术正日益推动着一个"无母时代"的到来。

二、"生殖座架"：现代人工辅助生殖技术本质的海德格尔式解读

海德格尔使用普通的德语单词座架"Gestell"[4]来描述技术时代的本

---

[1] 吴梓源、游钟豪：《AI 侵权的理论逻辑与解决路径——基于对"技术中立"的廓清》，《福建师范大学学报》(哲学社会科学版) 2018 年第 5 期，第 66 页。

[2]《吴国盛教授详解海德格尔对技术时代的本质之思》，https://www.sohu.com/a/122019751_252534，最后访问日期为：2019 年 9 月 20 日。

[3] 参见吴国盛：《海德格尔的技术之思》，《求是学刊》2004 年第 6 期，第 34 页。

[4] 后来由 William Lovitt 翻译成 Enframing，最近又分别由 Andrew Mitchell 和 Theodor Kisiel 翻译成 "positionality" 和 "synthetic compositioning"。

质。他认为，座架"不是技术性的"，而是一种揭示事物存在的、可控的、有序的、有效的方式。这是一种旨在将所有事物和关系减少到等待优化的资源上的普遍态度。[1]它将所有有意义的差异和区分层次的价值体系都放在同一水平上，人、物的丰富性、多面性缩减为功能性的存在。根据这一技术世界观，自然界和人类社会都被还原为有待纳入技术系统的可替代的原材料。[2]现代技术展现出一种物质化、齐一化、功能化的特质。因此，技术的本质与实现其具体用途的设备无关。它是指一种预先反思的态度，这种态度超越了现代性的主客体二元论，并把世界描绘成一堆可替代的原材料，引入了一个后现代时代。正如海德格尔在《乡间路上的谈话》中强调的那样，"最普遍的主体与客体之间的关系显然只是人与物之间关系的历史变化"。[3]主客体不再仅仅是孤立的一个方面与另一方面，而是将一切解释为可用的和可替代的资源。

海德格尔在他的著述中鲜有对生殖技术的讨论，只是在 1954 年发表的"Overcoming Metaphysics"一文中，他作了以下评论：由于人类是最重要的原材料，我们可以想象，有朝一日，在现代化学研究的基础上，人类将建造人工繁殖的工厂，人工授精已经打开了根据计划和需要指导雄性和雌性生物繁殖的可能性。[4]在本节中，笔者立基于海德格尔对技术本质的思考，大胆提出现代人工辅助生殖技术本质的概念"生殖座架"，即其是将两性生殖系统尤其是妇女的生殖资源作为可替代的、一次性的和自我客体化的目标，进行技术性和非技术性生殖实践的组合，旨在展现现代人工辅助生殖技术的现象学维度及其对女性生殖能力提出的挑战。

以体外授精为例，作为一种能有效地将性与生殖相分离的技术，它是一个高度系统化的过程。它从卵巢中提取卵细胞，并将其放置在一个培养

---

[1] Robyn Ferrell, Copula, *Sexual Technologies*, *Reproductive Powers*, (University of New York Press, 2006) p.156.

[2] Dana S. Belu, *Heidegger, Reproductive Technology, & The Motherless Age*, (Cham: Springer International Publishing, 2017) p.8.

[3]［德］马丁·海德格尔：《乡间路上的谈话》，孙周兴译，商务印书馆，2018 年，第 135 页。

[4] Martin Heidegger, "Overcoming Metaphysics", Martin Heidegger (ed.), *In The End of Philosophy*, (University of Chicago Press, 2003) p.106.

皿中，由选定的精子授精。在卵子提取之前，妇女需接受荷尔蒙注射以增加在每个月经周期中"成熟"的毛囊数量，这些药物可使医生一次收集多个卵子并使之授精，从而增加怀孕的机会。血液检查和超声波被用来监测毛囊的生长，当滤泡"成熟"时，注射排卵诱发剂（HCG）以诱发排卵。大约一天后，将一根细针通过阴道壁经超声引导进入毛囊插入成熟的滤泡中，抽吸卵母细胞，收集卵细胞。通常情况下会取出多个卵以求卵子在培养皿中成功授精并植入子宫。[1]超排卵的生育治疗对胚胎重新植入"超排卵"子宫的能力产生不利影响，可能诱导卵巢和子宫周期的不同步。[2]为了避免这种不同步，医生开始试验在未超排卵的年轻子宫中植入，因此，这种生殖过程的分裂需要一个或多个妇女参与进来。[3]一些妇女被要求提供子宫，以提高体外授精的成功率，而另一些妇女则被要求捐献卵子。从本质上看，体外授精把女性建立为可移动的生殖器官的集合。生殖座架将在传统上被认为是一个整体的女性身体分解成一组离散的和可移动的生殖部分：卵、卵巢、毛囊、输卵管、子宫等。这些部分被一系列分解的区别于传统自然生殖的现代人工辅助生殖技术方法所管理，她们随时待命，等待进一步的"订购"或"优化"。

另外，无论是商业性还是利他性代孕，其本质都是生殖座架，即将卵子和子宫降格为可替代的资源和原材料或者是等待优化的长期储备，人类生殖仅仅被归结为一种生产过程，破坏了妇女的主体性和德性。在被严格监管的代孕过程中，代母被有效地教导与胎儿相分离，在主观上打破自己和胎儿之间存在的联系，她被告知永远不能把自己看作母亲，她被教导拒绝母性情感。把自己从母亲的身份中分离出来，把自己看成一个容器。然而，这个物化的身体比一个容器更抽象，因为容器可能被视为一件事物的

[1] See Karey Harwood, *The Infertility Treadmill:Feminist Ethics, Personal Choice and the Use of Reproductive Technologies*,（University of North Carolina Press, 2007）p.12.

[2] See S. Thatcher, A. DeCherney, "Pregnancy–Inducing Technologies: Biological and Medical Implications", Judith Rodin and Aila Collins（ed.）, *Women and New Reproductive Technologies:Medical, Psychosocial, Legal and Ethical Dilemmas*,（Lawrence Erlbaum Associates, 1991）p.34.

[3] See Geoffrey Sher, Virginia Davies and Jean Stoes, *In Vitro Fertilization: The ART of Making Babies*,（New York: Facts on File, 1995）p.165.

合适位置，有学者曾提出其是"一个拥抱事物并赋予事物存在的模型"，[1]
而指向代孕的"空闲空间"时刻提醒着代孕者对于胎儿来说是多余的。根
据印度一位医生的说法，诊所确保代孕者在代孕的孩子身上"没有感觉"。
代孕者被教导将自己视为一种资源，接受诊所的命令。[2] 激进的女权主义
者珍妮丝·雷蒙德（Janice Raymond）将代孕的替代性描述为："她只贡
献了环境，以可转让的方式购买……作为储备，她被留作繁殖之用。"一
旦代孕者开始把自己视为一种资源，她就将自己纳入一个自我客体化的行
为过程，在这种行为中，她很容易把自己抽象地看作是可替代的"空的空
间"或"空的容器"。因此，她不仅仅是被他人利用，也参与了自我规训
和自我客体化的过程。当她们在心理上与成长在她们体内的胎儿分离，就
能够将胎儿仅仅视为一个物体，一个暂时"在我体内"的"非我"。

为了更清楚了解现代人工辅助生殖技术的过程，更详细地研究被分
解的生殖资源，我们需要了解包含于海德格尔技术本质理论中另一个重
要概念，即"持存物"。在"das gestell"中，海德格尔将资源或"持存
物"描述如下：医疗机器生产的产品，一件一件地，放在可订购产品
（Bestellbaren）的长期储备中。产品是持存的……持存物（Bestandstück）
与零件不同，这个部分与整体上的其他部分共享。它参与整体，属于整
体。另一方面，这个部分与整体是分开的，并且作为一个部分与其他部分
隔离开来……产品是为可订购性而服务的。此外，他还强调了持存物的可
互换性，它们的可存储特征要求这种一致性。同样，这些产品彼此之间也
处于极端的竞争中，通过这种方式，它们提高并确保了自己的可存储特
性。持存物的均匀性（Versttatet）保证了所有物品都可以在现场互换，一
个可由另一个替换。

在现代人工辅助生殖技术过程中，作为持存物的每个女人在一个医疗
网络中都可以与其他女人互换，而不需要某个单独的人来完成。如果植入

---

[1] Dana S. Belu, *Heidegger, Reproductive Technology and The Motherless Age*, (Cham: Springer International Publishing, 2017) p.46.
[2] Sheela Saravanan, Transnational Surrogacy and Objectification of Gestational Mothers, 45 (16) *Economic and Political Weekly* (2010) p.26.

成功，则开始对妊娠进行系统的医学监测。如果植入失败，那么就会被医生抛弃。无论是被监测还是被抛弃，女性生殖资源都被当作未来科学、技术和经济"连锁路径"上"订购"的储备。在这个医疗披露的过程中，女性生殖资源出现了两步碎片化过程。首先作为理性主体的女性被"减少"为存在问题的子宫，其次进一步"减少"为待评估和优化的可替换的生殖资源的集合。在这一过程中，女性被当作一种可用的医疗资源、一种可替代的实体和一种为进一步研究的手段而存在。在提倡功利主义目标的推进下女性的失望不必考虑在内，[1] 她的主观性也被忽视了。

海德格尔在 *Off the Beaten Track* 中曾提到由于技术的进步以及技术意志的设定，地球上的一切事物，包括人自身也不例外，都不可阻挡地成为原材料、成为单纯的物质，成为等待利用或者被贯彻的生产资料，成为技术意义上的某种东西。进一步说，人通过订造使得"人变成被用于高级目标的人的材料。"[2] 在 "Overcoming Metaphysics" 中，海德格尔也提到人是最重要的原料。由此可以推断出，随着现代人工辅助生殖技术的发展，有可能出现生产人类的工厂。实际上，库恩（Kuhn）的研究已经展示了这样一种可能性：运用现代科学技术有计划地按照需求来操纵生产出男人和女人，与之相对应的技术层面的展现就是实行人工授精进行辅助生殖。在此，人们并不规避旧时在两性关系上的羞涩和强调差别，因为人仅仅作为无差别的、齐一的物质。人们乐观地惊叹于技术为我们创造的诸多可能性的同时并未考虑到技术对人的主体性的进攻，潘多拉宝盒即将开启，危机即将或者可能已经来临，只是人们还贪恋于技术带来的欢愉没有注意到罢了。[3]

---

[1] See Martha C. Nussbaum, "Objectification", 24（4）*Philosophy & Public Affairs*（Autumn 1995）p.258.

[2] 参见［德］马丁·海德格尔：《乡间路上的谈话》，孙周兴译，商务印书馆，2018年，第303页。

[3] 参见宋祖良：《"哲学的终结"——海德格尔晚期思想的大旨》，《中国社会科学》1991年第4期，第41—54页。

三、"生殖座架"的补充：现代人工辅助生殖技术的工具化理论分析

在技术批判的过程中，作为法兰克福学派第三代领军人物的芬伯格为海德格尔的座架理论提供了必要的反思，他认为这是一种本质主义理论，其将技术降低到功能维度，是一种脱离社会背景将技术视为功能性事物的简化理解，基于此芬伯格提出了两级工具化理论。他认为应当从两个层面来理解技术的本质，其中一个方面是解释技术客体和主体功能的构成，芬伯格称之为"初级工具化"（Primary Instrumentalization），另一个方面集中关注在实际网络装置中技术客体和主体的实现，芬伯格称之为"进级工具化"（Secondary Instrumentalization）。[1] 他试图通过突出进级工具化与初级工具化，或者说新技术的社会整合与其功能之间的联系，努力避免对技术整体的简化理解。用"工具化理论"承接座架进一步分析现代人工辅助生殖技术，有助于批判性地阐明女性的"功能减退"和可替代性，也有助于我们了解女性及其子宫、卵子的资源地位是如何在现代人工辅助生殖技术的社会化中被强调的。

初级工具化又可以称为功能化，它与经典科技哲学对现代技术的观点基本一致，同时也符合对技术一般意义的概念，海德格尔与哈贝马斯关于技术的反思研究工作就是在这个层次上进行的。[2] 在 *Impure Reason* 中芬伯格提出初级工具化由技术实践的四个具体化的因素构成，即去语境化、还原论、自主化及定位化。[3] 前两者大致上与海德格尔的"座架"概念相对应，因此利用初级工具化理论与海德格尔座架理论来分析现代人工辅助生殖技术与女性生殖资源地位所得出的结论在某种程度上应该是重合的。

---

［1］See Andrew Feenberg, *"Impure Reason" in Questioning Technology*,（New York: Routledge,1999）p.203.
［2］参见张成岗：《技术与现代性研究：技术哲学发展的"相互建构论"诠释》，中国社会科学出版社，2013 年，第 64 页。
［3］See Andrew Feenberg, *"Impure Reason" in Questioning Technology*,（New York: Routledge, 1999）p.203.

　　"去语境化"[1]使得事物与环境相分离并纳入技术系统，物体的隔离使其暴露在功利主义的评估中。因此，一旦卵子从子宫中分离出来，它就会显示出包含技术模式、人类动作系统中的潜能。这意味着它们可以用于授精、冷冻，或者作为胚胎储存起来，以备将来的植入或实验。无论是立即授精和植入，还是冷冻保存，卵子的去语境化都会显示出女性和卵作为储备，被分割成一系列可互换的持存资源。去语境化与第二步即还原论[2]相结合。自然物体被还原为它的主要品质，如"大小、重量和形状"或其他任何关于"提供功能的物体"的事物。在卵子方面，医生寻求含有合适染色体的高质量的卵，这些卵足够年轻且有足够的弹性，能够与精子结合。[3]卵子被简化为这些主要品质，因为这些品质似乎最有利于技术生产：即胚胎发育、生长和植入。[4]自主化[5]表现出来的是技术主体施之于客体的作用远大于客体或世界对其的反作用，在某种意义上，技术行动"自主化"了主体。当医务人员在体外授精周期失败后未能照顾到女性的精神痛苦和感受时，体外授精的自主化是显而易见的，为了消除患者的痛苦对进一步科学实践的影响，医疗行业通常与患者签订医疗协议以促进其与患者的行政或纯粹功能性关系，就此获得一种免受其行为后果影响的豁免权，并使女人成为一种可替代的医疗资源。基于对初级工具化理论的分析，从功能角度上看，女性在现代人工辅助生殖技术实施过程中被减退为最纯粹的生

---

[1] 去语境化：为了将自然客体建构为技术客体并整合至技术理论系统之中，必须使它们呈现某种"世界的疏离化"，即人为地将其从产生它的语境中脱离出来，被隔离的客体通过去语境化而将自身展示为人类行为系统中的技术框架和潜力。详情参见郭贵春、赵乐静：《我们如何谈论技术的本质》，《科学技术与辩证法》2004年第2期，第47页。

[2] 还原论：由"世界的疏离化"而获得的简化的、去除技术上的无用性而还原为可在技术理论体系中被使用的过程。这些性质对技术主体而言是基本的，并对达成技术计划至关重要。因而，可称其为"基本性质"。另一方面，"次要性质"则指包括影响技术发展潜力的更广泛社会、美学及道德方面。例如，当树干被还原到基本性质"圆形"而变成轮子时，便丧失了其作为栖息地、树荫及植物生长等方面的次要属性。详情参见郭贵春、赵乐静：《我们如何谈论技术的本质》，《科学技术与辩证法》2004年第2期，第47页。

[3] 《In Vitro Fertilization（IVF）》，www.sharedjourney.com，最后访问日期为：2019年9月29日。

[4] Andrew Feenberg, *"Impure Reason" in Questioning Technology*,（New York: Routledge, 1999）p.204.

[5] 自主化：技术行动主体尽可能地与其行动所指向的客体相脱离。详情参见郭贵春、赵乐静：《我们如何谈论技术的本质》，《科学技术与辩证法》2004年第2期，第48页。

殖功能，生殖资源作为可分解的、可替换的持存物而存在，这一结论与生殖座架得出的结论是一致的。

初级工具化理论赋予了人们讨论技术关系的基本框架，海德格尔、哈贝马斯所主张的技术本质主义大多都是在初级工具化的基础上展开讨论的。除了初级工具化，所有的技术生产也涉及芬伯格所说的进级工具化，它弥补初级工具化过程中所缺失的具体性，客观上使得利益、价值等因素在技术现实化过程中发挥作用成为可能，社会利益和价值赋予技术新的含义，引导其发展并确保社会与技术的一致。

在现代人工辅助生殖技术场域中，进级工具化是指现代人工辅助生殖技术的商业化和社会化。这意味着，作为技术对象的卵子或者说受精卵必须被植入子宫，妇女也必须被纳入医疗协议和社会网络中。进级工具化使得孤立的、去语境化的客体与具体的环境再嵌入。在这种"征召"与嵌入的过程中，女性资源地位不断地被塑造和强化。现阶段人们广泛运用现代人工辅助生殖技术，但是技术实施成功的时候，它的意义却被忽视了。换言之，医疗机构和女性都在尽一切努力通过这种侵入性医疗技术来框架怀孕，将其与自然孕育的方式相等同，就好像这个技术过程对妇女没有影响一样。这种看法是荒谬的，因为即使是注射次数少、周期短的轻微的体外授精也依赖于急性药物化的受孕，[1] 它与"自然母亲"的含义是有本质区别的，援引对"自然母亲"有破坏作用效果的技术精确压制"自然母亲"效果，表达了凯莉·奥利弗（Kelly Oliver）所说的"自然母亲效应"，即抹去自然母亲的形象，以便将其神化为力量和起源。[2] 现代人工辅助生殖技术的运用使得自然生殖与人工生殖的界限日益模糊，它以隐蔽的微观渠道抵达用户的身体，俨然成为米歇尔·福柯意义上的一种承载权力的知识形态，这种技术权力是匿名的、无主体的，是"一种虚构的关系自动

[1] D.Payne, S.Goedeke, S. Balfour and G. Gudex, "Perspectives of Mild Cycle IVF: A Qualitative Study", 27（1）*Human Reproduction*（2012）, pp.167—172.

[2] Kelly Oliver, *Technologies of Life and Death: From Cloning to Capital Punishment*,（New York: Fordham University Press, 2013）p.57.

地产生出一种真实的征服"。[1] 人们在创造技术和崇尚理性的同时却在某种意义上成为理性的"奴隶"。看似越来越文明，事实上并非如此，愈益高超的权力技术学将权力包装得让大众更容易接受，而在这种看似温和的变革中，伴随而来的是无处不在的规训。[2] 然而，"这一机制的反讽之处就在于：它让我们相信它是与我们的'解放'密切相关的"。[3] 现代人工辅助生殖技术在致力于生物技术突破的同时，干预着我们生理和心理的运作方式，并通过"合理"的设计改变着人类的生命和生活。在这种情况下，女性将自身的生殖器官纳入技术系统之中并与其融为一体，将自身视为在技术系统的一环，其生命越来越缺乏主体性和根源性。

　　当然在某种情况下现代人工辅助生殖技术的使用者不一定是不孕的，他们也不一定想通过技术制造自己的遗传后代。例如，为了测试男性伴侣的生育能力而利用健康女性卵子而进行的体外授精。越来越多地使用体外授精来治疗和诊断男性生理疾病，意味着健康的女性会暴露在反复服用激素、药物和手术的危险之下。这个例子揭示了生殖的另一个内涵：即女性生殖体的功能作为服务于男性利益的能力。它展现了在体外授精中的父权偏见，也使我们更清楚地看到现代人工辅助生殖技术的社会化是如何强调女性及其卵子资源地位的。其实，在古代女性就被作为男性垄断的性资源而存在，在相当一段历史时间内，女人是财产，男人迎娶并养活她们就是为了生子。在古代民主政治文明发达的雅典受尊敬的女人也只被认为是精子接收器，索福克勒斯称之为"可播种的土地"，希腊诗人埃斯库罗斯在他的作品《复仇女神》中说得很直白：她虽被称为妈妈，却不是孩子的母亲，只不过是新播撒的胚胎的看护，男人——女人身上之人——是养育者。[4] 由此可见，古代女子身上挂满了男权社会烙印的痕迹。

---

[1]［法］米歇尔·福柯：《规训与惩罚》，刘北成、杨远婴译，生活·读书·新知三联书店，2007 年第 3 版，第 227 页。
[2] 吴梓源、游钟豪：《AI 侵权的理论逻辑与解决路径——基于对"技术中立"的廓清》，《福建师范大学学报》(哲学社会科学版) 2018 年第 5 期，第 67 页。
[3] 米歇尔·福柯：《性经验史：认知的意志》，佘碧平译，上海人民出版社，2016 年，第 132 页。
[4]［美］埃里克·伯科威茨：《性审判史：一部人类文明史》，王一多、朱洪涛译，南京大学出版社，2015 年第 1 版，第 47 页。

到了 19 世纪末开始，随着女权运动民主革命的不断实践和开展，女人从男人的附庸逐渐登上历史的舞台。20 世纪 70 年代起，美国最高法院通过解释平等条款来打击除种族差异以外的不平等，特别是性别不平等。伴随着妇女地位的提高，她们向往自由平等，主张自己的权利。但现代人工辅助生殖技术的发展使得很多曾经是自然和偶然触发的问题现在成为人类的选择，比如体外授精使胚胎植入前的性别选择成为可能，从而导致在一些父权主义盛行的国家，植入前性别选择连同羊膜穿刺术被用来预防或终止女性胚胎和胎儿。这就导致激进女性主义强烈批评现代人工辅助生殖技术会促进父权主义的复辟。多萝西・E. 罗伯茨（Dorothy E. Roberts）说，高科技的生殖程序"帮助已婚男性产生遗传后代，而不是给予女性更大的生殖自由……他们解决男性对确定亲子关系的焦虑；通过将卵子和子宫外的精子结合起来，他们允许男性历史上第一次，要绝对确定他们是未来孩子的遗传之父"。[1] 也有学者提出所有生殖技术的最终目标是将妇女转变为"由人工技术控制的从怀孕到出生的母亲机器和生命孵化器"。[2] 现代人工辅助生殖技术为跨人本主义的未来打开了可能性，这种未来越来越不需要和女性的紧密连接，而是一个由"机器"抚养孩子的"无母时代"。

四、"无母概念"：现代人工辅助生殖技术的未来走向

"无母概念"（Motherless conception），从科学上讲又称"ectogenesis"，即体外发育或者人工培育，是 1924 年 J.B.S. 霍尔丹（J.B.S.Haldane）通过外胚胎学创造的概念。[3] 作为一个非常有影响力的科学普及者，他让人们思考和谈论科学技术对社会、文化的影响，并毫不避讳地发明新词来达到

---

[1] See Dorothy E.Roberts, *Killing the Black Body*: *Race, Reproduction and the Meaning of Liberty*, (New York: Vintage, 1997) p.248.
[2] See Helen E. Longino's, "Knowledge, Bodies, and Values: Reproductive Technologies and Their Scientific Context", A. Feenberg and A. Hannay (ed.), *Technology & The politics of Knowledge*, (Bloomington: Indiana University Press, 1995) pp.198—204.
[3]《Artificial wombs: The coming era of motherless births?》, https://www.geneticliteracyproject.org/2015/06/12/artificial-wombs-the-coming-era-of-motherless-births, 最后访问日期为：2019 年 10 月 10 日。

这个目的。霍尔丹将"ectogenesis"描述为从授精到出生在人工环境中发生的妊娠，他预测到 2074 年，这将占人类出生的 70% 以上。[1] 你能否想象走进医院的婴儿室，里面没有挤满早产儿的恒温箱，取而代之的只有装着液体的袋子，婴儿被安全地放在里面。这看起来像是未来、科幻的，但这正是医学正在冒险步入的领域。

在希腊神话中，代达罗斯（Daedalu）通过自己的发明努力将人类提升到神的水平。霍尔丹思考了他那个时代的这个问题，第一次广泛讨论避孕和人口控制，即优生学。他从社会的角度证明人工子宫可以替代通常的子宫，希望它能帮助不孕夫妇发育胎儿。[2] 过去 30 年激发了人们对这一过程的兴趣。日本东京顺天堂大学的研究人员吉野幸男（Yoshinori Kuwabara）成功地在一台含有人工羊水的机器中维持山羊胎儿数周。[3] 20年后，2017 年费城儿童医院的研究人员艾伦·弗雷克（Alan Flake）团队开发了一种子宫外胎儿孵化系统，模拟胎盘提供氧气和营养。人造子宫传播了凯莉·奥利弗（Kelly Oliver）所说的"技术寓言"，它贬低了母亲的角色，并传播了人类战胜自然母亲力量的幻想，通过这种力量，人类在没有身体的情况下繁衍自己的后代，利用人造子宫克服自然和偶然。[4]

现代人工辅助生殖技术生殖不仅能够与活的遗传母亲相关联，就像在细胞质转移过程中一样，它也能导致无母婴儿的产生，之所以叫无母婴儿是因为他们的母亲在严格意义上讲并非是完全的人，而是"未出生的母亲"。在这一过程中，卵子是从流产胎儿的卵巢组织中采集的，用于诸如试管授精等生育治疗。通过用激素刺激组织，研究人员能够在接近成熟点

[1] Maxime J-M Coles, *Motherless births through the artificial womb?* (AMHE NEWSLETTER, 2018) p.242.

[2] Maxime J-M Coles, *Motherless births through the artificial womb?* (AMHE NEWSLETTER, 2018) p.242.

[3]《Japanese pioneers raise kid in rubber womb》, https://www.newscientist.com/article/mg13418180-400-japanese-pioneers-raise-kid-in-rubber-womb/, 最后访问日期为：2019 年10 月 20 日。

[4] Kelly Oliver, *Technologies of Life and Death*: *From Cloning to Capital Punishment*, (New York: Fordham University Press, 2013) p.57.

的一半时间内形成初级和次级的卵囊。[1] 在这个储备中，我们可以清楚地看到隐藏在自然中的死胎卵巢组织中的潜在生殖能量是如何被解锁的，被解锁的能量又如何被转换，被转换的能量又如何被存储，被存储的能量又如何依次被分配，被分配的能量又如何重新转换。正如 Lisa Guenther 所指出的：所谓的"未出生的母亲"只不过是没有身体的身体组成部分，一个卵子捐赠者，而不是一个人。[2] 实际上，根本没有"捐赠者"，也没有赠予的活动。更确切地说，这是一个提取的过程，或海德格尔所谓的"掠夺"过程。"未出生母亲"的医学生产，重新定义了人类存在的意义，它引入了一种以细胞分裂为基础的可替代性。在这里，主客体关系消失了，卵子被提取并成为长期的储备资源，存活的卵巢组织仅仅是一个潜在的卵子，一个生殖能量的储藏室。

五、"生殖座架"背后动因：主体形而上学与主体性思维方式的膨胀

从"我思故我在"开始确定人的主体地位起，近代形而上学一直着眼于对主体性问题的探讨，即将意识和理性作为主体。从笛卡儿到黑格尔，人的主体性地位日益强化，并最终树立了人的主体性原则，人开始主动地站在自己的立场审视，更准确地说是一种凝视[3] 除人自身以外的其他事物，把其他存在视为支配于主体权力意志下的相对客体，主客体被明确区分，任何世界关系转化为征服与被征服、奴役与被奴役的关系，并开始出现人类中心主义的思想。由此产生的后果是，人类将自我视为中心，凝视着一

---

[1] Lisa Guenther, *The Gift of the Other: Levinas and the Politics of Reproduction*,（Albany: State University of New York Press, 2006）p.156.

[2] Dana S. Belu, *Heidegger, Reproductive Technology & The Motherless Age*,（Cham: Springer International Publishing, 2017）p.37.

[3] 20 世纪 60 年代至 70 年代，法国学者米歇尔·福柯在其著作《疯癫与文明》《临床医学的诞生》和《规训与惩罚》中提出了"凝视"理论。"凝视"预示了一种权力关系，凝视者是身居高位的主体，被凝视者是弱势的客体。"凝视"与其背后的话语权和知识权力是分不开的，它不是单纯的"观看"，而是凝视者凭借权力关系施于被凝视者的一种具体行为，这种权力的不平等暗示了极度不公的剥削与压制。

切成为一切存在的主人，其他存在成了被人类支配的东西。[1] 在现代，人的主体性地位已经达到至高无上的位置，主体性思维的空前膨胀必然会导致人们对客体的自然属性漠不关心，结果便是肆无忌惮地毁坏自己的家园。

另一方面，现代人工辅助生殖技术作为一种技术存在还遵循着刨根问底的谋算逻辑，即一切行为都是为了寻找理由和根据，目的是通过对事物因果关系的认识，最终获得对客观事物绝对的统治和支配力量。就人工授精而言，若想成功地实现对受精卵的培养，就需要对受精卵发育的环境、过程了如指掌，即认识到整个生产过程，进而自然地支配和利用。实际上，人与存在的这种关系在古希腊形而上学追求根据和原因的传统中就能找到本原。在现代，伴随理性地位的确立，它上升为一种对一些事物无条件的统治和要求。另外，"数学因素"对现代技术的展现也起到了助力，"数学因素"[2] 自古希腊时期就已经出现了，笛卡儿将其定义为促逼其他东西成为客体的绝对主体，必须作为主体的"表象"被置于或提交到主体面前，世界成了表象化的"图像"。[3] 这些客体表象必须是清楚明白的，可以通过数字、公式、方法、程序进行处理，并可以分离、合并、还原，在这种表象图像化的客体世界中，数学因素得以实现。相对于现代形而上学的表象对象化，现代人工辅助生殖技术揭蔽或解蔽的方式更提升到一个层次，即展现为一种"促逼"，其本质就是座架，它一方面是一种揭蔽的技艺，另一方面它是一种预先设计、去价值、去语境、去内在尺度的具有强制性的产出方式，人们按照规格摆置出架隔，并向这架隔中放置持存物。[4]

主体性地位确立的后果就是主体性思维的日益膨胀，由此引发的是掩藏于人的生物属性内的统治和征服欲望被激发出来，人开始尽一切可能成为统治者甚至是上帝。托马斯·霍布斯在《利维坦》中就曾提到过"人造

---

[1] 吕逸新、徐文明：《论海德格尔的生态思想》，《山东理工大学学报》（社会科学版）2004 年第 6 期，第 22 页。
[2] das Mathematische，希腊语为 mathemata，M. Heidegger, *What Is a Thing?* W. B. Barton（trans.），Jr. and Vera Duetshc（ed.），Henry Regnery Company, 1967, p.68.
[3] 参见张祥龙：《技术、道术与家——海德格尔批判现代技术本质的意义及局限》，《现代哲学》2016 年第 5 期，第 59 页。
[4] 张祥龙：《技术、道术与家——海德格尔批判现代技术本质的意义及局限》，《现代哲学》2016 年第 5 期，第 59 页。

人"和"人造社会"的概念。[1] 实际上，纵观历史发展进程，我们会发现现代的进程实际上就是人在一步步征服和统治世界的过程，人类为了获得某种绝对的地位而战斗，使其自身成为所有存在者的标准和尺度。人们为了实现这一目的，开始利用各种技术手段肆无忌惮地征服世界和统治世界，从外在自然到内在自然无一幸免。

现代人工辅助生殖技术的发展首先满足了人们逃避自然痛苦的欲望。在传统自然生殖中，女性怀胎分娩的过程伴随痛苦似乎是必然的。但现代人工辅助生殖技术越来越能为女性逃避这种"天然"痛苦提供有效手段，有人主张可以用"人造子宫"替代通常的子宫，希望它能帮助不孕夫妇发育胎儿。[2] 从本质上讲，生物技术的迅速发展正在实现人类的外生性。这种外生性的基础是在人造子宫和机器子宫等替代品的帮助下产生的外子宫概念，一旦卵子被降维到其主要功能，它们就会被植入一个机器子宫。从本体论的角度来看，外生性反映了生育过程中怀孕和妊娠的分裂，母婴之间的生物联系的切断，甚至是女性从妊娠和分娩过程中的全部消失，没有了妊娠、分娩，一切都由机器来完成，人自然也就不会有痛苦。

其次现代人工辅助生殖技术可以提升人类道德的欲望，增强了人们追求不朽的愿望。现代基因技术已开始在分子水平上对人的生物构成进行人工干预，此前很多由自然地、随机地决定的事务正日益地进入人们操纵的范畴。从实践的角度看，对于人性（Human nature）的技术控制在实质上不过是我们在控制外在自然后延伸到内在自然（生殖）的范畴。技术的广泛应用已经慢慢地渗透到人的深层构造，甚至最终会彻底颠覆人的生活世界。[3] 基因工程技术的发展激发了部分哲学社会科学家再造人类的尼采式的梦想，德国著名哲学家斯罗德戴克也认为，人类或可通过基因技术来设计人类的特征与品性，实现人种培育及人种"选择"（Selection），从而彻

---

[1]"'大自然'，也就是上帝用以创造和治理世界的艺术，也像在许多其他事物上一样，被人的技艺所模仿，从而能够制造出人造的动物"。参见［英］霍布斯:《利维坦》，黎思复、黎廷弼译，商务印书馆，1985 年，第 1 页。
[2] Maxime J-M Coles, *Motherless births through the artificial womb?* (AMHE NEWSLETTER , 2018) p.242.
[3] 卢风:《人类增强与人权》,《广西大学学报》(哲学社会科学版) 2016 年第 2 期，第 10 页。

底扭转和根除人类的野蛮状态。[1]另外基因操纵技术、生殖性克隆技术以及人工智能技术的发展，还激发了一些人追求不朽的梦想，作为三种技术结合体的"克隆转忆人"便是多种设想中的一种，[2]如果"克隆转忆人"的梦想成真，那么人已不再是人，而成了神！

用现代人工辅助生殖技术进行人类增强的诸多努力都源自人的主体性冲动。人扮演上帝的欲望在实践中展现的就是人征服自然的欲望。如果说排山倒海是人们统治外部自然的愿景，那么人类增强便是人类在支配内在自然。现代人之所以抑制不住征服自然的冲动，就因为他们因主体统治地位的确立开始扮演上帝，他们已经逐渐丧失对终极存在，即神的敬畏，已经失去了"天命"的意识。在他们看来，在人的理性的控制下人类技术的指数级发展将无限度地逼近对宇宙奥秘的完全把握，技术创新将无限度地扩展人类的自主和自由。然而，这是现代性的神话，也是现代性的迷信。[3]

Reproductive Gestell: A Phenomenological Interpretation of the Essence of Assisted Reproductive Technology

（Wu Ziyuan, School of Political Science and Law, Northeast Normal University, Changchun, 130012）

Abstract: Modern Assisted Reproductive Technology（ART）has aroused widespread controversy from all walks of life since its birth. Behind the controversy is the concern about the nature of technology. For the essence of Modern Assisted

---

［1］甘绍平：《应用伦理学前沿问题研究》，江西人民出版社 2002 年，第 33 页。
［2］建议研究"克隆转忆人"而追求不朽的学者认为，一个人的身份或同一性（所谓"我之为我之物"）是由他的连续记忆构成的，用克隆技术可不断复制一个人的肉身，用信息或人工智能技术可不断转移、保存一个人的记忆，这样，两种技术的综合运用即可使一个个体不朽。"在一个人死后，用克隆人技术复制出一个他的肉体，再用记忆移植技术将他的原有记忆转移到克隆体的大脑中，就能使他死而复活，而这样的过程不断重复进行，就意味着他的永生不死这样的人，就是"克隆转忆人"。参见韩东屏：《"克隆转忆人"与永生不死》，《湖北大学学报》（哲学社会科学版）2007 年第 6 期，第 18 页。
［3］卢风：《人类增强与人权》，《广西大学学报》（哲学社会科学版）2016 年第 2 期，第 15 页。

Reproductive Technology, we should not only stay in the first-order observation perspective, but also uncover the veil, explore its deep mechanism, and rise to the second-order observation. Based on Heidegger's thinking on the essence of technology, modern artificial assisted reproductive technology shows a kind of "Reproductive Gestell" in essence, which decomposes the reproductive system traditionally considered as a whole into a group of discrete and movable reproductive parts, which are managed by a series of technology methods which are different from traditional natural reproduction, They are on standby for further "ordering" or "optimization". In this process, the reproductive system, especially the female reproductive cells and organs, to a certain extent, is regarded as a kind of available medical resources, an alternative entity and a means for further research, which fundamentally re-expresses the traditional concept of fertility and the cultural meaning related to the mother's identity. With the continuous updating of technology, this technology, which originated from the thinking mode of subject metaphysics, makes human beings begin to transcend nature, become rulers and even God, and increasingly promotes the arrival of a "motherless era".

Keywords: Assisted Reproductive Technology; Reproductive Gestell; Instrumental Theory; Subject Metaphysics

原情以见义

——叶梦得的《春秋》诠释

李　颖　张立恩[*]

摘要：宋代《春秋》学名家叶梦得，基于对"原情"的重视和理解，系统反思三传经说，建立其《春秋》诠释系统：其一方面对杜预"经承旧史、史承赴告"说有所继承，主张"《春秋》据其实而书之"，但同时又认为《春秋》非史，亦非止"天子之事"，而是"天事"，蕴含着孔子的"一王之法"，并由此建立起独特的凡例与褒贬法度。

关键词：《春秋》；原情；叶梦得

一、引言

在两宋《春秋》学史上，叶梦得（字少蕴，号石林，1077—1148）有卓著影响。其著有《春秋谳》三十卷、《春秋考》三十卷、《春秋传》二十卷、《石林春秋》八卷、《春秋指要总例》二卷。后二书已佚，《春秋传》尚存，《春秋谳》《春秋考》是四库馆臣从《永乐大典》中辑出。陈振孙认为叶氏《春秋》学著作"辨订考究，无不精详"，[1]纳兰性德承继此说而予以更高评价，所谓"辩定考究，最称精详"，"其学视诸儒为精"。[2]真德秀

---

*作者简介：李颖，华东师范大学哲学系 2016 级博士生，研究《春秋》学，邮箱：2568965076@qq.com；张立恩，哲学博士，西北师范大学哲学院副教授，研究《春秋》学，邮箱：zlely2018@nwnu.edu.cn。本文为教育部社科基金青年项目"中唐以来新《春秋》学演进逻辑研究"（20YJC720028）的阶段性成果。

[1]陈振孙：《直斋书录解题》卷 3，上海古籍出版社，2015 年，63 页。
[2]纳兰性德：《叶石林春秋传序》，《通志堂集》卷 12，华东师范大学出版社，2008年，242 页。

（字景元，后更希元，1178—1235）称其学"辟邪说，黜异端，章明天理，遏止人欲，其有补于世教为不浅"。[1] 宋人沈作喆（字明远，号寓山，吴兴人）在评价叶氏《春秋谳》时提出，其学对北宋以来的《春秋》学具有某种程度的总结和发展的意味，他说：

> 国朝六经之学，盖自贾文元倡之，而刘原父兄弟经为最高，王介甫之说立于学官，举天下之学者，惟已之从，而学者无所自发明，叶石林始复究其渊源，用心精确而不为异论也。[2]

所谓"学者无所自发明，叶石林始复究其渊源，用心精确而不为异论"即指明叶氏《春秋》学对北宋以来《春秋》学所具有的总结性地位。元人袁桷（字伯长，1266—1327）在分析汉以后《春秋》学之发展时将叶梦得、刘敞、吕大圭并称，以为"最有功者"，称："《春秋》家，刘歆尊《左氏》，杜预说行，《公》《穀》废不讲。啖、赵出，圣人之旨微见，刘敞氏、叶梦得氏、吕大圭氏其最有功者也。"[3] 可见，叶氏《春秋》学在两宋乃至整个《春秋》学史上都有重要价值。关于其学，学界形成了一些研究成果，[4] 但似不够充分，未能揭明其学所具有的内在义理系统，[5] 本文认为这一义理系统可概括为"原情以见义"，即以"原情"为基础，批判三传之学，建立其《春秋》观、凡例与褒贬法度。

---

[1] 朱彝尊著，林庆彰等编：《经义考新校》卷 183，上海古籍出版社，2010 年，3367 页。
[2] 沈作喆：《寓简》卷 2，《四库全书》本。
[3] 袁桷：《龚氏四书朱陆会同序》，《清容居士集》卷 21，《四库全书》本。
[4] 可参：潘殊闲：《叶梦得〈春秋〉类著述考论》，《湖州师范学院学报》2004 年第 6 期；姜义泰：《叶梦得〈春秋传〉研究》，花木兰文化出版社，2008 年；胡玉芳：《叶梦得的〈春秋〉学》，《儒家典籍与思想研究》2010 年第 2 辑，许瑜容：《叶梦得〈春秋谳〉研究》，高雄师范大学 2015 年硕士学位论文；张悦：《叶梦得〈春秋〉学研究》，扬州大学 2018 年硕士学位论文。
[5] 叶梦得论其《春秋》学三书（《谳》《考》《传》）之关系称："自其《谳》推之，知吾之所正为不妄也，而后可以观吾《考》。自其《考》推之，知吾之所择为不诬也，而后可以观吾《传》。"（《春秋考原序》，《春秋考》卷首，《四库全书》本）周中孚称，"三书者阙一则无以见石林之用心"（《郑堂读书记》卷 10，上海书店出版社，2009 年，165 页）。因此，有学者提出，叶氏《春秋》学"三书具有极强的逻辑关系，前两书为破，后一书为立"（戴维：《春秋学史》，湖南教育出版社，2004 年，374 页），其《春秋》学所走的是一条"批判—考证—立说之路"（赵伯雄：《春秋学史》，山东教育出版社，2014 年，399 页）。

二、叶梦得的"原情"说

叶氏对"原情"概念有三种相互关联又有所不同的理解：

（一）原其情感

即对经文事件中人物情感所做的一种"同情的理解"。《左传·隐公十一年》，隐公被桓公与公子翚合谋弑杀，《春秋》于桓元年书"元年春王正月，公即位"。叶氏指出，先君卒后，嗣子立于丧次，逾年改元具有合理性：

> 天子崩，诸侯薨，嗣子立于丧次，礼与？礼也。天子七日而殡，诸侯五日而殡。既殡，大臣以其受命于前王者，即柩前而告之曰顾命，礼与？亦礼也。然则何以逾年始书"即位"、称"元年"？有丧次之位，有南面之位。丧次之位，所以继体也。一年不二君，故虽即位，未成其为君。……旷年不可以无君，故至于明年，天道一变，前王之义终矣，然后始以其正月朔朝庙，见先祖，以所受命者告焉，而称元年，天子称王，诸侯于其封内称爵，自周以来未之有改也。[1]

其次，他指出，若先君被弑，则《春秋》不书新君"即位"，以此显示继位之君受恩于先君，他说：

> 然则继故不书即位，岂不即位与？原其情，有所不忍而不书也，……死君而代之位，孰以为忍？而况于继故？继故不书"即位"，所以弭天下之争，而示有恩于先君者，《春秋》之义也。[2]

可以看出，其说是对《穀梁传》观点的继承和改造。[3] 其在《穀梁传》的基础上提出"原其情"说，认为《春秋》对于先君被弑，不书新君继位，是出于对继位者不忍继位的内心情感的一种推测和体会。

---

[1] 叶梦得：《叶氏春秋传》卷3，《四库全书》本。
[2] 《叶氏春秋传》卷3。
[3] 《穀梁传》说见桓元年传文。

（二）"揆之以情，所以尽天下之变"

即对经文中人物所处的复杂现实处境（"天下之变"）的一种充分考察（"揆之以情"）。闵元年，"季子来归"，三传都认为经文含有对季子之褒扬，[1] 但都未说明为何褒扬季子。何休认为经文褒扬季子是"嫌季子不探诛庆父有甚恶，故复于托君安国贤之。所以轻归狱，显所当任，达其功"。[2] 据《左传》，公子庆父在庄三十二年弑杀继位的公子般，执政的公子季友只诛杀了公子庆父的替罪者而未追究公子庆父，《公羊传》认为季友的做法符合亲亲之道。季友的做法看起来与赵盾不追究弑杀晋灵公的赵穿的做法相同，《春秋》认为赵盾包庇赵穿，从而把弑君之罪归于赵盾。何休之说是说季友的做法与赵盾不同，因此，徐彦认为"嫌季子不探诛庆父有甚恶"是说"嫌有赵盾不诛赵穿而获弑君之恶，故曰甚恶也"。[3] 叶氏对何休、徐彦之说有所继承，同时又从原情角度对《春秋》褒扬季友的合理性进行说明。

依《左传》，庆父弑子般而季友不能讨其罪，乃至于闵公二年庆父又指使鲁大夫弑闵公，可见，似季友对于闵公被杀有不可推卸的责任，应受贬责，但《春秋》不但不贬，反而褒之。叶氏认为："《春秋》之与夺，有正之以法者，有揆之以情者。正之以法，所以立天下之教。揆之以情，所以尽天下之变。"[4] 就是说，要理解《春秋》之褒季子，就要充分考察其现实处境。他从当时鲁国的具体情势来分析：

> 使季子始得国而即诛庆父，不幸不能胜，身死而庆父无与制，虽闵公，其可保乎？则鲁固庆父之国矣。二者权其轻重，宁失之缓，不可失之急，故终能图庆父而不丧其宗国，此《春秋》所以原其情而不

---

[1]《左传》："'季子来归'，嘉之也。"《公羊》："其称季子何？贤也。其言来归何？喜之也。"《穀梁》："其曰季子，贵之也。其曰来归，喜之也。"
[2] 李学勤主编：《十三经注疏·春秋公羊传注疏》卷 9，北京大学出版社，2000 年，223 页。
[3]《春秋公羊传注疏》卷 9，223 页。
[4]《叶氏春秋传》卷 8。

贬也。[1]

在解释庄三十二年"公子庆父如齐"时，叶氏亦对此作了很好的说明，他认为《春秋》对季子所处的复杂处境有充分考量，他说："季子于此，势不得两全……《春秋》盖察之矣",[2] 由此肯定季子行为的合理性，所谓"季子之谋鲁者无遗策，是固君子所以成其意者"。[3] 可见，其在此所谓"原情"构成正确理解《春秋》褒贬之合理性的基础。

依上理解，叶氏提出，孔子基于对当时复杂现实的充分考察，对那些在周之礼制下看来是僭越的诸侯纳君、救伐等行为给予肯定，他说：

> 春秋之时，王政不行于天下，诸侯更相侵犯，天子不能正，方伯不能讨，其因以灭亡者多矣，则诸侯危亡有能救灾恤患而相与为援者，君子或原情而许之也，故失国而纳，被伐而救，皆得与善辞。[4]

（三）探明事实原委

僖九年"晋里克杀其君之子奚齐"，文十四年，"齐公子商人弑其君舍"。奚齐与舍都是继位且未逾年成君者，但《春秋》书二人被杀却有"杀"与"弑"的区别，叶氏认为这种用词差异正是《春秋》原情观念的体现，他说："弑君，天下之大恶也，可以未逾年而薄其罪与？曰《春秋》以名定罪，若其义则亦各视其情而已矣。"[5] 他认为尽管商人与里克都是杀未逾年之君，但"商人之弑以己也取而代之，里克之弑以文公也，盖以纳文公焉",[6] 故《春秋》对二者区别对待，他说：

公子商人，齐大夫之三命者也。舍，未逾年之君也，何以称弑其君？恶商人也。成之为君，则可名以弑。不成之为君，则不可名以弑。商人，取舍而代之者也。君子以为异乎里克之杀奚齐，故成舍之为君者，所以正

[1]《叶氏春秋传》卷8。
[2]《叶氏春秋传》卷7。
[3]《叶氏春秋传》卷7。
[4]《春秋考》卷8。
[5]《叶氏春秋传》卷9。
[6]《叶氏春秋传》卷9。

商人之弑也。[1]

依此理解，叶氏提出《春秋》者，原情以定罪"的观点。[2]"探明事实原委"是叶氏有关"原情"的主要观点，贯穿于其对所有经文的解释，以上两种对"原情"的理解可以看作是这一观点的合理推衍。在很多经文的解释上叶氏虽未明言"原情"，但实际上其诠释中体现出的正是这种探明事实原委以解经的精神，如僖二十八年，"天王狩于河阳"，三传都认为此条经文的真相是晋文公召王，《春秋》为天子避讳，故书"天王狩于河阳"。[3] 叶氏也承认晋文公召王的事实，但他不认为经文书"狩"是孔子为回护周王权威而进行的避讳，而认为"狩"是周王为本次行为赋予的名称，他说：

> 狩者何？天子适诸侯曰巡狩，诸侯见天子曰述职。巡狩者，巡所守也。何以书？前以王之自往则不书，今以晋侯召王而往则书，盖王以巡狩为之名也。[4]

他认为以往经文不书天王之狩是因为那是天王自己去巡狩，而此次是晋文公召王，所以要记载，但《春秋》不会改变天王赋予巡狩之名的事实，他说：

> 吾何以知晋侯召王而王以狩为之名与？《春秋》有讳而为之辞者矣，未有讳而变其实者也。……使晋侯实召王而往，《春秋》虚假之狩，是加王以无实之名而免晋以当正之罪，孰有如是而可为《春秋》乎？……不可以晋侯而苟全，此《春秋》垂万世之义也。[5]

叶氏认为《春秋》中确实存在避讳，但不会因此改变事实，在此例中，若孔子为避讳晋文公召王而书"天王狩于河阳"，这就不仅虚造周天子巡狩的事实，而且也免去晋文公以下犯上之罪，这不符合《春秋》之义，因此他坚持认为"狩于河阳"是天王本意。

----

[1]《叶氏春秋传》卷 12。
[2]《叶氏春秋传》卷 1。
[3] 三传说见僖二十八年三传传文。
[4]《叶氏春秋传》卷 10。
[5]《叶氏春秋传》卷 10。

基于对"原情"的理解，叶氏在继承中唐以来学风的基础上提出综合前说、择善而从的解经学立场，所谓"吾以是知学者求之不可不博，而择之不可不审也"。[1] 求之、择之须有客观判断标准，他认为这种标准就是既要"当于义"，也要"验于事"。

> 吾所谓失者，非苟去之也，以其无当于义也，盖有当之者焉。吾所谓非者，非臆排之也，以其无验于事也，盖有验之者焉，则亦在夫择焉而已。[2]

在叶氏《春秋》学中，所谓事与义，即原情与《春秋》义理之间的关系，两者存在着逻辑上的先后关系，这就是以原情为基础诠释经义，其逻辑起点则是由原情而展开的对三传之学的批判。

三、叶梦得对三传之学的批判

叶氏对三传的基本判断是："《左氏》传事不传义，是以详于史，而事未必实，以不知经故也。《公羊》《穀梁》传义不传事，是以详于经，而义未必当，以不知史故也。"[3] 故其对三传的批判也集中于事与义两方面。

（一）论三传说事之失

叶氏认为《左传》记事存在增衍和虚构。隐十年"秋，宋人、卫人入郑。宋人、蔡人、卫人伐戴。郑伯伐取之"。《左传》曰：

> 宋人、卫人入郑。蔡人从之，伐戴。八月壬戌，郑伯围戴。癸亥，克之，取三师焉。宋、卫既入郑，而以伐戴召蔡人，蔡人怒，故不和而败。

对比可知，经文只书"秋"，而传文书"八月壬戌"，而且经传对此次事件的叙述也存在分歧，传文以宋人、卫人、蔡人三师伐戴，尔后郑伯围

---

[1]《春秋考原序》。
[2]《春秋考原序》。
[3] 叶梦得：《叶氏春秋传原序》，《叶氏春秋传》卷首。

戴，克之。依此，传文似是说宋、卫、蔡三师取戴之后，郑伯围戴而克三师，但从经文本身并不能看出这层意思。叶氏由此认定《左传》增衍事实，他说："经言宋、蔡、卫人伐戴，传言郑伯围戴，是谓三师已得戴，郑伯复从而围之，其言固已衍于经矣。"[1]

叶氏对《左传》记事亦有所取，但总体来说，其对《左传》更多的是批评，他说：

> 凡《左氏》载事，与经背者，不可概举。吾初以为理可妄推，事不可妄为，审无是事，《左氏》安敢凿为之说？及反复考之，然后知《左氏》之好诬，真无所忌惮，犹之六国辩士，苟欲借古事以成其说，虽率其意为之不顾也。[2]

叶氏认为《公羊传》说事之失有三：一是"闻之而不审"。隐六年"郑人来输平"，《公羊传》曰：

> 输平者何？输平犹堕成也。何言乎堕成？败其成也，曰："吾成败矣"，吾与郑人未有成也。吾与郑人则曷为未有成？狐壤之战，隐公获焉。然则何以不言战？讳获也。

叶氏认为《公羊传》对经文事实理解有误，他说："输者，归物之名，非堕物之名，则输平不得言堕成。"[3]《公羊传》之误是其"误以狐壤之战在此时，讳隐公之获，而以输平言之"。但"据《左氏》，狐壤之获，盖公为太子时事，在春秋前，《公羊》不传事，窃闻之而不审，是以并经意失之也"。[4]

二是"不知其事而妄意之"。昭二十三年，"吴败顿、胡、沈、蔡、陈、许之师于鸡父。胡子髡、沈子楹灭，获陈夏啮"。《公羊传》曰："此偏战也，曷为以诈战之辞言之？不与夷狄之主中国也。"叶氏认为，据《左传·昭公二十三年》传文，吴人实以诈战取胜，并非偏战：

---

[1] 叶梦得：《春秋左传谳》卷 1，《春秋三传谳》，《四库全书》本。
[2] 叶梦得：《统论》，《春秋考》卷 3。
[3] 叶梦得：《春秋公羊传谳》卷 1，《春秋三传谳》。
[4]《春秋公羊传谳》卷 1。

据《左氏》，鸡父之战，吴子以罪人三千先犯胡、沈与陈，三国争之。吴乘其后而击，遂败三国。此正传所谓诈战也，故经书"败"不书"战"，传何以知其为偏战而以诈战言之乎？[1]

他认为《公羊》之误是因其"不知其事而妄意之"。[2]

三是"微闻其事而不闻其实"。庄二十七年，"公子友如陈，葬原仲"。《公羊传》认为《春秋》大夫不书葬，其书葬原仲是为表明公子友如陈看起来是为公事而行，但又不完全是为公事，而是与其私行相通。[3]叶氏驳之：

此何以书？为其将以图国也。庄公在位久，未有嫡子。子般，孟任之子，庶长而得立者也。庆父、叔牙通乎夫人，欲舍般而立庆父，季子惧，不能正，托葬原仲而之陈以为之图。庄公病，召公子友于陈，于是杀叔牙而立子般，君子以是录其行也。[4]

他认为经文所书是要表明公子友去陈是为"图国"。可见，《公羊传》之说不确，他认为《公羊传》此失是因其"微闻其事而不闻其实"。[5]

叶氏认为《穀梁传》说事存在"不见事实而妄言经意"[6]的问题。《穀梁传·昭公二十一年》经："蔡侯东出奔楚。"传曰："东者，东国也。何为谓之东也？……恶之而贬之也。"叶氏驳之，他认为"东"是蔡朱，与东国为两人：

按蔡朱与东国自两人。朱，平公庐之子，而东国，隐太子之子，平公之弟也。……传不知其实，误以"朱"为"东国"，疑"东"与"朱"文相近，故改为东，遂妄为之说，谓经贬东国而去其二名。[7]

他认为《穀梁传》之说正是其"不见事实而妄言经意"的表现。由上

---

[1]《春秋公羊传谳》卷6。
[2]《春秋公羊传谳》卷6。
[3]参黄铭、曾亦：《春秋公羊传（译注）》，中华书局，2016年，205页。
[4]《叶氏春秋传》卷7。
[5]《春秋公羊传谳》卷2。
[6]叶梦得：《春秋穀梁传谳》卷6，《春秋三传谳》。
[7]《春秋公羊传谳》卷6。

其对三传说事之失的批评可见，其说乃奠基于原情观念。

（二）论三传说经之失

隐九年，"三月癸酉，大雨，震电。庚辰，大雨雪"，《左传》曰：
"书，时失也。凡雨，自三日以往为霖。平地尺为大雪。"叶氏驳之：

> 《月令》：始雨水。雷乃发声，始电。仲春之候也。夏之仲春为周
> 之四月，今以三月大雨震电，故书，不在其三日以往也。自癸酉至庚
> 辰，历八日，既已大雨震电，而复大雨雪，故书，不在其平地尺也。
> 此皆记异尔，传不知此而妄为之例。[1]

而且他认为，下雨超过三天、下雪超过一尺的现象在生活中很常见，
如果《春秋》对于这些现象都要记录的话就会不胜其烦：

> 《左氏》于"大雨，震电"，误以为"大雨霖以震"为例，曰"凡
> 雨，自三日以往为霖"，不惟非经所有，雨三日以上，盖不胜书矣。[2]

因此，他认为《春秋》记录大雨、震电、大雨雪不是出于这些原因，
而是因其要么为灾，要么失时。他认为《春秋》用周正，其解"三月癸
酉，大雨，震电"曰："建寅之月未雨，雨水而大雨，雷未发声而震电"，[3]
解"庚辰，大雨雪"时称其发生在"建寅之月"。[4] 建寅之月为夏历正月，
周历三月，可见他认为《春秋》用周正，事实上其《春秋考·统论》就明
确指出"正朔，王法之所谨，不得不本周正也"。[5] 在他看来，依《月令》
所述，大雨震电应发生在夏历二月，而《春秋》所记在三月，周历三月为
夏历正月，显然大雨、震电、大雨雪的出现失时。他认为造成《左传》说
经之失的原因在于《左氏》不传经，虽偶闻之而不能必是，以参用所传

---

[1]《春秋左传谳》卷 1。
[2]《春秋考》卷 6。
[3]《叶氏春秋传》卷 2。
[4]《叶氏春秋传》卷 2。
[5]《春秋考》卷 2。

而幸其或中也"。[1]

叶氏批评《公》《穀》经说的一个方面表现在对二传日月条例的反驳。隐十年，"六月壬戌，公败宋师于菅。辛未，取郜。辛巳，取防"。《公羊传》曰："取邑不日，此何以日？一月而再取也。何言乎一月而再取？甚之也。"所谓"取邑不日"是《公羊传》建立的一个关于日的条例，而此条经文书日，《公羊传》认为是《春秋》要表示"甚之"之意，这又是其所建立的有关"取邑不日"例的一个变例。叶氏驳其说，在他看来，经文书内取外邑，详略不同，有只书时者，如僖二十二年"春，公伐邾娄，取须朐"，也有只记载到月的，如宣四年春"王正月，……公伐莒，取向"，也有记载到日的，如文七年春"三月甲戌，取须朐"，不存在《公羊传》所谓"取邑不日"例，经文不书日是为表明"伐取同时"，[2]此条经文中取郜、取防不同日，只能分别书日，如果非要说成是"甚一月再取"，那么就与文七年春"三月甲戌，取须朐"的书法矛盾，因为，文七年春三月除了记载"取须朐"，并没有其他取邑的记录。[3]

隐元年，"公子益师卒"，《穀梁传》曰："大夫日卒，正也。不日卒，恶也。"叶氏认为《穀梁传》此说是其不知经文之事而又基于其日月条例进行臆想的结果：

> 益师之恶，于三传皆无见，《穀梁》何由知之？盖见内大夫多日卒，故直推以为例尔，以此见《公羊》《穀梁》以日月为例，皆未尝见事实，特以经文妄意之。[4]

他指出若《穀梁传》之说成立，"则公子牙盖将篡君者，季孙意如亲逐昭公者，而牙书七月癸巳卒，意如书六月丙申卒，谓之无恶，可乎？"[5]可见《穀梁传》日月条例之误。

在叶氏看来，《公》《穀》附会日月条例的根本原因是其不知经文之事，

---

［1］《春秋左传谳》卷3。
［2］《春秋公羊传谳》卷1。
［3］参《春秋公羊传谳》卷1。
［4］《春秋公羊传谳》卷1。
［5］《春秋公羊传谳》卷1。

即未能原其情，他说："《公羊》《穀梁》专以日月为例，……故拘一遍以为例，亦坐不知事之故，使少知之，必能警矣。"[1]他认为对史书来说，记事必系以日月，《春秋》既是删削鲁史而来，就不可能以日月为例，否则，若史书记事时原本就存在阙日月，那么，日月条例就无法成立，他说：

> 记史者，以事系日，以日系月，然与？曰然。《春秋》以日月为例与？曰否。系事以日月，史之常也，有不可以尽得，则有时而阙焉。《春秋》者，约鲁史而为之者也。日月，史不可以尽得，则《春秋》亦安得而尽书哉？必将以为例，有当见而史一失之，则凡为例者，皆废矣。故日月不可以为例，为是说者，《公羊》《穀梁》之过也。[2]

由上分析可见，叶氏对三传之学的批判奠基于其原情观念。其对三传说事之失的批评固然如此，此由其訾议《左传》增衍和虚构事实，《公羊传》"不知其事"，《穀梁传》"不见事实"即可看出。其对三传说经之失的批评亦如此，如其批评《公》《穀》二传日月条例时所谓其"未尝见事实，特以经文妄意之"即是。

四、叶梦得的《春秋》观

（一）"《春秋》者，史也；所以作《春秋》者，经也"

叶氏认为从材料的来源上说，《春秋》据鲁史而成。《左传·桓公十七年》"辛卯，弑昭公"，此事不见于经，有人认为这种情况是《春秋》有所绝而不书"，叶氏驳之，他认为："《春秋》据鲁史，郑乱不以告，则鲁不得书于策，鲁史所无有，则《春秋》安得而见哉？"[3]依其说，则其对杜预所主张的"经承旧史、史承赴告"[4]说有所继承，事实上，其即称："经但

---

[1]《春秋考》卷5。
[2]《叶氏春秋传》卷1。
[3]《叶氏春秋传》卷4。
[4]皮锡瑞：《春秋》，《经学通论》，华夏出版社，2011年，365页。

从其告则书之尔"，[1] 又称："经者，约鲁史而为者也。史者，承赴告而书者也。诸国不赴告，则鲁史不得书，鲁史所不书，则《春秋》不得载。"[2] 叶氏还提出《春秋》者，史也，史者各从其先后日月以纪事，而非通一代之事追记而书者也"。[3] 他还从《春秋》之名的角度指出"孔子之作《春秋》，亦史而已"，他说：

> 鲁之有是名久矣，故《公羊》《穀梁》或言以《春秋》为《春秋》，或言"不修《春秋》"之类，则孔子之作《春秋》，亦史而已，故其书之体皆与史同。[4]

依上所述，叶氏似以《春秋》为史书，实则不然，其固然承认"史者，承赴告而书者"，但从其所谓"经者，约鲁史而为者也"来看，又与杜预所主张的"经承旧史"说有所不同，比如他明确提出"赴告未必皆以实"，[5] 因此他认为孔子作《春秋》时对鲁史做了删订：

> 吾故以为《春秋》从史，史从赴告，赴告之是非，已定于初，其有不实，孔子必有以核之，可正则正，不可正则阙之而已，故曰"盖有不知而作之者，我无是也"。[6]

可见，叶氏反对以《春秋》为史，他说：

> 《春秋》善善恶恶，以示劝沮于天下后世之书，非徒为史以记事之书也。苟录于经者，其义有取焉，若事有阙，不足见义，则删之而已，焉用不革而必书之哉？[7]

又说："夫《春秋》者，史也；所以作《春秋》者，经也。故可与通天下曰事，不可与通天下曰义。"[8]

---

[1]《春秋公羊传谳》卷 6。
[2] 叶梦得：《统论》，《春秋考》卷 3。
[3]《春秋公羊传谳》卷 6。
[4] 叶梦得：《统论》，《春秋考》卷 6。
[5]《春秋考》卷 3。
[6]《春秋考》卷 3。
[7]《春秋公羊传谳》卷 6。
[8]《叶氏春秋传原序》。

（二）"《春秋》盖天事，非止天子之事"

叶氏认为"所以作《春秋》者，经也"，就是说《春秋》中蕴含着孔子的"一王之法"，涵盖了君臣父子之天理、政教礼治之人事以及日、星、雷、电、螽、螟、蝝、蜚等世间万物，"而吾（孔子）以一王之法笔削于其间，穹然如天之在上，未尝容其心，而可与可夺，可是可非，可生可杀，秋毫莫之逃焉"。[1] 他还提出《春秋》书十二公是"法天之大数"，他说："其书断取十有二公，以法天之大数，备四时以为年，而正其行事，号之曰'春秋'，以自比于天。"[2]

依上理解，他对孟子所云"《春秋》，天子之事"（《孟子·滕文公下》）的观点提出批评：

> 孟子曰："《春秋》，天子之事。"此得之矣，犹未尽也。夫王政不行，以褒贬代天子赏罚，以为天子之事可也。然诸侯有善恶，固可代天子而行，天子有善恶，则孰当代而行之乎?《春秋》有贬诸侯而去王者矣，诸侯而无王，则王之所绝也，然则《春秋》盖天事，非止天子之事也。[3]

按照《春秋》为天事，他又提出"《春秋》书大事，不书小事，书变事，不书常事"，[4] 而变事、大事在本质上都属非常之事，如他认为"天子巡守，诸侯来朝于方岳之下"合乎礼制，但僖二十八年经文却书"公朝于王所"，他认为因为这是非常之事，他说："朝于王所何以书? 非常也。晋侯既胜，将合诸侯以尊王室，遂为践土之盟，作王宫于衡雍，王于是往而即焉。"[5]

（三）据实书之与《春秋》阙文

不过，叶氏并未就此倒向义理先行而以事为义之附庸，而是主张

---

[1]《叶氏春秋传原序》。
[2]《叶氏春秋传原序》。
[3] 叶梦得：《统论》，《春秋考》卷 1。
[4]《叶氏春秋传》卷 3。
[5]《叶氏春秋传》卷 10。

《春秋》据其实而书之"。[1] 襄七年，"郑伯髡顽如会，未见诸侯，丙戌，卒于鄵"，三传都认为郑伯是被弑，叶氏则从"经皆书以实"[2] 的立场上反对此说，他认为若郑伯确为被弑，而《春秋》不书"弑"，这不符合《春秋》之义，他说：

> 髡顽之卒，三传皆以为弑。《左氏》以为以疟疾赴，固陋矣。《公羊》《穀梁》以为诸大夫因欲从楚而弑，故不书弑，则是纵失弑君之罪，岂《春秋》之义哉？是盖以诸大夫不与髡顽而适卒，故或者疑之以为弑，《春秋》不然之也。[3]

可见，叶氏《春秋》观奠立于其原情思想之上。基于这种认识，他提出后世流传的《春秋》中存在阙文，但此阙文非孔子所阙而是"经成而后亡之"，[4] 如桓五年"春正月，甲戌、己丑，陈侯鲍卒"。《左传》认为经文中的"甲戌、己丑"是因"陈侯鲍卒，再赴也"。《公》《穀》都认为是"以二日卒之"。叶氏之说与三传都不同，他认为陈侯鲍卒于己丑日，而经文"甲戌"之后无文，是"经成而后亡之"，他说：

> 《春秋》有阙文与？曰然。仲尼书而阙之与？曰否。经成而后亡之也。子曰："吾犹及史之阙文也。有马者借人乘之，今亡矣夫！"史不及见其全文而与之正，犹无马不能借人而与之乘也，是以君子慎乎阙疑。……故《春秋》无阙文，而先儒之说乃以为"信以传信，疑以传疑"，"纳北燕伯于阳"谓之公子阳生，曰"我知之而不革"，夫如是，则《春秋》何以定天下善恶而示劝沮与？吾是以知凡《春秋》之阙文，非仲尼之阙疑，皆经成而后亡之者也。[5]

他认为《春秋》据实，但"《春秋》则非史也，将别嫌疑以为万世法，则何取于多闻哉？可及者及之，不可及者则去之而已，所以为《春秋》

---

[1]《叶氏春秋传》卷19。
[2]《春秋左传谳》卷6。
[3]《叶氏春秋传》卷15。
[4]《叶氏春秋传》卷3。
[5]《叶氏春秋传》卷3。

者，不在是也"。[1] 故孔子之《春秋》无阙文。

五、叶梦得《春秋》学之凡例与褒贬法度

叶氏以其原情思想为基础，建立其《春秋》凡例与褒贬法度。其建立了一系列凡例，兹举二例：

（一）侵、伐例

隐二年，"郑人伐卫"，叶氏云：

> 声其罪而讨曰"伐"，伐备钟鼓。不声其罪而直讨曰"侵"，侵密声，有钟鼓而不作。罪大则伐，小则侵。侵、伐皆讨罪之辞，服则止矣，故不书胜败。贼贤害民则伐之，负固不服则侵之，大司马之法也。天子在上，诸侯不得擅相讨。天下无道，征伐自诸侯出，凡伐之志，皆恶也。[2]

叶氏首先分析了侵、伐的区别，并指出《春秋》记载侵、伐的基本原则。在他看来，侵伐的目的不是为战胜对方，而是要求其服罪，因此"服则止矣，故不书胜败"。但在春秋时代，礼崩乐坏，征伐出自诸侯，所以他认为凡经书侵伐都是要表达对侵伐者僭越天子权力的贬斥。叶氏此说仍然是建立在原情的基础上，他通过引证《国语》中的材料指出侵伐的区别及《春秋》书侵伐为贬的理由，他说：

> 吾何以知侵、伐之辨欤？宋人杀昭公，晋赵盾请师以伐宋，发令于大庙，召军吏而戒乐正，曰："三军之钟鼓必备焉。"赵同有疑，盾曰："大罪伐之，小罪惮之。袭侵之事，陵也。是故伐备钟鼓，声其罪也。战以镎于、丁宁，儆其民也。袭侵密声，为暂事也。"乃使旁告于诸侯，治兵振旅，鸣钟鼓，以至于宋。犹行先王之政也。春秋之

---

[1]《叶氏春秋传》卷3。
[2]《叶氏春秋传》卷1。

世，征伐自诸侯出，虽无适而不为僭，然其名则窃取之矣。[1]

（二）伯讨、侯执、人执例

叶氏认为侵伐为讨罪，若被声讨者不服，则要入其国，执其君以问罪，就是说经文凡书执都是表示讨其罪，他说："拘而讨罪曰执。"[2] 在此基础上，他分别伯讨与非伯讨，僖二十八年，"晋侯入曹，执曹伯，畀宋人"。叶氏曰："侵而不服，然后入之，数其罪而执其君，伯讨也。"[3] 他认为经文记载伯讨有一定的条例，就这条经文来说，他提出"侯执之为伯讨"的观点。这一条例的建立是其在三传基础上进行的创新，他说："《榖梁》固不见其事，《左氏》见之而不能辨，盖不知侯执之为伯讨也。《公羊》虽知之而不悟，其与京师楚同文，亦求之经者不审尔。"[4]

不过"侯执"只是判断是否为伯讨的一个因素，如果经文涉及"归"，还要看被执者是否被归于京师，他说："诸侯有罪，执而归于京师者，伯讨也，故以侯执执而不归京师者，非伯讨也。"[5] 成十五年，"晋侯执曹伯，归于京师"，叶氏认为经文书"归于京师"则为伯讨：

> 曹伯庐卒于师，曹人使公子负刍守，公子欣时逆曹伯之丧，未至，负刍杀世子而自立，晋侯为是为戚之会，执负刍以归京师，伯讨也，故以侯执。[6]

叶氏认为经文区分伯讨与非伯讨，还可从称君与称人的角度看，他说："以伯讨者称君，不以伯讨者称人。"[7] 依此条例，"晋侯入曹，执曹伯"就是伯讨。对《春秋》中有关"人执"的经文，叶氏亦发挥人执非伯讨之

---

[1]《叶氏春秋传》卷1。
[2]《叶氏春秋传》卷4。
[3]《叶氏春秋传》卷10。
[4]《叶氏春秋传》卷10。
[5]《叶氏春秋传》卷9。
[6]《叶氏春秋传》卷14。
[7]《叶氏春秋传》卷4。

说，庄十七年，"齐人执郑詹"，他说："称'人'以执，非伯讨也。"[1] 其
对称"人"以执非伯讨之例的分析仍然是建立在原情基础上的，如在此例
中，他说：

> 詹，郑大夫之再命者也。……詹未三命，则非郑之知政者也。郑
> 伯与宋公会于鄄，则同好矣，未几而郑侵宋，故宋复主兵，而齐卫共
> 伐之。至同盟于幽而郑服，故以詹为说而执焉，郑非詹之所得任，则
> 执之非其罪者也。[2]

叶氏据庄十五年、十六年经文[3] 分析了郑詹被执的政治历史背景，他
认为詹非三命大夫，不是郑国执政者，因此齐人执郑詹只是以之为说辞，
非其罪而被执，故经书"人执"表明其非伯讨。

（三）褒贬法度

叶氏建立凡例的目的是要见褒贬法度，比较典型的就是他通过吸收前
人观点而建立起来的称名、称字、称人例而表达的褒贬义理。在他看来，
依周制，不同官爵的人有不同称呼，若《春秋》在记载某个人物时没有采
取与其官职相应的称呼，就说明其中有褒贬，他说：

> 盖经有书名以见贬者，不应名而名，所以为贬也，宰渠伯纠是
> 已。有去名以为贬者，应名而不得以名见，所以为贬也，齐仲孙湫是
> 已。[4]

依其说，则《春秋》也应存在以下情况。一是《春秋》虽书其名，但
却无褒贬，如僖二十九年，"介葛卢来"。叶氏说："介，附庸之国也。葛
卢，介君之名也。附庸之君以字见，葛卢书名，不满三十里之国也。"[5] 就

---

[1]《叶氏春秋传》卷 6。
[2]《叶氏春秋传》卷 6。
[3] 庄十五年："齐侯、宋公、陈侯、卫侯、郑伯会于鄄"，"郑人侵宋"，十六年"宋
人、齐人、卫人伐郑"，"冬十有二月，会齐侯、宋公、陈侯、卫侯、郑伯、许男、滑
伯、滕子同盟于幽"。
[4]《春秋左传谳》卷 2。
[5]《叶氏春秋传》卷 10。

是说，《春秋》记载介国之君而称其名，不含褒贬。叶氏将这种观念也贯穿到其对称字的理解上，隐元年，"公及邾仪父盟于蔑"，《公羊传》认为"仪父者何？邾娄之君也。何以名？字也。曷为称字？褒之也"。叶氏反对此说，他认为"仪父"确是称字，但无褒贬：

> 邾，鲁附庸之国也。五等之国，不能五十里，附于诸侯，以达于天子曰附庸。视王之大夫，四命皆以字见。[1]

事实上，针对以上两例，其在《穀梁传谳》中就明确指出："葛卢称名、仪父称字，法自当书，非进之也。"[2]

二是《春秋》对于应书名而不书名并采用其他称呼的，存在褒贬。闵二年，"齐高子来盟"。据《左传》，鲁庄公死后，鲁内乱，齐国在闵公二年派大夫高傒再次到鲁慰问。依叶氏，"大国、次国之大夫，小国之卿，亦再命，亦当以名见"，高傒来鲁慰问，《春秋》应书其名，但经文没有记其名，叶氏云：

> 高子，齐大夫高傒也。子，男子之美称也。何以不言名？褒之也。闵公弑，庆父奔，季子与僖公方适邾，齐侯使高子以南阳之甲至鲁，未知其窥之与？平之与？齐侯之命高子，将曰：可则盟，不可则不卒与。季子立僖公，盟国人而定其位，则高子之为也。《春秋》之义，大夫出疆，有可遂者则遂焉，高子遂之善者也。[3]

像以上这种以不同称谓表达的褒贬就是叶氏所理解的《春秋》法度，亦即前述所谓孔子的"一王之法"，他认为"《春秋》因人以立法，不穷法以治其人。因事以见法，不因法以穷其事"。[4]从其对经文之诠释来看，其所谓《春秋》法度属于传统儒家所主张的基本伦理原则，如弑君之贼应被诛杀，诸侯有安邻国之义，肯定亲亲之义等。[5]其将此视为孔子的"一王

---

[1]《叶氏春秋传》卷1。
[2]《春秋穀梁传谳》卷3。
[3]《叶氏春秋传》卷8。
[4]《叶氏春秋传》卷7。
[5]以上诸义分别见其对以下经文之诠释，桓四年"天王使宰渠伯纠来聘"，闵元年"齐仲孙来"，庄九年"齐人取子纠杀之"，其说见《叶氏春秋传》卷3、8、6。

之法"，表明他理解的"一王之法"与《公羊》学不同，[1] 其目的是要维护周代的政治秩序，事实上他说："《春秋》本以周室微弱，诸侯僭乱，正天下之名分。"[2]

六、结语

综上所述，叶梦得基于对"原情"的重视和独特理解，指出三传记事和说经之失，提出《春秋》虽源于鲁史，据实记事，但孔子作《春秋》却并非为著史，而是要法天，以别嫌疑为万世法，由此叶氏建立其凡例与褒贬法度。可见，叶氏基于啖赵以来的新《春秋》学风，扬弃三传之说，试图重构《春秋》诠释之凡例与褒贬法度，就此而言，称其说是对北宋以来的《春秋》学的某种程度的总结和发展，亦不为无据。不过，毋庸讳言，其说也存在误解前人和附会之处，如前文所引隐九年"大雨，震电"之例，叶氏认为《左传》主张《春秋》以"大雨霖以震"为例并因此书之，这是对《左传》的误解，因为《左传》明确说"书，时失也"，这与叶氏的看法是一致的。对此前人已有所见，如《四库总目》就称其《春秋》学"虽辨博自喜，往往有澜翻过甚之病"。[3]

---

[1] 在《公羊》学中，"一王之法"往往被理解为作为素王的孔子之法。（参李颖、张立恩：《孔子成〈春秋〉何以乱臣贼子惧？——汉唐〈春秋〉学的视域》，"二、褒贬立法惧贼说之理论困境及汉儒之解决方案"，《哲学评论》第 25 辑，岳麓书社，2020 年，第 39—43 页）
[2]《春秋公羊传谳》卷 1。
[3]《四库全书总目》卷 26，"春秋谳二十二卷"条，中华书局，1997 年，344 页。

To express meaning by exploring original situation
——An Interpretation of Ye Mengde to the Chun Qiu

（ Li Ying, Department of Philosophy, East China Normal University, Shang Hai, 200241 ）

（ Zhang Li−en, School of Philosophy, Northwest Normal University, Lanzhou, 730070 ）

Abstract: Ye Mengde was a famous scholar of Chun Qiu studies in the Song Dynasty. On the basis of exploring the original situation, he reflected on the theory of three biographies（三传）and established the interpretation system of Chunqiu studies. On the one hand, he inherited Du Yu's view that the classics followed the old history, and the old history followed the reports from other vassal states, and that Chun Qiu is recorded according to the facts. But on the other hand, he believed that Chunqiu was not a historical work, and it was not only about the emperor, but also about heaven. He believed that the Chunqiu contained Confucius' political thoughts. According to this understanding, he established the recording style and the rules of praise and criticism in Chunqiu.

Keywords: Chun Qiu; yuanqing; Ye Mengde

正名与用名

——明代大礼议再思考

刘 文*

摘要：明代大礼议的两大核心问题是朱祐杬的"尊号与主祀"，其实质是确定父子、君臣等人伦关系的所谓"正名定分"的问题，分为正名与用名两个方面。正名即正"名"，正名必先理解、认识实；用名除了将名使用到恰当的场合之外，还包括将名所承载的地位、身份、权利等加以落实并将与名不符合的实加以改正。基于此，本文通过分析议礼过程中的四次正名行为和朱祐杬、蒋氏的用名行为，揭示了议礼是如何深刻地影响嘉靖朝的政治。

关键词：正名；用名；大礼议

明代大礼议是围绕由藩王入承大统的明世宗朱厚熜的父亲朱祐杬的"尊号与主祀"问题发生的，主张维护大宗统绪、让朱厚熜继嗣孝宗再继君统的宗法派大臣与主张尊亲、继统不继嗣的人情派大臣展开了大规模、长时间的论争，这是明代历史上的大事件，影响深远。学界对于大礼议的研究大多是从政治史[1]、礼学史[2]乃至文学史的角度[3]展开，笔者认为，若

作者简介：刘文，中山大学逻辑与认知研究所暨哲学系博士研究生。邮箱：liuwx2018@foxmail.com。本文系国家社科基金重大项目"中国语言哲学史（多卷本）"（2018ZDA019）的阶段性成果。

[1] 如：田澍：《正德十六年——"大礼议"与嘉隆万改革》，人民出版社，2013年第1版；胡吉勋：《大礼议与明廷人事变局》，社会科学文献出版社，2007年第1版。
[2] 如：张寿安：《十八世纪礼学考证的思想活力——礼教论争与礼秩重省》，北京大学出版社，2005年；李晓璇：《大礼议非礼——清代礼学家对"昭穆不紊"的认识》，《中国哲学史》2012年第4期。
[3] 如：孙学堂：《"大礼议"与嘉靖前期重情重韵的诗学思想》，《文学遗产》2017年第1期。

从哲学史尤其是传统正名思想的角度来看，[1]我们会发现这一历史事件的某些新面貌。大礼议的核心问题主要有三：一、所议何事？二、分歧何在？三、如何议礼？后两个问题笔者另有专文，本文只谈第一个问题——朱祐杬的"尊号与主祀"——实质上是一个正名与用名的问题。

定尊号即正名，正名必先识实，即争论、确定嘉靖帝朱厚熜与生父朱祐杬到底应该是什么关系，然后才能确定尊号。主祀属于用名，用名是指在与祭祀相关的礼仪活动中使用这一已正之名，将名所承载的地位、身份、权利等加以落实，并将与这一名称不符合的实加以改正。后一个问题的解决以前一个问题的解决为基础。

一、正名与用名

（一）正名

正名的问题首先由孔子提出，在孔子的时代，礼崩乐坏，乱名非礼的事情层出不穷，于是有正名的必要。我们先看《论语》中对正名的记载：

> 子路曰："卫君待子而为政，子将奚先？"子曰："必也正名乎！"子路曰："有是哉，子之迂也！奚其正？"子曰："野哉由也！君子于其所不知，盖阙如也。名不正，则言不顺；言不顺，则事不成；事不成，则礼乐不兴；礼乐不兴，则刑罚不中；刑罚不中，则民无所措手足。故君子名之必可言也，言之必可行也。君子于其言，无所苟而已矣。"[2]

孔子将正名视为言顺、事成、礼乐兴、刑罚中、民有所措手足一连串事件的必要前提，名正言顺关系到国家礼乐制度的安排，是为政者必须首先处理的事情。孔子的正名没有讲方法和标准，如曹峰先生所说，只是一个

---

[1] 张寿安、尤淑君曾提到大礼议的正名问题，未详细阐述。参见张寿安：《十八世纪礼学考证的思想活力———礼教论争与礼秩重省》，北京大学出版社，2005年；尤淑君：《名分礼秩与皇权重塑：大礼议与嘉靖政治文化》，政治大学历史学系，2006年。
[2] 刘宝楠：《论语正义》，中华书局，1990年3月第1版，第517—522页。

"虚壳"[1]，不同的人进行了不同的解读或者说从不同的理论角度进行了发展，而名分论的影响最大。[2] 名分就是"君君，臣臣，父父，子子"[3]，意思是君尽君道、臣尽臣道、父尽父道、子尽子道。这四个小句的前一个字是"名"，后一个字是他应尽之道，也就是他的"分"。[4]

宋代朱熹在解释《论语·子路》章"必也正名乎"句时说："是时出公不父其父而祢其祖，名实紊矣，故孔子以正名为先。"[5] 他将孔子的正名言论联系到当时卫国的实际历史环境中去理解。[6] 朱熹引胡安国云：蒯聩、辄"皆无父之人也，其不可有国也明矣。夫子为政，而以正名为先。必将具其事之本末，告诸天王，请于方伯，命公子郢而立之。则人伦正，天理得，名正言顺而事成矣"[7]。明代王阳明不同意这种解读，他与后来参与议礼的弟子陆澄进行了探讨：

> （陆澄）问："孔子正名，先儒说'上告天子，下告方伯，废辄立郢'。此意如何？"（阳明）先生曰："恐难如此。岂有一人致敬尽礼，待我为政，我就先去废他，岂人情天理？孔子既肯与辄为政，必已是他能倾心委国而听。圣人盛德至诚，必已感化卫辄，使知无父不可为人，必将痛哭奔走，往迎其父。……乃如后世上皇故事，率群臣百姓尊聩为太公，备物致养……则君君、臣臣、父父、子子，名正言顺，一举可为政于天下矣！孔子正名，或是如此。"[8]

---

[1] 曹峰：《孔子"正名"新考》，《文史哲》2009 年第 2 期，第 68 页。
[2] 正名的含义，历史上向来聚讼纷纭，名分论之外，主要还有"名字论""名实论"两种进路。"名字论"又称"字义说"，将名释为字，正名就是正字。这种理解首先由郑玄提出，从字词、语言的视角去理解孔子的正名思想；名实论很晚才出现，主要是逻辑学史研究者的观点，认为孔子正名是讲名与实的关系。这三种理解进路并非是彼此对立毫无关联，而是有相通之处，只不过区别也明显。本文对孔子的正名主要采取名分论的理解，但并不排斥名字论、名实论的观点。
[3] 刘宝楠：《论语正义》，中华书局，1990 年 3 月第 1 版，第 499 页。
[4] 张文熊：《论孔子的正名学说》，《西北师大学报》（社会科学版）1979 年 5 月第 3 期，第 19 页。
[5] 朱熹《四书章句集注》，中华书局，1983 年，第 142 页。
[6] 鲁哀公十年，孔子从楚国来卫国，此时卫君是出公辄，他的父亲、世子蒯聩先是因得罪祖父卫灵公而流亡在外，出公辄接替卫灵公继承君位，因而朱熹认为这是"出公不父其父而祢其祖，名实紊矣"，这也是孔子正名的现实原因。
[7] 朱熹：《四书章句集注》，中华书局，1983 年，第 142 页。
[8] 萧无陂：《传习录校释》，岳麓书社，2020 年 2 月第 1 版，第 29 页。

阳明从"人情天理"出发，认为孔子的正名不是要"废辄立郢"，而是要迎回蒯聩，尊为太上皇，而辄仍为卫君，这样君君、臣臣、父父、子子的关系才能理顺。朱熹、阳明虽然具体观点有异，但都是从政治、伦理的名分角度去理解孔子正名思想。

（二）用名

本文中"用名"的概念笔者借用自曾昭式先生，他认为中国传统逻辑论证的结构是"正名—用名"，"'正名'是确立名之所指，体现'名'的哲学功能；'用名'表现在具体论证中，反映论证者对于'名'的正确使用问题。……就'正名'而言，正名就是正实，正实是确立实的对象"。[1]他认为先秦逻辑讨论重点不在论证结构，而是"正名""用名"问题，即一旦厘清了"名"，正确地用名便是一个合理论证。[2]"如何正确用名体现于论证中，即用名、立辞为自己主张提供辩护。"[3]

在曾先生的论述中，"正名就是正实"，而用名便是使用已正之名进行说辩与论证。本文对正名与用名的理解与此稍异。正名确实有"确立名之所指"的功能，但正名并不"就是正实"，正实或正政只是正名的目的，正名首先应该是正"名"的问题。只有首先在字义、语言层面确定了名，名背后所承载的身份、地位、权利与义务才有可能得以明晰。名的确认或者制定，当然要以符合实为依据，用荀子的话说就是所谓"制名以指实"。围绕名而产生的许多争论，往往是争论者对实的理解有分歧导致的。正"名"的过程，是论证参与者对实的理解与认识不断加深、逐渐清晰的过程，这一过程姑且称之为"识实"，与正实是有区别的，下文将会谈到。明末王夫之曾指出："知实而不知名，知名而不知实，皆不知也。"[4]名副其实是名实关系的理想状态，也是正名的目的。

---

[1] 曾昭式：《论逻辑学史的类型与特征》，《湖北大学学报》（哲学社会科学版）2016年7月第4期，第30页。

[2] 曾昭式：《论先秦逻辑的价值特征》，《哲学研究》2015年第10期，第121页。

[3] 曾昭式：《论先秦逻辑的价值特征》，《哲学研究》2015年第10期，第124页。

[4] 王夫之：《薑斋文集》，《船山全书》第十五册，岳麓书社，2011年，第83页。

而用名的含义，除了使用已正之名进行论证外，还应包括一个更重要的方面，也就是正"实"。在使用名进行论证的过程中，将与名不符的实进行改正、使名号下的职责、权利、义务得到落实，使实符合名的所谓"循名考实"[1]的过程，笔者认为应该归入"用名"的概念中去考虑。换句话说，正实不是正名的问题，而是用名的问题。在本文中，正名即正"名"，正名必先识实，用名除了用"名"之外，还包括正实，这是需要特别指出的。下文将会看到，这种区分有利于我们更深入、细致地理解明代大礼议的争论内容。

（三）正名定分

在确定人的身份、等级和权责上，名与礼有着天然的相似性。"信于名，则上下不干"[2]，"礼失则昏，名失则愆"[3]。礼教就是名教，礼与名的各就其位是中国传统社会正常运转的重要保障。在先秦时代，最早关注礼与名的这种相关性和严格性的人很可能是负责礼仪的官员，《汉书·艺文志》称"名家者流，盖出于礼官。古者名位不同，礼亦异数"，[4]这也从一个侧面说明礼与名的密切联系。

宋代濮议[5]发生后，程颐曾说："至于名称，统绪所系，若其无别，斯乱大伦。"[6]高度肯定名称在人伦规范中的重要性。中国传统政治文化的基础，是"正名定分"的原则。礼确定"名分"的标准，设定每个人的行为准则，鼓吹君贤、臣忠、父慈、子孝、兄友、弟悌等伦理价值。[7]明代大礼议中争论的朱祐杬的尊号，表明了他与朱厚熜的关系、他应享受的祭祀

［1］张居正等：《明世宗实录》卷三十五，台湾"中央"研究院历史语言研究所，1962—1968 年，第 2—3 页。下引此书只标书名、卷次、页码。
［2］徐元诰：《国语集解》（修订本），中华书局，2002 年 6 月第 1 版，第 357 页。
［3］李学勤主编：《十三经注疏·春秋左传正义》，北京大学出版社，1999 年，第 1689 页。下引此书只标书名、页码。
［4］班固：《汉书》，中华书局，1962 年 6 月第 1 版，第 1737 页。
［5］宋仁宗赵祯无子，立皇兄濮王之子赵曙为后嗣。赵曙继位为英宗，他想尊生父濮王为皇考，引发激烈论争，史称"濮议"。
［6］程颢、程颐：《二程集》，中华书局，2002 年 2 月第 2 版，第 515 页。
［7］尤淑君：《名分礼秩与皇权重塑：大礼议与嘉靖政治文化》，政治大学历史学系，2006 年，第 300 页。

礼仪的规格，这在当时是极重要的事情。

尊号是尊崇帝后或其先王及宗庙等的称号，有的是生前加的，如徽号，有的是死后加的，如谥号、庙号。据《史记·秦始皇本纪》载，秦始皇时已出现大臣给君王上尊号的行为，但未形成相应的礼仪制度。北周时给后妃上尊号已经制度化，到唐代时给帝后上尊号的制度已经比较成熟。[1]根据明制，"天子登极，奉母后或母妃为皇太后，则上尊号。其后或以庆典推崇皇太后，则加二字或四字为徽号"。[2]这里讲的是先帝死后儿子继位为帝的一般情况，母后或母妃上尊号为某某皇太后或某某太后，先帝则有谥号、庙号。谥号是根据死者生前行迹拟定的称号，皇帝、臣下、士大夫都可以拥有。庙号是在太庙中奉祀皇帝的称号，只有皇帝才能拥有。明代大礼议中，朱祐杬的尊号之争包含了谥号、庙号。在议礼前期主要是指谥号，庙号问题则在嘉靖十七年争论称宗祔庙时才被提出。

明代大礼议要解决朱祐杬的尊号与祭祀问题，其实质是要清楚父子、君臣等人伦关系的所谓"正名定分"的问题。议礼双方对于这一问题的实质是有清楚认识的。如争皇时，宗法派大臣吏部等衙门尚书乔宇、孙交等多人上疏反对加"皇"字："正统大义惟赖皇字以明，若加于本生之亲，则与正统混而无别，揆之天理则不合，验之人心有未安，非所以重宗庙、正名分也。"[3]嘉靖三年三月，翰林院修撰唐皋、编修邹守益等谏止改本生父兴献帝为本生父恭穆献皇帝、立庙大内时说："礼者所以正名定分，别嫌明微，以治政安君也。君失礼则入于乱，臣失礼则入于刑，不可不慎也。"[4]嘉靖三年九月，人情派大臣席书、张璁、桂萼、方献夫等人上疏：[5]"尤愿皇上仰遵孝宗仁圣之德，念昭圣拥翊之功，孝敬益隆，始终无间，此正名定分，父得为父，子得为子，兄授位于弟，臣授位于君，大伦、大

［1］张志云：《古代尊号制度起始年代考辨》，《中华文化论坛》2017 年第 5 期，第 88 页。
［2］张廷玉：《明史》，中华书局，1974 年 4 月第 1 版，第 1362 页。
［3］《明世宗实录》卷九，第 13—16 页。
［4］《明世宗实录》卷三十七，第 2—3 页。
［5］《明世宗实录》卷四十三，第 2 页。

统两有归矣。"[1]

二、议礼与正名

正德十六年四月议礼开始后，围绕朱祐杬的尊号问题，议礼双方展开了激烈的论争，直到嘉靖十七年才最终确定。在议礼的不同阶段，"议定"的尊号也各不相同，在双方达成暂时的一致之后，朝廷每次都会诏告天下，而下一阶段的议礼又都推翻之前的结论。朝廷一共四次发布议定尊号的诏书，本文分别讨论。朱厚熜之母蒋氏的尊号是附带在朱祐杬的尊号争论中一并讨论的，故而本文中也一并讨论。

（一）第一次正名

正德十六年四月，礼部在集议大礼之后，尚书毛纪联合多人署名上疏建议皇帝"改称兴献王为'皇叔父兴献大王'，兴献王妃为'皇叔母兴献王妃'，凡祭告兴献王、妃，皇上俱自称'侄皇帝'"[2]。他们照搬了宋代濮议中司马光、程颐的观点，毛纪称"今兴献王于孝宗为弟，于皇上为本生父，与濮安懿王事正相等"[3]。杨廷和称"程颐濮议最得礼义之正断，宜称皇伯（叔）考兴献大王"[4]。朱厚熜对礼部让他改易父母的主张感到非常气愤，下令重议。礼部再次集议后上疏，称给朱祐杬上"皇叔父兴献大王"的尊号已经是到了极致的"尊崇之典"。[5]

---

[1] 大礼议中类似的材料较多，如：宗法派在议朱厚熜祖母邵氏尊号时主张称"皇太太妃"，"如此则名正言顺，彝伦既正，恩义亦笃矣"（《明世宗实录》卷五，第 1—2 页）。礼部第四次集议认为考兴献王是"名不正，言不顺"（《明世宗实录》卷六，第 12—13 页）。人情派张璁在《大礼或问》中称："夫以今日之急务，正名也。名正则言顺、事成而礼乐兴矣。"（《明世宗实录》卷八，第 12 页）朱厚熜在嘉靖三年九月议定大礼的诏书中称："名正则言顺事成，而礼乐刑罚各臻于至理。"（《明世宗实录》卷四十三，第 6—7 页）方献夫上疏曰："为政必先于正名，缘情乃所以制礼。"（杨一清、熊浃等：《明伦大典》卷十七，嘉靖七年内府刻本，第 18 页。下引此书只标书名、卷次、页码）
[2]《明世宗实录》卷二，第 11 页。
[3]《明世宗实录》卷二，第 11 页。
[4] 张廷玉：《明史·杨廷和传》，中华书局，1974 年 4 月第 1 版，第 5037 页。
[5]《明世宗实录》卷二，第 24 页。

在朱厚熜孤立无援之际，观政进士张璁上《大礼疏》，他基于孝道，反对宗法派改易父母的主张。张璁虽然没有具体说明兴献王到底享用什么尊号，但称其为"圣考"，不改变父子关系，还要"别立圣考庙于京师，使得隆尊亲之孝"[1]。张璁的尊亲主张被杨廷和斥为书生之见，朱厚熜亲自下达尊父亲为帝的手诏也被内阁封还。毛纪说皇帝"由旁支绍正统，则不当私帝后其所生"。如果一意孤行，"则人情不安，名不正，言不顺"。[2]有趣的是，虽然两派势同水火，但张璁也认为他的尊亲之举是"名正则言顺、事成而礼乐兴"[3]。

朱厚熜在登极之后已派人接母亲蒋氏来北京皇宫。九月二十五日，蒋氏抵达通州，听闻宗法派的议礼主张后十分气愤，不肯入京。无奈之下，朱厚熜以退位相逼，杨廷和见"理势不容已"，只得让步，以奉张太后懿旨的名义，起草了追崇兴献王、兴献王妃为"兴献帝""兴献后"的敕书，皇帝批准了这个敕草。[4]

嘉靖元年三月，朝廷举行上尊号、册宝的盛大礼仪，诏告天下，给朱祐杬夫妇上的尊号是"本生父兴献帝""本生母兴国太后"：

> 自古帝王以孝治天下，尊亲之礼其来远矣。……谨奉册宝，上圣母尊号曰昭圣慈寿皇太后，皇嫂曰庄肃皇后。又奉圣母懿旨，上圣祖母尊号曰寿安皇太后，本生父母曰兴献帝、兴国太后。大礼既举，洪恩诞敷。[5]

这一阶段，朱厚熜虽然实现了给生父母上尊号为"帝""后"的愿望，取得了"争帝"环节的胜利，但称孝宗皇后为"圣母"，在亲生父母尊号前加"本生"二字，实继孝宗之嗣，与朱祐杬是叔侄关系。

---

[1]《明伦大典》卷三，第5b—17a页；《明世宗实录》卷四，第3—4页。
[2]《明世宗实录》卷六，第12—13页。
[3]《明世宗实录》卷八，第8—15页。
[4]《明伦大典》卷六，第1b页；谷应泰：《明史纪事本末》，中华书局，2015年，第738页。
[5]《明世宗实录》卷六，第6页。

（二）第二次正名

嘉靖二年十一月，南京刑部主事桂萼上《正大礼疏》，反对继嗣孝宗，认为朱厚熜是入继之主，不是为人后，提出要重新厘定君臣父子关系：

> 臣愿皇上速发明诏，循名考实，称孝宗曰皇伯考，武宗曰皇兄，兴献帝曰皇考，而别立庙于大内，兴国太后曰圣母，则天下之为父子君臣者定。[1]

桂萼除了呈上自己的奏疏外，还将嘉靖元年正月时任巡抚湖广都御史席书和吏部员外郎方献夫的两份赞成尊亲的议礼疏附上。此二疏当时因故未上，但早已传播开来。议礼本来已经消停了一年多时间，迫于群臣的反对，朱厚熜有些心灰意冷。桂萼此疏一上，重新燃起了皇帝的热情。三年二月，杨廷和辞职，人情派议礼尊亲最大的障碍已经扫除。朱厚熜又命集议大礼。时任礼部尚书汪俊、吏部尚书乔宇拟定"于孝宗称皇考，于兴献帝称本生考"，后又在本生考、本生母前加"皇"字，取得了朱厚熜的满意。四月，朝廷第二次诏告天下：

> ……兴献帝尊号曰"本生皇考恭穆献皇帝"，兴国太后尊号曰"本生圣母章圣皇太后"。义专隆于正统，礼兼尽夫至情。[2]

至此，兴献王尊号已改为"本生皇考恭穆献皇帝"，兴献后尊号改为"本生圣母章圣皇太后"，朱厚熜"争皇"成功。但尊号中还有"本生"二字，意即他名义上还是过继给孝宗夫妇当儿子。

（三）第三次正名

嘉靖三年五月二十四日，张、桂到京，同上疏称，议礼以来虽然已经两次下诏，但"典礼益甚乖舛"，条陈七事，反对两考并存，力主去"本

---

[1]《明世宗实录》卷三十五，第2—3页。
[2]《明世宗实录》卷三十八，第8页。

生”二字。[1] 六月，吏部员外郎薛蕙上《为人后解》二篇、《为人后辨》一篇极辨张璁等诸说，[2] 何孟春草疏达旦，都无济于事。七月，朱厚熜下令：“本生圣母章圣皇太后，今更定尊号为圣母章圣皇太后。”[3] 十五日，左顺门事件[4] 发生。九月，朝廷第三次诏告天下：

> 人君为治，必本于孝道。圣人论政，必先于正名。孝在笃于亲，而名贵循其实。自古及今，未有外是而能化成天下者也。……恭献皇帝为皇考……夫孝立则笃近举远，而家邦四海咸囿于至仁；名正则言顺事成，而礼乐刑罚各臻于至理。[5]

至此，朱祐杬、朱厚熜的父子关系终于确定。

（四）第四次正名

嘉靖十七年，致仕同知丰坊上奏，引《孝经》中“孝莫大于严父，严父莫大于配天”的说法，请求恢复古礼，建明堂，给献皇帝加庙号，“称宗以配上帝”，[6] 重新挑起朱祐杬的名号之争。这一建议表面上是建明堂祭天，实际上是要给朱祐杬加庙号、配享上帝。明堂秋享祭天之礼，要以先祖配祭，而“国典有缺”，且“古法难寻”，[7] 到底以谁配享，君臣分歧很大。至于加庙号，按惯例，只有皇帝死后入祔太庙祭祀时才会有庙号，一旦有了庙号，便要入祔太庙，而朱祐杬没有当过皇帝，丰坊的主张显然是违背礼制的。

时任礼部尚书严嵩等认为，明堂应建，至于以谁配享，根据历代以来的做法，无外乎皇帝之父、有德之君两种选择，前者“主于亲亲”，后者

[1]《明世宗实录》卷三十九，第7—8页。
[2]《明世宗实录》卷四十，第6—8页。
[3]《明伦大典》卷十五，第1页。
[4] 左顺门事件是指嘉靖三年七月百官阻止朱厚熜去掉其父尊号中的“本生”二字而跪伏左顺门嚎哭撼门请愿的行动。朱厚熜出动锦衣卫武力镇压了这次请愿，逮系五品以下官员134人下狱，四品以上86人待罪，后又搜捕奔匿者，拷讯、编伍、廷杖、夺俸各有差等，杖死17人。
[5]《明世宗实录》卷四十三，第6—7页。
[6]《明世宗实录》卷二百十三，第2页。
[7]《明世宗实录》卷二百十三，第2—3页。

"主于祖宗之功德"，在当下则是献皇帝或太宗文皇帝二选一。[1] 至于称宗加庙号，严嵩等表示"不敢妄议"，实际是反对称宗。朱厚熜不满礼部的答复，命再议。

户部侍郎唐胄上疏争辩：明堂祭祀以父配天，这是"误识《孝经》之义而违先王之礼"。他引用议礼之初人情派大臣席书、张璁、桂萼以及朱厚熜本人当时关于朱祐杬不祔太庙的言论，主张以高祖、太祖配享，至于献皇帝，"不待称宗、不待议配而专庙之享，亦足垂亿万世无疆之休矣"。[2]

朱厚熜览疏大怒，将唐胄下锦衣卫拷讯，后罢黜为民。于是礼部再会廷臣，同意称宗配享，朱厚熜"以疏不言祔庙，留中不发"。他作《明堂或问》一篇，以示辅臣，阐发了让朱祐杬配帝、称宗、祔庙以及将太宗庙号改"宗"为"祖"的观点。礼部迫于皇帝的威权，采纳了这些主张。

九月十一日，朝廷举行上尊号礼，尊文皇帝庙号为成祖，谥号为启天弘道高明肇运圣武神功纯仁至孝文皇帝；尊献皇帝庙号为睿宗，谥号为知天守道洪德渊仁宽穆纯圣恭俭敬文献皇帝。二十一日诏示天下。

围绕朱祐杬的尊号展开的四次正名可以分为争考与称宗两个阶段。前三次正名是争考：先是改王为帝（争帝）；然后是改帝为皇帝，加皇字（争皇）；再去"本生"二字，实质是要维护皇帝与朱祐杬的父子关系，否认与孝宗的父子关系。在大礼议论争的诸多问题中，最核心的是争考问题，也就是朱厚熜以谁为父的问题。人情派敏锐意识到这一点，嘉靖三年三月，在朝廷就朱祐杬的尊号问题第二次诏告天下之后，张璁上疏称：

> 以皇上称孝宗为皇考、称兴献帝为本生父，父子之名既更，推尊之义安在？……故今兴献帝之加称，不在于"皇"与不"皇"，实在于考与不考。推尊者人子一时之至情，父子者万世纲常，不可易也。[3]

他要求"再诏中外，必称孝宗为皇伯考，兴献帝为皇考，武宗为皇兄，则

---

[1]《明世宗实录》卷二百十三，第 2—3 页。
[2]《明世宗实录》卷二百十三，第 3—5 页。
[3]《明世宗实录》卷三十七，第 6—8 页。

陛下父子、伯侄、兄弟名正、言顺、事成而礼乐兴矣"[1]。

在争考成功、维护了父子关系之后，朱厚熜借助丰坊的上疏，实现了让父亲称宗的目的。至此，尊号问题得以最终解决。如果说考虑到孝道与亲情，争考还有一定合理性的话，那么称宗则完全是名不副实、僭越非礼之举，这一点在下文对用名的分析中可以清楚地看到。

三、议礼与用名

正名的问题解决后，用名便是在政治活动中将正确的名用到需要的场合、将隶属于名的身份与职责或权利与义务加以落实。因为朱祐杬之尊号经过长期争论、反复更改之后才最终确定，因之，蒋氏、邵氏的名分也是迟迟未能确定，而即便在尊号暂时确定之后，议礼双方对"名"后面的"实"的含义认识不一，这使得原本相对简单的用名问题也变得异常复杂。

（一）朱祐杬的用名问题

在传统社会，祭祀制度是礼制的重要组成部分，在正名定分的原则下，具有不同身份的人享有严格对应的祭祀规格。朱祐杬的祭祀问题是大礼议贯穿始终的核心内容，本文主要选取安陆陵庙祭祀与称宗祔庙两个事件进行讨论。

朝廷于嘉靖元年三月第一次诏告天下，给朱祐杬夫妇上的尊号是"本生父兴献帝""本生母兴国太后"。朱厚熜设祠祭署于父亲的葬地安陆州，以皇亲蒋荣世袭奉祀，主持山陵的祭祀。王府内家庙则令州官置祭。[2] 在祭品、乐舞的设置与规格上，朝臣们产生了争议。太常寺卿汪举奏安陆庙祭祀宜参照太庙仪制，用十二笾豆，朱厚熜允之。至于乐舞，礼部认为"宜上下有等"，帝命会议。[3] 会议之后，礼部认为当仿照凤阳皇陵，用

[1]《明世宗实录》卷三十七，第6—8页。
[2]《明世宗实录》卷四十四，第8页。
[3]《明伦大典》卷九，第2a—2b页。

十二笾豆，不设乐舞。朱厚熜不同意，坚持使用八佾。

"礼有以多为贵者"，[1] 笾豆和乐舞的数量与规格是被祭祀者尊卑地位的体现。太庙是供奉本朝历代帝王的皇室家庙，凤阳则是太祖朱元璋的故乡和父母的坟墓所在地。朱元璋的父亲朱世珍，死后被追尊为明仁祖淳皇帝，其坟墓被重建，在洪武初年被尊为皇陵。太庙的祭祀用十二笾豆、八佾，凤阳陵庙只用十二笾豆，不设乐舞。这显示了追尊之帝与治世之帝的区别。嘉靖二年四月，宗法派大臣纷纷上议：

> 正统本生，义宜有间；乐舞声容，礼可无别？八佾既用于太庙，安陆庙祀似当少辨，以避二统之嫌也。[2]
>
> 太庙礼乐用于天子，不可用于臣下；用于京师，不可用之于藩国。今以蒋荣主祀而专天子之礼乐，名分不正，可无惧乎？[3]

可见，朱祐杬虽然有帝号，但这一名背后的实的含义，在议礼双方的解读中并不一致，因而造成用名时的分歧。宗法派从正统与本生的区别实即大宗与小宗的区别出发，坚持降低安陆庙的祭祀规格，以免"二统之嫌"。对此，张璁后来根据《礼记·王制》中"丧从死者，祭从生者"的规定，如此解释：

> 皇上以天子礼乐祀献皇帝，所谓"祭从生者"也，诸臣乃谬论十二笾豆及八佾之非，何哉？[4]

本来，丧葬之礼"从死者之礼"，葬后祭祀时，"以子孙官禄祭其父祖"是符合《礼记》的要求的，[5] 朱厚熜是天子，可以用天子之礼（十二笾豆、八佾）祭其父。问题是，朱祐杬与朱厚熜的父子关系在当时是未被确认的。宗法派争辩道：

> 陛下既考孝宗而叔兴献帝，则凡献庙之礼，皆非陛下之所得为。

---

[1] 李学勤主编：《十三经注疏·礼记正义》，第 722 页。
[2] 礼部侍郎贾咏、吴一鹏等上疏，《明世宗实录》卷二十五，第 2 页。
[3] 何孟春上疏，《明世宗实录》卷二十五，第 3—4 页。
[4]《明伦大典》卷九，第 5b—6a 页。
[5] 李学勤主编：《十三经注疏·礼记正义》，第 382 页。

　　既往之失已不可追，而更用八佾之舞，其失弥甚矣。[1]

　　　　兴献帝于陛下不得而子明矣，八佾之舞，岂献庙之所得为乎？今既用十二笾豆，宜如凤阳，不必用乐可也。[2]

宗法派认为，使用十二笾豆已经是"既往之失"，乐舞规格上不能再错，宜参照凤阳，不用乐。朱厚熜考孝宗，朱祐杬与朱厚熜只是叔侄关系，安陆庙的祭祀，"非陛下之所得为"。但此时的朱厚熜，根本听不进意见，"时廷臣集议者数四，疏留中凡十余日，特旨竟用八佾"[3]。

　　在安陆乐舞之争以外，涉及用名的情况所在多有，影响最大的是朱祐杬的称宗祔庙。嘉靖十七年丰坊上疏要求给朱祐杬加庙号，"称宗以配上帝"，[4]经过一番争论和斗争，朱厚熜实现了给父亲加庙号（睿宗）的心愿。庙号用于太庙中举行的祭祀活动，所谓"称宗必祔庙"，庙号的用名就是祔庙。礼部提出的具体做法是"祔于孝宗之庙"[5]。朱厚熜一开始对这个方案不满意，理由是一个庙"恐不能容奉二主"。严嵩等复言：孝宗的寝殿无法容奉二主，再建新宫则地势不足，"今皇考神主宜仍于特庙，而遇祫享，太庙恭设神座，与皇伯考同居昭位，则在庙有常尊之敬，在祫无不预之嫌矣"[6]。朱厚熜亲自到孝宗庙察看了一番，同意了这个做法。可见，朱祐杬的神主平时是放在"特庙"也就是献皇帝庙的，只有在太庙举行时享的时候，才会移入孝宗庙，避免了未祔庙不能享用太庙时享的遗憾。

　　朝廷在九月十一日举行上尊号礼后，二十一日在玄极宝殿举行大享明堂之祀，奉睿宗配，礼成后诏示天下。至此，建明堂、加庙号称宗、配天，丰坊之议均已实现。

　　朱祐杬庙号的用名行为造成一个"非礼"的情况，那就是，他在太庙中的位置与孝宗相同，在武宗之上。而朱祐杬生前作为藩王，为武宗之臣，臣死后却位居君主之上，显然这是违背礼制的。对此，《明史·礼志

[1] 给事中张翀、黄臣等上疏，《明伦大典》卷九，第4页。
[2] 御史唐凤仪等上疏，《明伦大典》卷九，第4—5页。
[3]《明世宗实录》卷二十五，第14—15页。
[4]《明世宗实录》卷二百十三，第2页。
[5]《明世宗实录》卷二百十三，第8页。
[6]《明世宗实录》卷二百十三，第8页。

一》批评道："暨乎世宗，以制礼作乐自任……独其排众议，祔睿宗太庙跻武宗上，徇本生而违大统，以明察始而以丰昵终矣。"[1]

（二）蒋氏的用名问题

正名是用名的前提，如果名未正，那么用名便易生纷争。我们这里以入门礼仪的争论为例来探讨蒋氏的用名问题。朱厚熜在正德十六年四月初登极后，很快便派人往安陆迎接生母兴献王妃蒋氏来北京皇宫。八月，命礼部商议迎接蒋氏的礼仪。尚书毛澄等人拟定方案：

> 宜豫遣文武大臣各一员于通州境外奉迎。至日，**母妃**由崇文门入东安门，上具黑翼善冠黑犀带素袍于东华门迎候，文武百官各具青素服于会同馆前东西序立候，**母妃**舆过，退。次早，上御西角门，百官致词行庆贺礼。若至期在山陵事毕之后，上具翼善冠服，百官具锦绣服照前迎候。次日，上御奉天门，百官致词庆贺。[2]

此时议礼未定，宗法派想给蒋氏上尊号"皇叔母兴献王妃"，他们主导发布的奉迎诏书、笺文以及奉迎礼仪都称蒋氏为"母妃"。朱厚熜对这个方案批复道："奉迎遣文武大臣依拟，入门礼仪再议以闻。"[3] 他不同意礼部拟定的让蒋氏以王妃之礼入皇宫之门的安排，要求再议。

礼部再次拿出方案，"礼官复议入门之仪，欲由正阳左门进大明、承天、端门、午门之东王门入宫"[4]。朱厚熜还是不同意，命再议。礼部第三次拿出方案："窃以**母妃**南来，必由大道进京，自通州至朝阳门路直且顺，从此进东安门便。"[5] 朱厚熜仍然不满意，亲自拟定其仪曰："**圣母**远来，定从正阳门由中道行入朝庙，其宫眷进朝阳、东华等门。"[6] 在钦定入门之仪

---

[1] 张廷玉：《明史》，中华书局，1974 年 4 月第 1 版，第 1224 页。丰昵：指典祀之礼特厚于近亲。
[2] 《明世宗实录》卷五，第 5 页。
[3] 《明世宗实录》卷五，第 5 页。
[4] 《明世宗实录》卷五，第 9 页。
[5] 《明世宗实录》卷六，第 3 页。
[6] 《明世宗实录》卷六，第 3 页。

后，又命准备奉迎的驾仪，礼部请用"王妃凤轿仪仗"，朱厚熜不从，下诏改为"**母后**驾仪"，[1]强行以皇帝的权威中止了论争。

因为尊号未定，入宫礼仪无法确定，蒋氏在到达通州后已经等待了十多天。后来朱厚熜以"避位"相逼，宗法派才以孝宗皇后的名义，起草了追崇兴献王、兴献王妃为"兴献帝""兴献后"的敕书，朱厚熜批准了这个敕草。[2]第二天，十月初四，蒋氏至京，由大明中门入宫。

传统中国的政治伦理极重名分。礼部的三个方案从崇文门进东安门、正阳左门进大明等门东门、朝阳门进东安门，都有意避开了从正阳门走皇宫中道入宫的方式，因为作为王妃的蒋氏是没有资格走这条道的。他们的立场从在争论中一直称蒋氏为"母妃"这一点便可以看出来。在一心要尊亲的朱厚熜看来，蒋氏从他登极之日起便已不是王妃，而是"母后""圣母"，这也可以从称呼中看出来，故可以走正阳门。议礼双方在蒋氏入门礼仪的争论上始终是各说各话，原因就在于尊号未定，名称未正。而入门礼仪则是用名的问题，因而也就难以达成共识了。

嘉靖元年二月，皇帝之母蒋氏的尊号已经议定，但未履行举行仪式、盖玉玺的程序，适逢蒋氏生日，朝廷以"未上尊号用宝免贺"[3]。可见，正名之于用名，是必需的前提条件，否则便会开启纷争和混乱。

四、结论

议礼双方虽都声称要正名定分，但宗法派强调维护宗法礼制，人情派则基于孝道亲情，双方于尊尊、亲亲各执一端，势同水火。因为根本立场的区别，双方对君臣、父子人伦之实的认识歧异太大，各自提出的名自然也迥然不同，然后再用各自不同的名来正实，其结果必然是自说自话。宗法派基于继嗣孝宗的主张，要正的是孝宗与朱厚熜的父子之名，竭力构建二人的父子关系。他们虽然面临朱厚熜推尊父母、祖母的强大压力，给予

[1]《明世宗实录》卷六，第 4 页。
[2]《明伦大典》卷六，第 1b 页；谷应泰：《明史纪事本末》，中华书局，2015 年，第 738 页。
[3]《明世宗实录》卷十一，第 1 页。

朱祐杬夫妇、邵氏相应的尊号，但在用名的实践中并未打算给予相应的地位和待遇，在很大程度上将尊号视为虚号。人情派要正的是朱祐杬与朱厚熜的父子之名，极力拒绝继嗣孝宗。他们在议礼早期处于被动地位，做出妥协，称孝宗为皇考，在为朱厚熜父母、祖母争得尊号之后，便要求循名考实，将虚号坐实，使之享有一应相关待遇。

总的来说，大礼议"七争"之中的前三争（争考、争帝、争皇）以及后来的加庙号称宗，都是争论正名的问题；后四争（争庙、争路、争庙谒、争乐舞）以及后来的配天、祔庙则是用名的问题。如果说，孔子的正名学说的价值在于提醒人们"名之不确定性、随意性必然对政治带来影响"[1]，那么，明代大礼议则恰好是一个极佳地展示这种影响能大到何种程度的案例。孔子云："惟器与名，不可以假人。"[2] 在传统社会，不同身份的人拥有各自不同的名，这从根本上保证了社会运转的规范性、合理性。识实以正名，正名以用名。名不副实，必生混乱与纷扰。

On rectification and Uses of Names
——Rethinking the Grand Ritual Controversy of Ming dynasty

（ Liu Wen, Institute of Logic and Cognition & Department of Philosophy, Sun Yat-sen University, 510275 ）

Abstract: Two core issues in the Grand Ritual Controversy center on Zhu Youyuan's "Imperial title and temple sacrifice". In essence, these two issues are concerning the issue of "rectification of names and settlement of resposibility" with a view to determining father-son and ruler-subject relations. There are two aspects to this issue: rectification of names and uses of names. Rectification of names means to correct names, thus taking it as preliminary to understand and recognize reality. Besides the designation of appripriate occasions, uses of names mean to implement the statuses, entitlements in practice and to rectify any reality

[1] 曹峰:《孔子"正名"新考》,《文史哲》2009 年第 2 期，第 68 页。
[2] 李学勤主编:《十三经注疏·春秋左传正义》，第 690—691 页。

which goes against names. Based on this, this paper aims to reveal how rituals play a profound role in the politics of Jiajing's rulership by analyzing the four attempts to rectify and use names by Zhu Youyuan and Jiangshi in the Grand Ritual Controversy.

Keywords: Rectification of names; Uses of names; Grand Ritual Controversy

王夫之"夷夏之辨"的两种主体批判

——以其对许衡的评论为中心

古宏韬[*]

摘要： 在近代前夜的中国，以元朝、清朝建立为契机，士人阶层不断审视华夏文化的民族价值观。元代名士许衡的学说对中国社会影响深远，而他出仕元朝的身份则长期引起争议。清初学者王夫之经历了明亡清兴的剧变，其民族思想主张较为激进，坚持排斥夷狄的思想斗争。王夫之在其"夷夏之辨"的民族史论中，将矛头指向了以许衡为代表的先代思想家，围绕两种主体——儒者和商人阶层的历史地位展开批判。他强调儒者应承担民族兴亡的责任，而商贾则是与夷狄和异端同流的人群。这些对特定社会主体的批判，一方面有过激之处，一方面表明王夫之的民族思想重视具体的"人"在历史进程中发挥的作用。

关键词： 王夫之；民族思想；许衡；儒者；商人阶层

清初著名学者王夫之的民族思想，是一个历久弥新的话题，对当代中国民族国家的观念形成有着重要的启迪意义。较早关注王夫之民族思想的近代学者，注意点还在古典的华夷矛盾上，他们将其作为克服清朝统治影响的思想资源。[1] 随着材料和认识的积累，研究者们在单纯的批评之外，看到了王夫之民族理论的一部分客观历史价值。如萧公权、萧萐父说其强调华夷的差别，主要是因地域不同导致了文明与野蛮的冲突，并总结出历

---

*作者简介：古宏韬，武汉大学哲学学院国学专业在读博士研究生，研究方向为中国传统哲学，邮箱：66707568@qq.com。

[1] 可以参考：嵇文甫的《王船山的民族思想》(《时代中国》1943年第4期)，刘国刚的《船山〈黄书〉的民族思想》(《周行(长沙)》1936年第1期)，张永明的《关于王船山民族思想之一斑》(《时事半月刊》1940年第20期)等文。

史发展由野蛮而趋于文明的大方向；冯天瑜指出王夫之看到中华和夷狄此退彼进、文化中心迁移的事实，由此认识到文化中心并非永恒不变。[1] 现代对王夫之民族思想的研究，大多建立在这些理论的基础上，并提炼转化为政治思想，成果比较丰富。[2] 不过事实上，王夫之在讨论"夷夏之辨"的民族问题时，其批判牵涉到儒者、商人阶层等主体，转入对人之主体性的讨论，并反映出某些客观存在的时代现象，这在他对元代许衡的议论里尤其明显，而前人尚未充分关注到这方面。传统的"夷夏之辨"，自先秦孟子、汉代公羊学的发端后，需要在各种新的历史主体的语境下不断诠释，在元明清变局之时同样如此。本文从王夫之对许衡的评价切入，尝试考察其民族思想对于儒者和商人阶层的态度，审视在"夷夏之辨"投射下不同社会主体于明清之际的历史定位，以及揭示他们如何与民族兴亡发生逻辑关联。

一、许衡与王夫之：两种王朝遗民的命运和思想

许衡和王夫之，一个是元初的金朝遗民，一个是清初的明朝遗民。他们同样经历了亡国亡种的历史危机，都有着遗民的身份。但他们的命运与思想，却走上了迥然不同的两个方向，而那些分歧也构成了王夫之批判许衡的思想根源。

许衡（1209—1281），字仲平，又称鲁斋先生，生于金朝统治下的北方中国。当时正值北方蒙古人取代金朝崛起，并逐渐吞并南宋的历史时期，许衡便成为金朝遗民。他将发扬程朱理学当作自己的学术理想并予以

---

[1] 可以参考：萧公权的《中国政治思想史》第十九卷《王夫之》（辽宁教育出版社，1998 年），萧萐父、许苏民的《王夫之评传》（南京大学出版社，2002 年），冯天瑜的《王夫之创见三题》（上海人民出版社，2006 年）等。
[2] 主要的研究成果包括但不限于：水原重光的《王夫之的民族思想》（船山学社，1982 年），萨孟武的《中国政治思想史》第五章《王夫之的社会进化论》（东方出版社，2008 年），余明光的《论王夫之的民族思想》（《中国史论集：中》，湘潭大学出版社，2013 年），谷方的《论王船山的民族思想》（《中国哲学》1983 年第 10 期），龚鹏九的《也谈王船山的民族思想》（《船山学刊》1985 年第 2 期），胡发贵的《论王夫之夷夏观》（《学海》1997 年第 5 期），张学智的《王夫之〈春秋〉学中的华夷之辨》（《中国文化研究》2005 年第 2 期），彭传华的《王船山民族思想基本观点概览》（《民族论坛》2010 年第 8 期），吴根友的《王夫之"文明史观"研究》（《中国哲学史》2020 年第 1 期），等等。

实践，开创了中原朱子学传承的新局面。在野的许衡引起了蒙元统治者的关注，而他也认为在蒙古政权中推广儒学是自己责无旁贷的义务，于是接受了元朝的国子祭酒和太史等职位，并一度成为太子的太傅。他重视发展文化教育，对元朝太学的组织和教学都有重要贡献。

许衡给战乱后的中国社会指出了文化发展的方向，特别是对异族大一统的元朝而言，强调了汉民族政治、学术文化的重要意义。他在给元世祖忽必烈的进言中说："考之前代，北方奄有中夏，必有汉法，可以长久……陆行资车，水行资舟，反之则必不能行。幽燕以北，服食宜凉，蜀汉以南，服食宜热，反之则必有变异。以是论之国家，当行汉法无疑也。"[1] 类似的这些言论，为元朝推行汉族政治文化起到了巨大的作用，后人一般称之为"用夏变夷"。他亲自在太学中招收蒙古学生，讲授古典，还专门为异民族修订了一套基础课程，这种形式甚至影响到了朝鲜等地区的儒学传播。由此可见，许衡对中华文化重建的影响深远，且其影响已广布天下，遍及各蛮夷、异族之地了。

后世对许衡思想的印象，还常涉及他的"治生"理念。许衡曾告诫学者："……为学者治生最为先务，苟生理不足，则于为学之道有所妨。彼旁求妄进，及作官嗜利者，殆亦窘于生理之所致也。士君子当以务农为生，商贾虽为逐末，亦有可为者，果处之不失义理，或以姑济一时，亦无不可。若以教学与作官规图生计，恐非古人之意也。"[2] 许衡的这些话，事实上肯定了儒者参与农耕乃至商业活动的正当性，并因他在元代思想界的影响力广为人知，成为明清时人广泛讨论的一种话题。

异族政权给予了许衡很多褒奖。元世祖在诏书中称赞他"天资雄厚，经学精专，大凡讲论之间，深得圣贤之奥"。[3] 在他去世后，元朝不仅命欧阳玄专门为他撰写了歌功颂德的《神道碑》，称其为"不世之臣"，还先后追封他为正学垂宪、佐运功臣、魏国公等，并与宋代名儒一同从祀孔子，

[1][元] 许衡：《许衡集》卷 7《时务五事·立国规摹》，东方出版社，2007 年，第172 页。
[2][元] 许衡：《许衡集》卷 13《附录·通鉴》，第 303 页。
[3][元] 许衡：《许文正公遗书》卷首《元朝诏诰》，乾隆五十五年刻本。

尊荣之极堪比朱熹。[1] 到了清朝，康熙皇帝同样对许衡评价很高，他出于表彰理学的目的，将许衡的成就与宋代大儒真德秀的功勋相提并论。[2] 与此相对地，社会和思想界对他的评价却常常褒贬不一，明代以来人们对他的态度可以分为三类：一是赞扬许衡"用夏变夷"的历史功劳；二是讥刺他"失身元廷"，委身服事蒙古人，"有害名教"，以至于其著作思想也统统不可取；三是认为他在元朝出仕，却不能彻底移风易俗，终究于事无补。[3] 这些都是明清两个朝代的人对许衡常见的历史评价。在评价风向上，王夫之明显比较倾向社会上的第二种论调，对他的民族立场和思想质疑。

作为清初遗民民族思想的代言人之一，王夫之的民族立场大体上比较鲜明，如他的《读通鉴论》中就有很多非常激进的华夷论。他认为，作为异族的夷狄根本不配称为人："夷狄者，歼之不为不仁，夺之不为不义，诱之不为不信。何也？信义也，人与人相于之道，非以施之非人者也。"[4] 因此，夷狄谈不上拥有人类的伦常道德，不可能受到感化或改造，"恩足以服孝子，非可以服夷狄者也；谊足以动诸侯，非可以动夷狄者也"。[5] 这种丝毫不留余地的矛盾对立关系，可以认为是王夫之绝大多数民族思想理论的基调。当然，他民族观的时代印记显而易见，是基于明亡清兴的历史背景而成立的。其思想的形成伴随着清军入主和各种抵抗运动，因此对斗争、冲突的强调在所难免。他本人自明崇祯帝死去后辗转南明，参与民兵抗清，并坚决不剃发、不向清朝妥协，最后遁入湖南的山野中治学度过余生，未曾出仕清朝。这段略显悲壮的遗民生涯，是他民族思想的最好注脚。

---

[1]［元］许衡：《许衡集》卷 13《附录·神道碑》，第 286—295 页。
[2]［元］许衡：《许文正公遗书》卷首《元朝诏诰》，乾隆五十五年刻本。
[3] 此处可参考《鲁斋遗书》卷 14《先儒议论》中的一些评论性文章。如：《清江彭纲题》："鲁斋许先生，为元一代大儒。遭逢世祖致身通显，而其成己成物、用夏变夷之功，自有不可泯者。或者訾其失身元廷，殊非公论。"《郡人何瑭题河内祠堂记》："独近世儒者，谓公华人也，乃臣于元，非《春秋》内夏外夷之义，有害名教。……或有谓公虽臣元，亦不能尽变其夷狄之俗，似无所补者，窃以为不然。"《郑王稽古千文叙》："或曰：'鲁斋仕元之非士君子'，讥之以谓出处既不可取，而政事著作亦不足取也。"
[4]［清］王夫之：《读通鉴论》卷 4《汉昭帝》，《船山全书》第 10 册，岳麓书社，2010 年，第 155 页。
[5]［清］王夫之：《读通鉴论》卷 4《汉宣帝》，《船山全书》第 10 册，第 169 页。

许衡和王夫之在面对民族危机时的不同反应及人生结局，使他们在对民族大义的理解上截然相反，也导致王夫之注定不可能跟许衡达成思想上的和解。同时，王夫之还有意利用了许衡备受争论的遗民形象，给他对特定主体的批判打通了一条路径。这些主体批判，最终都是为王夫之确立汉民族本位思想的"夷夏之辨"立论服务的。

二、王夫之"夷夏之辨"的第一种主体批判：儒者

在对许衡民族立场的评价和批判中，有关"儒者"这一重要社会群体的话题，是王夫之首要关注的重点。儒家学者，实际上可以指代为拥有理性、知识的广大士族阶层，在中国历史上长期是创造和维护社会理想的社会中坚力量。同时，开启"华夷"分别的立场，以此确认大一统国家文化自主、自尊性，并承担"夷夏之防"舆论先锋的，也正是儒者群体。美国学者安乐哲认为，儒家民族观念的认识方式是一种自我意识的延伸，即所谓由内至外、"推己及人"。[1] 而在此过程中，儒家将"内外"、"亲疏"、有德无德等矛盾与"华夷"矛盾构建成等价关系，儒家学者也强调通过自我修行德性来确立这种差异性。王夫之要通过"夷夏之辨"为汉民族中心理论张本，首先就不可能绕过对儒者的历史主体定位的辨析。

王夫之常在批判异民族侵略华夏的问题时提到许衡。他曾列举了一些自己心目中"失身"于夷狄的儒家官员，如下列《读通鉴论》中的文字所示："贾捐之、杨兴、［崔浩、］娄师德、张说、［许衡］，一失其身，而后世之讥评，无为之原情以贷者，皆钦之类也。"[2] 值得注意的是，文中许衡、崔浩的名字被加上了括号，因为这里属于后人辑佚而来的内容。今天流行的《读通鉴论》版本，其底本主要以同治年间曾国藩、曾国荃负责刊印，刘毓崧、张文虎参与校雠的金陵刻本《船山遗书》为主。这很可能是当时在清廷掌握文化话语权的曾国藩、曾国荃兄弟，注意到王夫之所述及的几

---

[1]［美］安乐哲：《儒家思想与实效主义》，［美］安乐哲著，温海明编：《安乐哲比较哲学著作选》，孔学堂书局，2018 年，第 51 页。

[2]［清］王夫之：《读通鉴论》卷 5《汉成帝》，《船山全书》第 10 册，第 184 页。所缺失的人名按校勘记补正。

人中、许衡、崔浩等人恰好是以汉人的身份为异族政权服务的儒者。如果他们的名字贸然见诸文字，可能会招来清朝统治者的非难，于是只好删去。由此也可以看出，清代思想界在议论民族问题方面始终存在着强烈的紧张氛围。

这仅是王夫之谈论到许衡的其中一段文字，似乎还没有特别严厉地指责其所作所为。而他在另一段评论中，则毫不留情地攻击了许衡："貌君子而实依匪类者，罚必重于小人。圣人之学，天子之位，天之所临，皆不可窃者也。使天下以窃者为君子，而王道斩、圣教夷，姚枢、许衡之幸免焉，幸而已矣。"[1]这里王夫之将元代的许衡、姚枢比拟为两汉之际的刘歆，刘对王莽政权阿谀奉承，许、姚两人则投靠元朝以求自保，极大败坏了天下的风气。显然他认为，元朝等异民族建立的政权，属于王莽篡逆自建的伪政权范畴，不具有正当性、合法性，也不适用于儒学名教中的"王道"政治理念。儒者有责任跟这样的政权划清界限，明确维护上古三代王道的政治立场，实际上也就是要求他们绝不为异民族效力，否则将在后世受到严重的道德谴责。这段话证明，王夫之在攻击异民族政权的时候，通常是与对儒者社会责任的批判相互联系的。同时他还判断，异民族不可能真正接受汉人的法则，如认为"拓跋宏之伪也，儒者之耻也……君子儒之以道佐人主也，本之以德，立之以诚，视宏之所为，沐猴而冠、俳优之戏而已矣"。[2]历史上如北魏拓跋宏的汉法改革等活动，在他看来是完全失败的逢场作戏，从根本上就不符合儒家的治国理想，并且斥辅佐异主推行汉法的儒者为耻辱，其实这就等于否定了许衡"用夏变夷"的一切努力，其评判标准非常严苛。

王夫之民族思想对儒者的批判，不仅限于许衡一人，还延伸到他对待一切儒学异端思想的方面。他认为，儒者的任务还在于严防异端思想的影响，"辟异端者，学者之任，治道之本也"。违背了先儒的教诲，与经典说法不一的内容，"乃所谓异端者，诡天地之经，叛先王之宪，离析六经之微言，以诬心性而毁大义者也"，全部都应当斥为异端。据此，他指责汉

[1]［清］王夫之：《读通鉴论》卷5《王莽》，《船山全书》第10册，第207页。
[2]［清］王夫之：《读通鉴论》卷16《齐明帝》，《船山全书》第10册，第616页。

儒在放纵异端方面有不可推卸的历史责任，认为汉代以来学术的真正问题"非文辞章句度数沿革之小有合离，偏见小闻所未逮而见为异者也"，[1] 不在于考据或家法的争论，而在于儒家自乱教化，为异端外道入侵提供了可乘之机，"汉之初为符瑞，其后为谶纬，驳儒以此诱愚不肖而使信先王之道。……儒者先裂其防以启妄，佛、老之慧者，且应笑其狂惑而贱之。汉儒之毁道徇俗以陵夷圣教，其罪奚复逭哉！"[2] 推及近世时，在元代许衡之外，他尤其反感宋代三苏、明代李贽等人的学术，说"论史者之奖权谋、堕信义，自苏洵氏而淫辞逞。近有李贽者，益鼓其狂澜而惑民倍烈"[3]，大概有两方面的考量，一则是儒者自甘堕落、不讲信义，给佛教、道教思想自宋以降在思想界的广泛渗透提供了机会，严重打击了儒学思想的地位；二则是进一步联想到明朝灭亡之事，根据他的因果判断，李贽等人败坏社会风气的学术思想也难逃干系。

总体看来，王夫之对儒者的历史地位有很高的要求。他认为，儒者不仅要在道德水平上符合成为世人准则的圣贤之道，更应进一步摆正自身在政治、学术事务方面的立场。按照他的观点，人们很容易会导出一种结论，即代表华夏文化与异民族抗衡的核心历史主体，不是任何一个皇朝或者某位帝王，而是那个特定时代里的儒者群体。与清初顾炎武、黄宗羲等人不同的是，王夫之并不时刻在政论中强调"道统"与"治统"的紧张关系，但我们依然能从他的历史评论看到"道统""治统"交替的思想线索。例如他曾说："儒者之统，与帝王之统并行于天下，而互为兴替。其合也，天下以道而治，道以天子而明；及其衰，而帝王之统绝，儒者犹保其道以孤行而无所恃，以人存道，而道不可亡。"[4] "道统"与"治统"、儒者与帝王相辅相成，互为补充，而异民族崛起的历史时期，就是中国"治统"衰微的时段。儒家维系"夷夏之辨"的精神力量，无非维系于"道统""治

----

[1]［清］王夫之：《读通鉴论》卷 7《后汉和帝》，《船山全书》第 10 册，第 279—280 页。
[2]［清］王夫之：《读通鉴论》卷 3《汉武帝》，《船山全书》第 10 册，第 144 页。逭字从辵，从官。《说文解字》："逭，逃也。"《尚书·太甲》："天作孽，犹可违，自作孽，不可逭。"
[3]［清］王夫之：《读通鉴论》卷 14《东晋安帝》，《船山全书》第 10 册，第 524 页。
[4]［清］王夫之：《读通鉴论》卷 15《宋文帝》，《船山全书》第 10 册，第 568 页。

统"两者之上，儒者不能有效掌握"治统"的走向，但有能力也有义务在"道统"建设中延续汉民族中心主义的思想。王夫之认为，儒者在面临民族危机时只能且必须挺身而出，担负起保护华夏文明的责任；他以此为基准判断，许衡等儒者的作为与其历史期望并不相符。这种自我约束和价值衡量的严格程度，甚至让人联想到近代高度重视群体社会责任的清教主义，只是王夫之思想的范畴中缺少宗教精神的因素，更多的是一种学者型的社会热忱。当代学界对许衡、李贽等人的评价已比较客观全面，王夫之强烈的民族思想，使得他对某些历史人物的认识有所偏颇，不过其思想主张和身为儒者的责任感仍有值得肯定的积极之处。

三、王夫之"夷夏之辨"的第二种主体批判：商人阶层

王夫之的民族思想重视商人阶层的作用，但认为其意义基本上是消极的。商人阶层是他"夷夏之辨"所论及的又一种重要的社会主体，且同样是透过许衡而受到批判。元明时期的中国，商业较以往更加繁荣，对内对外的贸易活动均颇为频繁，使得现代的一些研究者认为，当时的中国社会已经产生了资本主义萌芽。无论"资本主义萌芽"论成立与否，商业与商人阶层在元明清时期的中国获得了空前发展，这是明确的事实。元代的国内外贸易发达，《元史·食货志》曾提到元成宗"勿拘海舶，听其自便"，元朝廷给予贸易自由，减轻商税和鼓励通商，建设各种大都市的商业区。蒙古人、色目人和汉人一起参与经商，同时上百个国家和地区的人与中国互通有无，还产生了官商合营的"斡脱"等贸易形式，虽为国营，实则给商人提供了很大的利益和机遇；这些现象使民族、公私差异的界限在商业行为中变得模糊。明代南方各地的手工业繁荣，促进了商品经济的发达，这在今天很多学者的研究里已有阐述，成为对明代社会的共识。自皇帝、官员到基层士民，几乎无一不参与到商业活动中，特别是一般士族，将儒家文化知识与经济利益挂钩的生活方式屡见不鲜，黄省曾《吴风录》说"吴中缙绅士夫，多以货殖为急，若京师官店六郭，开行债典，兴贩盐酤，

其术倍克于齐民"[1]，就是对当时士商不分、追逐财富之风气的写照。王夫之在批判儒者的基础上，自然不会忽略士人在商业上的生产生活方式，进而从其中"义利之辨"的角度上升至民族大义的问题。

从经营产业的方面而言，王夫之对许衡的治生观相当反感。如前文所述，许衡曾经鼓励儒者参与一定程度的农业和商业活动，以确保自己不至于生计艰难，这原本是无可厚非的现实考量。王夫之却义正严辞地予以驳斥："人主移于贾而国本凋，士大夫移于贾而廉耻丧。许衡自以为儒者也，而谓'士大夫欲无贪也，无如贾也'。杨维桢、顾瑛遂以豪逞而败三吴之俗。"[2] 在他看来，似乎在任何一种公私情境下，效仿商人阶层追求利益，都是不利于社会发展的负面行为。杨维桢和顾瑛都是元明之际的士大夫代表，不同程度投身于商业中，并且思想较为开放。但王夫之无视他们的积极影响，同列两人在许衡之后，将他们与王朝和地方社会的崩溃联系起来，试图证明商业是社会风气堕落的根源。这样严厉的批判，在王夫之的其他著作或言谈中也并不多见。

此后，王夫之特意独树一帜，在他的民族观中加入了商人批判的因素。如他曾分析：

> 商贾者，于小人之类为巧，而蔑人之性、贼人之生为已亟者也。乃其气恒与夷狄而相取，其质恒与夷狄而相得，故夷狄兴而商贾贵。许衡者，窃附于君子者也，且曰："士大夫居官而为商，可以养廉。"呜呼！日狎于金帛货贿盈虚子母之筹量，则耳为之聩，目为之荧，心为之奔，气为之荡。衡之于小人也，尤其巧而贼者也，而能溷厕君子之林乎？[3]

这段话的内涵十分耐人寻味。据其理论来看，商人阶层竟然与夷狄源于相同的自然之气，性质上也属同类，由此推断，历史上夷狄兴起的时期必然有商人阶层的崛起。姑且不论这种说法是否合乎史实和逻辑，事实上

---

[1][明]黄省曾：《吴风录》，杨循吉等著，陈其弟点校：《吴中小志杂刊》，广陵书社，2004 年，第 178 页。
[2][清]王夫之：《读通鉴论》卷 3《汉景帝》，《船山全书》第 10 册，第 123 页。
[3][清]王夫之：《读通鉴论》卷 14《东晋哀帝》，《船山全书》第 10 册，第 503 页。

在王夫之本人的史论中，对商人的很多零散议论，较多集中在先秦战国时期等时代，如批评吕不韦等人的骄奢淫逸。仅就这些部分而言，我们难以推导出商人与夷狄的直接关系。因此，以上一段文字可以理解为专门针对元、明时期商贾的攻击，而其矛头直接指向了许衡；特别是，文中彻底否定了许衡赞同士大夫从商的意见，理由是儒者从商只会败坏心气，斤斤计较，离圣贤之道相去甚远。其实许衡原本的意思是有限度地赞成儒家士大夫治理产业，以维持作为学者的基本生活和尊严，同时在社会实践中落实"天理"，他本质上仍然认为商贾属于末业，这与王夫之所理解的"居官为商以养廉"显然有着较大的差别。在此，对于元明以来社会上商人阶层崛起、抢占儒家士大夫阶层话语权，同时传统的士人也受到利益鼓动投笔从商的普遍现象，王夫之似感到痛心疾首。他相信这些"堕落"的现象，能够说明异族的元朝何以迅速瓦解。而许衡正好在这个时期里提倡"治生"，似乎为新兴的儒商和市井商贾提供了理论保障，便理所当然成为王夫之的攻击目标。

紧接着上文，王夫之还进一步从义、利之辨的角度来说明商人和夷狄的关联：

> 以要言之，天下之大防二，而其归一也。一者，何也？义、利之分也。生于利之乡，长于利之涂，父兄之所熏，肌肤筋骸之所便，心旌所指，志动气随，魂交神往，沈没于利之中，终不可移而之于华夏君子之津涘。故均是人也，而夷、夏分以其疆，君子、小人殊以其类，防之不可不严也。夫夷之乱华久矣，狎而召之、利而安之者，嗜利之小人也，而商贾为其最。夷狄资商贾而利，商贾恃夷狄而骄，而人道几于永灭。[1]

他认为，商人和夷狄的最终目标一致，即追逐利益、放纵贪欲。并且他们的共同之处还在于，无法分辨"华夏君子"的义理，没有接受古典文化的熏陶，是不符合"人道"的禽兽之类，这两类人群会为了一己私欲互相勾结，共同破坏中华文明。夷狄与中国的矛盾、商贾与儒家思想的不可

---

[1]［清］王夫之：《读通鉴论》卷14《东晋哀帝》，《船山全书》第10册，第503页。

调和，归根结底都是义、利价值观念的冲突。因此，王夫之在这里提出的两组概念对立，"夷狄"对"华夏"，"君子"对"小人"，实际上就变成了同等互换的一种概念，不分彼此。事实上，由"君子小人"的"义利之辨"转化为"华夷"矛盾的理论，早在先秦时就已有端倪。[1]"君子小人"属于基础伦理的讨论，"华夷"区分则属于社会种群的归类法，儒家将两者联系起来，是用伦理的力量在社会上建构种群本位的思想。而王夫之在此引用这种内在理路，又为其赋予了新的时代内涵。他试图在此警告明末儒者和统治者，除非始终对商人阶层保持紧张的警惕关系，钳制他们过分膨胀的欲望，不然就可能招致民族危亡的下场。这种论述不仅来源于王夫之对理学"天理人欲"观念的直接继承，更与明朝灭国时的社会情形关系颇为密切。晚明淫靡之风盛行，确实在一定程度上给清朝入侵造成了可乘之机，并且外族的武装和生产物资也经常来自与中华的贸易往来，身为遗民的王夫之对此或有着深刻体会。据此也就可以理解，他对推崇实学的许衡等人为何痛恨至极了，并且这种不可调和的思想矛盾，进一步恶化了其对待阳明后学中一部分人的态度。

　　在明清之际，像王夫之这样异常激进地排斥商人的思想家已较为罕见，大部分学者在谈论商业活动时总会有所让步，或者直接默许士民从商。如王阳明被门人问及许衡的治生观，曾简略地回答："许鲁斋谓儒者以治生为先之说，亦误人。"[2]但当有人进一步追问何以"误人"时，他又有所保留地说："但言学者治生上尽有工夫，则可；若以治生为首务，使学者汲汲营利，断不可也。……果能于此处调停得心体无累，虽终日做买卖，不害其为圣贤。何妨于学？学何贰于治生？"[3]他承认了许衡所说的儒者参与商业活动的正当性，只是稍微强调了治学与治生的先后优先顺序。王阳明的这种态度，跟阳明后学和清代实学思想的主流是一脉相承的。清

---

[1] 例如，孟子理解的华夷分别，根源在于人禽之辨，他认为无君无父、"仁义充塞"者即为禽兽，而夷狄正属于此种状态。称具体个人为禽兽是个体的范畴，称夷狄为禽兽则是群体的范畴。从他的"义利""人禽""华夷"论推广出去，又能涉及"王霸""理欲"等几组关系的讨论，可见这些思想理路在逻辑上是互通的。

[2] [明] 王守仁：《传习录校释》，岳麓书社，2012 年，第 32 页。

[3] [明] 王守仁：《传习录校释》，岳麓书社，2012 年，第 195 页。

初学者陈确明确赞同了许衡的观点，专门撰写文章指出："唯真志于学者，则必能读书，必能治生。天下岂有白丁圣贤、败子圣贤哉？鲁斋此言，专为学者而发，故知其言之无弊，而体其言或不能无弊也。"[1] 沈垚也曾表达了类似见解。余英时注意到这些人对许衡治生观的肯定，认为他们提出"士必须先有独立的经济生活才能有独立的人格，……重视个人道德的物质基础，实可看作儒家伦理的一种最新的发展"，在承认士人的世俗欲望的同时，也模糊了儒者与商人阶层的界限；以此作为铺垫，他发展出明清"新四民"的社会构成说。[2] 赵国洪对余的表述有所商榷和修正，为确证许衡治生说对元明清三代的影响，补充了更多文献材料。[3] 但是学者们大多没有充分关注王夫之的意见，因为唯独王夫之在一众学者中间猛烈抨击许衡和商人的罪恶，完全站在否定商贾的立场上，显得毫无妥协的余地。而且，他并不像其他儒者一样，单纯从儒者经商谈起，而是将所有商人和商业行为囊括在内，一并批判，这实际上一定程度越过了儒家知识分子的本位观念，把商人阶层视为一个整体的社会组成部分。尽管王夫之对商贾有诸多偏见，乃至把亡国亡种归因于商业，但他对整个商人阶层力量和诉求的认识，也反映出明清商业兴起的客观事实，足以引起人们的注意。而当对商人的批判频繁出现在民族观相关的表述中时，说明资本的力量对当时国家政治根基的影响，可能已达到了超出现代人想象的重大程度。

另外需要指出，王夫之为了自己的价值主张而攻击的社会阶层，事实上不仅限于商人阶层。吴根友对王夫之"文明史观"的讨论显示，庶民、"丘民"等基层民众，也因为耽于基本的物质生活需求而不知民族大义，是应当切割、批判的存在。[4] 可见，物质财富在王夫之这里，定性为了造成君臣人伦和种群存续之间矛盾无法调和的根源，而不知人伦即为禽兽，民众禀此禽兽之气就会转为夷狄。在王夫之设定的"进步"文明的未来，

---

[1]［清］陈确：《陈确集》卷 5，中华书局，1979 年，第 155 页。
[2] 余英时：《中国近世宗教伦理与商人精神》，《士与中国文化》，上海人民出版社，2013 年，第 453—454 页。
[3] 参考：赵国洪：《许衡"治生说"与明清士商观念：与余英时先生商榷》，《江西社会科学》2006 年第 5 期。
[4] 吴根友：《王夫之"文明史观"探论》，《中国哲学史》2020 年第 1 期。

那些动摇基本伦理观念的因素只是障碍，包括从商在内的逐利行为都将难以容于他的理想儒家历史观中。

四、结语

王夫之对元代许衡苛责的态度，本质上主要与他坚定的明朝遗民立场有关，但又不止于单纯的个人立场问题。王夫之"夷夏之辨"民族思想对许衡的评价，还论及了包括儒者和商贾在内的多种群体，体现出对历史进程中具体的"人"之作用的强烈关注，而这是以往的民族思想研究里较少提及的方面。而这种对"人"的重视，正与王夫之历史哲学中"依人建极"、阐发人本主义的思想互为表里。此外，他的批判也是对一些时代风潮冲击的回应，包括明清之际思想的多元化、资本主义生产关系的萌发等。其批判主要表现为以下两方面的内容：

首先，他尤为强调在华夷对立中儒家知识分子的思想主导地位，认为儒者有承担起民族兴亡命运的使命。晚明儒家思想的多元化，士风和学风的沉沦，加重了他对儒者历史价值的关注程度。尽管他在多数场合并没有直接讨论"道统"的问题，实际上他非常重视儒学的纲领作用。这点在其民族思想方面集中体现为抵挡异端与异民族的价值观侵蚀。因此他才会痛斥所谓"败坏风气"、没有担当的儒者，将许衡等人立为标靶来批判。

其次，他始终对商人阶层抱有义愤心态，将他们描述成唯利是图的群体，跟夷狄狼狈为奸、联手摧残华夏文明，并且严厉批评了元明以来支持商业活动的儒者。这种价值取向正与当时士人鼓励工商业的客观历史潮流针锋相对，反映出明清之际商业发展迅速、资本主义生产关系得到承认的现实情况。商人阶层的崛起，及其在国家、民族事务中发挥着越来越大的影响力，乃至于促成了儒商的形成和实学兴业的风气。这些状况迫使着清初思想家作出应对，王夫之借许衡批判商贾的对策也正源于此。

我们不能否认，王夫之民族思想的论述中存在很多过激或偏离事实之处。王夫之对许衡民族立场的攻击，也含有利用许衡饱受争议的遗民形象借题发挥的成分。不过必须指出，王夫之是基于重整社会风气的目的，对特定群体而非个人的问题进行回应。而且，他的理论来自道统思想和义利之辨等许多中国传统的思想资源，是古典价值观在明清之际新环境下的再次诠释。这些因素表明，王夫之的民族思想兼具深刻的反思精神和完整的内在理路，值得人们去关注。同时，他提出的疑问，可以在今天改头换面后变成：掌握文化话语权、社会财富的人们，应该在现代民族国家建设中担当何种角色、负起何种社会责任？这是我们长期需要探讨的问题。

Two Kinds of Subject Criticism In Wang Fuzhi's National Thoughts: Centered On The Evaluation of Xu Heng

（Gu Hongtao, School of Chinese Classics, Wuhan University, Wuhan, 430072）

Abstract: On the eve of modern times in China, the scholars constantly examined the national values of Chinese culture, taking the Mongolian Yuan and the Manchu Qing as the turning points. The theory of Xu Heng, a famous scholar in the Yuan Dynasty, had a profound influence on Chinese society, while his status as an official in the Yuan Dynasty was controversial for a long time. Wang Fuzhi, a scholar in the early Qing Dynasty, experienced a dramatic change from the Ming Dynasty to the Qing Dynasty. Wang Fuzhi, in his theory of national history, pointed his spear at the thinkers represented by Xu Heng, and criticized the historical status of the Confucians and businessmen in their thoughts. He stressed that the Confucians should bear the responsibility of the rise and fall of the nation, while the merchants are the same people with the barbarians and heretics. On the one hand, these critiques of specific groups are radical. On the other hand, they show that Wang Fuzhi's national thought attaches great importance to the role of specific "people" in the historical process.

Keyword: Wang Fuzhi; national thought; Xu Heng; Confucian; merchant class

"山木人心，其理一也"

——《歧路灯》与理学修养观

朱燕玲*

摘要：《歧路灯》屡次引用"平旦之气""夜气"等概念，且多次运用"树"这一意象，皆与《孟子·告子上》"牛山之木"章相关。朱熹认为，牛山之木譬人之良心，山本有生木之性，如人固有仁义之心。牛山之若彼濯濯，在于迭遭斧斤之伐、牛羊之牧。人之违禽兽不远，在于放失其本然之良心，旦昼之所为，又将放失之余发见至微之良心梏亡殆尽。孟子由旦气、夜气收归到良心，工夫进路在于操存其心。《歧路灯》浪子回头、改过迁善的主题体现了"牛山之木"章的主旨：仁义之心人所固有，当时时处处用力做操存收放之工夫。谭绍闻翻来覆去之失足、改志又堕落的情节，是对"梏之反覆"理论要义的具体呈现。李绿园自觉吸纳程朱理学之修养观念，作为《歧路灯》主题表达与结构设置之理论背书。

关键词：《歧路灯》；李绿园；牛山之木；平旦之气；夜气；梏之反覆

一、引言

《歧路灯》为河南宝丰李海观（1707—1790）所著。李海观字孔堂，号绿园。有关其生平、家世及诗文的研究，参见栾星、吴秀玉等学者的

---

* 作者简介：朱燕玲，暨南大学文学院博士后，主要研究明清小说、明清学术思想史，邮箱：zyl599154747@126.com。

研究[1]，兹不赘述。《歧路灯》自乾隆四十二年（1777）脱稿之后，一直以抄本形式流传，至民国十三年（1924）始有洛阳清义堂石印本，民国十六年（1927）才有北京朴社出版之由冯友兰、冯沅君校点的一册二十六回排印本——此乃《歧路灯》成书百五十年来首个正式出版品。在漫长的传抄过程中，《歧路灯》形成了复杂的版本系统，关于《歧路灯》之流传与版本研究，学界已有丰硕成果[2]，此处不赘。1980年栾星以十一部抄本、印本为底本校勘而成的百八回《歧路灯》出版之后[3]，引发了学人对于《歧路灯》题材归属、史料价值、文学地位，尤其是语言学、文献学、民俗学方面的广泛、热烈关注，相比之下，关于《歧路灯》思想内涵的研究则相对冷清、薄弱。尤其是，学者虽已注意《歧路灯》与《孟子·告子上》"牛山之木"章的指涉关系，如《歧路灯》屡次引用"牛山之木"章的关键概念："萌蘖""平旦之气""夜气"等[4]，然"牛山之木"章的主旨究竟如何理解？"牛山之木"与《歧路灯》到底有何关系？李绿园为何在《歧路灯》中反复使用"牛山之木"章的相关概念？就笔者管见所及，似无相关讨论。但理解"牛山之木"的章旨，是了解李绿园学术立场及《歧路灯》主题与结构的关键。质言之，李绿园以朱子对于"牛山之木"章的诠释为根据，将仁义之心人所固有，应时时处处用力做操存涵养之工夫，使良心常存而勿放舍，与《歧路灯》浪子回头、改过迁善的主题相结合。将理论上

---

[1] 栾星：《〈歧路灯〉研究资料》，中州书画社，1982年；栾星：《李绿园家世订补》，见中州古籍出版社编：《〈歧路灯〉论丛》（第二集），中州古籍出版社，1984年，第297—303页；栾星：《李绿园家世生平再补》，《明清小说研究》1986年第1期，第258—271页；吴秀玉：《李绿园与其〈歧路灯〉研究》，师大书苑有限公司，1996年。
[2] 栾星按照有无《家训谆言》、过录题识、作者题署将《歧路灯》的传世抄本分为新安传出本，宝丰传出本，新安、宝丰二者的合流本。吴秀玉、徐云知亦持是议。在此基础之上，王冰依据回目、文字之多寡、异同，将现存及新发现的《歧路灯》版本分成国图抄本、上图抄本两大系统。朱姗根据作者题署时间先后、以第九回为代表的相关情节和回末诗之详略有无，以及不同版本的全文比勘，将存世及新发现的《歧路灯》版本分作甲本系统、乙本系统、介于二者之间呈"中间态特征"的甲本系统的分支形态。
[3] 李绿园：《歧路灯》，栾星校注，中州书画社，1980年。随着《歧路灯》不同传世抄本的不断发现，栾星校注本的疏漏舛误之处逐渐引起学者的注意，余辉、王恩建、苏杰、王冰、刘洪强、朱姗对此均有校勘研究。按：栾校本虽不免舛错，然开辟之功，不容抹杀。为研究之便利，本文以栾校本为底本，凡所引用，均出此本，不另出注。
[4] 苏杰：《〈歧路灯〉引用儒家典籍考论》，《兰州学刊》2010年第8期，第167—172页。

之"梏之反覆"与《歧路灯》主人公谭绍闻翻来覆去之误入歧途又立志改过的情节相映照，使理学观念与小说主题、结构相贯通。是以，深入理解"牛山之木"章的主旨，诚为深化李绿园及《歧路灯》研究的关键。

本文首先分析朱子如何诠释"牛山之木"章，从字词之训诂到章句之阐释，与其他儒者有何区别及为何有别，引出由于儒者对于心、性、气等概念及其关系之理解不同，是以各自之工夫进路亦有差别，重点在于阐述程朱理学之操存涵养工夫。进而探析李绿园如何受到程朱理学修养观之影响，以及《歧路灯》怎样从主题与结构两方面体现程朱理学之修养观：良心善性先天本有之心性论，与人心易为外物牵引、私欲遮蔽而放舍，须无时无处不用其力，以存复良心善性之工夫论，是《歧路灯》浪子回头、改过迁善主题的理论依据。谭绍闻屡次誓言改志，却因心无主张，一为匪人引诱即落入下流的情节结构，是"梏之反覆"抽象理论的具体呈现。

二、"山木人心，其理一也"

《歧路灯》多次引用"牛山之木"章的相关概念，如"平旦之气""夜气""萌蘖"等，如第二十回：

> 冲年一入匪人党，心内明白不自由。
> 五鼓醒来平旦气，斩钉截铁猛回头。

第二十五回：

> 那绍闻睡了半夜，平旦已复。灯光之下，看见母亲眼睛珠儿，单单望着自己。良心发现，暗暗的道："好夏鼎，你害的我好狠也！"这正是：

> 自古曾传夜气良，鸡声唱晓渐回阳；
> 天心徐逗滋萌蘖，依旧牛山木又昌。[1]

---

[1] 据朱姗所说，新发现之吕寸田评本《歧路灯》第二十五回回末诗前有"这正是：牛羊牧后留萌蘖，只怕明早再牿亡。有诗为证"一句，则其他《歧路灯》传世抄本可能亦有引用或化用"牛山之木"章之例。朱姗：《新发现的吕寸田评本〈歧路灯〉及其学术价值》，《明清小说研究》2014 年第 4 期（总第 114 期），第 132 页。

第二十六回：

> 且说谭绍闻五更鼓一点平旦之气上来……

第三十六回：

> 又添上自己一段平旦之气……

第四十二回：

> 人生原自具秉常，那堪斧斤日相伤；
> 可怜雨露生萌蘗，又被竖童作牧场。

第八十六回：

> 原来人性皆善，绍闻虽陷溺已久，而本体之明，还是未尝息的。一个平旦之气撑回来，到孝字路上，一转关间，也就有一个小小的"诚则明矣"地位。

此外，《歧路灯》还几次运用"树"这一意象，显然亦与"牛山之木"相关。这一点容后再论。然"牛山之木"章的主旨如何理解，既关系李绿园之学术立场如何判定，亦牵涉《歧路灯》之主题定位、结构设定如何把握。换言之，面对不同时代、学派的儒者对于"牛山之木"章的不同诠释，李绿园认同何种学说？《歧路灯》又是如何从主题、结构两个层面体现其学术宗旨的？

解读"牛山之木"一章，关键在于"平旦之气""夜气""存""亡""出""入"如何解释？"日夜之所息"者为何？"梏亡"者为何？"夜气不足以存"者为何？所"养"者为何？如何"养"？如何"操"？孟子为何以及如何从"牛山之木"说到"仁义之心"？

宋儒朱熹谓"'日夜之所息'底是良心"，或"善心滋长处"[1]。"平旦之气"是"未与物接之时清明之气也"。[2] 所谓"梏亡"者，非如先儒所说

---

[1] 朱熹：《朱子语类》卷 59，《朱子全书》（修订本）第 16 册，朱杰人等主编，上海古籍出版社；安徽教育出版社，2010 年，第 1894、1902 页。
[2] 朱熹：《四书章句集注》，《朱子全书》（修订本）第 6 册，朱杰人等主编，上海古籍出版社；安徽教育出版社，2010 年，第 402 页。

"梏亡其夜气"，而是"梏亡其良心也"。[1]"夜气"非如前贤所说为良心[2]，"夜气者，乃清明自然之气"[3]。"夜气只是不与物接时"[4]。亦即"夜气"与"平旦之气"皆为未与物接之时清明之气。"夜气不足以存"，学人多解作夜气不存[5]，唯伊川说"夜气之所存者良知也，良能也"[6]，换言之，夜气之所存者，即"本然底良心"[7]；"夜气不足以存"，非"心不存与气不存，是此气不足以存其仁义之心"，"'操则存，舍则亡。'非无也，逐于物而忘返耳"，"出入便是上面操存舍亡。入则是在这里，出则是亡失了"[8]。又说"所谓入者"不是"此心既出而复自外入也"，而是"逐物之心暂息，则此心未尝不在内耳"。[9]"出入无时，莫知其乡"，"出者亡也，入者存也，本无一定之时，亦无一定之处"。[10]

按照朱子之诠释，"牛山之木"譬喻"人之良心，句句相对，极分明"[11]，亦即"山木人心，其理一也"[12]。牛山之木原本茂盛而秀美，如同人

[1] 朱熹：《朱子语类》卷 59，《朱子全书》（修订本）第 16 册，朱杰人等主编，上海古籍出版社，安徽教育出版社，2010 年，第 1898 页。

[2] 朱熹：《朱子语类》卷 59，《朱子全书》（修订本）第 16 册，朱杰人等主编，上海古籍出版社，安徽教育出版社，2010 年，第 1898 页。

[3] 朱熹：《朱子语类》卷 52，《朱子全书》（修订本）第 15 册，朱杰人等主编，上海古籍出版社，安徽教育出版社，2010 年，第 1716 页。

[4] 朱熹：《朱子语类》卷 59，《朱子全书》（修订本）第 16 册，朱杰人等主编，上海古籍出版社，安徽教育出版社，2010 年，第 1901 页。

[5] 朱熹：《朱子语类》卷 59，《朱子全书》（修订本）第 16 册，朱杰人等主编，上海古籍出版社，安徽教育出版社，2010 年，第 1898 页。汉儒赵岐即以"夜气不能复存也"注"夜气不足以存"。据朱子所写之书信，可知宋儒张栻即持是议。（分别见赵岐注、孙奭疏：《孟子注疏》，上海古籍出版社，1990 年，第 201 页；朱熹：《晦庵先生朱文公文集》卷 31，《朱子全书》（修订本）第 21 册，朱杰人等主编，上海古籍出版社，安徽教育出版社，2010 年，第 1352—1353 页。）

[6] 程颢、程颐：《二程集》，王孝鱼点校，中华书局，2008 年，第 321 页。

[7] 朱熹：《朱子语类》卷 59，《朱子全书》（修订本）第 16 册，朱杰人等主编，上海古籍出版社，安徽教育出版社，2010 年，第 1898 页。

[8] 朱熹：《朱子语类》卷 59，《朱子全书》（修订本）第 16 册，朱杰人等主编，上海古籍出版社，安徽教育出版社，2010 年，第 1900、1905、1904 页。

[9] 朱熹：《四书或问》卷 11，《朱子全书》（修订本）第 6 册，朱杰人等主编，上海古籍出版社，安徽教育出版社，2010 年，第 986 页。

[10] 朱熹：《晦庵先生朱文公文集》卷 45，《朱子全书》（修订本）第 22 册，朱杰人等主编，上海古籍出版社，安徽教育出版社，2010 年，第 2062 页。

[11] 朱熹：《朱子语类》卷 59，《朱子全书》（修订本）第 16 册，朱杰人等主编，上海古籍出版社，安徽教育出版社，2010 年，第 1902 页。

[12] 朱熹：《四书章句集注》，《朱子全书》（修订本）第 6 册，朱杰人等主编，上海古籍出版社，安徽教育出版社，2010 年，第 402 页。

生而本有仁义之良心。牛山如今光秃秃没有草木，并非牛山原初即无材木生焉，是因其临近齐国之都邑，国人皆以斧斤砍伐其草木以为柴薪，促使牛山丧失昔日生木之本性。人之所以放失其本然之良心，亦复如是，物欲之斧斤日日戕贼其本心，固有之仁义因而不能复存。山木虽遭砍伐，其根株之未尽除者，得日夜之生息、雨露之润泽，犹有嫩芽旁枝潜滋暗长。良心虽已放失，平旦之时未被利欲、事绪纷扰，其气清明之际，本心必然有所呈现。萌蘖既生，如能加以培植养育，山木之美，或可复见。良心既显，如能加以存养扩充，天理之良，或可复存。然山木既伐之后，萌蘖之发育甚弱，又遭牛羊之畜啃食践踏，山之美材遂尽失而若彼濯濯。良心既放之余，发见至微，所存无几，又被白昼之胡作非为汩没陷溺，人之天良遂尽丧而违禽兽不远。总而言之，山木不存而若彼濯濯，非山之本性不生材木，其害在于遭斧斤之伐、牛羊之牧而失培养之力。良心放失而违禽兽不远，非人之秉性无为善之材，其咎在于为外物所牵、利欲所诱而无涵养之功。

宋明儒者大多遵从朱子之注解，然亦有持不同意见者。如朱子言："'平旦之气'自是气"，"平旦之时，即此良心发处。"[1]亦即平旦之时未与物接，未被利欲、事绪纷扰，其气清明，良心于此发见。明儒黄宗羲则谓："此气（平旦之气）即是良心，不是良心发见于此气也。"[2]"好恶与人相近"，朱子解作"得人心之所同然"[3]，即理义之心，凡人皆有。清儒焦循则谓："相近即'性相近'之相近。"[4]"性相近"，伊川曰："此只是言气质之性。"[5]质言之，"好恶与人相近"，朱子是从义理之性说；焦循则是就气质之性言。"操则存，舍则亡；出入无时，莫知其乡"，伊川言："心本无

---

[1] 朱熹：《朱子语类》卷59，《朱子全书》（修订本）第16册，朱杰人等主编，上海古籍出版社，安徽教育出版社，2010年，第1894页。

[2] 黄宗羲：《黄宗羲全集·孟子师说》，吴光主编，浙江古籍出版社，2012年，第129页。

[3] 朱熹：《四书章句集注》，《朱子全书》（修订本）第6册，朱杰人等主编，上海古籍出版社，安徽教育出版社，2010年，第402页。

[4] 焦循：《孟子正义》，沈文倬点校，中华书局，1987年，第776页。

[5] 程颢、程颐：《二程集》，王孝鱼点校，中华书局，2008年，第207页。

出入，孟子只是据操舍言之。"[1] 朱子谓："出入便是存亡……要之，心是有出入"，"人心自是有出入"[2]，此四句"只是状人之心是个难把捉底物事"，"此大约泛言人心如此，非指已放者而言，亦不必要于此论心之本体也"[3]。宋儒张栻则曰："心非有存亡出入，因操舍而言也。""心本无出入，言心体本如此……孟子之言，特因操舍而言出入也……而心体则实无出入也。"[4] 明儒王守仁亦曰："'出入无时，莫知其乡'。此虽就常人心说，学者亦须是知得心之本体亦元是如此，则操存功夫，始没有病痛。不可便谓出为亡，入为存。若论本体，元是无出入的。"[5] 在朱子看来，心之本体，虚静灵明，然"心不是死物，须把做活物看"。[6] 心既然会活动，即可能为外物牵引，被私欲蔽锢，而流于不善。"操则存"，即虚明之本体发见于此；"舍则亡"，即心走作逐物，本体之明隐而不显。存亡出入，是兼动静、体用而言，心"非独能安靖纯一，亦能周流变化，学者须是着力照管，岂专为其已放者而言耶？""专指其安靖纯一者为良心，则于其体用有不周矣。"[7] 质言之，朱子坚持"心是有出入"，"不必要于此论心之本体"，理由在于，就经验世界而言，本心之呈现并无必然之保证，良心为物欲戕贼，则放失不存，人之行止去禽兽不远。朱子坚持"此大约泛言人心如此"，是以为孟子引孔子之言，不是为个别资禀纯粹，心常湛然虚明之人言之，是就普天之下的一般人或寻常人而言。要之，朱子认为，先圣之用心在于警示众人操存工夫之紧切，当时时处处用力，使气常清而心常存。"此章不消论其他，紧要处只在'操则存'上。""所以孟子收拾在'操则存，舍则亡'

---

[1] 程颢、程颐：《二程集》，王孝鱼点校，中华书局，2008 年，第 297 页。

[2] 朱熹：《朱子语类》卷 59，《朱子全书》（修订本）第 16 册，朱杰人等主编，上海古籍出版社，安徽教育出版社，2010 年，第 1907、1908 页。

[3] 朱熹：《朱子语类》卷 59，《朱子全书》（修订本）第 16 册，朱杰人等主编，上海古籍出版社，安徽教育出版社，2010 年，第 1904 页。

[4] 张栻：《张栻集》，杨世文点校，中华书局，2015 年，第 551、1258 页。

[5] 王守仁：《王阳明全集》，吴光等编校，上海古籍出版社，2011 年，第 20 页。

[6] 朱熹：《朱子语类》卷 59，《朱子全书》（修订本）第 16 册，朱杰人等主编，上海古籍出版社，安徽教育出版社，2010 年，第 1904 页。

[7] 朱熹：《晦庵先生朱文公文集》卷 55，《朱子全书》（修订本）第 23 册，朱杰人等主编，上海古籍出版社，安徽教育出版社，2010 年，第 2632 页。

上，盖为此心操之则存也。"[1]

综上所述，就"平旦之气""好恶与人相近"来说，朱子之诠释与伊川相同，而与黄宗羲、焦循有别。就"夜气不足以存""出入无时"而言，朱子之疏解不仅和王守仁不同，和伊川、张栻亦有区别。总而言之，不同时代、学派甚至同一时代、学派之儒者，因对心、性、气等概念及其关系之理解不同，对于"牛山之木"章之诠释亦有别。理学、心学、汉学、宋学对于心、性、气等观念及其关系之理解为何及有何区别，非本文研究之重心，本文重点在于借由诸儒学说之歧异，引出工夫进路之不同，进而判定李绿园之学术立场，探究《歧路灯》如何体现李绿园之学问宗旨与工夫进路。以下详述由"牛山之木"章之阐释所彰显的程朱理学工夫论。

依照朱子之解释，"牛山之木"章说"平旦之气""夜气"，其实"止为良心设尔"，"其所主却在心"，"专是主仁义之心说"[2]。孟子之用心不是教人存养夜气，而是"教人操存其心"[3]。亦即所养者不是气而是以气养心，"只是借夜气来滋养个仁义之心"[4]。有误认工夫为存夜气者，有错用工夫于出入者[5]。朱子认为，"工夫都在'旦昼之所为'"。"夜气上却未有工夫，只是去'旦昼'理会，这两字是个大关键，这里有工夫"[6]。之所以说不是在夜气上而是于旦昼间做工夫，一来是紧扣旦昼所为与梏亡交相为用之关系。白日所作所为若合乎理义，则良心存而不放，夜气愈加清明，良心益得其养，久而久之，即旦昼之所为，亦皆良心之发见。白昼所作所为若不

[1]朱熹：《朱子语类》卷59，《朱子全书》(修订本)第16册，朱杰人等主编，上海古籍出版社，安徽教育出版社，2010年，第1901、1903页。
[2]朱熹：《朱子语类》卷59，《朱子全书》(修订本)第16册，朱杰人等主编，上海古籍出版社，安徽教育出版社，2010年，第1898、1899、1901页。
[3]朱熹：《朱子语类》卷59，《朱子全书》(修订本)第16册，朱杰人等主编，上海古籍出版社，安徽教育出版社，2010年，第1896页。
[4]朱熹：《朱子语类》卷59，《朱子全书》(修订本)第16册，朱杰人等主编，上海古籍出版社，安徽教育出版社，2010年，第1901页。
[5]朱熹：《朱子语类》卷59，《朱子全书》(修订本)第16册，朱杰人等主编，上海古籍出版社，安徽教育出版社，2010年，第1895、1905页。
[6]朱熹：《朱子语类》卷59，《朱子全书》(修订本)第16册，朱杰人等主编，上海古籍出版社，安徽教育出版社，2010年，第1896、1896—1897页。黄宗羲谓："朱子却言'夜气上未有工夫，只是去旦昼理会'，未免倒说了。"(黄宗羲：《黄宗羲全集·孟子师说》，吴光主编，浙江古籍出版社，2012年，第129页)

仁不义，则平旦未与物接之时清明之气所存之良心又汨没了，日间更加胡作非为，日复一日，夜气不复清明，良心亦存立不得。二来是着重于应事接物上见分晓，以区别于释氏之枯坐默守，遗弃人伦日用。"心不是死物，须把做活物看。不尔，则是释氏入定、坐禅。操存者，只是于应事接物之时，事事中理，便是存。若处事不是当，便是心不在。若只管兀然守在这里，蓦忽有事至于吾前，操底便散了，却是'舍则亡'也。"[1]"然所谓涵养功夫，亦非是闭眉合眼如土偶人，然后谓之涵养也，只要应事接物处之不失此心，各得其理而已。"[2] 既然"操则存，舍则亡"是"用功紧切处，是个生死路头"[3]，那么操存之法该当如何？朱子引程子之说："操之之道，敬以直内也。"[4] 应事接物时固然要做工夫，未应接之先依然要做工夫，保守此心于戒慎恐惧、常惺惺的状态。且唯有常操常存，工夫毫无间断，使仁熟义精，事务纷至沓来之时，才能方寸不乱，应付自如。"人心'操则存，舍则亡'，须是常存得，'造次颠沛必于是'，不可有一息间断。于未发之前，须是得这虚明之本体分晓。及至应事接物时，只以此处之，自然有个界限节制，揍着那天然恰好处。""若是闲时不能操而存之，这个道理自是间断。及临事方要穷理，从那里捉起？惟是平时常操得存，自然熟了，将这个去穷理，自是分明。事已，此心依前自在。"[5] 总而言之，朱子以为，"牛山之木"大旨是要人操存涵养天之所与的仁义之良心。操存之方是居敬涵养，格物穷理，或者说敬以直内，义以方外。

三、"天心徐逗滋萌蘖，依旧牛山木又昌"

如前所说，《歧路灯》多次运用"树"这一意象。开篇即言，人生道

[1] 朱熹：《朱子语类》卷 59，《朱子全书》（修订本）第 16 册，朱杰人等主编，上海古籍出版社，安徽教育出版社，2010 年，第 1904 页。
[2] 朱熹：《晦庵先生朱文公文集》卷 49，《朱子全书》（修订本）第 22 册，朱杰人等主编，上海古籍出版社，安徽教育出版社，2010 年，第 2268 页。
[3] 朱熹：《朱子语类》卷 59，《朱子全书》（修订本）第 16 册，朱杰人等主编，上海古籍出版社，安徽教育出版社，2010 年，第 1904 页。
[4] 程颢、程颐：《二程集》，王孝鱼点校，中华书局，2008 年，第 151 页。
[5] 朱熹：《朱子语类》卷 59，《朱子全书》（修订本）第 16 册，朱杰人等主编，上海古籍出版社，安徽教育出版社，2010 年，第 1905、1907—1908 页。

路不过成立、覆败两端，成立之人，"譬如树之根柢，本来深厚，再加些滋灌培植，后来自会发荣畅茂"。开宗明义，以树喻人，正如"牛山之木"以山木譬喻人心。山木尝美，犹如人本有仁义之心。唯其固有生木之性、天理之良，所以既遭斧斤之伐、物欲之害，仍有萌蘖之生、几希之存。换言之，就萌蘖之生、几希之存反推，益可知牛山原有生木之性，人本具仁义之心。亦即生木之性是山木为斧斤戕害之后，得雨露之润犹有萌蘖之生的前提；仁义之心生而本有乃人心被利欲戕贼之后，遇平旦之气犹有发见之时的预设。质言之，良心善性受之于天，是人能改过迁善的形而上学根据。"牛山之木"章的主旨，正是《歧路灯》主人公谭绍闻改邪归正之所以可能的理论依据。谭绍闻误入歧途，且渐行渐远，终至鬻坟树以抵欠债，致使原本"坟上一大片杨树，蔽日干霄，好不威风"，如今"只见几通墓碑矻立，把一个森森阴阴的大坟院，弄得光輵剌的"（81 回），被妻子讥诮"为甚的坟里树一棵也没了，只落了几通'李陵碑'？"（82 回）嗣后，因族兄谭绍衣顾念族情，欲修理坟院，派管家梅克仁周视形势，归途于饭铺听闻老人谈论："说起谭宅这坟，原有百十棵好大的杨树，都卖了，看看人家已是败讫了。如今父子两个又都进了学，又像起来光景。"（95 回）谭绍闻既立志改过，又得谭绍衣提拔，以抗倭有功，官任黄岩知县，其子谭簧初考中进士钦点翰林，父子二人前往祖茔祭奠之时，"周视杨树，俱已丛茂出墙。俗语云：一杨去，百杨出。这坟中墙垣周布，毫无践踏，新株分外条畅"。（108 回）《歧路灯》坟树之消长不仅与家道之兴衰、子孙之成败相始终，且与"牛山之木"山木之消长相映照。

《歧路灯》描述谭绍闻误入歧途至改过迁善的过程，及夏鼎胡作非为至遭发极边的结局，正是李绿园吸纳并融贯程朱理学修养观的体现。谭绍闻因年幼丧父，母亲溺爱，无人管教，又被匪徒引诱，以致结拜兄弟、掷六色、行酒令、养戏子、认干儿、狎尼、宿娼、抹牌、通奸、揭息债、斗鹌鹑、开赌场、打抽丰、请堂客、烧丹灶、铸私钱、鬻坟树，倾家荡产，甚至屡次自杀寻死、上衙门打官司，几乎是无恶不作，无所不为。纵然被视作"世族中一个出奇的大怪物"（89 回），但谭绍闻并非天生即为下流坏子。《歧路灯》反复说他"良心未尽"（1 回）、"触动了天良"（14 回）、"良心难昧"（21 回）、"良心发现"（25 回）、"触动良心"（47 回）、"良心发动"（59 回）、"触动本心"（63 回）、"良心乱跳"（86 回），且明言："绍闻本非匪人，只因心无主张，面情太软，渐渐到了下流地位。"（63 回）"原来人性皆善，绍闻虽陷溺已久，而本体之明，还是未尝息的。"（86 回）又借左邻右舍之闲谈私议："谭相公明明是个老实人，只为一个年幼，被夏鼎钻头觅缝引诱坏了。又叫张绳祖、王紫泥这些物件，公子的公子，秀才的秀才，攒谋定计，把老乡绅留的一份家业，弄的七零八落。"（87 回）"老乡绅下世，相公年幼，没主意，被人引诱坏了，家业零落。"（88 回）在在说明，谭绍闻本具天理之良，之所以流于不善，皆因心无主张，被匪人引诱。然其本然之良心并未丧尽，是以遇平旦其气清明之时，父执耳提面命之际，良心仍能发见。不单谭绍闻如此，即便是"街上众人最作践的那个兔儿丝"（19 回），因作奸犯科以致革职充军的夏鼎，也说"我虽下流，近来也晓得天理良心四字"（42 回），"也有天良发现之时"（70 回），也会因为坑骗谭绍闻，"这一点良心，也有些难过处"（81 回），因而在谭绍闻面前献好心、设善策。即此观之，愈加可证仁义之心本是受之于天，凡人皆有的。正如朱子所言："孟子说'牛山之木'，既曰'若此其濯濯也'，又曰'萌蘖生焉'；既曰'旦昼梏亡'，又曰'夜气所存'。如说'求放心'，心既放了，如何又求得？只为这些道理根于一性者，浑然至善，故发于日用者多是善底。道理只要人自识得，虽至恶人，亦只患他顽然不知省悟。若心里稍知不稳，便从这里改过，亦岂不可做好人？"[1] 就算是穷凶极恶之人，只要知错能改，即可存其良心，复其善性，由恶人变作好人。

谭绍闻之所以落入下流，主要是年幼失怙，失调少教，被盛希侨、夏鼎、张绳祖等匪人引诱，吃酒、赌博、嫖娼，险些葬送前程、断送家业。近匪人，入匪场，吃喝嫖赌，即是以物欲之斧斤戕贼固有之仁义，旦昼之所为梏亡本然之良心。换言之，人虽秉具天理之良，然心易为物欲汨乱，因而良心放舍，流于不善。李绿园说："不知人心如水，每日读好书，近正人，这便是澄清时候，物来自照；若每日入邪场，近匪类，这便是混

---

[1] 朱熹：《朱子语类》卷 117，《朱子全书》（修订本）第 18 册，朱杰人等主编，上海古籍出版社，安徽教育出版社，2010 年，第 3678 页。

浊时候，本心已糊，听言必惑。"（61回）朱子以井水为喻："譬如一井水，终日搅动，便浑了"，"如井水，不打他便清，只管去打便浊了"。[1]皆谓人心本自虚静，然为事物纷扰，情欲牵缠，则良心陷溺，放而不存。虽有良心发见之时，若无操存之功，则已放之余仅存之良心亦终至亡失。如夏鼎为张绳祖之鹰犬假李逵所害，逼讨二两银子欠账，夏鼎向立志读书的谭绍闻求告，谭绍闻施以援手，以一方端砚相赠，解其燃眉之急，夏鼎当了三两纹银去张家还钱，张绳祖以十两银子为诱饵，蛊惑夏鼎引诱谭绍闻再入赌场。夏鼎口口声声说："我虽下流，近来也晓得天理良心四字，人家济我的急，我今日再勾引人家，心里怎过得去。况且人家好好在书房念书，现今程公取他案首，我若把他勾引下来，也算不得一个人。"然受不了张绳祖奚落："你回家去吃穿你那天理，盘费你那良心去。嘴边羊肉不吃，你各人自去受恓惶，到明日朝廷还与你门上挂'好人匾'哩。"（42回）尤其是经不起十两银子诱惑，即刻改变心意，与张绳祖狼狈为奸，串通一气。由此可知，一时之良心发见无济于事，须继之以操存之功。否则，此几希之善端如同初生之萌蘖，迭遭物欲之斧斤的戕害，终至荡然无存。诚如朱子所说："此心自恁地虚静。少间才与物接，依旧又汩没了。只管汩没多，虽夜间休息，是气亦不复存。所以有终身昏沉，展转流荡，危而不复者。"[2]夏鼎便是无操存之功，汩没靡所底止，至于"终身昏沉，展转流荡，危而不复"，以充军流放为结果者。

所谓操存之功，是要常操常存，无时无处不做工夫。否则，一为物欲牵引，即前功尽弃。如谭绍闻输钱之后，撞墙寻死，平旦之时，良心发现，对仆人发誓改过自新。然在书房"独坐三五日，渐渐觉的闷了"（26回），夏鼎以妓女红玉相诱，勾引谭绍闻再入张绳祖家嫖赌。谭绍闻于赌场买金镯，卷入盗赃官司，得父执求情取保，对天发誓改邪归正。世叔兼业师智周万为宵小污蔑，以思乡为由归家之后，谭绍闻独坐书斋，"七八

---

[1] 朱熹：《朱子语类》卷59，《朱子全书》（修订本）第16册，朱杰人等主编，上海古籍出版社，安徽教育出版社，2010年，第1895、1896页。

[2] 朱熹：《朱子语类》卷59，《朱子全书》（修订本）第16册，朱杰人等主编，上海古籍出版社，安徽教育出版社，2010年，第1896页。

日霆霖霏霏，也就会生起闷来"（57 回）。乌龟三顾书房，以妓女珍珠串为饵，引诱谭绍闻又入夏鼎家赌博。恰如谭绍闻自白："质非牛马，岂不知愧！但没个先生课程，此心总是没约束。时常也到轩上看一两天书，未免觉得闷闷，或是自动妄念，或是有人牵扯，便不知不觉，又溜下路去。"（55 回）这便是不能时时处处用力，使良心常存之过。

谭绍闻虽几次矢志改过，转瞬又近匪徒，入赌场。谭绍闻将自身之堕落归咎于心无主张及匪人引诱，心虽易为外物干扰，归根结底，毕竟是自己不能操存涵养之过。朱子即言："大者既立，则外物不能夺"，"'为仁由己，而由人乎哉！'这个只在我，非他人所能与也。非礼勿视、听、言、动，勿与不勿，在我而已"。[1] 谭绍闻立心改志，遵循其父临终遗言："用心读书，亲近正人。"（12 回）节制私欲，资以问学，与狐朋狗友保持距离，与正人君子相亲相近。尤其是第三十八回虽提及张正心，谭绍闻却与之并无来往，至第六十七回（其时谭绍闻已断赌）始与其密切往来，且日益亲厚。第八十九回，谭绍闻领儿子在书房读书，夏鼎前来拍门，谭绍闻借口钥匙不在手边，将其拒之门外。稍后张正心前来叫门，谭绍闻随即把钥匙扔至墙外，让其开门入室。李绿园论说："看官，这一回来了一个夏鼎，又来了一个张正心，谭绍闻一拒一迎，只在一把钥匙藏在屋里、丢出墙外而已。把柄在己，岂在人哉？"谭绍闻立志自新之后，兼之用心读书，方能自正其心，不复昔日心无主张故态。且谭绍闻"正心"之后始与张正心交厚，李绿园对于《歧路灯》之人物命名及情节安排[2]，显然富含深意。

四、"梏之反覆，则其夜气不足以存"

《歧路灯》为何不厌其烦地反复讲述谭绍闻失足、改志又堕落、自新之经历？如能理解"牛山之木"章"梏之反覆"的含义，即可领会李绿园之良苦用心——谭绍闻误入歧途且渐行渐远的情节安排，正是"梏之反

---

[1] 朱熹：《朱子语类》，卷 59，《朱子全书》（修订本）第 16 册，朱杰人等主编，上海古籍出版社，安徽教育出版社，2010 年，第 1895、1906 页。
[2]《歧路灯》多次提及《大学》之"诚意正心"，如第三回、第三十八回、第三十九回、第四十回。张正心之命名显然即来源于此。

覆"理学意蕴的生动体现。质言之，《歧路灯》改邪归正的主题是李绿园对于"牛山之木"章旨的忠实传达，谭绍闻之所以能够改过迁善，是李绿园从心性论到工夫论层面对于程朱理学修养观念的具体呈现。谭绍闻堕落又改悔，立志改过复又落入下流的翻覆经历，是李绿园将抽象的"梏之反覆"理论融贯于具体的小说结构设置。

何谓"梏之反覆"？朱子说，且昼"无工夫，不长进，夜间便减了一分气。第二日无工夫，夜间又减了二分气。第三日如此，又减了三分气。如此梏亡转深，夜气转亏损了。夜气既亏，愈无根脚，日间愈见作坏。这处便是'梏之反覆'，'其违禽兽不远矣'"。[1] 又说："'梏之反覆'，非颠倒之谓，盖有互换更迭之意，如平旦之气为旦昼所为所梏而亡之矣，以其梏亡，是以旦昼之所为谬妄愈甚，而所以梏亡其清明之气者愈多。此所以夜气不足以存其仁义之良心也。"[2] 意思是人之良心虽已放失，然夜间清静，不为利欲、事绪纷扰，良心必有所生长，故平旦未与物接之时，其气清明之际，良心必有所发见，恻隐羞恶，得人心之所同然。但良心放失之后，所息甚微，所存不多，日间又不做精进工夫，则此几希之良心又被梏亡。旦昼之所为梏亡越甚，夜气所存者越少；夜气所存者愈少，旦昼之所为愈谬。心与气互相牵动，日复一日，久而久之，虽至夜间，其气亦不复澄静，人之天良遂尽丧而不复存。这便是"梏之反覆，则其夜气不足以存"。

《歧路灯》写谭绍闻被夏鼎与张绳祖算计，输了一百八十串钱，撞墙寻死（25 回）。平旦之时，良心发现，对家仆王中矢志改过。夏鼎以娼妓红玉相诱，勾引谭绍闻复去张绳祖家赌博，输了二百八十串钱（26 回）。游棍茅拔茹为骗赖银钱，扭结谭绍闻上衙门打官司（30 回）。王中劝诫家主，谭绍闻恼羞成怒，将其赶出家门（32 回）。此为谭绍闻一言改志，一上公堂，一逐王中。孔慧娘婉转劝告谭绍闻收留王中，谭绍闻再次对王中誓言改志（36 回）。夏鼎与张绳祖设套，谭绍闻又往张家吃酒赌博，输了

---

[1] 朱熹：《朱子语类》卷 59，《朱子全书》（修订本）第 16 册，朱杰人等主编，上海古籍出版社，安徽教育出版社，2010 年，第 1897 页。
[2] 朱熹：《晦庵先生朱文公文集》卷 55，《朱子全书》（修订本）第 23 册，朱杰人等主编，上海古籍出版社，安徽教育出版社，2010 年，第 2632 页。

四百九十三两银子（43 回）。张绳祖结交官府，诬告谭绍闻欠债不还，谭绍闻再上衙门打官司（46 回）。王中怒骂夏鼎，惹恼谭绍闻，谭绍闻又将王中逐出家门（53 回）。这是谭绍闻再言改志，再上公堂，再逐王中。谭绍闻于赌场买金镯，卷入盗赃案件，被押上衙门听审（54 回）。王中求程嵩淑等进衙署递呈词，恳恩免解，谭绍闻得以当堂取保。因听从父执教诲，谭绍闻对天发誓，改邪归正。（55 回）此乃谭绍闻三上公堂，三言改志。谭绍闻世叔兼业师智周万为奸人诬陷而离去，夏鼎等人又设计让乌龟三顾书房，以妓女珍珠串为饵，引诱谭绍闻再到夏家赌博（57 回）。谭绍闻输了八百两银子，引颈投缳（59 回）。这已是谭绍闻二度自杀。因听取师伯教训，谭绍闻立誓改过自新（63 回）。至此，谭绍闻已经四言改志。

　　谭绍闻误入歧途又立誓改志，立志自新又落入下流，翻来覆去，出尔反尔。起初在张绳祖、巴庚、夏鼎处嫖赌，后来竟在自己家盘赌窝娼。且越赌越凶，越输越多。因赌博两次三番寻死觅活、闹出人命案件、上衙门打官司，嗣后甚至险些做出违法犯禁之事——铸私钱。谭绍闻失足堕落且越陷越深，差点无法回头，落到张绳祖、王紫泥、夏鼎一般结局。谭绍闻误入歧途之经历即是"梏之反覆"之抽象理论落入经验世界的具体表现。"梏之反覆"不仅拓宽了《歧路灯》情节展现之广度——三教九流之人之为非作歹具体有哪些形式，或者说人之成德进程会面临何种诱惑历经多少崎岖；且提升了《歧路灯》主题意蕴之深度——不做操存涵养之工夫，终日胡作非为之人究竟会沦落至何种地步。

五、结语

　　李绿园出身中州理学名区并服膺程朱理学思想，及《歧路灯》化用《孟子》"牛山之木"章语词之情形，已有学者撰文论及。然李绿园究竟受到程朱理学什么影响，《歧路灯》到底怎么体现程朱理学之影响的，学界相关研究并不多见。

　　不同时代、学派之儒者对于心、性、气等概念及其关系之理解不尽相同，对于"牛山之木"章之诠释亦有差别。朱子以为，如同牛山之木原本茂盛秀美，人先天本有仁义之心。牛山之木遭斧斤之砍伐而丧失其美材，人为利欲之斧斤戕害而放失其良心。山木虽遭斧斤之伐，得雨露之润，仍有萌蘖之生。良心虽为利欲所害，遇平旦气清之时，犹必有所发见。萌蘖虽生，又遭牛羊之牧，是以若彼濯濯。良心虽有所发见，又因旦昼之所为而梏亡，辗转更迭，终至良心丧尽，违禽兽不远。人以今日之牛山濯濯如此，而以为昔日之牛山原无美材。人以放其良心者异于禽兽者几希，而以为其人本无为善之材。然以萌蘖之生视之，可知牛山本有生木之性。以平旦之气验之，可证人固有仁义之心。人心本自虚静，然易为外物牵引，私欲障蔽，而流于不善。是以，唯有持续不断做操存涵养之工夫，才能保持良心常存而不放舍。朱子以其二元、三分之理论架构为心性论依据，证明良心善性受之于天、与生俱来，并落实到居敬涵养、格物穷理之日用工夫。

《歧路灯》写谭绍闻因年幼失怙、为匪人引诱而误入歧途、破产败家，最终迷途知返、改邪归正而功成名就、家声重振。谭绍闻改过迁善何以可能，及其为何三番五次誓言改志又落入下流？朱子关于"牛山之木"章之诠释显然是李绿园撰述之根据。仁义之心为人所固有，即便是违禽兽不远者，亦先天本有仁义之心。正因凡人皆有本然之良心，如能节制私欲，资以问学，做操存涵养之工夫，则都可以复其本然之良心善性。这便是谭绍闻之所以能够改过迁善的形上学根据。心活泼灵动，易于走作逐物，而流于不善。若无操存涵养之功，则良心放失，惰慢邪僻之气趁机而入，邪气愈盛，良心愈亡，所作所为更加不仁不义。这便是"梏之反覆"，良心不足复存，谭绍闻誓言改志又落入下流的理论依据。朱子以为，孟子以牛山之木譬喻人之良心，由仁义之心为天之所与收归到本然者不足恃，须无时无处不用其力，使良心常存善性尽复，提点操存涵养工夫之紧要。经由"牛山之木"章之诠释而显示的理学修养观念，正是《歧路灯》展示的改志换骨或浪子回头主题之理论背书。谭绍闻翻来覆去之改悔又堕落的经历，正是李绿园从情节结构层面对于"梏之反覆"理论要义的具体呈现。总而言之，李绿园将程朱理学之修养观内化于《歧路灯》之文本创作，《歧路灯》从主题到结构，均体现了程朱理学修养观之影响。因李绿园自觉采纳程朱理学之修养观，使《歧路灯》招致"道学气太重，的确是一个大毛病"及思想落后、腐朽、反动，卫道过甚、说教过多之类的罪责[1]，然就小说主题与结构而言，文本表述与理论表达是浃洽而融贯的。本文旨在探析《歧路灯》所载之道为何，李绿园又是如何以《歧路灯》载道的，至于《歧路灯》载道是否应当及载道是否高明，则俟知道者评说。

Qilu Deng and the conception of self-cultivation in Neo-Confucianism

（Zhu Yanling, College of Liberal Arts, Jinan University, Guangzhou, 510632）

Abstract: Throughout the process of storytelling, Qilu Deng appropriates many important concepts such as the calm morning qi and the evening qi, and the image of tree from Mencius 6A8. As Zhu xi's interpretation, Mencius makes an analogy between the trees of Ox Mountain and the innate good mind in this chapter. The mind of humaneness and rightness is definitely possessed by all men alike, just as the trees of Ox Mountain were beautiful originally. The mountain is now bare because its trees were chopped down day after day and its plants were overgrazed. Accordingly, a man's presently bad behavior is the result of losing the innate good mind and the "repeated fettering" during the day. For Mencius, the task of self-cultivation is to preserve the innate good mind and to develop and extend the moral sprouts of the mind. This essay offers a close reading of Qilu Deng, exploring one of the major themes of this novel, i.e. the awakening of a prodigal son, and its relationship with the conception of self-cultivation in neo-Confucianism, which is established through interpretation of above-mentioned concepts in Mencius. The conclusion emphasizes that the conception of self-cultivation has a great effect on the themes and structure of this novel.

---

[1] 冯友兰:《〈歧路灯〉序》，收入栾星:《〈歧路灯〉研究资料》，中州书画社，1982年，第 104 页。关于《歧路灯》思想方面的批判，散见于中州书画社编:《〈歧路灯〉论丛》(第一集)，中州书画社，1982 年；中州古籍出版社编:《〈歧路灯〉论丛》(第二集)，中州古籍出版社，1984 年。

Keywords: Qilu Deng; Li Lü yuan; trees of Ox Mountain; the calm morning qi; the evening qi; repeated fettering

现代中国哲学与美学

从"格义"到"言意之辨"
——论汤用彤对"格义"的研究

刘飞飞 *

摘要：汤用彤在其佛教史研究中将格义作为文化交流过程中的必然阶段，并指出格义承袭了安世高的讲经之法，接续了汉代的比附之风，但流于表面、不及深义，所以被玄学中旨在得意忘言、寄言出意的言意之辨所取代。外来文化通过比附本土文化以传播不可避免，而对此现象的反思也必然会出现，反思是为了超越语言、字面的异同而探寻一种融合双方而又自足的意义本身。这与当代哲学解释学的旨趣相契合，也对反思中国哲学"反向格义"具有借鉴意义。

关键词：汤用彤；格义；言意之辨；文化交流

作为一种文化交流现象，"格义"日益成为学界反思、讨论中外文化接触、融合机制的热点话题。对于何为"格义"，《高僧传·晋高邑竺法雅》有言："雅乃与康法朗等，以经中事数，拟配外书，为生解之例，谓之格义。"[1] 即"格义"是一种以本土思想观念直接解释外来思想观念的现象。随着近代以来西方哲学的东进，以西方哲学的概念范畴、论述框架研讨中国

---

*作者简介：刘飞飞，山东大学儒学高等研究院博士研究生，研究方向为魏晋玄学及解释学，邮箱：liufeifei14@163.com。
[1]［南朝梁］慧皎著、汤用彤校注：《高僧传》卷四《晋高邑竺法雅》，《汤用彤全集》第6卷，河北人民出版社，2000年，第126页。

传统思想又被称为"反向格义"[1]。学界对"格义"与"反向格义"的讨论一般通过对中西两方业已被"同质化"的概念范畴、思想体系进行再澄清，进而厘定中西文化的身份特性。但学界对"格义"或"反向格义"本身却讨论不多。汤用彤先生对中古时期的"格义"现象进行了文献、历史与哲学的考察，将"格义"作为一种思想文化现象置入佛教东传尤其是魏晋玄学的背景下进行探讨，最终将"格义"困境的出口归为"言意之辨"，使"格义"本身成为一种可供反思的哲学话题。

一、相关文献的界定与过往研究

汤用彤对"格义"的专门讨论见于《论"格义"——最早一种融合印度佛教和中国思想的方法》（以下简称《论"格义"》）一文，原文系英文写成，由石峻先生翻译为中文，今收入河北人民出版社 2000 年版《汤用彤全集》第 5 卷。除此之外，汤用彤对于"格义"的论述还散见于汤著《汉魏两晋南北朝佛教史》中《佛道·汉晋讲经与注经》《释道安·经典之整理》《释道安时代之般若学·竺法雅之格义》《传译求法与南北朝之佛教·经典与翻译》等章节。据石峻在《论"格义"》的"译后识"中所述，汤用彤该文"可能于 1948 年在美国讲学期间写成"[2]，亦即写于《汉魏两晋南北朝佛教史》之后。可见，汤用彤对"格义"的专论建立在他对中古佛教史个案分别研究的基础之上，它代表了汤氏对"格义"这一文化现象的总体反思。这与其时陈寅恪为研讨支愍度的学说而考订关于"格义"的史实、

---

[1] 可参刘笑敢的系列论述：《反向格义与中国哲学方法论反思》，《哲学研究》2006 年第 4 期，第 34—39 页；《"反向格义"与中国哲学研究的困境——以老子之道的诠释为例》，《南京大学学报》2006 年第 2 期，第 76—90 页；《中国哲学妾身未明？——关于"反向格义"之讨论的回应》，《南京大学学报》2008 年第 2 期，第 74—88 页。又，张汝伦：《邯郸学步，失其故步——也谈中国哲学研究中的"反向格义"问题》，《南京大学学报》2007 年第 4 期，第 60—76 页；张志伟：《一种中国哲学的形而上学是否可能——关于"形而上学"译名的分析》，《中国社会科学评价》2017 年第 2 期，第 15—22 页；宋宽锋：《"反向格义"的纷争与中西哲学比照中的本质主义迷误》，《中国社会科学评价》2019 年第 1 期，第 38—49 页。
[2]《汤用彤全集》第 5 卷，第 242 页。

文献的研究进路是不同的[1]。质言之，汤用彤的研究关注"格义"这一现象本身，陈寅恪的研究是为了考察历史人物（支愍度）而旁及"格义"现象。但本文并非否认陈寅恪对"格义"的详审考察与精到之论。

　　学界对汤用彤学术思想的系统研究尚不多[2]，而专论其"格义"研究的文字更少。麻天祥在《汤用彤评传》中两次提及"格义"。第一处涉及汤用彤对释道安扬弃"格义"之法的研究[3]，第二处涉及汤用彤对魏晋玄学"言意之辨"的研究[4]。麻氏考察的特点在于，从汤用彤本人的论述出发，梳理、澄清魏晋时期的思想文化背景，可以说是对汤用彤佛教史研究的疏证。作为一部传记，这样力求切合汤用彤本意的研究自然必不可少。但从学术思想的角度来看，汤用彤本人的研究也有必要被专门考察，由此才能揭示汤用彤"格义"研究的特色。孙尚扬在《汤用彤》一书中指出，"从格义看佛教与玄学之关系"是汤用彤佛教史研究中所关注的一个主要问题。孙氏首先介绍了自竺法雅至释道安这一时段"格义"的发展状况，进而引汤用彤在宏观意义上对"格义"的文化学分析（下引），认为"格义本为解释佛理之一种方法，而用彤则能知微见著，以中外文化交流之史实为依据，从中总结出一套关于文化冲突融合的规律来。此种史实自非常人所能望其项背"[5]。同时，孙尚扬也指出，汤用彤 1943 年撰写的《文化思想之冲突与调和》一文正是建基于上述考察之上。其说甚是。这有利于我们把汤用彤的"格义"研究与其文化观结合起来作一系统考察，以勾勒出汤氏思想的形成、发展脉络。但笔者认为，汤用彤对"格义"的许多具体研究仍未得到全面、详细的考察。赵建永在《汤用彤与现代中国学术》中

［1］参阅陈寅恪：《支愍度学说考》，《金明馆丛稿初编》，生活·读书·新知三联书店，2001 年，第 159—187 页。
［2］目前已出版的汤用彤学术思想研究专著严格来说只有四部，分别是麻天祥：《汤用彤评传》，百花洲文艺出版社 2010 年版；孙尚扬：《汤用彤》，台北东大图书股份有限公司，1996 年；赵建永：《汤用彤与现代中国学术》，人民出版社，2015 年；李兰芬：《玄思的魅与惑——王弼、汤用彤研究论集》，商务印书馆，2020 年。按：李兰芬的著作侧重于汤用彤的魏晋玄学研究及文化观，对汤氏佛教史研究中涉及"格义"的内容未作专论；赵建永的《汤用彤评传》（湖北人民出版社，2017 年）及《汤用彤先生编年事辑》（中华书局，2019 年）则侧重于汤用彤生平事迹的考察，因而未被归入。
［3］麻天祥：《汤用彤评传》，第 83 页。
［4］麻天祥：《汤用彤评传》，第 226 页。
［5］孙尚扬：《汤用彤》，第 117 页。

虽讨论了汤用彤的佛教史研究，但主要在于表明汤用彤为推动中国佛教史研究作为一门现代学术所做出的贡献[1]。《汤用彤先生编年事辑》"1933年"条有一段涉及汤用彤"格义"研究的文字："《释道安时代之般若学述略》与陈寅恪《支愍度学说考》同年面世，皆论格义，观点基本一致。盖因陈、汤二老过从甚密，常交流心得，立论自然相近，惟陈寅恪对'格义'外延的界定稍宽泛。"[2]但《释道安时代之般若学述略》只是汤用彤早期研究"格义"的文章，汤用彤后来用英文写成的《论"格义"》更能代表他对"格义"的总体理解，而《事辑》的撰者自始至终没有提到该文。即使如对汤用彤佛教史研究推崇备至的荷兰学者许里和，在其《佛教征服中国》中也对"格义"着墨不多，更未提及汤用彤的"格义"研究[3]。葛兆光在《诠释三题》中对汤用彤的"格义"研究有所言及："'格义'说经过陈寅恪和汤用彤的研究，现在的人们都承认这就是古代中国人接受与融汇外来文明的一个必然途径，在两者之间寻找相似的地方，结果是通过本土资源理解了外来思想。"[4]可以说，今人对"格义"的理解、使用并非直接采撷于佛教史籍，而是基于陈寅恪、汤用彤等学者对文献的考察、揭橥、解释。既然如此，两位学者对"格义"的研究就应当被作为专题来考察，而不能仅仅就佛教史来谈"格义"。此外，葛兆光在《中国思想史（第一卷）》中对汤用彤将"格义"上溯至汉代表示赞同，但对汤氏以"量"训"格"提出异议，认为"（这）显然用的是佛教东来以后的说法，其实中国古典中的'格'就是'至'或'来'的意思"[5]，但限于主题，葛兆光并未对汤用彤的"格义"研究作更多的探究与评价。张风雷在《论"格义"之广狭二义及其在佛教中国化进程中的历史地位》[6]中对汤用彤的"格义"研

[1] 参赵建永：《汤用彤与现代中国学术》，第157—198页。

[2] 赵建永：《汤用彤先生编年事辑》，第152页。

[3] 许里和对"格义"的讨论见氏著《佛教征服中国》，李四龙等译，江苏人民出版社，1998年，第310—311页。

[4] 葛兆光：《诠释三题》，《中国文化研究》2003年夏之卷，第32—38页。

[5] 葛兆光：《中国思想史（第一卷）——七世纪前中国的知识、思想与信仰世界》，复旦大学出版社，2013年，第357页。

[6] 参阅张风雷：《论"格义"之广狭二义及其在佛教中国化进程中的历史地位》，《"儒释道融合之因缘"研讨会论文集》，第114—127页。

究引述甚多，但其基本旨趣是讨论中古佛教史上的"格义"，而非对"格义"的研究史。对汤用彤"格义"研究论述最详且具有对话意识的是张雪松的《对"格义"的再认识——以三教关系为视角的考察》，该文充分肯定了汤用彤"格义"研究的学术价值，文章指出："现代学术意义上的'格义'研究，始于汤用彤先生。汤先生在格义研究上，用功多年，前后观点侧重不断发展变化，为今人留下了非常丰富的资源，至今尚未完全挖掘。"[1] 与此同时，作者对汤氏的研究进行了系统归类，并结合史料对"格义"以及相关的"内书""外书"重新定义。但笔者以为，仍有必要在历史考察的基础上对汤氏的"格义"研究进行哲学史、文化学的探究，由此才能深度展示出汤用彤学术、思想理路的一个侧面。

基于以上学术史考察，本文将从汤用彤的若干"格义"研究著作出发，以问题为导向疏通其研究思路，并就相关问题展开讨论，最后揭示汤用彤"格义"研究的方法论意义。

二、佛教史上的"格义"现象

如本文篇首所引，"格义"一词最早见于《高僧传·晋高邑竺法雅》。汤用彤据竺法雅的年代而指出"中国佛教徒使用这种（格义）方法是在西晋以前"[2]。汤用彤进而强调，要理解"格义"，应当注意三个方面：第一，"'格义'是一种用来对弟子们教学的方法"[3]，亦即"格义"是作为一种手段而被西晋以前的僧人所采用的。第二，"格义"的基本特点是"用原本中国的观念比对（外来）佛教的观念、让弟子们以熟习的中国（固有的）概念去达到充分理解（外来）印度的学说（的一种方法）"[4]。但汤用彤认为，这只是对"格义"的较为宽泛的理解，如果细究"格义"的准确含义，就应当继续强调第三个方面——"它不是简单地、宽泛的、一般的中

---

[1] 张雪松：《对"格义"的再认识——以三教关系为视角的考察》，《中国哲学史》2012 年第 3 期，第 28—33 页。
[2] 汤用彤：《论"格义"》，《汤用彤全集》第 5 卷，第 231 页。
[3] 汤用彤：《论"格义"》，《汤用彤全集》第 5 卷，第 232 页。
[4] 汤用彤：《论"格义"》，《汤用彤全集》第 5 卷，第 232 页。

国和印度思想的比较，而是一种很琐碎的处理，用不同地区的观念或名词作分别的对比或等同"[1]。汤用彤之所以将"格义"限定在"观念""名词"的范围内，是因为大约同时期还有一种与"格义"类似的现象，即"连类"。《高僧传·晋庐山释慧远》："尝有客听讲，难实相义，往复移时，弥增疑昧。远乃引《庄子》义为连类，于是惑者晓然，是后安公特听慧远不废俗书。"[2]可见，"连类"是一种整体思想之间的比配，这与"格义"对观念、范畴进行"逐条著之为例"[3]的做法是不同的，后者更为含混，也更为牵强。

对于"格义"的起源，汤用彤认为，"它的踪迹可以从汉代思想看出它的模式"[4]，比如儒家的董仲舒与道家的刘安"都任意地借用古代哲学阴阳家的思想"[5]，而竺法雅与他的同道们仍处于汉代思想模式的延长线上。之所以如此，安世高起到了至关重要的作用。安世高是东汉末年来华的安息国僧人、著名佛经翻译家，深通阿毗达磨藏的禅数之学。安世高在华的讲学、翻译必然要面对阿毗达磨藏的复杂范畴，因而安世高需要将这些范畴（事数、法数）一一转换为东土人易于理解的概念。故汤用彤断定，"在他（引者按：安世高）口说和写下的教言，安世高经常采用逐项进行的步骤，即按照阿毗达磨论著排列范畴（事数和法数）的次第来加以解说的"[6]。安世高以逐项解说的方式译介禅数，此举与汉代学术的比配之法正相契合。但他并非有意地采用汉代学术的方法以附和国人，而是基于佛教自身的讲学方法。佛教来华初期，并非直接着手经典的翻译，而是多采取口头讲学的形式以传播其思想。口头讲学时不免出现听者与讲者之间的问答，因而

---

[1] 汤用彤：《论"格义"》，《汤用彤全集》第 5 卷，第 232 页。
[2] ［南朝梁］慧皎著、汤用彤校注：《高僧传》卷六《晋庐山释慧远》，《汤用彤全集》第 6 卷，第 172—173 页。
[3] 汤用彤：《汉魏两晋南北朝佛教史·释道安时代之般若学·竺法雅之格义》，《汤用彤全集》第 1 卷，第 178 页。
[4] 汤用彤：《论"格义"》，《汤用彤全集》第 5 卷，第 235 页。
[5] 汤用彤：《论"格义"》，《汤用彤全集》第 5 卷，第 235 页。
[6] 汤用彤：《论"格义"》，《汤用彤全集》第 5 卷，第 237 页。

必然涉及对佛教中个别名词范畴的解释[1]。所以汤用彤指出，"格义"虽然与汉代儒家经师的讲经方式似有关联，其实"此制自亦有释典之根据，未必是因袭儒家法度"[2]。因而安世高只是接续了汉代学术的方法，从而开启了此后佛学译介的范式。可以说，竺法雅并非"格义"的首创者，而是"扩充了并系统化地从事对比中国本土的观念或名词（项）同印度范畴（法数或事数）"[3]。

汤用彤认为，出现"格义"的原因在于各民族之间的文化起初相互抵牾，随着交往的增进，了解深入，出现了不同文化之间概念的比配（以外来文化概念比配本土概念），而这样比配的目的在于"使人易于了解佛书"[4]。所以，"格义"是作为文化交流过程中的一个阶段而出现的。同样，作为一个阶段性的现象，当"文化灌输既甚久，了悟更深，于是审知外族思想，自有其源流曲折，遂了然其毕竟有异，此自道安罗什以后格义之所由废弃也"[5]。在汤用彤看来，随着国人对异族文化了解的深入，"格义"必然走向穷途末路，这样就不难理解释道安为何对"格义"颇有微词了。

《高僧传·晋飞龙山释僧先（光）》引释道安语："先旧格义，于理多违……弘赞理教，宜令允惬，法鼓竞鸣，何先何后。"[6]道安看到了"格义"带来的弊端，即有失佛法的原意。基于此，汤用彤指出，"从事（概念的）比配，不能只看在数目（即事数或法数）上，然而在意义上是有不同的"[7]。

---

[1] 对于安世高的译经，王邦维先生指出："所谓译出，其实一部分是译讲，其中只有一部分载诸文字。这正是早期佛经翻译方式的一个特色。也正因为佛经的翻译在这时还只是处于开创时期，安世高译经的经名和部数，当时没有，恐怕也很难有准确详细的记载。"王邦维：《安息僧与早期中国佛教》，收入叶奕良编：《伊朗学在中国论文集》，北京大学出版社1993年版。张雪松也认为，"格义是属于'讲肆'的一种形式，而非直接文本的翻译注疏等写作工作"。张雪松：《对"格义"的再认识——以三教关系为视角的考察》，《中国哲学史》2012年第3期，第28—33页。
[2] 汤用彤：《汉魏两晋南北朝佛教史·佛道·汉晋讲经与注经》，《汤用彤全集》第1卷，第87页。
[3] 汤用彤：《论"格义"》，《汤用彤全集》第5卷，第239页。
[4] 汤用彤：《汉魏两晋南北朝佛教史·释道安时代之般若学·竺法雅之格义》，《汤用彤全集》第1卷，第178页。
[5] 汤用彤：《汉魏两晋南北朝佛教史·释道安时代之般若学·竺法雅之格义》，《汤用彤全集》第1卷，第178页。
[6] ［南朝梁］慧皎著、汤用彤校注：《高僧传》卷五《晋飞龙山释僧先》，《汤用彤全集》第6卷，第160页。按："僧先"一作"僧光"。
[7] 汤用彤：《论"格义"》，《汤用彤全集》第5卷，第239页。

另，汤用彤在《汉魏两晋南北朝佛教史》中说："文句比较之功夫愈多，则其意义之隐没者愈加显著。"[1] 汤用彤的这一论述可以这样理解：文句比较会预先设置文句之间的张力，使理解活动被两个甚至多个相异的文句所牵引，虽然可以产生文句之间的 "互诠""互证"，但它限制了读者直接理解、深入任何一个文句的意义，意义被诸多文句拉伸、扯平，读者获取的不是文句本身的意义，而是仅仅达成文句之间泛泛的相似与调和。以佛经的翻译为例，胡语中有个别词语难以翻译，直译显得较为生硬，如果根据其含义与中土概念相比配，诚然顺畅，易于理解，但是这种 "意译" 的方法已经加入了译者本人的理解，而提供给读者的也只能是翻译者理解下的佛典。今日的解释学、翻译学都对这一问题有深入的讨论，指出翻译的作品中已经包含了译者本人的理解架构。伽达默尔曾说："一切翻译就已经是解释，我们甚至可以说，翻译始终是解释的过程，是翻译者对先给予他的语词所进行的解释过程。"[2] 而汤用彤所言 "如巧削原文，使便约不烦，是即搀译者私意"[3] 正与之相若。不过，翻译者的 "私意" 有没有可能避免仍然值得讨论。以伽达默尔为代表的当代哲学解释学学者一般认为，原文与译文之间的距离是无法消除的——"凡需要翻译的地方，就必须要考虑讲话者原本语词的精神和对其复述的精神之间的距离。但这种距离是永远不可能完全克服掉的"[4]。这一观点以对话时语言的根本优越性为前提，即翻译来自语言之间的阻滞不通，真正掌握一门语言便无须以母语来置换，而是已经用这种语言来思维，因为 "我们生活于这门语言之中"[5]。可以说，

---

[1] 汤用彤：《汉魏两晋南北朝佛教史·释道安·经典之整理》，《汤用彤全集》第 1 卷，第 158 页。
[2][德] 伽达默尔：《真理与方法——哲学诠释学的基本特征》，洪汉鼎译，上海译文出版社，1999 年，第 490 页。
[3] 汤用彤：《汉魏两晋南北朝佛教史·传译求法与南北朝之佛教·经典与翻译》，《汤用彤全集》第 1 卷，第 309 页。
[4][德] 伽达默尔：《真理与方法——哲学诠释学的基本特征》，第 490 页。又，伽达默尔在另一处更为直白地指出："在对某一本文进行翻译的时候，不管翻译者如何力图进入原作者的思想感情或是设身处地把自己想象为原作者，翻译都不可能纯粹是作者原始心理过程的重新唤起，而是对本文的再创造，而这种再创造乃受到对本文内容的理解所指导，这一点是完全清楚的。"[德] 伽达默尔：《真理与方法——哲学诠释学的基本特征》，第 492 页。
[5][德] 伽达默尔：《真理与方法——哲学诠释学的基本特征》，第 491 页。

翻译与距离是如影随形地出现的，翻译意味着距离，没有任何距离的理解恰恰无须翻译。但从历史上来看，中古时期佛教入华无法期望所有的西域僧人都精通汉语，也无法要求所有的东土僧人皆通外语。所以，对其时佛教学者来说，异域之语远达不到"生活居所"的程度。以道安为代表的反思"格义"的僧人们更关注寻找一种能够"允惬"（准确）反映佛典原意的翻译方法，而非考察翻译本身的发生机制；他们更关心如何翻译得更好，而非翻译如何可能。总之，对其时的佛教学者来说，"翻译"是一个已然被接受、被默认的事实。

汤用彤站在释道安的角度上反思"格义"的局限性，他说："只是（停留）在名词和概念上对比，不可避免地会引起（思想上的）混乱和曲解，或者如道安所说成了'于理多违'的情况，并从而使哲学家的思想或者宗教家的教义，其深义或者核心仍然难于理解。实行对比须要密切注意的是理由或者原则，掌握一种思想体系内含的深义，这比之于概念或名词浮面浅薄的知识，显然是更为重要的。"[1] 笔者认为，汤用彤这段话是他的"格义"研究从佛教史考察走向哲学研讨的关键。其所谓"实行对比须要密切注意的是理由或者原则"即反思、关注理解方法本身，只有对理解方法本身予以考察，确保其可靠，才能掌握思想的深义。道安虽然针对"格义"的弊端而提出"五失""三不易"之说[2]，但道安的新说只是面向佛学的译介，并未上升到一种普遍性"理解"层面。而要对理解方法本身进行带有普遍意义的考察，便有必要进入哲学的论域。故而，汤用彤把克服"格义"弊端的新方法归为魏晋玄学的"言意之辨"——"由于魏晋时代的思想家们实现了这一点（引者按：掌握一种思想体系内含的深义），

---

[1] 汤用彤：《论"格义"》，《汤用彤全集》第 5 卷，第 239 页。

[2] 兹引汤用彤《汉魏两晋南北朝佛教史》将道安的"五失""三不易"之说列于下：所谓"五失"，即：（1）梵语倒装，译时必须顺写；（2）梵经质语，而不能使中国人了解者，则宜易以文言；（3）原文常反复重言，多至数次，译时须省节；（4）原文中每杂以语句之解释，均行译出，亦嫌重复并宜删去；（5）梵经中常后段复引前段，删之实不失原旨。所谓"三不易"，即：（1）时俗既殊，不能强同；（2）圣智悬隔，契合不易；（3）去古久远，证询实难。参见汤用彤：《汉魏两晋南北朝佛教史·传译求法与南北朝之佛教·经典与翻译》，《汤用彤全集》第 1 卷，第 309 页。

他们开始采用一种新的（思想）方法，这可以叫做'言意之辨'"[1]。那么，摆在眼前的问题便是："言意之辨"如何克服"格义"的弊端？

三、作为方法的"言意之辨"

汤用彤指出了"言意之辨"最终取代"格义"。这一论断乃基于以下两点：第一，历史事实；第二，理论的逻辑演进。

（一）史实

《高僧传·晋长安鸠摩罗什》引鸠摩罗什语："天竺国俗，甚重文质。其宫商体韵，以入弦为善。凡觐国王，必有赞德；见佛之仪，以歌叹为贵。经中偈颂，皆其式也。但改梵为秦，失其藻蔚，虽得大意，殊隔文体。有似嚼饭与人，非徒失味，乃令呕哕也。"[2]鸠摩罗什认为，佛经中的偈颂有其特定的吟诵背景，即在本土（天竺）的文化氛围中被吟诵出来才是其本真样式，而以秦语（汉语）生硬地对照其句式翻译出来的偈子，不仅大失其原味，而且愚陋不堪，令人作呕。鸠摩罗什此处所言的偈颂与安世高、竺法雅"格义"时的"事数"有所不同，它已经超出了概念、范畴的领域，扩大到语句的范围。时人对偈颂的翻译流于一种对中西句式的比配，也可以说是"格义"的扩大化。罗什的批评不仅针对"格义"，很大程度上也针对道安以来的"直译"之风。据慧皎记载，为了克服先前译经"滞文格义"的弊端，后秦主姚兴又使僧叡、僧肇等八百余人跟从罗什学习译经，"什持梵本，兴执旧经，以相雠校。其新文异旧者，义皆圆通。众心惬伏，莫不欣赞"[3]。罗什及门人译经并非不重文字，而是首先校订文字，在此基础上融合原本与旧译本，使新译本更为圆融顺畅。罗什将译经由直译重新转回意译，但罗什的意译已不同于道安以前僧人对中西观念、

---

[1]汤用彤：《论"格义"》，《汤用彤全集》第5卷，第240页。
[2][南朝梁]慧皎著、汤用彤校注：《高僧传》卷二《晋长安鸠摩罗什》，《汤用彤全集》第6卷，第43页。
[3][南朝梁]慧皎著、汤用彤校注：《高僧传》卷二《晋长安鸠摩罗什》，《汤用彤全集》第6卷，第43页。

范畴的意义糅合，而是务求佛经的原意。这种意译的前提在于译者应对原文的义理深有所契，否则只能在文义的表层寻找与异文化的相似，重蹈前人之覆辙。在汤用彤看来，"古昔中国译经之巨子，必须先即为佛学之大师"[1]，罗什深通天竺佛学，而其门下又有精通汉语的众弟子，因而相互配合，更有所进。所以罗什的功绩，"全在翻译"[2]。总之，中古译经至鸠摩罗什，不再牵强地寻求概念、句式与中国文化的相合，也不寻求对原文字面的遵从，而是开始了对意义本身的关注。

（二）理论演进

汤用彤在《论"格义"》一文的最后指出了魏晋玄学"言意之辨"的出现使得"格义"式微，但他并未继续讨论"言意之辨"如何取代"格义"，只是点明玄学"强调对第一原理的深入研究，而且轻视有关概念的比配"[3]。汤用彤对上述观点的展开见于他早在 1942 年写成的《言意之辨》一文，该文收入汤著《魏晋玄学论稿》。所以，接下来的考察需将目光从汤用彤的佛教史研究转向他的魏晋玄学研究。

"言意之辨"是魏晋玄学的重要论题之一，甚至是贯穿魏晋玄学一切问题的主轴。《世说新语·文学》有云："王丞相过江左，止道声无哀乐、养生、言尽意，三理而已。然宛转关生，无所不入。"[4]晋人王导随晋室南渡后，危乱之中仍孜孜于谈论言意问题，可见言意问题的吸引力。而言意问题的"无所不入"即如唐翼明所言，涉及"人物学中的才性问题，人物品鉴及艺术欣赏中的形神问题，乃至立身行事中的心与迹的问题"[5]等。汤用彤的《言意之辨》一文讨论了它的源流、内容及影响。不过，虽然汤

---

[1]汤用彤：《汉魏两晋南北朝佛教史·鸠摩罗什及其门下·什公之译经》，《汤用彤全集》第 1 卷，第 223 页。
[2]汤用彤：《汉魏两晋南北朝佛教史·鸠摩罗什及其门下·什公之译经》，《汤用彤全集》第 1 卷，第 223 页。
[3]汤用彤：《论"格义"》，《汤用彤全集》第 5 卷，第 241 页。
[4][南朝宋] 刘义庆著，[南朝梁] 刘孝标注，余嘉锡笺疏：《世说新语笺疏》，中华书局，2011 年，第 184—185 页。
[5]唐翼明：《魏晋清谈》，天地出版社，2018 年，第 104—105 页。

用彤指出了"言意之辨"最终取代"格义",但"言意之辨"并非后出于"格义",而是有其自身的发展脉络。汤用彤说:"玄学统系之建立,有赖于言意之辨。但详溯其源,则言意之辨实亦起于汉魏间之名学。名理之学源于评论人物。"[1]"言意之辨"导源于汉末人物识鉴活动,人物识鉴需要把握被考察者的情性、气质,是一个"相其外而知其中,察其章以推其微"[2]的过程,由于人的非形式化的情性、气质只可被领会而难以被准确表达,故而凸显了语言的窘状,引发了人们对语言本身的关注。

魏晋玄学"言意之辨"一般被认为有"言尽意论"与"言不尽意论"两种观点。比如早至晋人欧阳建提出"言尽意论"时,便只说"世之论者,以为言不尽意"[3]。但汤用彤对"言意之辨"的划分突破了上述二元框架,他指出"言意之辨"实则分为三种观点,即"言不尽意论""言尽意论""得意忘象,得象忘言论"[4]。"得意忘象,得象忘言论"是王弼的言意思想,汤用彤将其与"言尽意论""言不尽意论"相区分,显然是有其理由的。第一,王弼在《周易略例·明象》中说:"夫象者,出意者也。言者,明象者也。尽意莫若象,尽象莫若言。言生于象,故可寻言以观象;象生于意,故可寻象以观意。意以象尽,象以言著。"[5]可见王弼并未绝对地否定、排斥语言,而是视语言为得象进而得意的工具。第二,汤用彤在研究郭象时发现,郭象注释《庄子》时采用的"寄言出意"的方法来自于王弼的"得意忘象,得象忘言"之说,所以汤用彤说:"郭象注《庄》,用辅嗣之说。以为意寄于言,寄言所以出意。人宜善会文意,'忘言以寻其所况'。"[6]随着玄学的不断发展、深入,"言尽意论"与"言不尽意论"渐渐失去其生命力,逐渐为玄学家所遗弃,而能够延续下来的仅"得意忘象,

---

[1] 汤用彤:《魏晋玄学论稿·言意之辨》,《汤用彤全集》第4卷,第23页。
[2] 汤用彤:《魏晋玄学论稿·读〈人物志〉》,《汤用彤全集》第4卷,第3页。
[3] [晋]欧阳建:《言尽意论》,严可均编《全晋文》"欧阳建"条,商务印书馆,1999年,第1151页。
[4] 汤用彤:《魏晋玄学论稿·向郭义之庄周与孔子》,《汤用彤全集》第4卷,第92—93页。
[5] [魏]王弼:《周易略例·明象》,楼宇烈:《王弼集校释》,中华书局,1980年,第609页。
[6] 汤用彤:《魏晋玄学论稿·向郭义之庄周与孔子》,《汤用彤全集》第4卷,第93页。

得象忘言论"。

虽然江左士人仍在清谈中将"言意之辨"作为话题，但西晋郭象的《庄子注》说明，"言意之辨"在晋室南渡前已经作为一种注释经典的方法而流行。事实上，如汤用彤所言，王弼本人就已经以"言意之辨"为方法来解释经典了。汤用彤说："王氏新解，魏晋人士用之极广，其于玄学之关系至为深切。凡所谓'忘象忘言''寄言出意''忘言寻其所况''善会其意''假言''权教'诸语皆承袭《易略例·明象章》所言。"[1] 进而，汤用彤指出了作为方法的"言意之辨"有四种功能："用于经籍之解释""深契合于玄学之宗旨""会通儒道二家之学""名士之立身行事"[2]。而对于"经籍之解释"，汤用彤指出，王弼的《论语释疑》"大旨当系取文义难通者为之疏抉"，可参王弼对《论语》中子贡所言"回也闻一以知十，赐也闻一以知二"、孔子所言"君子而不仁者有矣夫，未有小人而仁者也"的解释。

据上可见，玄学的"言意之辨"与佛学的"格义"曾一度并行。但事情的关键在于，"言意之辨"为何最终能够将"格义"取而代之？

四、从"格义"到"言意之辨"：思想文化交流中的必由之路

"得意忘象，得象忘言"是王弼对其注《易》方法、原则的理论化表达。驱使王弼如此注释《周易》的原因在于，汉代的象数易学滞于对象数的推演与附会，把作为工具的象数当成卦义，甚至把为了更好地解释卦象而采用的"隐喻"之具象等同于卦本身，使卦中的"圣人之意"被"具象"所遮蔽。王弼对此颇有批评："是故触类可为其象，合义可为其征。义苟在健，何必马乎？类苟在顺，何必牛乎？爻苟合顺，何必坤乃为牛？义苟应健，何必乾乃为马？而或者定马于乾，案文责卦，有马无乾，则伪说滋漫，难可纪矣。"[3] 以马牛等具象解说乾坤是为了说明乾坤自身的品性，但乾坤并不就是马牛。可以看出，王弼反对以概念之间的对等来解说

---

[1] 汤用彤：《魏晋玄学论稿·言意之辨》，《汤用彤全集》第 4 卷，第 25 页。
[2] 参汤用彤：《魏晋玄学论稿·言意之辨》，《汤用彤全集》第 4 卷，第 25—36 页。
[3] [魏] 王弼：《周易略例·明象》，楼宇烈：《王弼集校释》，第 609 页。

概念。在王弼看来，被比配的概念（比如马牛）与被解释的概念（比如乾坤）在一开始就是不平等的，前者只可以作为工具，后者自身才是目的。因而他倡言的"得意忘象，得象忘言"是一种对具象的超出，是对"二者何以能比配"的反思。只有反思到"二者何以能比配"，即取其健、顺之品性，才能把握卦的意义。

　　关于王弼对执于概念比配的批评，更直接的证据在于他对以阴阳五行释卦的揭露："互体不足，遂及卦变；变又不足，推致五行。一失其原，巧愈弥甚。纵复或值，而义无所取。"[1] 前文曾提及，汉代盛行概念比配的学术方法，王弼对释卦时"推致五行"而失却卦义的批判反映了他对汉代这种学术方法的有意反动。这样，就不难理解汤用彤在考察魏晋玄学的产生时为何格外强调新方法的重要性了——"研究时代学术之不同，虽当注意其变迁之迹，而尤应识其所以变迁之理由。理由又可分为二：一则受之于时风。二则谓其治学之眼光之方法。新学术之兴起，虽因于时风环境，然无新眼光新方法，则亦只有支离片段之言论，而不能有组织完备之新学。故学术，时代之托始，恒依赖新方法之发现。"[2] 而王弼正是采用了"言意之辨"的新方法，才克服了汉代学术思想比配之法的局限。因而可以说，玄学在一开始就以纠正、肃清比配方法为鹄的。在一定意义上，王弼所反对的也是一种有实无名的"格义"，只是这种"格义"尚存在于中国学术思想内部各家之间。也可以说，在中国本土学术思想的理路中，"言意之辨"取代"格义"的事实早已发生了。"言意之辨"并不待佛学的"格义"出现窘境后才彰显其价值，而是在产生之时便有其方法上的自觉。

　　前文曾指出，中古佛教中的"格义"现象至鸠摩罗什才真正走向"言意之辨"。但汤用彤指出了在鸠摩罗什前存在的一种"双轨并行"的现象，即罗什之前已有佛教学者走上了"寄言出意"之途，比如精研般若学的竺法护。般若学有别于安世高的事数之学，没有复杂的名相范畴，因而在译介时不必苦苦寻求中西概念之间的比配对等，它更强调学习者直接把握到核心要义。所以汤用彤说："疑中国般若家讲经，早已有人与数论家不同。

---

[1]［魏］王弼：《周易略例·明象》，楼宇烈：《王弼集校释》，第 609 页。
[2] 汤用彤：《魏晋玄学论稿·言意之辨》，《汤用彤全集》第 4 卷，第 22 页。

而般若方便之义，法华权教之说，均合乎寄言出意之旨。"[1] 汤用彤的重要发现在于，他意识到在作为宗教的佛教之外，还流行着讲谈玄理的佛学，二者应当被区分开。"竺法护宗般若译法华，故名士推为名僧中之山涛。按《法华经》于中国宗教及文学上影响甚大，然在哲理上则虽有天台依之建立宗义，然其崇拜法华，大唱圆顿止观，根本仍均注重宗教方面。但什公前后，《法华》亦备受义学沙门所尊崇。然考其故则不在宗教而在玄理。"[2] 把思想文化意义上的佛学与宗教意义上的佛教区分开，同时考察宗教在早期传播过程中的思想文化色彩，是汤用彤佛教史研究的特点。日人镰田茂雄也指出，汤用彤的佛教史研究"既不偏重教理，亦不偏重教团，却又能切中两者的精髓，以思想性推展为中心，打破以往的教理史的框架"[3]。质言之，思想文化研究是汤用彤佛教史研究中一以贯之的脉络。事实上，汤用彤早在 1936 年就注意到汉魏佛学中存在着两大系统，即"禅学"与"般若"，"禅学系根据印度的佛教的'禅法'之理论，附会于中国阴阳五行以及道家'养生'之说。而般若则用印度佛学之'法身说'，参以中国汉代以来对于老子之学说，就是认老子就是'道体'。……当时两说都很流行，且互有关涉，但是到了晋代，因为种种的原因，后者在学术界上占较大的势力"[4]。汤用彤的上述考察勾画了佛教来华在学术方法上的大致演变路线，即首先是比附汉代思想的"格义"之法与参照老子学说的寄言出意之法并行，后来寄言出意之法盖过"格义"，至隋唐时期"判教"的出现，佛教才真正成为一门扎根本土的中国宗教。这在汤用彤的一篇题为《汉唐佛学纲要》的讲课提纲中有更为简明的表述："一、佛道（宇宙）；二、佛玄（本体）；三、系统、宗派、宗教（综合）。"[5]

可以发现，无论是比配汉代思想的禅法，还是采用"言意之辨"的般若学，都是对中国学术思想的比附，只是比附的对象、范围不同。两种方

---

[1] 汤用彤：《魏晋玄学论稿·言意之辨》，《汤用彤全集》第 4 卷，第 37 页。
[2] 汤用彤：《魏晋玄学论稿·言意之辨》，《汤用彤全集》第 4 卷，第 37 页。
[3]［日］镰田茂雄：《佛光版〈汤用彤全集〉序二》，汤一介、赵建永编：《汤用彤学记》，生活·读书·新知三联书店，2011 年，第 165 页。
[4] 汤用彤：《往日杂稿·汉魏佛学的两大系统》，《汤用彤全集》第 5 卷，第 177 页。
[5] 汤用彤：《往日杂稿·汉唐佛学纲要（讲课提纲）》，《汤用彤全集》第 5 卷，第 292 页。

法的合流本质上也是玄学对汉代学术的取代。这表明,"言意之辨"取代
"格义"实则汉魏学术思想变迁在佛教系统内的缩影。佛教来华的演变方
式遵循着中国本土学术思想的演进路线,只是在时间上有所滞后[1]。在汤
用彤看来,"格义"是一种不可避免的现象,它是文化交流过程中的必经
阶段,即使如释道安这样明确反对"格义"的佛教学者,其实自己也未尝
不在"格义"——"然竺法雅之格义,虽为道安所反对。然安公之学,固
亦常融合《老》《庄》之说也。不惟安公如是,即当时名流,何人不常以释
教、老庄并谈耶"[2]。笔者在此作进一步说明:即使较早采用玄学"言意之
辨"的般若学,虽然在方法上比"格义"先进一步,但它仍然比配了中国
本土的学术方法。

汤用彤的思想文化交流观基于他对中古佛教史的研究,尤其是对中古
佛教史上作为思想文化交流现象的"格义"的研究。代表汤用彤思想文化
交流观的《文化思想之冲突与调和》一文虽然写成于1943年,亦即写于
他的《论"格义"》一文之前,却明显地体现了他在《汉魏两晋南北朝佛
教史》中对"格义"的考察与认识。汤用彤认为,"外来思想之输入,常
可以经过三个阶段:(一)因为看见表面的相同而调和。(二)因为看见不
同而冲突。(三)因再发见真实的相合而调和"[3]。据此划分,"格义"属于
第一阶段,它尚处于一种不深入的、较为囫囵的比附中。汤用彤提出上述
文化观是为了印证这样一个结论:外来文化与本土文化相接触,结果(影
响)是双向的,外来文化终究无法彻底取代本土文化,它只能适应本土文

---

[1] 张雪松从地域划分的角度指出,中古时期存在南北两种类型的"格义","北方类型
的格义佛教与汉代谶纬神学关联紧密,而南方类型的格义佛教与魏晋玄学关联紧密;
前者由于汉学在北方的持续影响及深厚的民众基础而长期存在,后者虽受玄学论辩风
气所染,但随着玄学、般若学的进一步深化发展,被认为'迂而乖本'而逐渐被人们
抛弃。北方类型的格义佛教是原初的或者说原本的格义,而南方类型的格义是亦被称
为连类"。(参阅张雪松:《对"格义"的再认识——以三教关系为视角的考察》,《中国
哲学史》2012年第3期,第28—33页)笔者以为,这一说法与汤用彤的考察并无矛
盾,因为受玄学影响的连类不排除是北方"格义"的扩大化,也不排除它是北方"格
义"随玄学南渡的产物。因而只可以说,南方"格义"走向扩大化的时间要早于北方,
这也恰好印证玄学同化佛学这一观点。
[2] 汤用彤:《汉魏两晋南北朝佛教史·释道安时代之般若学·竺法雅之格义》,《汤用
彤全集》第1卷,第179页。
[3] 汤用彤:《往日杂稿·文化思想之冲突与调和》,《汤用彤全集》第5卷,第281页。

化环境，成为本土化的外来文化。这一理念与文化人类学上的批评派和功能派相合，而汤用彤本人也声明他在文化移植问题上赞成批评派和功能派的观点，不同意演化说和播化说。[1]

五、余论

汤用彤对"格义"的研究并未仅仅囿于佛教史的范围内，而是有意地关注"格义"本身的发生机制，进而将其上升到一般的思想文化交流的层面。他所揭示的"言意之辨"取代"格义"和他提出的外来思想输入"三阶段说"对于今日学界反思中国哲学的"反向格义"问题颇具参考价值。因为汤用彤的研究揭示了：第一，"格义"是思想文化交流过程中的初级阶段且无法避免；第二，随着双方文化交流日久，对"格义"的反思必然出现，双方从寻求相同转向划定界限；第三，思想文化交流的成熟形态不是为了辨清同异而滞于双方任何一端的细枝末节，而是在双方的互动过程中生成、显现超出任何一方的意义本身即真理，形成一种既非完全中国化、也非完全西化的新的文化形态。在这一演进过程中，"言意之辨"作为新的方法起到了至关重要的作用，因为这一方法反对滞于作为工具的语言，强调读者自身的意会能力。意义并不等于客观的语言文字，而是在读者的阅读中超出读者与语言文字以显现为一种更高的存在形式。在解释学上，"格义"反映了文化受容者的理解"前结构"总是在起作用，无法被直接克服，但随着理解的深入，理解的"前结构"也在不断地被修正，最后彰显真理。由此观照今日学界对中国哲学"反向格义"的反思，虽然"反向格义"在一定程度上带来了对中国哲学概念范畴的"误读"，甚至像有的学者所尖锐批评的那样，"反向格义"中还包含着对西方哲学的先行"格义"，即"用我们格义过的西方术语来反向格义中国哲学，其结果必然是中西皆失，而不是中西会通"[2]，但也不妨说，正因为"格义"是无法避

---

[1] 参汤用彤：《往日杂稿·文化思想之冲突与调和》，《汤用彤全集》第 5 卷，第 278—279 页。
[2] 张汝伦：《邯郸学步，失其故步——也谈中国哲学研究中的"反向格义"问题》，《南京大学学报》2007 年第 4 期，第 60—76 页。

免的，所以在此基础上进行的 "反向格义" 所导致的 "不中不西" "中西皆失" 才是 "中西会通" 的基本形态。当然，文化交流的目的并不止步于彼此形态的相合与稳定，而是进一步达到一种更高形式的真理。因而，"反向格义" 并非 "反面教材"，反思 "反向格义" 并非最终目的，最终目的在于，在中西双方的对话中通过 "得意忘言" 的方法揭明真理。

From "Analogical Interpretation" to the "Discrimination between Language and Meaning"
——Centering on Tang Yongtong's Study about "Analogical Interpretation"

（Liu Feifei, Institute of Literature History and Philosophy, Shandong University, Jinan, 250100）

Abstract: Tang Yongtong regarded "Analogical Interpretation"（格义）as an inevitable stage of cultural exchange in his Buddhism history study. He pointed out that "Analogical Interpretation" originated from An Shigao's methods of lecturing and in accordance with the metaphor atmosphere of Han dynasty. But it's superficial. So the "Discrimination between language and meaning"（言意之辨）of Wei-Chin Metaphysics took place of it. Tang's study showed that it's inevitable for foreign culture to attach to local culture and it must be reflected. But the reflection is not the aim, we should beyond the similarities and differences between two languages and get a new meaning which integration of both parties. It can be used for reference to reflect on the "Reverse Analogical Interpretation"（反向格义）of Chinese philosophy.

Keywords: Tang Yongtong; Analogical Interpretation; language and meaning; cultural exchange

"好恶之心"能否保证"仁"？

——论钱穆诠释孔子仁观的情感向度

李亚奇*

摘要： 关于钱穆对孔子仁观的诠释，前人多从史学角度论述。从道德哲学视域切入，我们发现，钱穆对孔子仁观的诠释呈现出"好恶之情"释"仁心"、"以礼导情"解"仁道"的双重向度。同时，这也展现出其消解"仁"之形上意义，紧扣人生情感论"仁"；注重"好恶"之践履能力，贯穿实践动向于"仁"的问题意识。但是，钱穆似乎混淆了自然情感与道德情感的本质差别，致使"好恶之心"成为一种不能作为道德标准的自然中立的情感。所以，他由"情感"切入"道德"的做法并不透彻，"好恶之心"不足以保证"仁"。

关键词： 钱穆；孔子；好恶之心；情感；道德原则

孔子之"仁"曾被历代思想家论说。孟子曰："恻隐之心，仁之端也。"（《孟子·公孙丑上》）《说文》："仁，亲也。从二从人。"[1] 董仲舒则以"博爱"释"仁"，还提出"仁，天心"[2]，将"仁"与"天"联系起来。宋儒以"生生"之体来说"仁"，朱子就将"仁"看作"爱之理，心之德"[3]。阳明将"仁"与"良知"合起来讲，提出"天地万物一体之仁"[4]。

---

* 作者简介：李亚奇，武汉大学哲学学院 2017 级博士研究生，主要研究儒家哲学，邮箱：1548609230@qq.com。

[1] 王平、李建廷编著：《〈说文解字〉标点整理本》，上海书店出版社，2016 年，第 200 页。
[2] 董仲舒：《春秋繁露义证·俞序第十七》，苏舆撰，钟哲点校，中华书局，1992 年，第 161 页。
[3] 朱熹：《四书章句集注·论语集注卷一》，中华书局，1983 年，第 48 页。
[4] 王守仁：《答顾东桥书》，《王阳明全集》，吴光、钱明等编校，上海古籍出版社，2011 年，第 61 页。

戴震也认为"仁"乃生生之理，"生生，仁也，未有生生而不条理者"[1]。但是，他重视人之情欲，此"理"指气化之条理，与宋儒之"理"不同。民国时期，西方生命哲学的传入，使得学者们开始将"仁"与"意欲""生命冲动"联系起来。以牟宗三为主的新儒家则主张接着宋明儒学的思路，将"仁"理解为"仁体"。之后，李泽厚、蒙培元、黄玉顺等都重视儒家的情感哲学，看重"仁"的情感向度。综合这些观点，我们可以看出两条线索，一是注重从情感方面来说"仁"，二是强调将"仁"提升到本体层面。作为史学大家，钱穆也是以一种情感思路来诠释孔子之"仁"，并提出"仁"乃一种"好恶之心"。对此，前人多从史学角度论述，本文则从道德哲学视域出发，解析钱穆诠释孔子仁观的情感向度，挖掘其中的问题意识，而此种"好恶之心"能否保证"仁"则是本文着重省察的问题。

一、钱穆诠释孔子仁观的双重向度

钱穆称孔子思想为"心教"[2]。牟宗三也曾提出："孔子未说'心'字，亦未说'仁'即是吾人之道德的本心，然孔子同样亦未说仁是理、是道。心、理、道都是后人讲说时随语意带上去的。实则落实了，仁不能不是心。仁是理、是道，亦是心。"[3]然而，钱穆虽然也以"心"释"仁"，但"心"之意蕴却与牟宗三等现代新儒家所说不甚相同。他说："自其内部言之，则人与人相处所共有之同情曰'仁心'。自其外部言之，则人与人相处公行之大道曰'仁道'。"[4]可见，从情感角度切入，钱穆对孔子仁观的诠释呈现出双重向度。

---

[1] 戴震：《孟子字义疏证·原善卷上》，何文光整理，中华书局，1982年，第62页。
[2] 钱穆：《灵魂与心》，《钱宾四先生全集》(46)，联经出版事业公司，1998年，第24页。
[3] 牟宗三：《心体与性体》(一)，《牟宗三全集》(5)，联经出版事业公司，2003年，第26页。
[4] 钱穆：《四书释义》，《钱宾四先生全集》(2)，联经出版事业公司，1998年，第78页。

（一）"好恶之情"释"仁心"

从《论语要略》和《论语新解》中可以看出，钱穆多次用"好恶之心"解释孔子之"仁"。钱穆具有历史慧解，他参考了历代注释[1]，正是在扬弃各家观点的基础上，揭示出了孔子"仁心"的内涵。

孔子在《论语》中并没有为"仁"下一明确的定义，但孟子却以简单的话语解说了孔子之"仁"。孟子曰：

仁也者，人也。合而言之，道也。(《孟子·尽心下》)

仁，人心也。(《孟子·告子上》)

仁者爱人。(《孟子·离娄下》)

孟子认为，"仁"即"人"[2]；"仁"乃"人心"；仁者爱人[3]。钱穆对孟子这三种说法的解释是：首先，"仁者人也"的"人"指的是人群，"仁即人群相处之大道"[4]。其次，"仁"乃人心，即"人道必本于人心，如有孝弟之心，始可有孝弟之道。有仁心，始可有仁道"[5]。最后，仁者爱人，"由其

---

[1] 钱穆在《论语要略》中指出其参考的资料："何晏《集解》，可以代表魏晋及两汉人对《论语》之见解；朱熹《集注》可以代表宋明人对《论语》之见解；刘宝楠《正义》可以代表清儒对《论语》之见解。各时代学者治学之目标与方法既有不同，故其对于同一书之见解，亦不能出于一致。学者当平心参观，乃可以兼其长而略其短。"(参见钱穆：《四书释义》，《钱宾四先生全集》(2)，联经出版事业公司，1998 年，第 78 页)

[2] "'仁者人也'本生之义，我觉得原来只是说'所谓仁者，是很像样的人'的意思。在很多人中，有若干人出乎一般人之上，为了把这种很像样的人和一般人有一个区别，于是后来另造一个'仁'字。这应当即是'仁者人也'的本义。……《论语》的仁的第一义是一个人面对自己而要求自己能真正成为一个人的自觉自反。真能自觉自反的人便会有真正的责任感，有真正的责任感便会产生无限向上之心，……道德的自觉自反，是由一个人的'愤'、'悱'、'耻'等不安之念而突破自己生理的制约性，以显示自己的德性。"(参见徐复观：《释〈论语〉的"仁"——孔学新论》，《学术与政治之间》，九州出版社，2013 年，第 290 页)

[3] "德性突破了自己生理的制约而生命力上升时，此时不复有人、己对立的存在，于是对'己'的责任感，同时即表现而为对'人'的责任感，人的痛痒休戚，同时即是己的痛痒休戚，于是根于对人的责任感而来的对人之爱，自然与根于对己的责任感而来的无限向上之心，浑而为一。经过这种反省的过程而来的'爱人'，乃出于一个人的生命中不容自己的要求，才是《论语》所说的'仁者爱人'的真意。"(参见徐复观：《释〈论语〉的"仁"——孔学新论》，《学术与政治之间》，九州出版社，2013 年，第 290—291 页)

[4] 钱穆：《论语新解》，《钱宾四先生全集》(3)，联经出版事业公司，1998 年，第 7 页。

[5] 钱穆：《论语新解》，《钱宾四先生全集》(3)，联经出版事业公司，1998 年，第 6 页。

最先之心言，则是人与人间之一种温情与善意。发于仁心，乃有仁道”[1]。那么，这种“温情”具体指什么呢？子曰：“仁远乎哉，我欲仁，斯仁至矣。”（《论语·述而》）钱穆的解说为：“仁即是我心之好恶，何远之有？”[2]钱穆指出，“人心不能无好恶，而人心之好恶又皆不甚相远”[3]，“仁者之好恶，即是好仁而恶不仁”[4]。既知道自身的“好恶”，也知道他人同样有“好恶”的人乃是“仁人”，“仁者，人我之见不敌其好恶之情者也”[5]。在钱穆看来，“人群当以真心真情相处，是仁也，人群相处，当求各得其心之所安，亦仁也”[6]。可见，钱穆所谓的“仁心”乃是一种“好恶之情”。

在钱穆看来，“好恶”的发显、增进都需要个体做相应的情感工夫。而这种工夫即是孔子所论之“直”。在钱穆看来，“孔子论仁，首贵直心由中”[7]。钱穆论“直”主要有四点：一、“直”者“诚”也。子曰：“人之生也直，罔之生也幸而免。”（《论语·雍也》）钱穆对此注曰：“‘直’者诚也。内不以自欺，外不以欺人，心有所好恶而如实以出之者也。”[8]“直”即“诚”，就是“心有所好恶”如实畅遂而出。二、“直者，由中之谓，称心之谓”[9]。“子为父隐”这一行为，表现其子由中之真情，即是“直”。三、“直者，内忖诸己者也”[10]。“直”与“曲”相对，不仁者不能“内忖诸己”，揣度别人之意向，是迎合他人的乡愿之徒。四、“言直不可无礼也”[11]。此处涉及“直”的两个问题，一是以何“直”，二是“直”之对象。在钱穆看来，当以“真心真意”而直，“孔子所谓直者，谓其有真心真意，而不

［1］钱穆：《论语新解》，《钱宾四先生全集》（3），联经出版事业公司，1998年，第7页。
［2］钱穆：《四书释义》，《钱宾四先生全集》（2），联经出版事业公司，1998年，第80页。
［3］钱穆：《四书释义》，《钱宾四先生全集》（2），联经出版事业公司，1998年，第79页。
［4］钱穆：《四书释义》，《钱宾四先生全集》（2），联经出版事业公司，1998年，第79页。
［5］钱穆：《四书释义》，《钱宾四先生全集》（2），联经出版事业公司，1998年，第80页。
［6］钱穆：《四书释义》，《钱宾四先生全集》（2），联经出版事业公司，1998年，第85—86页。
［7］钱穆：《四书释义》，《钱宾四先生全集》（2），联经出版事业公司，1998年，第87页。
［8］钱穆：《四书释义》，《钱宾四先生全集》（2），联经出版事业公司，1998年，第88页。
［9］钱穆：《四书释义》，《钱宾四先生全集》（2），联经出版事业公司，1998年，第88页。
［10］钱穆：《四书释义》，《钱宾四先生全集》（2），联经出版事业公司，1998年，第89页。
［11］钱穆：《四书释义》，《钱宾四先生全集》（2），联经出版事业公司，1998年，第91页。

以欺诈邪曲待人也"[1]。子曰:"巧言令色,鲜矣仁。"(《论语·学而》)钱穆注曰:"人之相处,首贵直心由中,以真情相感通。致饰于外以求悦人,非仁道也。"[2]"直心由中"表现在人与人的相处之中,以真情感通[3]他人,"饰于外以求悦人"不可谓"仁"。所谓"直"之对象关乎两者。在内心中,对象为"物",即"内不以自欺";在人与人的相处中,对象为"人",即"外不以欺人"。不仁之人出于某种目的展现"好恶",将私欲看作真情,此"直心"不正。所以,钱穆认为个人不仅要能"直",还需要行"忠恕"之道。他说:"若夫肆情恣志,一意孤行,而不顾人我相与之关系者,此非孔子之所谓直也。故欲求孔子之所谓直道,必自讲'忠''恕'始。"[4]他还指出:"尽己之心以待人谓之忠,推己之心以及人谓之恕。人心有相同,己心所欲所恶,与他人之心所欲所恶,无大悬殊。"[5]人心所欲所恶无大悬殊,情感能够相互贯通。钱穆以"人心"言"忠恕",仁人即是以直心之好恶,在人情的感通处、在人与人的相处之中实现仁道。

(二)"以礼导情"解"仁道"

钱穆认为,"仁"为"好恶之心",那么,求仁首先应当本于"心"。但是,"仁虽本诸心,犹必见之事焉。凡舍事而言心者,则终亦不得为仁

---

[1] 钱穆:《四书释义》,《钱宾四先生全集》(2),联经出版事业公司,1998 年,第 92 页。

[2] 钱穆:《四书释义》,《钱宾四先生全集》(2),联经出版事业公司,1998 年,第 78 页。

[3] 钱穆所说"感通"汲取了焦循之"情之旁通"之义。(参见钱穆:《中国近三百年学术史》,《钱宾四先生全集》(17),联经出版事业公司,1998 年,第 592 页)此与唐君毅所说的生命之"感通"并不一致。"至对宋明儒之言仁之说,吾初本其体证之所及而最契者,则为明道以浑然与物同体及疾痛相感之情怀、心境言仁之义。并以唯此明道之言能合于孔子言'仁者静''仁者乐山''刚毅木讷近仁'之旨。此浑然与物同体之感,又可说为吾与其他人物有其生命之感通,而有种种之爱敬忠恕,……德之原始,亦通于孔子之言法天道之仁,人事天如事亲,与'仁于鬼神'之旨者。"〔参见唐君毅:《中国哲学原论·原道篇》(一),九州出版社,2016 年,第 43 页〕

[4] 钱穆:《四书释义》,《钱宾四先生全集》(2),联经出版事业公司,1998 年,第 92 页。

[5] 钱穆:《论语新解》,《钱宾四先生全集》(3),联经出版事业公司,1998 年,第 134 页。

也"[1]。钱穆将现实中的规范提到与内在之情同等的地位，希望仁、礼能够内外辅助，实现仁道。他指出，"仁者，从二人，犹言人与人相处，多人相处也。人生不能不多人相处"。[2] 人们不仅需要心与心的感通和交流，而且需要将这种情感的交往限定在合理的范围之内。这就涉及为情感的交往寻找一个正当规范的问题，即钱穆所说的"以礼导情"。

钱穆有言："曰仁，曰直，曰忠，曰恕，曰信，皆指人类之内心而言，又皆指人类内心之情感而言。孔子既为一慈祥恺悌、感情酝郁之仁人，其论人群相处之道，亦若专重于内心之情感者，而实非也。盖孔子一面既重视内心之情感，而一面又重视外部之规范。……至于孔子专论外部之规范者，则曰'礼'。"[3] 作为人群相处之道，仁不仅指内心之情感，而且指外部之规范。"礼"就是孔子所谓外部之规范。"直心由中"体现了各人在好恶之心上的感通工夫。交往之礼的提出，则为人之相处提供了节度分限。子曰："恭而无礼则劳，慎而无礼则葸，勇而无礼则乱，直而无礼则绞。"（《论语·泰伯》）钱穆认为，孔子说"直"必须要有"礼"。孔子又曰："好直不好学，其蔽也绞。"（《论语·阳货》）可见，"直"与"礼"需要相融合，而要学的东西即是礼：

礼者，人群相处之节度分限也。人之相处，其存于内者，不可无情谊，故孔子言忠言直。其发于外者，不可无分限，故孔子言礼言恕。约而言之，则皆仁道也。故言礼者，不可忘内部之真情。言直者，不可忽外界之际限。[4]

作为一种人群相处的节度分限，"礼"以内在之情为基础，为"好恶"界定际限。钱穆并不赞同清儒对"礼"的诠释，因为他们都在一定意义上讲"设礼以限仁"，乃是束缚于"礼"而不知"仁"，"若无内心之仁，礼

---

[１] 钱穆：《四书释义》，《钱宾四先生全集》(２)，联经出版事业公司，1998 年，第85 页。

[２] 钱穆：《四书释义》，《钱宾四先生全集》(２)，联经出版事业公司，1998 年，第78 页。

[３] 钱穆：《四书释义》，《钱宾四先生全集》(２)，联经出版事业公司，1998 年，第101—102 页。

[４] 钱穆：《四书释义》，《钱宾四先生全集》(２)，联经出版事业公司，1998 年，第91 页。

乐都将失其意义"[1]。在钱穆看来,清儒"以礼代理"的做法并不能凸显孔子仁观中"仁""礼"关系的真实意蕴。钱穆在这里所要强调的是"礼"与"仁"的合一。孔子也常常"仁礼"并言。"仁存于心,礼见之行,必内外心行合一始成道,故《论语》常'仁礼'并言。"[2]在钱穆看来,孔子之"礼"是人心之仁的外在表达,虽然这种表达要化为现实中种种的制度规范,但依然不能抹杀其仁心情感的本质。正是在这种种的规范制度之中,人的感情才得以完整而真实地表达。

钱穆认为:"盖人之精神,虽若存于内部,而必发露为形式,舒散于外表。故外部物质之形式,即为内部精神之表象。礼乐之起源在此,礼乐之可贵亦在此。"[3]人的好恶之心,虽然存在于每个人的心中,但是必然需要应物而发,发露出来就成为外在的礼,而"礼"实际上仍然是内在精神的表达。可见,"礼"作为外在的规范,能够引导人们在真实的环境中表达自身的真挚感情。故钱穆说:"夫礼乐本自吾人内部情感之要求而起。"[4]孔子之"礼"所要表达的是在现实的交往环境中抒发情感,即"以礼导情"。他还指出,"礼"的本意为"导达人情","人有酝郁恳挚之感情,乃以礼乐为象征,以导达而发舒之,使其感情畅遂,得有相当之满足也"[5]。钱穆主张,仁心需要以"礼"为形式在现实的事物中真诚地表露。然而,在现实中,"好恶之心"往往在发露的过程中有所偏失。所以,他认为,要纠正这种偏失不仅需要我们在内心处行"忠恕",而且要我们在具体的礼节规范中导达、发舒真情,进而实现人与人心灵的感通和交往。钱穆说:"仁乃人与人间之真情厚意。由此而求表达,于是有礼乐。若人心中无此一番真情厚意,则礼乐无可用。如之何,犹今云拿它怎办,言礼乐将

---

[1]钱穆:《论语新解》,《钱宾四先生全集》(3),联经出版事业公司,1998年,第73页。
[2]钱穆:《论语新解》,《钱宾四先生全集》(3),联经出版事业公司,1998年,第418页。
[3]钱穆:《四书释义》,《钱宾四先生全集》(2),联经出版事业公司,1998年,第103页。
[4]钱穆:《四书释义》,《钱宾四先生全集》(2),联经出版事业公司,1998年,第104页。
[5]钱穆:《四书释义》,《钱宾四先生全集》(2),联经出版事业公司,1998年,第103页。

不为之用也。孔子言礼必兼言乐，礼主敬，乐主和。礼不兼乐，偏近于拘束。乐不兼礼，偏近于流放。二者兼融，乃可表达人心到一恰好处。"[1] 他认为，孔子时常"礼乐"并提，事实上，"礼乐"也都是人们之间真情的表达。

二、钱穆论说孔子仁观的问题意识

钱穆早年已经对孔子的仁观做过全面的论述，《论语要略》一书是其最早一部论述孔子思想的著作。虽然此书只是他编写的教案，但此书语言简明，内容通俗易懂。早年，由于受到梁启超和胡适等人思想的影响，钱穆接受了清儒的实学思想，再加上他喜爱历史，不满西方割裂超越与现实的二元论体系，更是加深了其对中国儒学实践精神和一元论体系的看重。所以，他对一些儒者区分形上形下的做法表示不满，却十分欣赏阳明。因为在他看来，阳明和清儒一样，都具备实行精神，并且能够遵从孔子之意，重视人生之好恶情感。他曾指出："以义理为虚，以气质为实，又清初言理者一特征也。其后颜习斋、戴震于此等处皆竭力发挥，以为攻击理学之根据。然阳明以吾心之好恶是非为良知，又以实致吾心之好恶是非于事事物物为致良知，实已走入此一路，故蕺山、梨洲、乾初皆先言之。"[2] 所以，钱穆借用阳明的"好恶"之说[3]，延续清儒的实行精神，进而形成了自己诠释孔子仁观的问题意识。

（一）消解"仁"之形上意义，紧扣人生情感论"仁"

钱穆特别提出"好恶"二字来论说孔子之"仁"。子曰："己欲立而

---

[1] 钱穆：《论语新解》，《钱宾四先生全集》(3)，联经出版事业公司，1998年，第73页。

[2] 钱穆：《国学概论》，《钱宾四先生全集》(1)，联经出版事业公司，1998年，第282页。

[3] 钱穆在《心与性情与好恶》一文中指出："我的《论语要略》，有几处只从好恶之心来释仁字，固可谓是本原于阳明。"〔参见钱穆：《中国学术思想史论丛》(第二册)，《钱宾四先生全集》(18)，联经出版事业公司，1998年，第204页〕

立人，己欲达而达人"（《论语·雍也》）；"惟仁者能好人，能恶人"（《论语·里仁》）；"我未见好仁者，恶不仁者。好仁者，无以尚之；恶不仁者，其为仁矣，不使不仁者加乎其身"（《论语·里仁》）。其实，《论语》中这些说法都展现出一种"好恶"观念。《诗》云："民之秉彝，好是懿德"（《大雅·烝民》），此也是对美德之"好"。《孟子》中有："口之于味也，有同耆焉；耳之于声也，有同听焉；目之于色也，有同美焉。"（《孟子·告子上》）这是说人们对声、色、味有共同的喜好。胡五峰曾指出："好恶，性也。小人好恶以己，君子好恶以道。"[1]对此，朱子曰："好恶固性之所有，然直谓之性则不可。盖好恶，物也，好善而恶恶，物之则也。"[2]阳明则指出，"良知只是个是非之心，是非只是个好恶，只好恶就尽了是非"[3]，以"是非"和"好恶"来论说良知。可见，许多儒者已经注意到"好恶"这一概念。

　　用"好恶"论"仁"与"性"，清儒的说法就比较多了。戴震指出，从孟子所谓"其日夜之所息，平旦之气，其好恶与人相近也者几希"（《孟子·告子上》）可以看出，"以好恶见于气之少息犹然，是以君子不罪其形气也"[4]。焦循对"惟仁者能好人，能恶人"的解释为："仁者好人之所好，恶人之所恶，故为能好能恶。必先审人之所好所恶，而后人之所好好之，人之所恶恶之，斯为能好能恶也。"[5]凌廷堪则有《好恶说》，对"好恶"这一概念做过细致的论述。他指出，《大学》云："所谓诚其意者，无自欺也。如恶恶臭，如好好色。"此言"诚意"即在"好恶"。"惟仁者能好人，能恶人"中之"好恶"即《大学》中之"好恶"[6]。在钱穆看来，戴震及其后学之"好恶"和阳明所说之"好恶"很是相近。他指出："其（指戴震）论性语，尤多与阳明谓近。凌廷堪主以礼为节情复性之具，而曰'好恶者，先王制礼之大原也。性者，好恶二端而已'亦与阳明'良知只是好

［1］胡宏：《胡宏集》，吴仁华点校，中华书局，1987 年，第 330 页。
［2］胡宏：《胡宏集》，吴仁华点校，中华书局，1987 年，第 331 页。
［3］王守仁：《传习录下》，《王阳明全集》，吴光、钱明等编校，上海古籍出版社，2011 年，第 126 页。
［4］戴震：《孟子字义疏证·原善卷中》，何文光整理，中华书局，1982 年，第 71 页。
［5］焦循：《论语补疏》（上卷），陈居渊主编，凤凰出版社，2015 年，第 633 页。
［6］凌廷堪：《校礼堂文集》，王文锦点校，中华书局，1998 年，第 142 页。

恶'之说合。焦循子廷琥为其父《事略》，称：'府君于阳明之学，阐发极精。'今焦氏《孟子正义》及《文集》中语，依据良知立说者，极多。阮元《说一贯》、《说格物》皆重习行，即实斋'必习于事而后可以言学'之意。"[1] 可见，钱穆表面上借用了阳明的"好恶"概念，实际上却在一定程度上借助了戴震及其后学的"好恶"观，展开了其对孔子之"仁"的论述。

一方面，钱穆指出，孔子所论之"仁"关乎"人道"，对"天道"涉及较少。他认为，"孔子论学，皆切近笃实，不尚高妙之论，而犹注重于现实之人事"。[2] 孔子论"仁"，着紧在人生一面，并不从形上角度论述"性与天道"。孔子所谓"道"是人伦日用之道，其含义亦在于人生。子贡曰："夫子之文章，可得而闻也。夫子之言性与天道，不可得而闻也。"（《论语·公冶长》）钱穆解释道："天道犹云天行，孔子有时称之曰命，孔子屡言知天知命，然不深言天与命之相系相合。"[3] 在钱穆看来，孔子之后，墨子、庄周爱言"天"，孟子、荀子喜言"性"，这才开启了此后思想界的争辩。但是，学者不该以孟子说《论语》，"孟子之书，诚为有功圣学，然学者仍当潜心《论语》，确乎有得，然后治孟子之书，乃可以无病"[4]。"孔子之教，本于人心以达人道，然学者常教由心以及性，由人以及天，而孔子终不深言及此。"[5] 他还指出，学者在理解"五十而知天命"一语时，不宜轻言知天命，只当知道孔子心中有此境界即可，"学者亦当悬存此一境界于心中，使他日终有到达之望"[6]。另一方面，钱穆认为，"好恶之心"是一种经验的人生情感。他指出，孔子本人心以立教，不应好高骛远以求

[1] 钱穆：《国学概论》，《钱宾四先生全集》(1)，联经出版事业公司，1998年，第336页。
[2] 钱穆：《四书释义》，《钱宾四先生全集》(2)，联经出版事业公司，1998年，第106页。
[3] 钱穆：《论语新解》，《钱宾四先生全集》(3)，联经出版事业公司，1998年，第167页。
[4] 钱穆：《论语新解》，《钱宾四先生全集》(3)，联经出版事业公司，1998年，第167—168页。
[5] 钱穆：《论语新解》，《钱宾四先生全集》(3)，联经出版事业公司，1998年，第167页。
[6] 钱穆：《论语新解》，《钱宾四先生全集》(3)，联经出版事业公司，1998年，第35—36页。

之，否则会失其真义。孔子虽然不多言"天道"与"性"，但很早就注意到人之先天原始的本心。此"心"一本之于"天"，表现为人类最初的一种好恶之情。其中，孔子特别重视"孝心"，其实"孝心"即"仁心"，此"心"纯以"天"合，与生俱来，自然有之。"孔子论学，都就人心实感上具体指点，而非凭空发论"[1]，人们能对别人有同情，能关切，这是人类心灵最宝贵的地方。

由上可知，钱穆认为，孔子论"仁"，主要指人心，归本于人生情感。钱穆消解了"仁"的形上意义，并没有特别看重"天命""天理"这些形而上学的依据。人类最原始的情感是"天"所赋，但针对这一禀赋的天命本原，我们不必过于追求，只应根据现实的好恶之情来做工夫即可。

（二）注重"好恶"之践履能力，贯穿实践动向于"仁"

在钱穆看来，孔子之教，言"人"不言"天"，言"心"不言"性"，只有不断地为学和实践，才能使人生行事与心情合一，人文与自然之天合一。孔子只就事论事，来求人文之实际，而一切人文，都是从天地自然而来，也必在天地自然中实现。因人生可以见自然，人若要明白天地自然，在人生中实践即可。

首先，钱穆发挥了孔子之"直"论，提出了一个重要的观点，即"直心由中"。钱穆之所以重视孔子之"直"，与他早年读了阳明的《传习录》有关。那时候，他认为朱子将"仁"说成"心之德，爱之理"似乎不近人情。"因若抹杀了人心之好恶来言仁，那仁字就会变成仅是一个理。我们一见理字，总会想它是一个空洞的，又是静止的，决定的，先在的，而且或许会是冷酷的，不近人情的。因此，我们抹杀人心现实好恶而径来说天理，说仁，其流变所极，会变成东原所言之以意见杀人。"[2] 如果"仁"变

---

[1] 钱穆：《论语新解》，《钱宾四先生全集》(3)，联经出版事业公司，1998 年，第 89 页。
[2] 钱穆：《中国学术思想史论丛》(第二册)，《钱宾四先生全集》(18)，联经出版事业公司，1998 年，第 204 页。

成"理"，失去了欲为能动的情感倾向，就不能彰显"心的生命"[1]，那么，这种僵化的"理"就有可能成为伪仁义、伪道德。钱穆在解释"苟志于仁矣，无恶也"时也指出，此处"恶"字并不是善恶之"恶"，而是"好恶"之"恶"，"'无恶也'，乃指示人心大公之爱"[2]。也就是说，人们只要存心在"仁"，对他人便没有真所厌恶的了。可以看出，钱穆比较看重"好恶"作为欲向动力对行为的推动作用。因此，钱穆十分欣赏阳明"良知只是个是非之心，是非只是个好恶，只好恶就尽了是非，只是非就尽了万事万变"[3]这句话，并且非常重视阳明的"诚意"说。此处，我们暂且不论钱穆的"直心由中"与阳明的"诚意"是否具有一致性，仅就钱穆揭示出"好恶"这种情感的践履能力这一点来看，还是非常有意义的。从道德哲学视域来看，人的"好恶"能力确实在行为的实现中起着关键的作用。

其次，钱穆还将"礼"解释为情感的外在表现，提出"以礼导情"之说。钱穆早年即已接触到清儒的许多著作，深受他们思想的影响。但是，他实际上并不满足于清儒对孔子的论述，而是在反思中建构了自己的观点。他在后来特别指出凌廷堪对"礼"的论述，认为他并没有深刻认识到礼的情感面向。如果只用外在规范来节制"好恶"，而不是积极地引导"好恶"，这是无法真正契合于"仁"的。所以，他说："礼之本在于双方之情意相通，由感召，不以畏惧。"[4]在丧礼之中，我们最能看出情感的价值。曾子曰："慎终追远，民德归厚矣。"（《论语·学而》）钱穆指出："生人相处，易杂功利计较心，而人与人间所应有之深情厚意，常掩抑不易见。惟对死者，始是仅有情意，更无报酬，乃益见其情意之深厚。故丧祭

---

[1]"其实常惺惺亦只是如运水搬柴皆是神通之类，与心斋放下相距无几。总之是随动顺动，无自内而生的活力。无勇不前，可说是心的体态，绝非心的生命。"〔参见钱穆：《中国学术思想史论丛》（第五册），《钱宾四先生全集》（20），联经出版事业公司，1998年，第232页。
[2]钱穆：《论语新解》，《钱宾四先生全集》（3），联经出版事业公司，1998年，第118页。
[3]王守仁：《传习录下》，《王阳明全集》，吴光、钱明等编校，上海古籍出版社，2011年，第126页。
[4]钱穆：《论语新解》，《钱宾四先生全集》（3），联经出版事业公司，1998年，第33页。

之礼能尽其哀与诚，可以激发人心，使人道民德日趋于敦厚。"[1] 在钱穆看来，儒家并不主张死后灵魂的存在，所以不提倡宗教信仰。但是，儒家特别重视葬祭之礼，常以"孝"来导达人类之仁心。因为祭礼乃是"生死之间一种纯真情之表现，即孔子所谓之仁心与仁道"[2]。

总之，钱穆之所以用"好恶之心"来诠释孔子之"仁"，一方面是表达对情感的重视，另一方面也是为了突出"好恶"作为一种践履能力的价值，展现"仁"的实践动向。在他看来，孔子之"仁"，极其高深，但又平易近人，"亦不过在人性情之间，动容之际，饮食起居交接应酬之务，君臣父子夫妇兄弟之常，出处去就辞受取舍，以至政事之设施，礼乐文章之讲贯"[3]。"仁"并不是一种舍弃具体可见之情感，而另外推论的一种不可窥寻之道。仁道的实现有赖于人之"心"，此"心"非一人一己之心，乃是人文全体大群所成之文化心。所以，孔子教人无不贴近人文世界，通过一己之心，融会历史大群之心。

三、"好恶之心"能否保证"仁"？

由上可知，钱穆诠释孔子仁观的双重向度和问题意识是较为清晰的，但是，其中可能存在一些问题。接下来，我们将从道德哲学的视域出发，省察钱穆所谓的"好恶之心"能否保证"仁"。这种省察主要从三个问题切入，第一，"好恶"是否为道德意义上的，能否确立道德的应然性？第二，"由中"之"直心"是否为道德判断原则？第三，导达人情的"礼"与"仁"的内在张力问题。

说起"好恶"，人们总觉得它不放心。作为一种感性之情，"好恶"的价值难以确定，它往往随物而动而变成私欲。"好恶"是否为道德意义上的？如果它本身的道德意义不明确，"好恶之情"如何能保证"仁"呢？

---

[1] 钱穆:《论语新解》,《钱宾四先生全集》(3)，联经出版事业公司，1998 年，第 16 页。
[2] 钱穆:《论语新解》,《钱宾四先生全集》(3)，联经出版事业公司，1998 年，第 17 页。
[3] 钱穆:《论语新解》,《钱宾四先生全集》(3)，联经出版事业公司，1998 年，第 322—323 页。

徐复观曾就此点提出异议："按中国过去所说的好恶，指的是由'欲望'发展而为'意志'的表现。……因此，好恶并非人所独有。而且最能以好恶之真情示人者亦莫过于一般动物。其次，一种好的行为，要通过好恶而实现，一种坏的行为，也是通过好恶而实现。"[1]"好恶"由欲望发展而来，并且动物也有"好恶"，好的、坏的行为都可以通过"好恶"来实现。因此，"好恶"本身无所谓善恶价值。那么，钱穆所谓的"好恶"是否为道德意义上的呢？

事实上，钱穆认为，"好恶之情"与"私欲"是有区别的，从他对凌廷堪的论述中我们可以探得究竟。凌廷堪《好恶说》中有：

> 好恶者，先王制礼之大原也。人之性受于天，目能视则为色，耳能听则为声，口能食则为味，而好恶实基于此，节其太过不及，则复于性矣。……然则性者，好恶二端而已。……《大学》"性"字只此一见，即好恶也。《大学》言好恶，《中庸》言喜怒哀乐，互相成也。好恶生于声色与味，为先王制礼节性之大原。[2]

性受于天，即是所谓目、耳、口之能视、能听、能食。"好恶"也是基于人的官能之欲而产生的，所以，先王制礼来节其"太过"与"不及"。钱穆注曰："此以好恶言性，其说甚是。顾专以声、色与味言好恶，则非也。好恶固有关于声、色、味者，然实不尽于声、色、味。……要之为荀学之承统而已。"[3]钱穆认为，以"好恶"来说"性"，并无差错，但如果说"好恶"只是声、色、味之"好恶"，则是继荀子之承统，与孔孟传统不相一致。他曾指出："'情'失其正，则流而为'欲'。中国儒家，极看重'情''欲'之分辨。人生应以'情'为主，但不能以'欲'为主。"[4]可见，在钱穆那里，除了声、色、味，人生还有更大的意义与价值应该追求。作为

---

[1] 徐复观：《儒家在修己与治人上的区别及其意义》，《学术与政治之间》，九州出版社，2013年，第204—205页。
[2] 凌廷堪：《校礼堂文集》，王文锦点校，中华书局，1998年，140—141页。
[3] 钱穆：《中国近三百年学术史》，《钱宾四先生全集》(17)，联经出版事业公司，1998年，第640页。
[4] 钱穆：《孔子与论语》，《钱宾四先生全集》(4)，联经出版事业公司，1998年，第353页。

人之本能的自然之欲，在人之本原处与好恶之情是一致的。"饮食男女既为人生所必需，并可说此人生本质中一部分。因此在人生的意义与价值内，即包括有食、色。孟子说性善，连食色也同是善，此乃人生之大欲，人生离不开此两事。食色应还它个食色，不该太轻视。"[1] 但是，当"情"失其正，成为"私情""私欲"，"好恶之情"与"欲"就必须被区分开来。

　　然而，钱穆并没有认清"情"既可表现为恶的私情（私欲），又可展现为自然中立的情感（好于声色味），还可为善的道德情感（四端之心）。他否认了"好恶"指向恶的"私欲"，但也没有挺立起道德情感之善的道德意义。所以，他似乎是将自然与道德混为一谈了。比如，上文提到他认为"此以好恶言性，其说甚是"，"好恶固有关于声、色、味者"。由此看来，钱穆十分肯定与"私欲"处于同一层次的自然中立的情感，并且将这种中立的"好恶"与道德情感混同起来。他曾说："然要之求衣求食，为人类比较低级之冲动；求道与学，为人类比较高级之冲动。吾人惟能以高级冲动支配其低级冲动者，乃得为君子。"[2] 钱穆将"求衣求食"的自然本能和"求道与学"的道德要求归于一类，只以"低级"与"高级"来分别，即是将此二者视为同质，且同属于情感意义下的"好恶"冲动。当高级冲动支配低级冲动时，就能形成所谓"善"的行为。那么，这里就存在一个问题，在实现一个行为时，我们如何能够不将私欲看成道德呢？这就涉及道德的应然性问题。徐复观就曾指出："儒家不抹煞好恶，决不是即在好恶上树立道德人生的标准。因为好恶之本身不可以言善恶"[3]，他还说钱穆"完全以'好恶'来解释《论语》的仁，即将儒家精神完全安放于'好恶'之上，我想，这是继承戴震的思想，而更将其向前推进一步的"[4]。钱穆在《心与性情与好恶》一文的回应中并没有否认他受到戴震的影响，

---

[1] 钱穆：《中国思想史通俗讲话》，《钱宾四先生全集》（24），联经出版事业公司，1998 年，第 59 页。
[2] 钱穆：《四书释义》，《钱宾四先生全集》（2），联经出版事业公司，1998 年，第 111 页。
[3] 徐复观：《儒家在修己与治人上的区别及其意义》，《学术与政治之间》，九州出版社，2013 年，第 205 页。
[4] 徐复观：《儒家在修己与治人上的区别及其意义》，《学术与政治之间》，九州出版社，2013 年，第 204 页。

但也指出他并不完全赞同戴震，而是认为阳明以"良知"论"好恶"更为亲切。那么，钱穆的"好恶之情"与阳明所说的良知一样吗？

阳明曰："良知即是天理。体认者，实有诸己之谓耳。"[1] 又说："鄙夫自知的是非，便是他本来天则。"[2] 可见，此"天则"即天理，是指人类先验普遍的道德原则。陈来曾指出："天理作为道德法则的意义仍是宋代理学的基本用法。"[3] 然而，钱穆却指出，要做好存天理去人欲的工夫，"先必在理论上承认各人自有一个知善知恶之良知"[4]。看到这里，我们可能欣喜钱穆认为各人应该有"知善知恶之良知"；但是，话锋一转，他却说"今若否认别人智慧，认为他不够分辨善恶与是非，但他至少能自有好恶"[5]。不仅"知善知恶之良知"是在理论上存在的，而且如果一个人并不确信他能够分辨善恶与是非的话，他至少还能自有好恶。所以，钱穆说："人类乃由其好恶而转出是非与善恶之价值批判的。"[6] 虽然钱穆指出，"好恶"有其价值，有其"天则"，但"就人文历史演进之实迹观之，则人类显然从与禽兽相近之好恶中而渐渐发现了人类本身的许多天理与天则，而又逐步向其接近"[7]。可见，钱穆所强调的人人具有的"好恶之情"是一种自然中立的能力，此与阳明将良知看作普遍先验的道德法则的"天理"并不相应。所以，在钱穆那里，道德的应然性并没有被确立起来。"由于我们人类有感性生命底带累，道德的要求对于我们的现实意志（意念）而言，具有强制性，因而是一种命令。"[8] 钱穆只守住了"好恶之情"中有道德价值

---

[1] 王守仁：《与马子莘》，《王阳明全集》，吴光、钱明等编校，上海古籍出版社，2011年，第 243 页。

[2] 王守仁：《传习录下》，《王阳明全集》，吴光、钱明等编校，上海古籍出版社，2011年，第 128 页。

[3] 陈来：《有无之境：王阳明哲学的精神》，北京大学出版社，2013 年，第 161 页。

[4] 钱穆：《中国学术思想史论丛》（第二册），《钱宾四先生全集》（18），联经出版事业公司，1998 年，第 212 页。

[5] 钱穆：《中国学术思想史论丛》（第二册），《钱宾四先生全集》（18），联经出版事业公司，1998 年，第 212 页。

[6] 钱穆：《中国学术思想史论丛》（第二册），《钱宾四先生全集》（18），联经出版事业公司，1998 年，第 212 页。

[7] 钱穆：《中国学术思想史论丛》（第二册），《钱宾四先生全集》（18），联经出版事业公司，1998 年，第 206 页。

[8] 李明辉：《儒家与康德》，联经出版事业公司，1990 年，第 50 页。

这一点，并没有弄清自然之欲与道德情感的异质性[1]，这样就容易导致情欲、善恶的混淆。"情"虽然以"好恶"为基础，但"理性之好恶"与"感性之好恶"并不相同，如果不能将显发行为的"情"与道德原则从根本处融为一体，就不能引导行为成为道德的善。我们要区别两种意义的"善"：道德之善与自然之善。"前者即'善的意志'之善，是绝对的、无条件的善；其价值在于它自身，而非在于它之能实现或达成另一项目的。反之，后者是一种相对的、有条件的善；其价值仅在于它之能实现或助成所预设的目的。"[2] 自然中立的"好恶之情"不是道德意义上的，虽然它能够为行为提供动力，却缺乏一种绝对普遍的道德标准。所以，我们不能从此确立起道德的应然性。

作为与自然之欲混合的现实情感，"好恶之情"的道德应然性不能确立，道德的判断原则就会落空。那么，"直心由中"之"中"是否能成为道德的判断原则呢？钱穆认为，孔子之"直"与阳明之"诚意"相似，"直"即"诚"。他不满于阳明在《大学问》中拘泥于大学文本将"诚意"解释为"意有善恶"，而认为"讲良知只辨好恶"[3]。在钱穆看来，阳明以"如好好色，如恶恶臭"来解诚意，本属无病。"诚"即"直"，"如实以出之"之义，"在心既无善恶，在物也无善恶，只有此心之好恶，便是天理"[4]。"阳明从此心好恶上指点出良知，从好恶才分了是非，从是非再定了善恶。而良知的好恶则是先天的，人间的善恶是后起的。"[5] 然而，钱穆并没有指出"好好色、恶恶臭"与"好善恶恶"的本质不同。所以，如果仅仅把诚意理解为如实地按照意之指向去做，就会不可避免地产生一些问题。比如"好"于声色也是"好"，但这并不具备道德意义。所以，陈

---

[1] 在钱穆看来，性中有"欲"，"欲"与"情"一脉相生。"欲于己者，后世则专谓之'性'，不谓之'欲'。实则性中自有欲。"〔参见钱穆：《晚学盲言》，《钱宾四先生全集》（49），联经出版事业公司，1998 年，第 253 页〕
[2] 李明辉：《儒家与康德》，联经出版事业公司，1990 年，第 51—52 页。
[3] 钱穆：《阳明学述要》，《钱宾四先生全集》（10），联经出版事业公司，1998 年，第 110 页。
[4] 钱穆：《阳明学述要》，《钱宾四先生全集》（10），联经出版事业公司，1998 年，第 113 页。
[5] 钱穆：《阳明学述要》，《钱宾四先生全集》（10），联经出版事业公司，1998 年，第 108 页。

来指出，"《大学》把诚意解释为不自欺，显然预设了两个自我。要求不欺自我，这个自我是指人的德性自我，而'诚意'又是对治意之不诚而发，不诚之意是指人的经验的自我"。[1] 果如钱穆所说"在心既无善恶"，那么此"不欺自我"之自我就会成为中性的无道德意义的自我。诚其意之好恶才有善恶之起，那么，这里就有将良知混同于中性之"意"的倾向。但是，在阳明那里，"知"与"意"却是不同的。在提出"致良知"说之后，阳明特别重视"意"与"知"的关系问题。他说："意与良知当分别明白。凡应物起念处，皆谓之意。意则有是有非，能知得意之是与非者，则谓之良知。"[2] 可见，良知并不与"意"等同，而是意念的道德判断原则。这种道德判断意义即表现在良知的"明觉"和"知是知非"上。此"明觉"并不是认知意义指向对象的知觉，也不是意识现象的本来状态，而是本体意义的本心之知。本然之意和本心之知是有差别的。"因为即使在'意无不诚'的境界，意与知仍然并不就是同一的。"[3] 作为经验层随物而动的"意"与作为道德理性的"知"在本质上并不具有同一性。所以，阳明要将"诚意"与"致知"联系起来，"然意之所发有善有恶，不有以明其善恶之分，亦将真妄错杂，虽欲诚之，不可得而诚矣。故欲诚其意者，必在于致知焉"[4]。

所以，钱穆所谓"直心由中"与阳明"致良知"提出之后所说的"诚意"并不一致。由中之"直心"与"是非之心"两者有本质差别[5]。钱穆的"直心"强调应物而起、应人而有的"好恶"。此"好恶"作为一种中

---

［1］陈来：《有无之境：王阳明哲学的精神》，北京大学出版社，2013年，第119页。

［2］王守仁：《答魏师说》，《王阳明全集》，吴光、钱明等编校，上海古籍出版社，2011年，第242页。

［3］陈来：《有无之境：王阳明哲学的精神》，北京大学出版社，2013年，第157页。

［4］王守仁：《大学问》，《王阳明全集》，吴光、钱明等编校，上海古籍出版社，2011年，第1070页。

［5］"对宋明儒而言，他们所谓的作为人之为人根据的'仁心''仁性'不仅与天道、天理通而为一，而且具超越个人的生死与天道、天理同在的绝对性、普遍性、恒常性，故他们那种既超越又内在的'仁心'或'仁性'并非指经验性的认知心、感性的血气之心、心理学意义的心或自然性的人性、社会性的人性；他们所谓的'人'是与天道、天理贯通的贯通人，并非仅仅是生物性的人、社会性的人。"（参见文碧方：《论作为"为己之学"的儒学》，《儒家伦理争鸣集——以"亲亲互隐"为中心》，郭齐勇主编，湖北教育出版社，2004年，第329页）

性的情感反应能力，混同了"好色恶臭"和"好善恶恶"，与能动性的意欲较为相似。他曾多次强调"心"之欲为能动性："只说是不为外物所动，却没有指点出此心之对外物，自有他的一番进取与活动。自有他一种感的力。"[1] 钱穆将良知看作是个好恶之"诚"，知道此"诚"，随物进取而活动，"诚意之极"才是真能好恶。可见，"直心由中"之"中"只是一种"意无不诚"之本然之意，或者说是随物而动的情感平衡状态。

钱穆对实践工夫的过分重视导致他并没有把握到心之"明觉"的道德判断原则意义。"直心由中"之"中"作为一种主观的、随物而动的"意无不诚"的情感平衡状态，并不能够成为"好恶之情"的道德判断原则。因此，他强调，在仁道的实现过程中，我们不能空谈仁心。钱穆认为："盖礼有其内心焉，礼之内心即仁。……言复礼，则明属外面行事，并有工夫可循，然后其义始见周匝。"[2] 所以，他非常重视孔子之"礼"的实践工夫意义。然而，作为一种人际关系的规范，导达人情的"礼"是否就是"仁"呢？这就涉及礼与仁的内在张力问题。正如杜维明所指出的那样："虽然人际关系对于'仁'来说是至关重要的，但'仁'主要地不只是一个人际关系的概念，它是一个内在性的原则。这种'内在性'意味着'仁'不是从外面得到的品质，也不是生物的、社会的或政治力量的产物。……'仁'作为一种内在的道德并不是由于'礼'的机制从外面造就的，而是一个更高层次的概念，它赋予'礼'以意义。"[3] 钱穆将"仁"之内在性归于现实的"好恶之情"，实际上并没有挺立起"仁"的道德应然性和主宰性，这与牟宗三将"仁"归根于"觉"与"健"合一的真实的本体[4] 确实不同。所以，钱穆要在人与人的相处之中，提出一个节制"好恶"的"礼"。同时，钱穆不得不将"礼"提到与"仁"的地位一样的高度，

[1] 钱穆：《中国学术思想史论丛》（第五册），《钱宾四先生全集》（20），联经出版事业公司，1998 年，第 231 页。

[2] 钱穆：《论语新解》，《钱宾四先生全集》（3），联经出版事业公司，1998 年，第 419—420 页。

[3] 杜维明：《"仁"与"礼"之间的创造性张力》，《仁与修身：儒家思想论集》，胡军、丁民雄译，生活·读书·新知三联书店，2013 年，第 10 页。

[4] 牟宗三：《中国哲学之特质》，《牟宗三全集》28，联经出版事业公司，2003 年，第 32 页。

因为只有这样，外在的力量才足以辅助内在之情。然而，如果始终没有一个"内发而对其好恶发生自律或超越转化"[1]的道德原则作为主宰，那么，"礼"是否能将人指引到道德的方向上去，却是或然的。"礼"在后天实践的地位虽然不容抹杀，但从根本上说，"礼"作为"导达人情"的节度分限并不能取代内在的道德原则。也就是说，如果内在的道德原则没有被坚强地挺立起来，或者说它呈现为一种后天积累的状态，那么仁道的实现，仁与礼的合一，将会成为一个永远无法企及的实践过程。

四、结语

总的来说，钱穆提出"仁"乃"好恶之心"，是以一种情感思路来诠释孔子仁观的。钱穆对孔子仁观的诠释呈现出双重向度，即"好恶之情"释"仁心"与"以礼导情"解"仁道"。这些都展现了他消解"仁"之形上意义，紧扣人生情感论"仁"；注重"好恶"之践履能力，贯穿实践动向于"仁"的问题意识。钱穆并不认可西方形而上学意义上对超越与现实的隔离，他希望通过对情感的强调来实现两者的合一。他对孔子思想内在性和淑世性的倚重显然与牟宗三等现代新儒家为了应对西方哲学的侵扰而开显孔子精神的内在超越性[2]确有不同。从道德哲学视域来看，钱穆由"情感"切入"道德"的做法并不透彻。从区分"情"与"私欲"来看，钱穆守住了儒家最基本的道德底线，但他并没有认清"好恶"之自然价值与道德价值的本质不同。"好恶之情"作为一种自然中立的情感，与阳明所谓作为普遍道德法则的良知并不相应。钱穆表面上借用了阳明的话语，却从实质上改造了阳明即体即用的良知。他消解了"仁"之形上意义，希望在经验之情感中为行为寻找根据。然而，"直心由中"只是一种随物而动的情感平衡状态，或者说是一种"意无不诚"之本然之意。本然之意和

---

[1] 徐复观：《儒家在修己与治人上的区别及其意义》，《学术与政治之间》，九州出版社，2013年，第206页。
[2] 关于"内在超越性"，杜维明指出："儒家有它超越的一面，也有可以离开现实而构建的精神价值。但是，这个超越是内在于现实来实现的。"（参见杜维明：《超越而内在——儒家精神方向的特色》，载入《儒学第三期发展的前景问题：大陆讲学、答疑和讨论》，生活·读书·新知三联书店，2013年，第160页）

本心之知是不同的。钱穆对实践工夫的过分重视导致他并没有把握到心之"明觉"的道德判断原则意义，而作为"导达人情"的节度分限的礼也不能从根本上内发而对好恶发生超越转化的作用。最终，钱穆所谓的"好恶之心"并不足以保证"仁"。现在看来，"好恶之心"何以保证"仁"呢？首先，我们需要区分"情"与"欲"的不同性质；认清善的价值在于好恶之动机，而不是"好恶"本身，挺立起绝对普遍的道德原则，从道德意识摆脱自然生命欲望的基础上理解自然价值与道德价值的本质差别。其次，要区分心的两种不同状态。心之"明觉"知是知非，是意念的道德判断原则，而钱穆所说之应物而起的"好恶"侧重于能动地辨析是非。最后，还要认清礼与情的内在张力。虽然起到实践作用的"礼"之地位不容抹杀，但其不足以内发而对好恶发生超越转化的作用。

Can "Heart of Like and Dislike" guarantee "Benevolence"?
——On Qian Mu's Interpretation of the Emotional Dimension of Confucius' View of Benevolence

(Li Yaqi, School of philosophy, Wuhan University, Wuhan, 430072)

Abstract: In view of Qian Mu's interpretation of Confucius's concept of benevolence, the former have discussed it from the perspective of history. From the perspective of moral philosophy, we find that Qian Mu uses an emotional way to interpret Confucius' view of benevolence. His interpretation of Confucius's concept of benevolence presents two levels of "using the emotion of like and dislike explaining Benevolence" and "guiding the emotion with the etiquette explains Benevolent Tao". At the same time, it also shows his problem consciousness. He dissolves the metaphysical form of "benevolence" and uses the human emotional to discuss upon "benevolence"; pays attention to the practice ability of "good and evil", which runs through of "benevolence". But Qian Mu has confused the essential difference between natural emotion and moral emotion, making "the emotion of like and dislike" a natural neutral emotion that cannot be used as a moral standard. So, his approach from "emotion" to "morality" is not thorough, "heart of like and dislike"may not guarantee "benevolence".

Keywords: Qian Mu; Confucius; Heart of Likes and Dislikes; Emotions; Moral Principles

超越"二元对立"视野下朱光潜美学之
当代意义新探

王彩虹*

摘要：超越"二元对立"是审美活动的内在要求，在中国现当代的美学理论和艺术理论中，这种"超越"大多表现为各种"主观与客观统一""形式与内容统一""思想与情感融合"等"统一"或"融合"模式，它们都是中国美学当代转向中宝贵的思想资源。以此为背景，本文拟通过对朱光潜美学中具有超越"二元对立"思维模式特质的思想进行梳理，从超越"二元对立"的视角，整理出其思想在中国美学的当代转向中可供后人借鉴之处，揭示出其美学的当代意义，以期为中国美学的当代发展提供一种参考和思路。

关键词：二元对立；客观论美学；主观论美学；主客观统一；美的形象

"二元对立"思维模式以"二元论"模式为基础，它是人类智慧的一种体现，被广泛运用于日常生活和社会实践中，具有普遍有效性，是人们习以为常的思维模式，是对人与世界关系的一种解读，为人类提供结构和秩序。在"二元对立"思维模式中，人们将现象划分为相互异质的两个方面，从中抽象出两两对立的范畴，通过这些相对的范畴，人们认识世界的同时也获得对自身的定位。这种思维模式最突出地体现在西方传统哲学中，在古希腊哲学中表现为现象与存在、心灵与本体的关系问题，柏拉图的"理念论"奠定了西方哲学"本体论形而上学"的"二元论"基调，后

* 作者简介：王彩虹，副教授，云南大学文艺学博士生，研究方向为文艺理论，邮箱：272560468@qq.com，邮编：650091。本文系国家社科基金一般项目"中国当代艺术批评重大问题研究"（14BA015）阶段性成果。

经笛卡儿"主体论形而上学"的演绎，产生了思维与存在、主体与客体等二元范畴，并在此基础上产生了一系列对立的二元项：心与物、主观与客观、本质与现象、感性与理性、内容与形式等。

但是，二元范畴归根结底是一种人为的简化和提炼，以牺牲现象世界的丰富性和多样性为代价，而审美领域是一个充满了"亲切感"以致"感人至深"的领域，存在于二元分化之先。审美体验关注的是生动鲜活的现象世界，并呈现自由丰富、和谐圆融的特征，天然地具有超越"二元对立"的内在要求。在这样的背景下，我国的文艺学、美学界一直存在着一股突破"二元对立"思维模式的思潮。如叶秀山认为，"主体客体、思维存在、精神物质这种分立本是科学性思维方式的一个结果"[1]，在审美活动中，我们应该"把自己的'对象'作为一个'活的世界'，即'主体'是在'客体'之中，而不是分立于客体之外来把握"。[2]因而"美的世界"在叶秀山看来是一个"在这两种方式分化之前的完整的、活生生的世界"。[3]潘知常认为"非对象性"思维才是美学自身的要求，如果以认识活动中的"对象性"思维取而代之，审美活动就"不得不成为认识活动的附庸，从而，也就最终放逐了审美活动"。[4]由此来看，在美学研究中，超越"二元对立"思维模式，一方面意味着不以概念推演和逻辑思辨，而以整体并非割裂的立场，直接立于美的现象本身并获得对美的理解，不以认识活动中"主体""客体""主观""客观"等"对象化"思维模式，而以"非对象化"的"内在"模式去切近美；另一方面，超越"二元对立"思维模式，还意味着某种"追根溯源"，正如有学者指出，存在着一个"主体与客体等'二元对立'尚未分化的'前知识'、'前科学'、'前道德'的'本源性'世界，我们可以把这种'二元对立'尚未分化的'本源性'领域称之为'前二元对立'世界"。[5]主体对客体的认识关系、实践关系正因为这个

---

[1]叶秀山：《美的哲学》，北京联合出版社，2016年8月，第12页。
[2]叶秀山：《美的哲学》，北京联合出版社，2016年8月，第9页。
[3]叶秀山：《美的哲学》，北京联合出版社，2016年8月，第21页。
[4]潘知常：《中国美学的思维取向——中国美学传统与西方现象学美学》，载《南京大学学报》2002年第1期，第148页。
[5]蒋永青：《如何超越"二元对立"——中国艺术美学基本问题的相关讨论》，载《南开学报》(哲学社会科学版) 2010年第1期，第53页。

"前二元对立"领域的先行存在才可能发生，而美和艺术便是通达这个领域的路径之一。美学的探究便应立足于这个种种"二元对立"形成之先的领域来进行。

超越"二元对立"已成为美学创新探究的一条途径。正如朱立元所说，"21世纪中国文艺学、美学向何处去？怎样寻求新世纪文艺学、美学变革、发展之途？……在我看来……首要或关键的是研究者要冲破和超越传统形而上学二元对立的思维模式"。[1] 由此可见，能否以及如何超越"二元对立"思维模式已经成为中国当代美学、文艺学创新的关键问题之一。

相应地，超越"二元对立"思维模式的路径也大体可分为两种：一种体现为在美学研究中破除"认识论"和"对象化思维"的桎梏，关注审美领域中主客体相互依存、相互渗透、相互转化这一特质，在中国现当代的美学理论和艺术理论中，这种超越模式大多表现为各种"主观与客观统一""形式与内容统一""思想与情感融合"等"统一"或"融合"理论，它们都是中国美学当代转向中宝贵的思想资源；另一种超越路径则是立于二元分化产生之先的完整的"本源性"世界，从人与世界一体而内在的存在论视角，重新思考美的问题。以此为背景，本文拟通过对朱光潜美学中具有超越"二元对立"思维模式特质的思想进行梳理，从超越"二元对立"的视角，整理出其思想在中国美学的当代转向中可供后人借鉴之处，揭示出其美学的当代意义，以期为中国美学的当代发展提供一种参考和思路。

一、对"认识论"美学的超越

在20世纪50年代美学大讨论及后续发展中，对比蔡仪、高尔泰和李泽厚的美学思想，朱光潜美学思想被概括为"主客观统一"说。在某种意义上，它是对大讨论中"客观论"和"主观论"的回应与超越。朱光潜不认同"客观论美学"将审美现场鲜活生动、主客互融的美感简化成干瘪机

---

[1] 朱立元：《超越二元对立的思维方式——关于新世纪文艺学、美学研究突破之途的思考》，载《文艺理论研究》2002年第2期，第3页。

械的反映与认识的思路，与"主观论美学"一样，他注重审美活动中主体的能动性和创造性，不同的是，在思想的发展中，他致力于"把美学从过去单凭主观幻想或单凭模糊概念，只看孤立的静止面的那种形而上学的泥淖中拯救出来，把它安放在稳实的唯物辩证的基础上，安放在人类文化发展史的大轮廓里"。[1]在50年代大讨论后期，他从《手稿》[2]中引入"人类文化历史生成"的维度，给自己的美学理论奠定了坚实的"文化人类学"基础，其思想被概括为"主客观统一"说："我至今对于美还是这样想，还是认为要解决美的问题，必须达到主观与客观的统一。"[3]这个"主客观的统一"不是"客观论美学"中"存在"对"意识"的决定与统摄，也不是"主观论美学"中审美主体高扬的心理力量，它以人类社会的历史文化生成为基础，是主观与客观在主体的能动性与创造性中统一而成"美的形象"。这样，在更为切实的基础上，朱光潜先生在当时认识论美学的主潮中为价值论美学留得了一席之地，也为精神的自由、美的超越留得一方空间。

　　建立在人类社会历史发展的基础上，朱光潜强调审美主体的能动性，使审美主客体在一种既不同于客观反映认识，又不同于主观幻想的状态中重新统一，超越了"客观论"和"主观论"美学偏执一端不能圆融的困境，突破了"机械反映论"的局限，又持守了审美活动自由、超越的维度。由此，强调主体移情和主客交融的"美在主客观统一说"形成了朱先生美学超越"二元对立"思维模式的独特路径。

　　朱光潜认为，不应该将"美"限制在机械的反映和对象化的认识之中，这也是他批判蔡仪"客观论"美学的主要根据。通过对《1844年经济学—哲学手稿》的深入解读，他找到了一条从"人类文化历史生成"角度去探讨美的途径，这意味着不仅是"美的本质"，而且"美的来源"成为美学关注的视界，这给当时的美学探讨带来了深刻的变化。他曾质疑道："我们应该提出一个对美学是根本性的问题：应不应该把美学看成只

---

[1] 朱光潜：《朱光潜全集》第10卷，安徽教育出版社，1993年，第196页。
[2] 即指马克思恩格斯《1844年经济学—哲学手稿》。
[3] 朱光潜：《我的文艺思想的反动性》，收录于《朱光潜美学文集》第3卷，上海文艺出版社，1983年，第19页。

是一种认识论？"[1] 通过反思，他认为"主客二分"模式下的认识论或反映论解决不了美学的问题，需要重新寻找途径，这条新的途径就是《手稿》对"人类文化历史生成"过程的论述，具体展现为社会实践和社会意识之间的关系。朱光潜认为，"依据马克思主义把文艺作为生产实践来看，美学就不能只是一种认识论了，就要包括艺术创造过程的研究了"。[2] 他认为美和文艺是一种社会意识形态，而不是"客观论"美学所说的客观的物质属性："蔡仪所了解的'美'，纯粹是客观的，即纯粹是自然性的，没有丝毫的主观性，也没有丝毫的社会性。"[3] 蔡仪美学的思路在朱光潜看来恰恰脱离了人类社会发展的现实。从这一立场出发，他认为"主观论"美学仅从"主观"的直觉体验来探讨美的思路也是有问题的，因为这样的"主观"亦"孤立绝缘"地脱离了社会存在。

朱光潜认为，"美"只能从"文艺是一种生产和文艺是意识形态或上层建筑"[4] 这个马克思主义关于文艺的基本原则来理解。根据这个原则，他将自然形态的"物"和意识形态化了的"物的形象"区分为"美的条件"和"美"，认为"物的形象"中既包含了自然形态的物，又含有由社会存在决定的社会意识，因而"是'美'这个形容词所形容的对象"。[5]"物的形象"就是"艺术形象"，主观和客观在"艺术形象"中达成统一："美既有客观性，也有主观性；既有自然性，也有社会性；不过这里的客观性和主观性是统一的，自然性与社会性也是统一的。"[6] 美不再只是物的客观属性，"人"的维度得以彰显，且这"人"已经褪去了主观的神秘与虚幻，是从社会历史实践中结实地生长出来的："美感不是别的，它就是人在外在世界中体现了自己的本质力量时所感到的快慰和欣喜。"[7]"美"源于对生命本身的反观和鉴赏，是自觉而非被动的，是属人的"价值"："真善美都

---

[1] 朱光潜：《论美是客观与主观的统一》，载《哲学研究》1957 年第 4 期，第 9 页。
[2] 朱光潜：《论美是客观与主观的统一》，载《哲学研究》1957 年第 4 期，第 9 页。
[3] 朱光潜：《论美是客观与主观的统一》，载《哲学研究》1957 年第 4 期，第 9 页。
[4] 朱光潜：《论美是客观与主观的统一》，载《哲学研究》1957 年第 4 期，第 9 页。
[5] 朱光潜：《论美是客观与主观的统一》，载《哲学研究》1957 年第 4 期，第 9 页。
[6] 朱光潜：《论美是客观与主观的统一》，载《哲学研究》1957 年第 4 期，第 9 页。
[7] 朱光潜：《美学中唯物主义与唯心主义之争——交美学的底》，载《哲学研究》1961 年第 2 期，第 42 页。

是人所定的价值，不是事物所本有的特质。"[1] 所以，"有审美的眼睛才能见到美"。[2] 在朱光潜的美学中，"美"不再是认识论模式下对象化的认知，也不根源于抽象的概念，它鲜活生动，与欣赏者同生共长，"美"的存在离不开"人"："谈美，我得从人谈起，因为美是一种价值。"[3]

认识论美学把"美"看成有待认识的"对象"，在这种思维模式影响下的文艺创作中，"美"成了脱离现实情感体验的干瘪概念和空洞形式，是与欣赏者相隔裂的认识"对象"，艺术创作由此成为对现成"概念"和"模式"的演绎，甚至是某种政治意识形态的宣传手段。在朱光潜看来，"美"不能缺少"人"的维度，艺术中最摄人心魄的是"情感"，以及由此带来的亲切体验："不但在音乐里，就连在作为语言艺术的文学里最感动人的也不是概念性思想而是生动具体的情感。"[4] 只有强烈的情感才能显现真实的生命力量，才是文艺作品生命力的源泉："所谓美感经验，其实不过是在聚精会神之中，我的情趣和物的情趣往复回流而已。"[5] "美"不在于对概念和教条的彰显，它的最终完善依赖于真诚情感的传递："情趣本来是物我交感共鸣的结果。景物变动不居，情趣亦自生生不息。在这种生生不息的情趣中，我们可以见出生命的造化。把这种生命流露于语言文字，就是好文章。"[6] 由此可见，在朱光潜的美学视野中，对象化认知的板滞与"美"的生动相隔甚远，"美"不是对象化认识中的观念和教条，而是切身的体验与交流，是物我情趣的往复回流，是主观与客观的统一。

这一文艺观在朱光潜的美学理论中更具体地被表述为"物甲物乙"说。

马克思辩证唯物主义是朱光潜美学的哲学基础，其中社会意识和社会存在的关系理论是朱光潜美学借以生长的根基。从总体看，人类实践是一个"自然人化"的过程，自然性和社会性相互渗透、共为表里，主观与客观、主体与客体、自然与社会等二元范畴在这个实践过程中是一种共生关系，而

[1] 朱光潜：《谈美》，中华书局，2015 年，第 5 页。
[2] 朱光潜：《谈美》，中华书局，2015 年，第 5 页。
[3] 朱光潜：《谈美书简》，作家出版社，2018 年，第 128 页。
[4] 朱光潜：《谈美书简》，作家出版社，2018 年，第 187 页。
[5] 朱光潜：《谈美》，中华书局，2015 年，第 17 页。
[6] 朱光潜：《谈美》，中华书局，2015 年，第 107 页。

非外在的对象性关系，它们相互内在、融会贯通，而"美"就是在这个实践过程中所达到的主客体的统一。在具体的审美活动中，"物"的客观属性作为条件与主体情趣共同营造出"物的形象"亦即"艺术形象"，主体与客体的隔阂在"艺术形象"中被消解，"美"就存在于主客观的统一中。

在《论美是客观与主观的统一》一文中，朱光潜将文艺视为一种生产，并在此基础上，用"原料"和"成品"、"自然物"和"反映物"来说明"物"和"物的形象"、"美的条件"与"美"之间的区别："'物'只能有'美的条件'，'物的形象'才能有'美'。"[1] 指出"美"不是单一的"客观"或"主观"，而是"客观"和"主观"的统一，即"客观"的"物的条件"（事物客观的形状或性质等）与"主观"（社会意识）的契合产生的"物的形象"，这个形象就是人们称之为"美"的"艺术形象"，客观和主观在其中相互交融而构成了"艺术形象"的完整性。

朱光潜用"物甲"与"物乙"来指称这两种不同状态的物："物甲是自然物，物乙是自然物的客观条件加上人的主观条件的影响而产生的，已经不是纯然的自然物，而是夹杂着人的主观成分的物。"[2] 这种对于审美对象的分析将对"属性"的被动感觉和对"形象"的主动创造区别开来，"美"不是被动的反映，而是主体的能动创造，是意识形态的能动加工和创造性的艺术生产的产物："物本身的模样（性质形状等，还不能说感觉印象或表象）是不依存于人的意识的，物的艺术形象却必须既依存于物本身，又依存于人的主观意识。"[3] 朱光潜的"物甲物乙"说将认识活动和审美活动加以区别，指出了审美活动不同于认识活动的本质所在，充分肯定了"人"在美感形成中的作用，这是对"见物不见人"的机械反映论美学的超越："当物甲物乙说登上论坛之后，机械唯物论美学的内在危机便明显地呈现出来了。"[4]

艺术和美不存在于机械反映论中，它来自主体的能动创造。这种创造

---

[1] 朱光潜：《论美是客观与主观的统一》，载《哲学研究》1957 年第 4 期，第 9 页。
[2] 朱光潜：《美学怎样才能既是唯物主义的又是辩证的》，收录于《朱光潜美学文集》，上海文艺出版社，1983 年，第 35 页。
[3] 朱光潜：《论美是客观与主观的统一》，载《哲学研究》1957 年第 4 期。
[4] 劳承万：《朱光潜美学论纲》，安徽教育出版社，1998 年，第 262 页。

并非主观的任意为之，和所有上层建筑一样，它跟人类社会的历史发展紧密相关，具有深厚的"人类文化历史生成"的背景，这种纵深的历史视野使"主客观统一说"比单纯的认识论美学具有更加生动的品质。在美和艺术中，"自然"与"社会"、"客观"和"主观"等在"客观论美学""主观论美学"中相互对立的因素，在"艺术形象"中相互统一、相辅相成，共同结构为"物乙"的美。

二、审美体验的内在性

在中国现当代的美学理论中，超越"二元对立"思维模式的路径大多体现为各种"统一"和"融合"模式。但这种种"统一"和"融合"之所以可能，是因为在二元分化之先，存在着一个不分你我的完整的"本源性"世界，这个领域如海德格尔所说，是"艺术作品的本源"，它也是"美"的本源。这个领域亦如张世英所说，"人在认识世界万物之先，早已与世界万物融合在一起，早已沉浸在他所活动的世界万物之中。世界万物与人之同它们打交道不可分，世界只是人活动于其中的世界。……这样的'在之中'，乃是人的特殊结构或本质特征"。[1] 在这个领域中，万有相通，人与世界、精神与物质、生理与心理、主体与客体等认识论模式下相对的二元范畴之间是一体而内在的，它们之间是一种相互的激发、结构、生成和内在贯通的关系，是具有奠基意义的源初世界。相应地，立于这个领域的超越"二元对立"才更有"追根溯源"的通透性。

朱光潜美学中有大量触及了这种源始的内在贯通的理论，并具体呈现在其"节奏""移情""内模仿""审美筋肉论"等表述中。

"节奏"是文艺活动中一个分明存在却不太容易说得清楚的现象，其解读视角十分多元。有学者将"节奏"看作是生命的律动："宇宙内的东西没有一样是死的，就因为都有一种节奏（可以说就是生命）在里面流贯着。"[2] 这种生命节奏表现在文艺中，便是其中抑扬起伏的情绪："情绪的进

[1] 张世英：《天人之际——中西哲学的困惑与选择》，人民出版社，1995年，第4页。
[2] 郭沫若：《论节奏》，载《创造月刊》1926年第1期，第18页。

行自有它的一种波状的形式，或者先抑而后扬，或者先扬而后抑，或者抑扬相间，这发现出来便成了诗的节奏。"[1] 相比于从内在的生命情感律动来看待"节奏"，朱光潜首先是将"节奏"看成自然的"基本原则"，并由艺术的"反照自然"而推及为艺术活动中形式与结构上的起伏呼应："……节奏生于同异相承续，相错综，相呼应。……艺术反照自然，节奏是一切艺术的灵魂。在造型艺术则为浓淡，疏密，阴阳向背相配称，在诗，乐，舞诸时间艺术，则为高低，长短，疾徐相呼应。"[2]

在朱光潜看来，艺术节奏的构成背景是一种多元的关联状态，是彼此相异又相成的因素的统一。就如斗转星移是宇宙的节奏，春去秋来是季节的节奏，它们由各种或隐或显的错综复杂的因素共同激发、结构、生成，有一个宏大幽深的、广泛关联的背景，"节奏"便是这关联的一种外在表现形式，吐纳的是源初世界的与时消息。从这个意义上说，"节奏"是一个"随时"构成的"现象"，正是这些因素相互间的错综承续、起伏呼应共同构成了一段时间意义上完整的现象，呈现为朱光潜所说的丰富的自然现象和艺术现象。"节奏"在不同的境域中会有不同的表现形式，它可以是诗歌诵读中的停顿，是音乐中的韵律，也可以是大自然中的潮涨潮落和斗转星移，所以朱光潜说，"节奏是宇宙中自然现象的一个基本原则"。[3] 在这些表现形式之下，隐藏着"节奏"的本性："节奏生于同异相承续，相错综，相呼应。"[4] 也即是说，"节奏"是"构成性"的，而且，这是一种"开放着"的"构成性"：不同的人欣赏同一首诗歌或者乐曲，会有不同的情绪起伏和感受，吟诵同一首诗歌，亦会根据自身的领会作不同的抑扬和顿挫，这意味着"节奏"不是固定不变的"实体"，它存在于不停更新的"构成"中。在构成过程中，"主观客观""主体客体""心物""你与我"不可分地融为一体，全然不是认识活动中相互外在的对象性关系。

朱光潜还将"节奏"看作是对人的生理律动的呼应："节奏不仅见于

---

[1] 郭沫若：《论节奏》，载《创造月刊》1926 年第 1 期，第 18 页。
[2] 朱光潜：《朱光潜美学文集》，上海文艺出版社，1983 年，第 108 页。
[3] 朱光潜：《朱光潜美学文集》，上海文艺出版社，1983 年，第 108 页。
[4] 朱光潜：《朱光潜美学文集》，上海文艺出版社，1983 年，第 108 页。

艺术作品，也见于人的生理活动。人体中的呼吸、循环、运动等器官本身的自然的有规律的起伏流转就是节奏。"[1]他分析认为，人的生理节奏有一种"预期"性，在对节奏的感受中，会根据已经发生的节奏预期将要来临的节奏，如果实际发生的节奏符合这种预期，则审美感受就会加强而产生一种和谐之感，反之便会有某种失调之感。也即是说，包含了节奏感的"美感"是一种"流动着"的"意识现象"，有其产生的"场域"，"主观心理"与"客观生理"在其中相互激发、生成，不分彼此。在这个意义上，朱光潜说："节奏是主观与客观的统一，也是心理和生理的统一。"[2]

"移情说"是朱光潜美学"主观和客观统一论"的另一种呈现。"所谓移情作用（Einfuhlung）指人在聚精会神中观照一个对象（自然或艺术作品）时，由物我两忘达到物我同一，把人的生命和情趣'外射'或移注到对象里去。"[3]在朱光潜看来，"移情"作用有自身发生的特定性：当主体和客体进入审美活动中，外在对象化的关系随之发生变化，主体"聚精会神"地"关照"着对象，在这关照中，主体与对象在特定"心理距离"的作用下，"物"和"我"超越了日常关系（功利关系、认识关系、伦理关系等）的隔阂，忘掉了彼此相对立的立场，此谓"物我两忘"。这开启了一种全新的"物—我"关系状态，在这种状态中，主体将自身的生命情趣投射或移注到对象上，从而让外物也似乎具有了生命和情趣，能够和主体交相感应，美感也由此而产生："所谓美感经验，其实不过是在聚精会神之中，我的情趣和物的情趣往复回流而已。"[4]类似的表述也出现在他的《诗论》中："凝神观照之际，心中只有一个完整孤立的意象，无比较、无分析、无旁涉，结果导致物我两忘，我的情趣和物的意态遂往复交流。"[5]"人"与"物"、"主体"与"对象"因超越了对立与隔阂，由"往复回流"的情感纽带而至"物我同一"，获得审美意象。

朱光潜的移情理论有两条源流，一是西方近代的心理学美学，一是

[1] 朱光潜：《谈美书简》，作家出版社，2018年，第167—168页。
[2] 朱光潜：《谈美书简》，作家出版社，2018年，第168页。
[3] 朱光潜：《谈美书简》，作家出版社，2018年，第170页。
[4] 朱光潜：《谈美》，中华书局，2015年，第17页。
[5] 朱光潜：《朱光潜全集》第3卷，安徽教育出版社，1987年，第53页。

中国古典美学思想中关于天地万物交相感应的"交感说"。西方近代心理学美学产生于主体理性主义哲学背景下，主体是认识发生的根据，在认识论的框架内，审美主体的心理运作是美产生的根源，这是西方"移情"说、"心理距离"说的思想内核。在这种模式下，客体仅是一被动的物理对象，"外在对象被看作一个被动的接受容器，任由我把自己的经验和情感移入其中"。[1] 与此同时，中国古典理论中却有着一个"天人交感"的传统："地气上齐，天气下降，阴阳相摩，天地相荡。"（《礼记·乐记》）在《庄子·知北游》中也有"故曰：'通天下一气耳。'圣人故贵一"[2] 的说法。中国传统思想中，天地万物就在这"一气流通"中周而复始、氤氲化生。在这样的文化背景下，西方心理学美学中僵滞的客观对象在朱光潜先生的"移情"理论中复活成了可与主体同悲共喜的灵性之物，自然天地皆为可与之贯通交感的对象，外在隔阂的对象性关系在审美的"移情"作用下变得"内在"而"亲密"，人与山可以相悦，花与人亦能相感，对象不再是只供认识剖析的客观存在，而是可内在体验的生命共通体："因为有移情作用，然后本来只有物理的东西可具人情，本来无生气的东西可有生气。"[3]"移情"让"主客""物我"等对立"二元"在审美场域中"血脉相连"。所以，不同于西方的移情理论，朱光潜的审美"移情"是一个双向的过程，"我的情趣和物的情趣往复回流"，"我的情趣和物的意志遂往复回流"，[4] 主体与对象就在这种"往复回流"中达于"物我同一"的超越"二元对立"的境界。

在《审美书简》中，朱光潜用"内模仿"来更清晰地指称审美"移情"中由"物"及"我"的一方面，并将之理解为一种"筋肉活动"。在他看来，"筋肉活动"是"由物及我"的"内模仿"的具体呈现途径。《文艺心理学》和《谈美》中对这种"审美筋肉论"都有论述。

"审美筋肉论"清晰地呈现了审美活动中生理与心理一体内在的关系，

---

[1] 牟春：《朱光潜对立普斯"移情说"的接受与理解》，载《文艺理论研究》2010 年第 1 期，第 132 页。
[2] 陈鼓应注译：《庄子今注今译》，商务印书馆，2016 年，第 646 页。
[3] 朱光潜：《谈美》，中华书局，2015 年，第 20 页。
[4] 朱光潜：《谈美》，中华书局，2015 年，第 17 页。

"凡是模仿都或多或少地涉及筋肉活动"[1]，"情感都见于筋肉的活动"[2]。在朱光潜看来，思想和情感需要通过语言描述，而语言在实质上就是一种"筋肉活动"。在艺术创作中，内心的情感起伏也表现为不同部分的"筋肉活动"。"筋肉活动"不仅成了主体表达情感的方式和途径，而且也是客体对象和欣赏者沟通的桥梁，"筋肉活动"和"移情"作用一样，是主体和客体沟通的又一重要通路，且它着重于由"物"及"我"的一面。朱光潜以书法艺术为例，认为人们在欣赏颜字时，其刚劲的气韵通过"筋肉活动"而"摄及"欣赏者，让他"仿佛对着巍峨的高峰，不知不觉地耸肩聚眉，全身的肌肉都紧张起来"。[3] 又或者"便不由自主地正襟危坐、摹仿他的端庄刚劲"[4]。如果有人钟情赵字，其秀媚的姿态也转为主体不同的"筋肉活动"，让主体"不由自主地松散筋肉，摹仿他的潇洒婀娜的姿态"。[5] 在这样的筋肉模仿中，主体同时也获得了与此"筋肉活动"相关的情趣体验。这就意味着，不只是"主体"将自己的情思生气灌注于"物"，"物"的姿态亦在"主体"身上得以伸张，"心与物""主体与客体""精神和物质"在这"内模仿"的"筋肉活动"中通达为一，"我"的身体筋肉随"物"起舞，我的情绪随筋肉的活动而与此"物"相应和，"物"与"我"达于内在的贯通。可见，相比"移情"的由"我"及"物"，"内模仿"和"筋肉活动"源于"主体"的"体物入微"，并因由"体物"而唤起情感的"体验"，最终达于超越了物我二分的交融状态。

三、朱光潜美学思想的当代意义

"当代"首先是一个时间概念，但如果关涉美学，则不能简单地合并于社会历史的分期，还要考虑到"意识"因素，正如有学者所说："'当代'不完全是一个物理时间的概念，它还是一个'意识时间'的概念，与

---

[1] 朱光潜：《谈美书简》，作家出版社，2018年，第173页。
[2] 朱光潜：《谈美》，中华书局，2015年，第91页。
[3] 朱光潜：《谈美》，中华书局，2015年，第19页。
[4] 朱光潜：《谈美书简》，作家出版社，2018年，第172页。
[5] 朱光潜：《谈美书简》，作家出版社，2018年，第172页。

人的意识层次和思想水平密不可分。"[1] "当代美学" 应以具有某种前沿性为特征，"中国当代美学" 一方面应是 "中国现代美学" 的内在延伸，一方面又要与当代的前沿趋势有衔接，代表 "现代美学" 自身反思、超越、发展的方向，它不仅意味着理论内容的创新，还包含哲学基础、方法论、思维方式等范式的转换和突破，需要进入对中国现代美学发展内在理路的上下溯源中，对相关美学思想进行探索和梳理，整理出可供借鉴的经验，而美学在当代的突破和创新，如前所述，则与能否超越 "二元对立" 思维模式息息相关。

在我们的日常生活经验中，现实世界中呈现出的万物是千差万别的，不存在原发的同一状态，作为两个彼此外在的现成者，主体对客体的认识只能通过概念的抽象实现，问题在于，两个彼此外在的现成者，主体究竟是怎样进入客体的？主体认识如何切中客体？由此可见，主客二分是次生的，有一个更为本源的世界为认识提供根据："人在认识世界万物之先，早已与世界万物融合在一起，早已沉浸在他所活动的世界万物之中。……这样的 '在之中'，乃是人的特殊结构或本质特征。"[2] 这个逻辑上在先的整体境域，就是中国哲学所说的 "万物一体"（或万有相通）之境，它比主客二分模式下达到统一的 "世界" 更具有在先性，是审美或艺术本体论真正的根据所在。

审美领域天然地具有超越 "二元对立" 的品质，审美主体与客体是一种相互激发、生成、内在贯通的状态。中西美学中，超越 "二元对立" 的思维模式，直接立于美的现象本身并获得对美的理解，一直是美学发展过程中或隐或显的线索之一。西方现象学美学、存在主义现象学作为这种趋向的代表性思想，深刻地影响了西方当代美学的进程。中国现当代美学理论在发展中也积累了很多与此相关的思想，各家美学尽管哲学基础、概念范畴、研究方法迥异，但都有面对这一问题的思路，正如朱立元所说，"我国文艺学、美学界在新中国建立以来也一直存在着一种努力突破二元

---

[1] 郭勇健：《从实践论到现象学——论当代中国美学的发展趋势》，载《艺苑》2010 年第 6 期，第 2 页。
[2] 张世英：《天人之际——中西哲学的困惑与选择》，人民出版社，1995 年，第 4 页。

对立思维的潜流"。[1] 回顾中国现当代美学并不算长的历程，这些不同角度的探讨和由此形成的理论成果，都是中国当代美学思维模式创新探索可供借鉴的资源。

作为中国现代美学史上卓有建树的美学家，朱光潜的思想曾深刻影响了中国美学的发展和走向，对朱光潜美学思想进行重新梳理，便是这上下溯源并进而寻求当代发展的梳理中不可或缺的一部分，也是其美学思想的当代意义所在。

Research n the Contemporary Significance of Zhu Guangqian's Aesthetics in the Horizon of "Beyond–Binary Opposition"

（Wang Caihong, Department of Literature, Yunnan University, Kunming, 650091）

Abstract: Going beyond "binary opposition" is the inherent requirement of aesthetic activities. In Chinese modern and contemporary aesthetic theory and art theory, this transcendence is mostly manifested in various "unity" or "fusion" modes, such as "unity of subjective and objective", "unity of form and content", "integration of thought and emotion", which are valuable resources in the contemporary turn of Chinese aesthetics. Based on this background, this paper intends to sort out Zhu Guangqian's thoughts which going beyond the mind set of "binary opposition" in his aesthetics, to figure out related thoughts that could be refered by later generations from the perspective of going beyond "binary opposition", and then to reveal the contemporary significance of his aesthetics, provide an approach and thinking for the contemporary development of Chinese aesthetics.

Keywords: Beyond–Binary Opposition; Objectivism Aesthetics; Subjectivism Aesthetics; Unity of Subjectivity and Objectivity; image of beauty

---

[1] 朱立元：《超越二元对立的思维方式——关于新世纪文艺学、美学研究突破之途的思考》，载《文艺理论研究》2002 年第 2 期，第 2 页。

德国哲学

康德的物自体是一个对象吗?
——基于先验哲学与形而上学之分的一种探讨

陈永庆 *

摘要：现象与物自体之分是康德先验观念论的核心论题，但迄今争议不断。通行的"两个世界"与"一个世界"的解读，都以先验哲学在形而上学或本体论上的预设为前提，从而把物自体视为某种形而上学的对象或者与现象同一的对象。但康德频繁地强调先验哲学与形而上学不同，先验哲学根本不包含任何本体论的承诺，即它并不预设任何种类的对象之实存。因此，"一个世界"与"两个世界"的争议只是一种"家族争吵"，这种争议本身也受到了学界的批评。而谢林对物自体概念的批评以及康德在《遗著》中的反思都表明，对物自体概念的非对象视角的解读更加可取，并且这种解读在《纯粹理性批判》中也有着明确的文本依据。

关键词：现象；物自体；思想物；先验哲学；形而上学

一、引言

现象与物自体之分是康德先验哲学的核心论题，但迄今仍然争议不断。传统的"两个世界"的解读一度是所谓的标准解读，而现在以阿利森（Henry E. Allison）为代表的"一个世界"的解读则更加流行。但二者均预设了先验哲学包含着某种形而上学/本体论的承诺，因此把物自体或者视为与现象不同的超感官对象，或者视为与现象同一的对象，即均认为物自

---

* 作者简介：陈永庆，哲学博士，河南师范大学政治与公共管理学院讲师，主要研究方向为康德的先验唯心论，邮箱：406512635@qq.com。

体概念包含着某种"对象"的含义。就此而言,二者的争议只是一种"家族争吵",因为康德频繁地强调,先验哲学不是形而上学,因此并不包含任何本体论的承诺,即它在本体论上是中立的。

在 1770—1780 年代的私人信件中,康德多次指出,与传统的形而上学相比,他构想中的《纯粹理性批判》(以下简称"第一批判")[1] 是一部全新的著作,因为它的研究对象,即"独立于一切经验原则做出判断的理性,即纯粹理性的领域必然会被忽视掉,因为这个领域先天地存在于我们自身之中,不可能从经验那里得到任何启发"。[2] 正是因为这门科学是全新的,因此,"为了建立这门科学,不需要以任何方式利用现存的科学。这门科学需要完全独特的技术表达,以作为自身的基础"。[3] 1782 年,对第一批判的第一篇公开评论即"哥廷根评论"发表之后,康德认为该评论完全曲解了他的这部全新的著作,因此在给原作者克里斯蒂安·伽尔韦(Christian Garve)的回信中,康德表达了他的愤怒并强调:"请您再浏览一遍我的全文,并请注意我在批判哲学中所探讨的并不是形而上学,而是一门全新的、迄今尚未被研究过的科学,即对**一种先天判断理性**的批判。"[4]

既然康德如此频繁地强调先验哲学与形而上学的区别,那么,在与形而上学的对比中,我们也许能更好地理解先验哲学这一全新的研究,并对康德现象与物自体之分这一核心主张做出更加恰当的解读。本文的主要任务即是以先验哲学与形而上学的区分为基础,阐明先验哲学在本体论上的中立性,因此物自体仅仅是一个主观的、先验的概念,而不包含任何"对象"的含义;它的功能在于敞开一个世界,或者说它仅仅关涉世界的可能性,而这一点是日常的自然意识无法理解的;康德的先验观念论最终要阐明的是,经验世界虽然是现象世界,但它就是这个我们唯一可思的实在世界;就此而言,它超越了传统的观念论与实在论的争论,因此也超越了任

---

[1] 最迟在 1772 年,康德就已经把他构想中的这部著作称为《纯粹理性批判》了,参见康德:《康德书信百封》,李秋零编译,上海人民出版社,2006 年,第 35 页。
[2] 康德:《康德书信百封》,李秋零编译,上海人民出版社,2006 年,第 51—52 页。
[3] 康德:《康德书信百封》,李秋零编译,上海人民出版社,2006 年,第 52 页。
[4] 康德:《康德书信百封》,李秋零编译,上海人民出版社,2006 年,第 88 页。引文中的强调,原文所有的用加粗的方式标识;如为笔者所加的,则用黑体字标识。下同。

何本体论或者方法论、认识论上的二元论；物自体作为一个单纯主观的、先验的原理，最为深刻地体现了先验哲学的革命性。

二、现象与物自体[1]之分及其争议

（一）"两个世界"与"一个世界"的争论

"两个世界"的解读预设了先验哲学在本体论上的二元论，即把现象与物自体视为两种不同的对象；"一个世界"的解读则基于方法论与认识论的角度，不是把现象和物自体视为两种不同的对象，而是视为同一对象与我们的表象的不同关系。尽管二者存在着重大的分歧，但它们在第一批判和《导论》种都有着充分的文本依据。[2]

"两个世界"的解读之所以长期作为主流并影响至今，主要是因为它代表了一种日常的思维方式，这种思维方式把如下一点视为不言自明的：物在我们之外独立自在地实存，并且刺激我们的感官，我们因此获得关于它们的表象，并进而获得关于它们的认识。而康德的诸如"当我们被一个对象所刺激时，它在表象能力上所产生的结果就是感觉"（A19/B34）[3]之类的表述，也让我们相信，康德的出发点与我们的日常思维方式是一致的。

以阿利森为代表的"一个世界"的解读对此提出了尖锐的批评。阿利森强调了先验哲学与形而上学的区别："先验观念论本身必须被解读为一种方法或立场，而不是一种实体的形而上学学说。"[4]因此，他不是把现象与物自体视为两种在本体论上不同的对象，而是把二者视为同一对象与我

---

[1] "物自体""本体"与"先验客体"有着微妙的差异，但康德并未严格区分三者，因为就不存在与之相应的感性直观这一点来说，三者是一致的。
[2] 关于两种解读模式的文本证据的详细列举，参见 Lucy Allais, *Manifest Reality: Kant's Idealism and His Realism*, Oxford University Press, 2015, pp.28—33。苏德超先生据此主张，康德的文本对该争议来说是中立的，并在反驳阿利森的基础上论证了"两个世界"的立场更为可取，参见苏德超：《先验唯心论：一个世界，还是两个世界？——以阿利森与可里夫之争为中心》，《哲学研究》2017 年第 1 期，第 78—84 页。
[3] 对第一批判的引用，参照学界通行标准，随文夹注 A、B 版页码。译文引自康德：《纯粹理性批判》，邓晓芒译，杨祖陶校，人民出版社，2004 年。
[4] 亨利·E. 阿利森：《康德的先验观念论——一种解读与辩护》，丁三东、陈虎平译，商务印书馆，2014 年，第 12 页。

们的表象的两种不同关系。基于这种理解，阿利森主张，虽然康德在很多地方暗示了物自体的独立的或者自在的实存，但我们"必须要根据一种对先验区分的先行理解来解释，而不是像通常所做的那样，把这些地方作为理解这一区分的基础"。[1] 阿利森反对从康德的某些文本的字面意思出发，主张现象与物自体是两种不同的实体之间的区分，相反，对这一先验区分的先行理解才是最重要的，而这种先行理解只能从康德文本的整体与精神出发才能得到，阿利森将之归结为两种元哲学立场——康德的先验观念论与其他各种形式的先验实在论——之间的划分。[2] 基于对这两种不同的元哲学立场的区分，阿利森旗帜鲜明地反对"两个世界"的解读。

　　与此同时，阿利森明确主张现象与物自体在本体论上的同一性，因此，虽然他宣称他的解读是基于一种认识论或者方法论的路径，但他仍然主张，在康德对刺激问题的说明中，"没有任何东西会令康德设定某个超经验性的东西"，相反，"唯一被假定的是人的经验的那些空间—时间性的对象"。[3] 但康德强调，先验哲学"只考察知性，以及在一切与一般对象相关的概念和原理的系统中的理性本身，而不假定客体会被给予出来（即本体论）"（A845/B873）。因此阿利森的解读与先验哲学的基本立场是有冲突的。

　　换言之，尽管阿利森批评传统的"分离论"强加给康德的那种本体论上的二元论，但他本人仍然认为康德的先验哲学包含着本体论的承诺。本文将在第三部分详细论证先验哲学与形而上学的根本区别在于本体论上的中立性，因此阿利森的解读仍然包含着对康德的根本误解，"两个世界"与"一个世界"的分歧只是一种"家族争吵"。接下来将首先讨论学界对这两种解读路径之争的批评，由此进一步展示这两种解读路径的内在困境。

---

[1] 亨利·E.阿利森：《康德的先验观念论——一种解读与辩护》，丁三东、陈虎平译，商务印书馆，2014年，第78页。
[2] 亨利·E.阿利森：《康德的先验观念论——一种解读与辩护》，丁三东、陈虎平译，商务印书馆，2014年，第41—76页。
[3] 亨利·E.阿利森：《康德的先验观念论——一种解读与辩护》，丁三东、陈虎平译，商务印书馆，2014年，第101页。

（二）对 "两个世界" 与 "一个世界" 之争的批评

1. 盖耶尔（Paul Guyer）与阿莱斯（Lucy Allais）

虽然阿利森把盖耶尔视为 "两个世界" 的解读模式在当代的代表人物，但盖耶尔认为，"一个世界" 与 "两个世界" 的区分是误导人的，重要的是康德如何理解表象与外部对象之间的关系，即康德是否认为表象是时空性的，并且在本体论上独立于表象的外部对象也是时空性的，只是出于某种原因，在我们关于这些外部对象的概念中省略掉了它们的时空性；或者康德认为，尽管我们关于物的表象以及现象是时空性的，物自体却由于某种原因而不是时空性的。[1] 因此，他建议用 "概念的路径" 与 "本体论的路径" 之间的对比来取代 "一个世界" 与 "两个世界" 之间的对比："基于概念的路径，时空性仅仅是被从物自体的概念中省略掉了，而基于本体论的路径，物自体拒绝时空性，或者说物自体被断定为是非时空性的。"[2]

在此基础上，盖耶尔把阿利森的解释视为 "概念的路径"，而他自己则认为康德选择的是 "本体论的路径"，并再次重申了他拒斥康德先验观念论的一贯立场："正确地理解并拒绝康德的学说，比通过误解他来为他辩护更可取。"[3] 但从先验哲学与形而上学之区分的角度看，盖耶尔提出的这种区分与 "两个世界" 与 "一个世界" 的争论并没有实质的不同。阿莱斯试图提供一种在阿利森与盖耶尔之间的、更加温和的解读，但阿莱斯同样认为，先验哲学包含着形而上学的或者本体论的承诺，关键只在于如何理解这一点，[4] 因此她并未能真正超出二者的争论。

---

[1] Paul Guyer: Transcendental Idealism: What and Why? *in The Palgrave Kant Handbook*, ed. Matthew C. Altman, Springer, 2017, p.75.
[2] Paul Guyer: Transcendental Idealism: What and Why? *in The Palgrave Kant Handbook*, ed. Matthew C. Altman, Springer, 2017, p.75.
[3] Paul Guyer: Transcendental Idealism: What and Why? *in The Palgrave Kant Handbook*, ed. Matthew C. Altman, Springer, 2017, pp.75—76.
[4] Lucy Allais, *Manifest Reality: Kant's Idealism and His Realism*, Oxford University Press, 2015, pp.59—76.

2. 沃克（Ralph C. S. Walker）

相比阿莱斯，沃克则更加谨慎。首先，他认为，所谓"一个世界"与"两个世界"都只是一种隐喻的表达而已："对康德来说存在着一个世界并没有害处，如果这仅仅意味着现象与作为它们的基础的物自体处于某种紧密的联系之中……我们同样可以选择两个世界的说法，因为它们之间缺乏更加紧密的一致性。"[1]

其次，沃克指出了两种解释路径的危害："两个世界"的解释会导致以下观点，即存在着一个由我们的心灵创造的世界，以及一个与此分离的终极实在，但这个终极实在对我们来说什么也不是，即二者是不相关的两种实在之领域，因此他认为这种解释是不可取的；但他并没有因此而跳跃到"一个世界"的立场，相反，他强调，"对于更进一步并且主张二者之间的具体的同一性关系，我们必须谨慎对待"。[2] 因此，尽管沃克赞同阿利森关于认识论区分的定位，即把某物视为现象就是在人的认识条件的关系中来考察物，而把某物视为物自体就是脱离于人类认识的条件来考察它，但在沃克看来，"正是这种认识论的视角，使得谈论时空现象和非时空的物自体之间的同一性是不可能的"。[3] 因为经验对象的同一性条件在本质上是与空间和时间分不开的，但由于时间和空间是主体的性状，而物自体已经脱离了与主体的关系，那么"对物自体来说，同一性条件必然是不同的，因此没有某个物能够被从这两个方面来考察"。[4]

沃克的谨慎反映了通行的两种解读模式的"二律背反"，但沃克同样没有超出它们，而只是持一种折中的立场。本文接下来的论证将表明，如果我们遵从康德本人对先验哲学作为一门与形而上学不同的、全新的科学的定位，就能够更加清晰地揭示通行的两种解读模式实际上只是一种"家

[1] Ralph C. S. Walker, Kant on the number of worlds, *British Journal for the History of Philosophy*, Vol.18, No.5, 2010, p.827.

[2] Ralph C. S. Walker, Kant on the number of worlds, *British Journal for the History of Philosophy*, Vol.18, No.5, 2010, p.834.

[3] Ralph C. S. Walker, Kant on the number of worlds, *British Journal for the History of Philosophy*, Vol.18, No.5, 2010, p.824.

[4] Ralph C. S. Walker, Kant on the number of worlds, *British Journal for the History of Philosophy*, Vol.18, No.5, 2010, p.825.

族争吵",并在此基础上给出一种更加符合康德本人意图的理解。

三、先验哲学在本体论上的中立性

(一)第一批判与沃尔夫形而上学体系的对照

虽然康德声称他的批判是针对以往的一切形而上学,但谢林指出,"康德的批判对象仅仅是那种形而上学的一个特定的**形式**,即在康德的青年时代,**那个**偶然地被克里斯蒂安·沃尔夫,尤其是被亚历山大·鲍姆嘉登——作为康德的老师,他在沃尔夫主义者里面始终都是最出色者之一——所接纳的形式"。[1] 实际上,第一批判在结构上正是按照沃尔夫形而上学的体系展开的,我们可以通过下图来展示这一点:

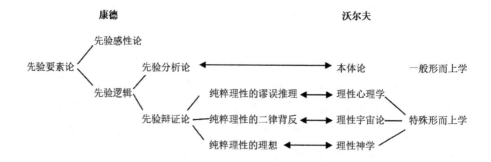

沃尔夫把形而上学划分为一般形而上学和特殊形而上学,前者又被称为本体论或者第一哲学,后者则包括理性心理学、理性宇宙论与理性神学三个部分。[2] 从上图可以看到,第一批判的先验辩证论与沃尔夫的特殊形而上学的对应关系是很明显的,前者是对后者的批判;而先验分析论与本体论的对应关系则不是那么明显,但康德仍然明示了这一点:

[1] 谢林:《近代哲学史》,先刚译,北京大学出版社,2016 年,第 102 页。
[2] Christian Wolff, *Preliminary Discourse on Philosophy in General*, trans. Richard J. Blackwell, Bobbs–Merrils, 1963, pp.31—42。鲍姆嘉登对形而上学的划分与沃尔夫是一致的,参见 Alexander Baumgarten, *Metaphysics*, trans. and eds., Courtney D. Fugate and John Hymers, Bloomsbury, 2013, p.99。

知性原理只是阐明现象的一些原则，而本体论自以为能够在一个系统的学说中提供出有关一般物的先天综合知识（例如因果性原理），它的这一傲慢的名称必须让位于那谦虚的名称，即只不过是纯粹知性的一种分析论而已（A246–247/B303）。

因此，第一批判的先验分析论与沃尔夫的本体论是对应的，前者是对后者的批判。此外，先验感性论是第一批判独有的，在沃尔夫的体系中找不到对应之物，而现象与物自体之分正是在"先验感性论"中提出的。可见，仅从形式上的对比就可以看到，现象与物自体之分处在沃尔夫的形而上学体系之外。

实际上，通过对沃尔夫形而上学体系的系统批判，康德重新定义了什么是形而上学。早在 1770 年就职论文中，康德就已经把感性与知性视为在起源上不同的两种认识能力与表象方式，并在同年的一封私人书信中表达了他的如下认识："感性的普遍法则在形而上学中不适宜地扮演了一个重要的角色。然而，形而上学的关键，却仅仅在于纯粹理性的概念和基本原理"[1]；传统形而上学的误区正在于，不是在起源上，而是仅仅在清晰程度上区分感性与知性。但康德此时仍然如传统形而上学一样，认为"以感性的方式思考的东西存在于事物的表现中，如其所显现；而理性的东西则如其所是"。[2] 但 1772 年的一封私人书信表明，康德不久就意识到了这其中的巨大困难：

> 我说过，感性的表象是按照物的表现来表象物的，而理智的表象则按照物的存在来表象物的。但是，如果这些物不是按照它们刺激我们的方式被给予我们的，如果这种理智表象是建立在我们的内部活动之上的，那么，这些物究竟是怎样被给予我们的？理智表象与并非由自己产生的对象之间具有的一致又来自何处？纯粹理性关于这些对象的公理又来自何处？既然这些公理与对象的一致并不借助于经验，那么，这种一致又来自何处？……对我们的知性能力来说，它与物本身的这种一致的根源何在，这

---

[1] 康德:《康德书信百封》，李秋零编译，上海人民出版社，2006 年，第 28 页。
[2] 康德:《康德著作全集》第 2 卷，李秋零译，中国人民大学出版社，2004 年，第 398 页。

一问题一直还处在晦暗之中。[1]

正如李秋零先生指出的，此时困扰康德的问题就是后来在第一批判中以"纯粹知性概念如何能够与对象相关"来表述的、并且以范畴的先验演绎来解决的问题。[2]但我们知道，在范畴的演绎之前，康德的哥白尼革命首先实现的是对"物 / 对象 / 客体"概念的规定，即把我们的认识对象限制在现象的范围之内，而康德是以现象与物自体之分来表达这一重要立场的，这一区分又是感性与知性在起源上不同的划分的结果。

在此基础之上，康德才最终把形而上学规定为出自概念的纯粹理性知识；这一规定包含着两个方面的含义：首先，"出自概念"表明了它与同样是纯粹理性知识的纯粹数学的不同，因为后者是"出自概念的构造"；其次，"纯粹理性知识"表明它与早期近代形而上学把自身规定为人类知识的第一原理的不同，因为后者只是从知识的普遍性的等级，而不是从知识的种类的角度来区分形而上学与经验性的知识，但康德指出这并不能真正规定形而上学的界限，相反，只有起源上的不同质性才能实现这一点（A841/B869–A844/B872）。然后，康德把他的形而上学划分为出自自然概念的自然形而上学与出自自由概念的道德形而上学。

由此可见，正如康德反复强调的那样，作为形而上学的预备与入门，先验哲学是一门独特的科学，并需要完全独特的技术表达。而下文的分析将表明，现象与物自体之分正是这样的核心概念，它不能首先和直接从形而上学的角度来理解。

（二）先验哲学与形而上学的区分

关于本体论（一般形而上学、第一哲学），沃尔夫是这样规定的：

§73. 有些事物对一切存在者来说都是共同的，它们既述谓灵魂，也述谓自然物与人造物。哲学的这个部分，处理一般存在与存在的一般作

---

[1]康德：《康德书信百封》，李秋零编译，上海人民出版社，2006 年，第 34 页。
[2]李秋零：《康德往来书信中的〈纯粹理性批判〉诞生记》，《德国哲学》2016 年第 2 期，第 50—51 页。

用，被称为本体论或者第一哲学。因此，本体论或者第一哲学被定义为关于一般存在的科学，或者被定义为就它是存在而言的科学。这样的一般概念包括本质，实存，属性，模态，必然性，偶然性，位置，时间，完善，秩序，简单性，复合性的概念等。[1]

从沃尔夫对本体论的规定来看，他与传统形而上学是一致的，即把存在视为超感性的一般对象，并且可以通过范畴来认识。康德同样使用"一般对象"这个概念：

人们通常作为一个先验哲学的开端的最高概念往往是对可能的东西和不可能的东西的划分。但由于一切划分都以一个被划分的概念为前提，所以就还必须指出一个更高的概念，而这个概念就是关于一个一般对象（Gegenstande überhaupt）的概念（至于这对象是某物还是无则是悬拟的和未定的）。因为诸范畴是唯一的一些与一般对象发生关系的概念，所以对一个对象是某物还是无进行区别就将按照范畴的秩序和指示来进行（A290/B346）。

但是第一，康德并没有赋予"一般对象"以形而上学的含义，即并没有将"一般对象"视为在我们之外实存的超感性实体，而是仅仅把它视为划分其他概念的一个最高概念。因此第二，康德同时指出，他并没有预设该一般对象是作为某物还是仅仅作为无，更没有预设该对象是否实存以及它们的实存方式（自在地实存还是在我们的表象之内实存），因为先验哲学"只考察知性，以及在一切与一般对象相关的概念和原理的系统中的理性本身，而不假定客体会被给予出来（即本体论）"（A845/B873）。第三，更加重要的是，先验哲学不仅不假定对象的实存，而且它也不怀疑对象的实存。第一批判出版之后被指责为笛卡儿式的或者贝克莱式的观念论，康德在《导论》中对此做了回应并强调：

我所说的这种观念论并不涉及事物的实存（不过，对这种实存的怀疑真正说来构成了常用意义上的观念论），我从来没有想到过怀疑事物的实存，而是仅仅涉及事物的感性表象……它们并不是事物（而是纯然的表象

---

[1] Christian Wolff, *Preliminary Discourse on Philosophy in General*, trans. Richard J. Blackwell, Bobbs-Merrils, 1963, p.39.

方式），也不是属于事物自身的规定。[1]

　　康德这里明确主张，先验哲学并不涉及事物的实存，即先验哲学在本体论上是中立的。首先，它并不预设任何超感性的一般对象的实存。其次，它也不预设经验对象的实存，因为对先验哲学来说，经验对象的实存恰恰是先验追问的结果，而不是先验哲学可以预设的前提。如果我们首先假定经验与经验对象已经被给予了我们，然后去探寻它们的可能性条件，那么这只能是一种自然科学的推理方式。钱捷先生指出，这种观点的谬误之处在于，它把先验哲学的结果当成了前提，因为在康德的先验哲学中，在范畴的先验演绎之前，任何对经验与经验对象之可能性的断言都必然借助于某种超越性，因而根本不具有明见性。[2]

　　据此我们可以说，本体论上的中立性就是先验哲学与形而上学 / 本体论的根本区别所在。

　　形而上学的思维方式源自一种素朴实在论，或者说是一种直向的自然意识；这种自然意识的最大特征在于，它设定了对象（形而上学的对象或者经验的对象）在我们之外实存。谢林把这种认为物在我们之外实存的素朴实在论称为一切成见中最根本的成见。[3]这同样是康德的立场，虽然康德强调，"恰恰由于知性承认现象，它也就承认了物自身的实存（Dasein），而这样一来我们就可以说：这些作为现象的基础的存在物（Wesen），从而纯然的知性存在物，其表象就不仅是允许的，而且还是不可避免的"。[4]但我们不能由此推出，康德设定了一个在我们之外的、形而上学对象的世界的实存，因为"实存（Dasein）"作为一个仅仅用于直观之中才拥有客观实在性的范畴，用于物自体根本不能带来关于物自体的任何知识。

　　我们当然可以拥有关于物自体（Ding an sich）的表象，因为物自体并不是一个不可思的悖谬之物（Un-ding），而是可以被合理地思维的广义的物（Ding）；本文接下来的分析还将表明，在康德先验哲学的语境中，就

[1] 康德：《未来形而上学导论》，李秋零译，中国人民大学出版社，2013 年，第 36 页。
[2] 钱捷：《超绝发生学原理》（第一卷），中国社会科学出版社，2012 年，第 30—42 页。
[3] 谢林：《先验唯心论体系》，梁志学、石泉译，商务印书馆，1983 年，第 10—12 页。
[4] 康德：《未来形而上学导论》，李秋零译，中国人民大学出版社，2013 年，第 56 页。

我们理解关于物的表象是如何可能这个问题而言，引入物自体的概念甚至是必须的；但我们根本没有关于它们的直观，这就意味着，我们不可能进一步把物自体表象为在我们之外的"对—象（Gegen-stand）"，而只能把它仅仅视为在我们之内的单纯主观的思维表象。因此，当康德把"Dasein"用于物自体时，并不是在范畴的意义上来使用这个术语的，我们当然也就不能由此得出关于物自体的任何本真意义上的知识。

在康德那里，与量、质和关系范畴不同，"Dasein"作为模态范畴，并不是关于对象的一个实在的谓词，即根本不是对对象的规定，而是对对象与我们的认识能力之关系的规定（A219/B266）。刘创馥先生据此把前三组范畴称为一阶（first-order）范畴，而把模态范畴称为二阶（second-order）范畴，后者不是对对象之内容的规定，而是对对象之概念的规定。[1] 因此，尽管我们可以做出很多关于物自体的表达，如物自体是非时空的，物自体是一个独立的实体等等，但是这些表达"不是关于物自体的知识，而是关于实存的条件与物自体之概念的知识"，它们"并没有规定物自体的任何属性，而是仅仅意味着，没有什么东西能够被归入物自体的概念之下"。[2] 因此，问"物自体是什么"或者"物自体具有什么属性"之类的问题就是误导人的；虽然我们可以说从否定的角度对物自体做出"规定"，如物自体不具有时空属性等，但我们不能认为这是关于物自体的知识，因为物自体根本没有作为对象被给予我们；盖耶尔的立场，即主张在康德那里物自体是非时空的，因此就是不成立的。[3]

由此我们就能更好地理解，为什么当康德回应对第一批判的批评时强调，他的先验观念论并不涉及物的实存，而是仅仅涉及物的感性表象，并且，"'先验'这个词在我这里从来没有意味着我们的知识与物的一种关系，而是仅仅意味着我们的知识与认识能力的关系"。[4] 显然，先验哲学

---

[1] Chong-Fuk Lau: Kant's Epistemological Reorientation of Ontology, *Kant Yearbook*, Vol.2, 2010, p.126—129.
[2] Chong-Fuk Lau: Kant's Epistemological Reorientation of Ontology, *Kant Yearbook*, Vol.2, 2010, p.137.
[3] Chong-Fuk Lau: Kant's Epistemological Reorientation of Ontology, *Kant Yearbook*, Vol.2, 2010, p.136.
[4] 康德：《未来形而上学导论》，李秋零译，中国人民大学出版社，2013年，第36页。

并不首先和直接着眼于知识与物的关系，而是着眼于知识与我们自身的认识能力的关系。因此，当康德追问经验与经验世界的可能性条件时，正如亨利希指出的，让我们明白了，"在意识生活中什么是从未主题化的基本信念：我们的出发点是，我们在一个世界之中生活，我们也称这个世界为'自然'"。[1] 先验哲学把这个经验世界或者自然的可能性主题化，因此"自然本身是如何可能的？"这一问题就成了"先验哲学可能触及的最高点"。[2]

这种主题化意味着，自然与对象世界的实存成了一个问题，先验哲学的目标即是追问经验与经验对象的可能性条件。因此，先验哲学就不可能预先设定任何对象的实存，也就是说，它在本体论上必然是中立的。就先验哲学是未来形而上学的预备来说，先验哲学不仅在本体论上是中立的，它还先于本体论；当然，这里的"先于"并不是时间意义上的，而是先验逻辑意义上的。正如亨利希指出的，先验哲学并不是关于对象世界的现实知识，而是先行于一切现实知识的一个视域，它的功能是敞开一个世界。[3] 因此，只有基于对先验哲学与形而上学的本质区分的先行理解，我们才能更好地理解现象与物自体的区分。

四、对阿利森的进一步考察

但是，由于我们总是在自然意识的视域中遭遇先验哲学的，自然意识的直接性也因此总是伴随着我们对先验哲学的理解。"两个世界"的解读最为明显地体现了这一点：认为物自体是在我们之外实存的超感官对象；而"一个世界"的解释虽然比前者更加合理，但仍然暗含着这种自然意识的直接性，因此，它虽然不是把物自体视为与现象不同的超感官对象，但仍然把它视为与现象同一的对象。但正如沃克指出的那样，谈论二者的同

---

[1] 迪特尔·亨利希：《自身关系：关于德国古典哲学奠基的思考与阐释》，郑辟瑞译，中国人民大学出版社，2017年，第128页。
[2] 康德：《未来形而上学导论》，李秋零译，中国人民大学出版社，2013年，第59页。
[3] 迪特尔·亨利希：《自身关系：关于德国古典哲学奠基的思考与阐释》，郑辟瑞译，中国人民大学出版社，2017年，第128—130页。

一是不可能的。而当阿利森强调康德在对刺激问题的说明中假定了经验的时空对象时，就暴露了他对先验哲学的根本性误解，即认为先验哲学包含着本体论的承诺，把现象与物自体视为两种考察视角下的同一对象就建立在这个误解之上。

因此，尽管阿利森正确地指出，康德在对刺激问题的说明中，"并没有提出关于心灵或本体自我如何以某种方式受到了一个非感性物触发的形而上学故事，它们仅仅规定了，在对触发的先验说明——对康德感性理论的解释需要这一说明——中，必须要如何来构想那进行触发的客体"，[1] 并据此深刻地批评了"两个世界"的解读模式把一种本体论上的二元论强加给康德，但阿利森仍然从一种方法论或者认识论上的二元论来理解康德，因此主张"刺激显然是一种认识论的关系"，[2] 从而再次陷入了自然意识的直接性之中。因为把刺激视为认识论的关系，必然预设了认识的对象已经被给予，因此我们就可以理解，为什么阿利森会强调，在康德对刺激问题的说明中唯一被假定的是经验的时空对象，但这与康德强调的先验哲学并不涉及物的实存，因此并不假定对象被给予出来是矛盾的。

可见，如何理解刺激学说中的因果关系，对物自体是否作为一个对象的问题来说就是至关重要的。尽管阿利森正确地指出，刺激关系并不是一个因果关系，但他仍然认为这种认识论关系与因果关系不可摆脱地关联在一起，[3] 而他此处所说的这种因果关系就是"两个世界"的解读模式中的因果关系，因此他只是把"两个世界"中作为超感官之物的物自体转换为与现象同一之物，但仍然保留了物自体的"对象"含义。

实际上，要理解这种因果关系，物自体的"对象"含义并不是必需的，维拉切克（Marcus Willaschek）对此提供了一种颇有意义的探讨。首先，虽然康德认为，如果我们的表象能够表象某个对象，那么表象与对象

---

[1] 亨利·E. 阿利森：《康德的先验观念论——一种解读与辩护》，丁三东、陈虎平译，商务印书馆，2014年，第105—106页。

[2] 亨利·E. 阿利森：《康德的先验观念论——一种解读与辩护》，丁三东、陈虎平译，商务印书馆，2014年，第96页。

[3] 亨利·E. 阿利森：《康德的先验观念论——一种解读与辩护》，丁三东、陈虎平译，商务印书馆，2014年，第96页。

之间就必须有某种因果联结。[1]但维拉切克指出，我们应该区分强的因果解释和弱的因果解释：强的因果解释是指，"如果 r 是某个对象 o 的表象，那么在 r 和 o 之间有一个因果关系，比如 o 在因果关系上取决于 r（至少部分地是由 r 引起的）或者相反"。[2]这种强的因果解释涉及对象的实在规定。弱的因果解释是指，"只有当 r 和 o 之间有一个因果关系，比如 o 在因果关系上取决于 r（至少部分地是由 r 引起的）或者相反，我们才能解释这个事实，即 r 是某个对象 o 的表象"。[3]与强的因果解释相比，这种弱的因果解释并不主张表象需要与对象之间的实在的因果关系，而仅仅是从先验的或者主观的角度主张，因果关系是我们理解表象与其对象之关系的条件。因此这里的因果关系不是客观的而是主观的，不是形而上学的而是先验的。

其次，这两种因果解释在康德那里都有充分的文本依据，但维拉切克充分论证了，弱的因果解释足以解释人的直观在本质上是感性的。[4]这就意味着，虽然我们的直观是感性的并因此需要接受对象的刺激才能去表象一个对象，而不能仅仅通过对对象的表象而产生这个对象的实存（就像理智直观那样），但我们却没有必要因此而预设对象（物自体或者现象）的实存，因为这样一种因果解释仅仅是我们理解我们的表象如何表象它的对象的主观条件，而不涉及对象之实存的客观条件。可见，维拉切克对刺激问题的解读更加切合康德所强调的，先验哲学并不涉及物的实存，而仅仅涉及我们关于物的感性表象。

恩斯卡特（Rainer Enskat）同样从因果性原理的角度指出：

与本体论的解释相反，"批判的因果原理"根本没有与以下直接的主

---

[1] 康德：《康德书信百封》，李秋零编译，上海人民出版社，2006 年，第 33—34 页。

[2] Marcus Willaschek: The Sensibility of Human Intuition- Kant's Causal Condition on Accounts of Representation, in *Kants Theorie der Erfahrung*, ed. Rainer Enskat, de Gruyter,2015, p.133.

[3] Marcus Willaschek: The Sensibility of Human Intuition- Kant's Causal Condition on Accounts of Representation, in *Kants Theorie der Erfahrung*, ed. Rainer Enskat, de Gruyter,2015, p.132.

[4] Marcus Willaschek:The Sensibility of Human Intuition–Kant's Causal Condition on Accounts of Representation, in *Kants Theorie der Erfahrung*, ed. Rainer Enskat, de Gruyter,2015, p.134—139.

张联系在一起，即采纳或假定状态或状态变化的实存，状态或状态变化之载体的实存，一个因果性的结构化过程或一个因果性的结构化世界的实存。相反，它只是主张，只有存在着以因果性的结构化过程（包括支撑它的实体）为基础的现象，经验才是可能的，并且经验也只是在存在着这样的过程的限度之内才是可能的。[1]

由此可知，阿利森陷入误区的根源在于他没有真正把握先验哲学在本体论上的中立性，没有把握康德所强调的，先验哲学是一门与形而上学不同的全新的科学，并需要完全独特的技术表达，因此，在他对现象与物自体这一对核心概念的解释中，仍然不可避免地掺杂了出自自然意识的理解。同时，与"两个世界"的解读模式一样，阿利森也是以第一批判和《导论》为主要文本依据，而这两部著作中处处存在的二元论痕迹，也为他们的解读提供了空间。但是，只要我们不首先和直接把先验哲学视为一种形而上学/本体论或者认识论学说，[2]而是遵从康德本人的意图，把它视为一门全新的科学，我们就能明白，康德的物自体概念并不包含任何本体论的承诺，因此，物自体既不是与现象不同的超感官对象，也不是与现象同一的对象。要言之，它仅仅是先验的、主观的，是我们理解经验与经验对象之可能性的条件，但本身不是任何意义上的对象。

不可忽视的是，康德也在很多地方把物自体称为一种"对象"，这一点需要从我们前面已经提及的"一般对象"的概念来理解："一切表象作为表象都有自己的对象，并且本身又都能是另外一些表象的对象。"（A108—109）我们拥有关于物自体的表象，并且能够进一步将这一表象视为对象，但是，"对一个对象是某物还是无进行区别就将按照范畴的秩序和指示来进行"（A290/B346）。由于我们并不拥有对物自体的感性直观，因此范畴就不能被应用于物自体，物自体这个一般对象对我们而言也

---

[1] Rainer Enskat: Kants Paradoxie der Erfahrung, in *Kants Theorie der Erfahrung*, ed. Rainer Enskat, de Gruyter, 2015, pp.42—43.

[2] 先验哲学虽然不是形而上学，但它毕竟是康德所构想的科学的形而上学的预备，因此康德有时又把先验哲学归入形而上学之下，甚至把先验哲学与本体论相等同（A845–A847/B873–B875）。这与本文的立场并不矛盾，因为本文强调的是，我们不能首先和直接把先验哲学视为形而上学/本体论。

必然只能是一个无而不是某物:"一个概念的这种完全没有任何可指出的直观与之相应的对象就等于无（Nichts），也就是一个无对象的概念（ens rationis）。"（A290/B347）因此，我们必须仔细辨析康德的"对象"概念所包含的某种程度上的含混与歧义。[1]

实际上，谢林在其《近代哲学史》中早已指出，如果把康德的物自体视为一个对象，那么它只能是永恒的精神实体即上帝，而通行的两种解读模式却从未意识到这个问题:"这个被设定在一切空间之外和一切绵延性及时间之外的东西，就它摆脱了一切空间而言，是一个精神性的东西，就它摆脱了一切时间而言，是一个永恒的东西。这个未知的东西如果不是上帝，还能是什么呢？但康德根本不想把它规定为上帝。"[2]确实如此，因为康德只是把物自体视为我们表象的理知根据，但谢林指出，"如果我们问道，什么东西能够既不在空间内也不在时间内，既不是实体也不是偶性，既不是原因也不是结果，那么我们必然会承认，那个未知的东西不再是康德所标记的 'x'（即一个数学方程里面的未知量），而是 '0'，也就是说，在我们看来，它已经是完全的无"。[3]谢林的这一结论完全符合本文上一段中对康德"一般对象"概念的分析。

谢林由此得出以下两个结论:第一，"实则按照他自己的概念，自在之物真可以说是一种木质的铁，因为如果它是物（客体），那么它就不是自在的，而如果它是自在的，那么它就不是物"。[4]因为根据康德的先验观念论，物或者说对象、客体，"在我们的思维之外没有任何以自身为根据的实存"（A491/B518）。因此，物自体这个概念就是悖谬的、不成立的:如果它是物，那么它就只能在我们的思维之内实存；如果它在我们的思维之外实存，那么它就不是物。第二，谢林进而认为，虽然康德把物自体称为我们的表象的理知的根据，但"'理知'一词可以仅仅具有一种逻辑意义，就此而言，它意味着那个理知东西与我们的表象之间仅仅是一种逻辑关

---

[1] 对康德"对象"概念之歧义性的详细分析，参见钱捷:《超绝发生学原理》（第一卷），中国社会科学出版社，2012 年，第 349—361 页。
[2] 谢林:《近代哲学史》，先刚译，北京大学出版社，2016 年，第 97 页。
[3] 谢林:《近代哲学史》，先刚译，北京大学出版社，2016 年，第 98 页。
[4] 谢林:《近代哲学史》，先刚译，北京大学出版社，2016 年，第 100 页。

系"。[1]

与通行的解释相比，谢林的分析指出了，只有消除物自体概念的形而上学的、本体论的承诺，即不再把它视为某种对象或者对对象的规定，仅仅从逻辑关系的角度才能合理地理解这个概念。因此，我们既不能彻底拒斥康德的物自体概念，也不能接受它的形而上学的承诺。实际上，谢林对康德的批评与康德在《遗著》中的反思具有相当程度的一致性。正如我们所见，《遗著》几乎不再给把物自体理解为某种对象留下多少空间，相反，《遗著》反复强调的是，物自体是一个没有现实性思想物，一个没有对象的空虚概念；物自体与现象之分的作用在于为表象指派一个位置，从而表明主体与表象的不同关系；物自体虽然只是一个没有对象的概念，一个思想物，但并不是悖谬之物（Un-ding）；相反，作为表象的单纯的主观规定根据，是一个必要的主观的原理。[2]

简言之，先验哲学的因果原理只是作为理解经验与经验对象之可能性条件的先验原理，而不是作为对象之实在规定的本体论或者形而上学的原理；前者是主观的、先验的，后者是客观的、形而上学的。物自体概念作为先验区分的结果，同样是一个单纯主观的、先验的概念或者原理，因此当康德说物自体刺激我们的感官、我们才能获得关于对象的表象时，我们就既不能在物理学也不能在本体论或者形而上学的意义上，而只能在先验哲学的意义上来理解这一点，即物自体仅仅是理解我们的表象与对象的可能性条件，以及理解二者之关系的主观原理，因为先验哲学根本不涉及对象的实存及其规定，而只涉及对象对于我们的认识能力来说的可能性条件。

因此，康德的物自体概念并不指称另一个与现象世界不同的或者与现象世界同一的世界。换言之，在先验观念论看来，经验世界虽然是现象世界，但它就是那个我们唯一可思的实在世界，物自体只是用以理解这个现

---

[1] 谢林:《近代哲学史》，先刚译，北京大学出版社，2016年，第100页。
[2] Kant, *Opus postumum*, ed. Eckart Förster, trans. Eckart Förster and Michael Rosen, Cambridge University Press, 1993, pp.173—186. 本文无法深入展开《遗著》中的物自体概念与第一批判和《导论》的不同及其原因，而只能仅限于指出，这并不意味着康德立场的变化，而是对第一批判和《导论》中容易带来歧义的物自体概念的进一步澄清。因此，谢林对康德的批评及其与《遗著》的高度一致，也可以用来支持本文对传统解读模式的批评。

象世界之可能性的单纯主观的、先验的原理。因此我们不能把物自体理解为以某种方式实存的对象。

五、结语

无论是"两个世界"的解释，还是"一个世界"的解释，都是基于一种形而上学的或者本体论的预设，从而把物自体理解为某种对象，或者是一种独立于心灵的对象，或者是与现象同一的对象。但它们忽视了康德先验哲学与形而上学的本质区别，即先验哲学在本体论上是中立的，因此先验哲学并不预设任何一般对象或者其他种类的对象的实存。换言之，先验观念论作为一种主观性哲学，并不直接涉及经验与经验对象本身，而是仅仅在经验与我们的认识能力之关系的层面上来研究经验的可能性条件，这就是康德所说的由先验哲学开启的"哥白尼革命"。

这里的困难在于，先验哲学作为一种思维方式的革命，与我们的自然意识是相悖的，而这种自然意识却总是伴随着我们与先验哲学的遭遇以及对先验哲学的理解。康德也正是因此才频繁地强调先验哲学与形而上学的区分。因此，尽管第一批判与《导论》的文本允许对物自体概念的多种解读，但非对象视角的解读同时具有如下三个方面的优势，因而是更可取的：第一，在第一批判中有着明确的文本根据；第二，与《遗著》的立场完全一致；第三，符合康德频繁强调的先验哲学与形而上学的区分。

Are Kant's things in themselves Objects?
——Based on the Distinction between Transcendental Philosophy and Metaphysics

（ Chen Yongqing, School of Political Science and Public Administration, Henan Normal University, Xinxiang, 453007 ）

Abstract: The distinction between appearance and things in themselves is the central thesis of Kant's transcendental idealism, which is controversial up to now. The current interpretations of two-worlds and one-world, both of which presuppose that transcendental philosophy includes metaphysical or ontological precondition, thus take things in themselves as some metaphysical object or some object that is identical with appearance. But Kant emphasizes that transcendental philosophy is different from metaphysics, and the former doesn't include any ontological commitment at all, which means that transcendental philosophy doesn't assume the existence of any kind of object. Thus, the controversy of two-worlds and one-world is only "family disputes", and the controversy is criticized. Both Schelling's criticism and Kant's reflection in Opus Postumum about the concept of things in themselves indicate that the interpretation from the view of non-object is more advisable, which also has explicit textual evidence in Critique of Pure Reason.

Keywords: appearance; things in themselves; thought-entity; transcendental philosophy; metaphysics

论康德本体论证明批判思想的发展

——从《演证上帝存有的惟一可能的证明根据》到《纯粹理性批判》

舒远招　刘丹凤*

摘要：从《演证上帝存有的惟一可能的证明根据》到《纯粹理性批判》，康德本体论证明批判思想的发展主要体现在两个方面：一是《纯粹理性批判》否定了《证明根据》中康德自己所主张的"本体论证明"，即从作为一个结果的可能事物推出作为一个根据的"神的实存"的证明方式；二是《纯粹理性批判》推进了《证明根据》对笛卡儿派从作为一个根据的可能事物推出作为一个结果的上帝的存有的证明方式的批判。《纯粹理性批判》对笛卡儿派本体论证明的批判，要比《证明根据》中的批判更有层次性，也更加全面系统。此外，康德也采用了一些新的术语。其中最关键的术语创新，是把《证明根据》中的"存有"叫作"逻辑的谓词"，把《证明根据》中的"一个事物的谓词或规定"叫作"实在的谓词"。

关键词：康德；本体论证明；批判思想；发展

　　众所周知，康德在《纯粹理性批判》中把有关上帝存有（Dasein）[1] 的证明方式分为三种：自然神学的证明从确定的经验开始，并按照因果律而上升到世界之外的最高原因；宇宙论证明从某个"一般存有"的经验推出

---

* 作者简介：舒远招，哲学博士，湖南大学马克思主义学院教授，博士生导师，主要研究德国古典哲学，邮箱：shuyuanzhao@aliyun.com；刘丹凤，湖南大学马克思主义学院2017级马克思主义理论专业博士研究生。本文系国家重大招标项目《马克思与德国古典哲学关系的拓展性研究》（19ZDA019）的阶段性成果。

[1] 本文把 Dasein 译为"存有"，把 Existenz 译为"实存"，把撇开系词含义而专门表示"存在"的 Sein 译为"存在"，康德实际上交替使用这三个术语。另外，本文把包括系词在内的 Sein überhaupt 译为"一般的是"。

一个最高存在者的存有；本体论证明则完全先天地（a priori）从单纯概念中推出一个最高原因的存有。康德认为，宇宙论证明实际上以隐蔽的方式把本体论证明当成了自己的推论基础，即肯定了上帝这个最实在的存在者的概念也必然带有这个存在者的绝对必然性，同样，自然神学的证明也在任何时候都必须仰仗于本体论证明，因此，撇开其道德神学证明不论，便只有本体论证明所包含的才是"惟一可能的证明根据"（A625/B653）[1]了，这种"证明根据"是人类理性所不可忽略的。基于这种理解，康德把对本体论证明的批判置于对宇宙论证明和自然神学证明的批判之前，本体论证明批判思想在康德全部思辨神学批判中也就占有了至关重要的地位。

　　谈论康德的本体论证明批判思想，自然不能避开其写于前批判时期的《演证上帝存有的惟一可能的证明根据》一文（1763，以下简称为《证明根据》）[2]。从《证明根据》到《纯粹理性批判》，可以清晰地看出康德本体论证明批判思想由前批判时期到批判时期的发展。正如一些论者所指出的，康德在《证明根据》一文中已经批判了笛卡儿派的本体论证明，这表明康德的思想发展具有一定的连贯性[3]。但是，《证明根据》一文毕竟还尝试为上帝的存有作出一种"演证"，并且称之为"本体论证明"，这表明前批判时期的思想与《纯粹理性批判》中的思想相比还有很大的不同。另外，尽管《证明根据》和《纯粹理性批判》都批判了笛卡儿派的证明，但后者无疑更加全面系统，而且在一些用语上发生了改变。

---

[1]康德：《纯粹理性批判》，邓晓芒译，杨祖陶校，人民出版社，2004年，第493页。本文以下凡引用本书，都只列出皇家科学院版标准页码。A指第一版，B指第二版。
[2] Immanuel Kant. *Der einzig mägliche Beweisgrund zu einer Demonstration des Daseins Gottes*. Herausgegeben von Wilhelm Weischedel.In: Immnanuel Kant Werkausgabe II:Vorkritische Schriften bis 1768.Surkamp Verlag. Frankfurt am Main.2.–9.Aufl.–2003. 李秋零教授将康德这部论著译为《证明上帝存在惟一可能的证据》，见其主编的《康德著作全集》第2卷，中国人民大学出版社，2010年。本文引自《证明根据》的引文，参考了李秋零教授的译文。
[3]可参见赵林：《康德前批判时期关于上帝存在证明的思想纠结》，《华南师范大学学报》(社会科学版) 2015年第2期。该文提出，《纯粹理性批判》中的神学批判思想在前批判时期的《证明根据》一文中就已经"初具雏形"。该文还指出：在这篇早年撰写的长文中，康德一方面对传统的本体论证明和宇宙论证明进行了深入透彻的批判，另一方面却仍然试图为上帝存在寻找一种新的理性证明。这种矛盾表明，此时的康德正在休谟怀疑论的影响下，艰难而痛苦地挣脱着莱布尼茨—沃尔夫独断论的思想束缚。

本文试图表明，从《证明根据》到《纯粹理性批判》，康德的本体论证明批判思想的发展主要体现在两个方面：其一，《纯粹理性批判》否定了《证明根据》中康德自己所主张的"本体论证明"，即建立在"惟一可能的证明根据"之上的证明方式；其二，《纯粹理性批判》在吸收和保留《证明根据》中的批判思想的基础上，也推进了《证明根据》对笛卡儿派证明所作的批判，使得批判更富有层次性，更加全面系统。本文在第三部分中还将表明：《证明根据》所说的"Dasein 根本不是一个事物的谓词或规定"和 Dasein 作为"绝对的肯定"有别于"每一个本身在任何时候都仅仅在与另外一个事物的关系中被设定的谓词"，在《纯粹理性批判》中被说成了"逻辑的谓词"不同于"实在的谓词"。

一、《纯粹理性批判》否定了《证明根据》中康德主张的 "本体论证明"

康德在《纯粹理性批判》所批判的本体论证明，主要是笛卡儿派的证明，他还明确提到莱布尼茨的名字（A602/B630）。但在《证明根据》中，他其实并没有把笛卡儿派的证明叫作"本体论证明"。在这里，他所谓的"本体论证明"，特指他自己主张的证明方式，即从作为结果的可能事物推出上帝的实存。《纯粹理性批判》放弃或否定了康德自己在《证明根据》中所主张的这个"本体论证明"，这可以视为康德本体论批判思想的一大发展。在批判笛卡儿派本体论证明的同时还主张另外类型的本体论证明，这表明《证明根据》中的本体论证明批判思想还具有很大的局限性，而这种局限性在《纯粹理性批判》中得到了很大程度的克服。

在《证明根据》的第三章（Dritte Abteilung）中，康德把关于上帝存有的所有证明根据分为两大类，即要么"从单纯可能事物的知性概念中"（aus den Verstandsbegriffen des bloß Möglichen）得到，要么"从实存事物的经验概念中"（aus dem Erfahrungsbegriffe des Existierenden）得到。第一种情况又分为两个做法：要么是从作为一个根据的可能事物推出作为一个结果的上帝的存有；要么是作为一个结果的可能事物推出作为一个根据的

"神的实存"（die göttliche Existenz）。第二种情况同样被分为两种做法：要么是从我们经验到其存有的东西推出一个第一的和独立的原因的实存，并借助于解析该概念而推出该原因的神的属性；要么是从经验教导的东西直接推出第一因的存在及其属性。[1]

于是，康德便把全部证明根据分成了两大类和四小种：第一类的第一种做法是笛卡儿派所为，第二种做法是康德自己的主张，他并且把这种做法叫作"本体论证明"[2]；第二类的第一种做法在康德看来很著名，尤其是通过沃尔夫学派的哲学家们而"声名鹊起"，大致对应于《纯粹理性批判》中的宇宙论证明，而第二种做法在康德看来很古老，但通过德勒姆（Derham）、纽文迪特（Nieuwentyt）等人的努力而被发扬光大，大致相当于《纯粹理性批判》中的自然神学（目的论）证明，但康德在《证明根据》中把这种做法叫作"宇宙论证明"[3]。在这四种证明中，康德明确否定了第一种笛卡儿派的做法和第三种沃尔夫学派的做法，即《纯粹理性批判》中所说的本体论证明和宇宙论证明。在他看来，说到底只有他自己主张的"本体论证明"和第四种"宇宙论证明"才是可能的。他承认这种"宇宙论证明"（实即目的论证明）具有生动感人的优点，但从逻辑的完备性和精确性的角度来看，他认为只有他自己主张的"本体论证明"才建立在"惟一可能的证明根据"之上，才具有一种演证所要求的"明晰性"。

在《证明根据》第一章（Erste Abteilung）的第二个考察中，康德论述了以一种存有为前提的"内在可能性"。他首先区分了可能性的两种含义：其一，是可能性的"形式的东西"或"逻辑的东西"，这是指凡是可能的东西都不能自相矛盾；其二，是可能性的"质料的东西"或"实在的东西"，

---

[1] Immanuel Kant. *Der einzig mägliche Beweisgrund zu einer Demonstration des Daseins Gottes*. Herausgegeben von Wilhelm Weischedel.In: Immnanuel Kant Werkausgabe II:Vorkritische Schriften bis 1768.Surkamp Verlag. Frankfurt am Main.2.–9.Aufl.–2003. S.729—730.
[2] ibid.S.734.
[3] ibid.

这是指可能事物的"材料"或者"质料"[1]。例如，一个具有四个角的三角形是绝对不可能的，因为在其自身包含了矛盾。但一个三角形和一个具有四个角的东西都是一个可能的事物，它们所包含的"材料"或"质料"都是可能的。因此，不仅在一切自相矛盾的场合没有了内在可能性，而且在没有"材料"或"质料"可以思维的情况下也没有了内在可能性。所有可能的事物不仅具有符合矛盾律的逻辑关系，而且都是某种可以被思维的东西。康德由此提出：如果人们取消了一切存有，则没有质料的东西成为可以思维的东西，而且一切可能性也就被取消了。虽然否定一切实存并不会有什么矛盾，但是，有某种可能性却根本没有任何现实之物，这是自相矛盾的，"因为如果没有任何东西实存，也就没有任何在此被思维的东西被给予，而且如果人们依然想要某物是可能的，就会陷入自相冲突"[2]。他的意思是：说没有任何东西实存，就等于说根本就没有任何东西，而在此情况下再说有某物是可能的，这是自相矛盾的。所以，事物的内在可能性要求我们承认某种东西实存，绝对不可能没有任何东西实存。

康德进而提出：一切可能性都是在某种现实之物中被给予的，要么是作为这个现实事物的一种规定，要么是通过该物而作为一个结果。他并且把这个现实之物就归结为上帝，认为上帝的内在可能性就是其规定，而上帝之下的万物的可能性则来源于上帝（上帝是一切可能性的最终实在根据）。由于取消上帝的存在会从根本上取消一切可能性，因此上帝的存在就是必然的。他还把上帝这个必然的存在者从本质上说成是惟一的，是简单而不可分的，是不变的和永恒的，就其本性而言是一种精神。康德还认为，上帝包含了最高的实在性，但并不包含一切实在性，其自身的实在性

---

[1] 后文还将进一步表明：康德对可能性的"逻辑的东西"和"实在的东西"的这一区分，不同于康德在《纯粹理性批判》反驳本体论证明时所提出了"逻辑可能性"与"实在可能性"的区分。因为"实在可能性"是指建立在经验基础上的事物的可能性，大致对应于"可能性"模态范畴，而这里所谓可能性的"实在的东西"则仅仅是指构成一个可能事物的"材料"或"质料"，是我们所设想的一种东西，如一个可能的三角形必定包含了三个角、三条边等。

[2] Immanuel Kant. *Der einzig mägliche Beweisgrund zu einer Demonstration des Daseins Gottes*. Herausgegeben von Wilhelm Weischedel.In: Immnanuel Kant Werkausgabe II:Vorkritische Schriften bis 1768.Surkamp Verlag. Frankfurt am Main.2.–9.Aufl.–2003.S.638.

固然就是其谓词或规定，但其他事物的实在性则是其结果。可见，他把事物的实在性与质料的可能性大致等同了起来。在第四个考察的"结束语"中，他还指出：他所给出的有关上帝存有的证明根据，仅仅建立在"某物是可能的"这一基础上。因此，他的"本体论证明"就是一种"可以完全先天地作出的证明"[1]。

但是，这一证明在《纯粹理性批判》中被否定了。在《纯粹理性批判》中，"本体论证明"一词仅用于指称笛卡儿派从逻辑上可能的最实在的存在者概念推出该存在者存有的做法。不仅如此，在论述上帝这个"先验理想"时，康德还明确指出：理性把诸物的一切可能性都看作是从一个惟一的、作为基础的、也就是最高实在的可能性派生出来的，并且由此预设了这种可能性是包含在某个特殊的原始存在者即上帝之中的，这是一种"自然的幻觉"（A582/B610）。在他看来，理性固然可以通过最高实在性的单纯概念而将原始存在者规定为惟一的、简单的、完全充足的、永恒的等等，并把上帝理念作为一切实在性的概念而建立为一般事物的通盘规定的基础，但并不要求这一切实在性被客观地给予出来并构成一个事物，这样一个事物是我们的"一个单纯的虚构"（A580/B608），而我们并没有权利作出这类虚构。对康德而言，上帝只是一个调节性的理念，并无客观实在性，因而我们不应将这个"单纯的表象"制作成"客体"，并将其实在化，乃至于人格化。

在这里，康德放弃了《证明根据》中的做法：把一个现实事物的存在当作可能性的前提，而是仅仅把上帝这个可能之物当作一切事物之可能性的先验质料方面的条件。在他看来，每个概念或可能的事物都首先需要从属于"可规定性原理"（A571/B509）：在每两个相互矛盾地对立着的谓词中只有一个可以归之于一个概念，这是一条单纯逻辑的原则，大致对应于《证明根据》中所说的可能性的逻辑的或形式的东西。与此同时，每个事物按其可能性而言还需要从属于"通盘规定原理"：在一个事物的一切可

---

[1] Immanuel Kant. *Der einzig mägliche Beweisgrund zu einer Demonstration des Daseins Gottes*. Herausgegeben von Wilhelm Weischedel.In: Immnanuel Kant Werkausgabe II:Vorkritische Schriften bis 1768.Surkamp Verlag. Frankfurt am Main.2.–9.Aufl.–2003.S.653.

能的谓词中，必然有一个谓词是应该归于该物的（A572/B600）。这就超出了矛盾律的要求，而在与可能性总体的关联中来看待每个可能的事物，把每个事物的可能性看作是对可能性总体的一种分有。于是，每个事物在其通盘规定中的可能性，就大致对应于《证明根据》中所说的可能性的质料的或材料上的东西。康德由此提出：对一切可能的谓词，我们都可以超出单纯逻辑方面的考虑而关注到其"先验的肯定"，这就是其"实在性"（事实性），它意味着"一个某物，其概念自在地本身就表达了一个是"（A574/B602）。而每个事物的实在性（可能性）都被理解为要以上帝这个"先验基底"为基础，而这个先验基底似乎包含了全部材料储备，因而一切事物的可能的谓词都可以从这个先验基底中取得。上帝本身也是得到通盘规定的，这就是他所包含的一切可能的先验谓词，如全知、全能、永恒等（A641—642/B669—670）。凭借这些先验肯定或先验实在性而得到通盘规定的上帝理念，构成了其他一切事物的通盘规定的基础，构成了这些事物的可能性的至上的和完备的质料条件。在更精确的规定中，康德还把上帝的最高实在性说成是一切事物的可能性的"根据"而非"总和"（A579/B607），并且把事物的规定或谓词当作了上帝这个根据的"结果"。康德的这些说法与《证明根据》中的说法大同小异，两者之间最有决定意义的区别仅在于：在《纯粹理性批判》中，上帝这个先验理想始终只是一个可能的事物，一个单纯的思想物，而不像在《证明根据》中那样被说成是一个"现实事物"。概言之，康德不再把现实事物当作事物可能性的前提，这就明确否定了《证明根据》所说的"惟一可能的证明根据"或"本体论证明"。

二、《纯粹理性批判》推进了《证明根据》对笛卡儿派本体论证明的批判

我们看到，《证明根据》已经展开了对笛卡儿派证明（当时并未称之为"本体论证明"）的批判，这与《纯粹理性批判》先验辩证论第三章第四节"上帝存有之本体论证明的不可能性"对笛卡儿派本体论证明

的批判具有一致性，表明康德在前批判时期就已经否定了笛卡儿派的本体论证明。

1.《证明根据》对笛卡儿派本体论证明的批判

《证明根据》抓住了笛卡儿派证明的主要问题，这就是把上帝的存有混淆为上帝概念所包含的谓词。笛卡儿派试图从作为一个根据的可能事物推出一个作为结果的上帝的存有，也就必须通过分析上帝这个可能事物的概念而在其中发现其存有，如此一来，就必然会把存有与上帝概念所包含的谓词（规定）混淆起来。康德在检查笛卡儿派的证明时提到，人们在作出此类证明时，还首先想象出一个可能事物的概念，并设想所有真正的完善性都统一在它里面，于是认定存有也是一种完善性，于是便由一个最完善的可能事物的可能性推出其实存 [1]。但是，针对笛卡儿派的上述做法，康德指出存有根本就不是一个可能事物的谓词（规定），因而也不是完善性的谓词，由此否决了这一证明的可能性。康德的这一批判确实抓住了笛卡儿派证明的要害：人们在试图从一个单纯可能的概念推出绝对必然的实存时，总是在这样一个仅仅可能的存在物的谓词中去寻找存有，但存有却根本不在其中，因此此类寻找是徒劳的。

康德认为，存有根本不是一个（可能的）事物的谓词或规定，但如果人们正确地理解了它的含义，由此不再像笛卡儿派那样从仅仅可能的概念中推出它，则人们也可以把这个表达当作一个谓词来用。在存有作为一个谓词出现于普通用语的所有场合中，它与其说是"事物本身"（Dinge selbst）的一个谓词，倒不如说是我们关于该事物的思想的一个谓词。例如，说独角海兽具有实存，这无非是说独角海兽的表象是一个经验概念。人们必须亲自看到了独角海兽，或者至少听看到过它的人说起，才能确认它是否真的实存。因此，说"独角海兽是一种实存着的动物"，这并非完全正确的表述，正确的说法毋宁是："某个实存的海洋动物具有我在独角

---

[1] Immanuel Kant. *Der einzig mägliche Beweisgrund zu einer Demonstration des Daseins Gottes*. Herausgegeben von Wilhelm Weischedel.In: Immnanuel Kant Werkausgabe II:Vorkritische Schriften bis 1768.Surkamp Verlag. Frankfurt am Main.2.–9.Aufl.–2003.S.730.

海兽身上所设想的全部谓词。"[1]

　　《证明根据》不仅指出存有根本不是一个事物的谓词或规定，而是我们关于该事物的思想的谓词，表明我们关于某个事物的表象是一个经验概念，而且进一步指出存有是对一个事物的"绝对的肯定"，因而有别于"每一个本身在任何时候都仅仅在与另外一个事物的关系中被设定的谓词"[2]，即由系词在主谓词之间的逻辑关系中设定的谓词。康德把"肯定"或"设定"与"一般的是"（Sein überhaupt）视为同一的，并认为"一般的是"包含了两层含义：一是系词，它是一个判断中的联结概念，在这里，某种东西可以仅仅在关系中被设定，或者更确切地说，仅仅被设想为作为一种特征的东西同另外一个事物的关系；而在"绝对的肯定"这里，自在自为的事物被看作是被设定的，此时的 Sein 就等同于存有即 Dasein。康德在此不仅把存有这种绝对的肯定同系词在主谓词关系中的设定区别开来，而且把绝对的肯定同系词所设定的谓词区别开来。

　　康德还举例指出：当我说"上帝是全能的"时，所考虑的仅仅是主词"上帝"与谓词"全能"之间的逻辑关系，把全能仅仅当作上帝的一个"特征"来加以述说，而并未由此包括对上帝存有或实存的肯定。上帝的实存并不像"全能"那样包含在上帝这个主词概念中。即使不认识上帝存有的人，只要他很好地理解我如何使用上帝概念的，也会把"上帝是全能的"判断为一个真实的命题。但上帝的存有却属于他的概念如何被设定的方式，因为存有不属于上帝的谓词。因此，当我说"上帝是一个实存的事物"，这似乎并不正确地在把实存当作包含于上帝主词概念中的一个谓词来加以述说，包含了存有与谓词的一种不经意的混淆。因而准确的说法应该是："一个实存的事物是上帝，即它具有我们借助于上帝这个表述所表示

[1] Immanuel Kant. *Der einzig mägliche Beweisgrund zu einer Demonstration des Daseins Gottes*. Herausgegeben von Wilhelm Weischedel.In: Immnanuel Kant Werkausgabe II:Vorkritische Schriften bis 1768.Surkamp Verlag. Frankfurt am Main.2.–9.Aufl.–2003.S.631.
[2] Immanuel Kant. *Der einzig mägliche Beweisgrund zu einer Demonstration des Daseins Gottes*. Herausgegeben von Wilhelm Weischedel.In: Immnanuel Kant Werkausgabe II:Vorkritische Schriften bis 1768.Surkamp Verlag. Frankfurt am Main.2.–9.Aufl.–2003.S.632.

的全部谓词。"[1]

《证明根据》批判笛卡儿派本体论证明的这些思想都在《纯粹理性批判》中得到了保留，并构成了康德进一步批判笛卡儿派证明的要点。著名的"Sein 显然不是实在的谓词"（A598/626）命题，就与"存有根本不是一个事物的谓词或规定"具有一致性。另外，《证明根据》中认为存有超出了主词概念，需要通过经验来确证的思想，也与《纯粹理性批判》中对"实存概念的精确规定"相对应，后者也强调一个事物的实存需要被知觉到，由此把实存当作一个经验概念。但是，《纯粹理性批判》不仅在具体表述上与《证明根据》有了变化，例如采用了"Sein 显然不是实在的谓词"和"实存概念的精确规定"之类的说法，而且对笛卡儿派本体论证明的论证程序作了更有层析性的叙述，因而其反驳也更加全面系统。

2.《纯粹理性批判》在哪些方面推进了对笛卡儿派本体论证明的批判

《纯粹理性批判》叙述了笛卡儿派两个"版本"的本体论证明，这是《证明根据》所没有作出的，这就从根本上决定了《纯粹理性批判》中的批判更富有层次性。在这里，我们依据康德对笛卡儿派的普通版证明和加强版证明的批判，来看看他在保留《证明根据》的批判思想的同时做了哪些推进。

（1）康德对普通版笛卡儿派证明的批判

所谓普通版证明，就是一般的证明，即从一个绝对必然的存在者概念推出其必然存有或实存的证明。康德指出，人们仅仅从名义上解释"绝对必然存在者概念"，把绝对必然存在者说成是"其非存在是不可能的某种东西"（A592/B620），认为一旦否定其存有，就会导致该概念自相矛盾。如笛卡儿还举例表明：上帝的存有就像三角形有三个角一样是绝对必然的。康德在反驳时提出："判断的无条件的必然性并不是事物的绝对必然性。"（A593/B621）虽然在存有三角形的情况下它必然有三个角（逻辑必然性），但并不意味着有三个角的三角形必然存有（事物必然性）。同样，"上帝是

---

[1] Immanuel Kant. *Der einzig mägliche Beweisgrund zu einer Demonstration des Daseins Gottes*. Herausgegeben von Wilhelm Weischedel.In: Immnanuel Kant Werkausgabe II:Vorkritische Schriften bis 1768.Surkamp Verlag. Frankfurt am Main.2.–9.Aufl.–2003.S.633.

全能的"是一个具有逻辑必然性的命题，但这种必然性并不等同于上帝的必然存有。由于这两种必然性的不同，导致了取消上帝的存有并不会导致矛盾。这就是说，如果我把存有事先设定在一个概念中，则取消其存有会导致该概念自相矛盾，但如果我把主词本身也随同谓词一并取消，那就没有矛盾了。因此结论是：由于在取消上帝主词的同时取消谓词不包含矛盾，因而不能单凭纯粹先天的上帝概念发现其不可能存有的任何标志（A596/B624）。

"判断的无条件的必然性"与"事物的绝对必然性"之间的区分，确乎可以说是对《证明根据》中的类似区分的一种采纳和发挥。在《证明根据》中，康德区分了"逻辑的必然性"与"存有的必然性"，即"绝对的实在的必然性"（die absolute Realnotwendigkeit）[1]。他也提出，取消了一个可能事物的存在，并未取消该事物与其谓词之间的逻辑关系。这表明，康德把一个可能事物与其包含的谓词之间的逻辑上必然的关系，与包含这些谓词（规定）的这个可能事物的"存有"区分开来，即认定"存有根本不是一个事物的谓词或规定"。但我们也要看到，在《纯粹理性批判》中，康德是想通过两类必然性区分来否定笛卡儿派的普通版证明，而在《证明根据》中，康德尽管通过这一区分而批判了笛卡儿派证明，但毕竟还试图表明：在他自己的"本体论证明"中，这种区分还具有正面的意义，即肯定了上帝具有绝对的实在必然性。如前所述，康德是想通过把必然要有某种事物的存在当作事物的可能性的最终根据，由此他肯定了有一个绝对必然的存在者即上帝实存。

（2）从康德对加强版笛卡儿派证明的批判

所谓加强版证明，是康德在"上帝存有之本体论证明的不可能性"一节的第七段中叙述的，特指进一步将"绝对必然的存在者"理解为"最最实在的存在者"（das allerrealste Wesen），并且由这个"最最实在的存在者"的概念推出该存在者的必然存有。康德设想，笛卡儿派可能会进一步

[1] Immanuel Kant. *Der einzig mägliche Beweisgrund zu einer Demonstration des Daseins Gottes.* Herausgegeben von Wilhelm Weischedel.In: Immnanuel Kant Werkausgabe II:Vorkritische Schriften bis 1768.Surkamp Verlag. Frankfurt am Main.2.–9.Aufl.–2003.S.643.

提出：在最最实在的存在者概念中，其对象的不存在是自相矛盾的。"你们说，这个存在者具有一切实在性，你们也有权假定这样一个存在者是可能的（这一点我暂且承认，尽管这个不自相矛盾的概念还远未证明该对象的可能性）。现在，在一切实在性中也包含了存有，因而存有寓于一个可能事物的概念中。那么，如果该物被取消，则该物的内在可能性也会被取消，而这是矛盾的。"（A596—597/B624—625）这段话的最后一句表明了笛卡儿派会反对把存有从"最最实在的存在者"概念中取消，因为这会导致取消其内在的可能性，因而自相矛盾。但这个最终结论建立在"存有寓于一个可能事物的概念中"这个结论的基础上，而后者是通过一个不太标准的三段论推理得到的。这一推理大致是：A.最最实在的存在者具有一切实在性，而且是可能的（大前提）；B.现在，在一切实在性中也包含了存有；C.因而存有寓于一个可能事物的概念中（结论）。

在接下来的八至十三段中，康德对这个加强的证明作出了全面系统的批判。由于加强版证明包含诸多环节，因而康德对之展开的批判就显得比《证明根据》中的批判更加复杂。我们认为，与《证明根据》中的批判相比，康德对这个加强版证明的批判主要在以下几点上有所推进：

首先，康德在总体回应中提出了三个观点，是《证明根据》中所未见的。

总体回应是在本节第八段作出的，康德在这一段中提出了三个观点：其一，当笛卡儿派"不论以何种暗藏的名目把该物实存的概念塞进了一个只能按照其可能性来思考的事物概念中"（A597/B625）时，便陷入了自相矛盾；其二，如果笛卡儿派把实存性命题当作分析命题（他们也正是这样做的），则通过该物的存有对该物的思想没有任何增加，但如此一来，就要么把心中的思想当成了事物本身，要么预设了一种存有是属于可能性的，然后以此为借口从内在可能性中推出了这一存有，而这无非是"一种可怜的同义反复"（A597/B625）；其三，如果笛卡儿派承认实存性命题是综合的，就像每个有理性者必须明智地承认那样，则取消存有就不会有任何矛盾（A598/B626）。第一个观点是康德对笛卡儿派的一种反击，认为他们把实存塞进一个事物概念中的做法"自相矛盾"；第二个观点指出了笛卡儿派通过把实存性命题当作分析命题的方式而陷入了"同义反复";第三个观点通过指出实存性命题的综合性而表明了取消实存不会导致矛盾。这些说法都是《证明根据》所没有的。值得注意的是:康德在指出笛卡儿派在作同义反复时还指出,"实在性"一词——在事物概念中的"实在性"听起来不同于谓词概念中的"实存"这个词——也无助于克服其同义反复。"因为如果你们把所有的设定(不论你们设定什么)都称为实在性,则你们就已经把这个事物连同其一切谓词都设定在主词之中了,并假定它是现实的,而在谓词中你们只是重复这一点。"(A597—598/B625—626)这表明:笛卡儿派把实存混淆为上帝概念所包含的实在性,这并未克服同义反复,因为如此一来,对主词(上帝)连同其一切谓词的设定,也就像系词对谓词的设定那样,仅仅是在上帝主词概念中进行了。

其次,康德针对加强版证明混淆 Dasein 与上帝的实在性的小前提,而提出的"Sein 显然不是实在的谓词"命题,这与《证明根据》中"Dasein 根本不是一个事物的谓词或规定"命题在表述上有了区别。

直接可以看出的区别有二:一是主语的区别,《纯粹理性批判》反驳本体论证明一节第十段一开始提出的"Sein 显然不是实在的谓词"命题,主语是 Sein(相当于《证明根据》中的 Sein überhaupt),而《证明根据》中"Dasein 根本不是一个事物的谓词或规定"命题中的主语是 Dasein,即存有;二是谓语的区别,康德用"实在的谓词"取代了"一个事物的谓词或规定"的说法。

主语外延的扩大,导致了康德在陈述 Dasein 不是实在的谓词时,不仅像《证明根据》一样论述了 Dasein 作为绝对的肯定同系词所设定的谓词的区别,而且指出了系词(Sein 的逻辑运用)与它所设定的谓词的区别。当然,由于 Sein 包含了 Dasein,所以两个命题并无矛盾,康德依然试图通过"Sein 不是实在的谓词"命题来澄清笛卡儿派加强版证明的小前提在 Dasein 与上帝实在性之间的混淆。Dasein 是对一个事物的肯定,当我把上帝连同其全部谓词总括起来说"上帝存在"(Gott ist)或"有一个上帝"(Es ist ein Gott)时,"我并没有为上帝概念增加新的谓词",而仅仅是把上帝设定在与我的概念的关系中。康德在此强调:一个可能事物所包含的谓词或规定，并不多于一个现实事物所包含的谓词或规定，这与《证明根据》中的思想是一致的。

谓语的改变很可能与加强版证明的推理前提有关：这一证明是从具有一切实在性的最最实在的存在者的概念出发进行推理的。因而当康德把"实在的谓词"界定为"一个事物的规定"（A598/B626）时，就是指上帝这类逻辑上可能的事物的"规定"或"特征"，即如"全能"之类的实在性。不过，在"Sein 显然不是实在的谓词"命题后面，康德所说的实在的谓词，是指"上帝是全能的"这个例句中用来指称"全能"的谓词"全能的"，它被说成是"关于可以加给一个事物的概念的某种东西的一个概念"。康德指出，在"上帝是全能的"这个命题中，不仅主词"上帝"拥有自己的客体"上帝"，而且"全能的"这个实在的谓词也拥有自己的客体"全能"，而全能可以加给上帝这个主词概念。从概念的角度看，"上帝是全能的"命题表达了上帝这个主词概念与全能的这个谓词概念的关系，而从概念的客体的角度看，系词"是"所设定的，是"上帝"与"全能"之间的逻辑关系。无论我们从何种角度来理解"实在的谓词"，这总是一个超出了《证明根据》的说法。

再次，康德针对加强版证明"存有寓于一个可能事物的概念中"这一结论，而提出了"实存概念的精确规定"，这也是《证明根据》所未见的一个新提法。

如前所述，康德在《证明根据》中指出，在存有出现于普通用语的所有场合，与其说它是事物本身的一个谓词，还不如说是人们关于该事物的思想的一个谓词。他还以独角海兽为例表明：说一个事物具有实存，这无非是说其表象是一个经验概念。人们必须亲自看到了独角海兽，或者至少听看到过它的人说起，才能确认它是否真的实存，这实际上已经诉诸经验来理解事物的实存了。这些说法，都符合康德在《纯粹理性批判》中的"实存概念的精确规定"的大意，即一个事物的实存需要有对该事物的经验知觉。但是，在《证明根据》中毕竟还未见"实存概念的精确规定"这一用语。而在《纯粹理性批判》中，康德在精确规定实存概念时引入了"现实性"模态范畴，并且将之同"可能性"模态范畴相对照。在他看来，在感官对象上，我们不可能把该物的实存与该物的单纯对象相混淆。"因为通过概念，对象只是被思考为与一般可能的经验认识的普遍条件相一致，但通过实存，它却被设想为包含在全部经验的连贯关系中的；因为通过与全部经验的内容的联结，关于对象的概念并没有丝毫增加，但我们的思维却通过这个内容而多得了一种可能的知觉。"（A600—601/B628—629）一个感官对象的实存，需要它被知觉到。但由于上帝是一个纯粹思维的客体，我们无法通过诉诸经验知觉来证明其存在，因此康德认为我们虽然不可以把上帝实存说成是绝对不可能的，但它却是一个我们无法为之作出辩护的"预设"。显然，"实存概念的精确规定"这一表述，在《纯粹理性批判》反驳笛卡儿派证明时发挥了更大的作用。

最后，康德针对加强版证明的大前提，提出了逻辑的可能性不等于实在的可能性，这是《证明根据》所没有的。

逻辑的可能性实际上是概念的不自相矛盾，可以归结为概念的可能性。由于包含一切实在性的最最实在的存在者概念并没有矛盾，因此康德承认它具有逻辑的可能性，如此一来，上帝这个概念的对象也就不是"否定的无"（nihil negativum）。但康德认为，不自相矛盾的概念还远不足以证明该对象就是可能性。如果一个概念借以产生的综合的客观实在性没有特别阐明的话，它就始终只是一个空洞的概念。但这种阐明却只能基于经验的原则，而不是基于分析的原理（矛盾律）。所以，康德警告不要从概念的逻辑可能性直接推出事物的实在的可能性。康德还指出，笛卡儿派的"最高存在者"的概念不仅没有扩展我们关于实存的东西的认识，而且也没有给我们提供其实在的可能性。显然，康德在此所说的实在的可能性，就是指一个感官对象的经验可能性，大致对应于"可能性"模态范畴，它并不仅仅基于分析的原理，而是基于经验的综合。所以康德指出：著名的莱布尼茨也未能做到"先天地洞察到一个崇高的理想存在者的可能性"（A602/B630）。正如前文已经提到的，我们需要注意：《纯粹理性批判》中关于逻辑可能性与实在可能性的这一区分，不同于《证明根据》中在可能性的逻辑的、形式的东西与可能性的质料的、实在的东西之间所作的区分，因为可能性的质料的或实在的东西并不是指经验可能性，而仅指一个概念所包含的"内容"，其实即一个概念的"内涵"，它恰好相当于《纯粹理性批判》中所说的"实在的谓词"，是可以加给某物概念的东西。

总之，由于康德在《纯粹理性批判》所叙述的笛卡儿派的证明包含了两个版本，而且加强版的证明中包含了诸多环节，这就决定了康德在这里所作的批判要远比《证明根据》中的批判全面系统，而且康德在批判中对《证明根据》中的一些表述作出了改变，甚至采用了《证明根据》中没有出现的新提法。

三、《纯粹理性批判》中的"一个逻辑谓词"和"一个实在谓词"指什么

在前文中，我们谈到了康德在《纯粹理性批判》中把《证明根据》所说的"一个事物的谓词或规定"叫作"实在的谓词"，这是表述上的一个明显的变化，但康德是把"实在的谓词"与"逻辑的谓词"相对的，所以，《纯粹理性批判》对笛卡儿派证明的批判，还包含了"一个逻辑谓词"和"一个实在谓词"的区分，这个"逻辑的谓词"和"实在的谓词"究竟指什么，在国内外康德学界存在广泛的争议，需要专门加以探讨。

康德是在反驳本体论证明一节第九段中提出逻辑谓词和实在谓词这对概念的。他写道："如果我不是发现混淆一个逻辑谓词和一个实在谓词（一个事物的规定）的幻觉几乎拒绝一切教导的话，我原本希望通过实存概念的一种精确规定来直接了当地瓦解这一挖空心思的论证。人们可以把自己想要的任何东西用作这个逻辑谓词，甚至主词也可以被自己本身所述说；因为逻辑抽调了一切内容。但规定是一个加在主词概念上、并扩大了主词概念的谓词。因而它必须不是已经包含在主词概念中的。"（A598/B626）这段话很容易让人产生错觉。由于这段话前面提到了"混淆一个逻辑谓词和实在谓词的幻觉"，所以人们往往认为，在论述了逻辑谓词之后，"但规定"一句肯定是在论述实在谓词，因而"但规定"中的"规定"也只能对应于前面括号中用来解释实在谓词的"一个事物的规定"，由此认为最后这句话是在说实在谓词是综合命题的谓词，实在谓词必须

不是已经包含在主词概念中的。康德《逻辑学讲义》中有关分析命题和综合命题的区分似乎支持了这一理解："综合命题在质料上（materialiter）增加认识；分析命题仅仅在形式上（formaliter）增加。前者包含规定（determitationes），后者仅仅包含逻辑的谓词。"[1] 于是，按照许多康德解读者的理解，本体论证明所混淆的逻辑谓词和实在谓词，就是分析命题包含的"逻辑谓词"与综合命题所包含的"规定"。

这是一种流行性的解读。国外学者采纳杰罗姆·舍弗（Jerome Schaffer）[2]、艾伦·伍德（Allen W.Wood，1978）[3]、阿利森（Henry E. Allison）[4]、尼古拉斯·史坦（Nicholas F.Stang）[5] 等学者意见都把"但规定"当作"实在谓词"，即综合命题所包含的规定。国内学者如赵林[6]、陈艳波[7]、洪楼[8]、俞泉林[9]、杨云飞（2012）[10]、王福玲[11]、胡好[12] 等人也在各自的文章中把"但规定"与"实在谓词"相对应，尽管他们在具体理解上其实也存在诸多分歧。当然，在把实在谓词理解为综合命题所包

［1］Immanuel Kant: *Logik*. Herausgegeben von Wilhelm Weischede. In: Immanuel Kant Werkausgabe VI, Suhrkamp Verlag, Frankfurt am Main, Erste Auflage 1977, S.542. 值得注意：原文中的 Bestimmungen 和 logische Prädikate 都是复数。

［2］Jerome Schaffer: "Existence，Predication，and the Ontological Argument". *Mind,New Series*, Vol.71, No.283（Jul.1962），pp.307—325.Oxford Unversity Press on behalf of the Mind Association.

［3］Allen W.Wood: *Kant's Rational Theology*. Cornell University Press, Ithaca and London, 1978.

［4］Henry E.Allison: *Kant's Transcendental Idealism*, *An Interpretation and Defense*. Yale University Press,New Haven and London,2004.

［5］Nicholas F.Stang: *Kant' Argument that Existence is not a Determination*. Phisosophy and Phenomenological Research.Vol.XCI No.3, November 2015.

［6］赵林：《从上帝存在的本体论证明看思维与存在的同一性问题》,《哲学研究》2006年第 4 期。

［7］陈艳波：《康德对"上帝存在的本体论证明"的批判中的"存在"论题》,《现代哲学》2009 年第 4 期。

［8］洪楼：《古典本体论证明及康德的反驳》,《武汉大学学报》（人文科学版）2012 年第 2 期。

［9］俞泉林：《康德〈纯粹理性批判〉中对上帝存在本体论证明的批判》,《青年时代》2017 年第 8 期。

［10］杨云飞：《康德对上帝存有本体论证明的批判及其体系意义》,《云南大学学报》2013 年第 4 期。

［11］王福玲：《康德对上帝存有之本体论证明的批判》,《学习月刊》2012 年第 4 期。

［12］胡好：《康德哲学中实在谓词难题的解决》,《现代哲学》2019 年第 4 期。

含的规定时，他们也就康德在此所说的"逻辑谓词"与分析命题所包含的规定对应起来了。[1]

　　当学者们作这样一种解读时，自然没有想到把"但规定"中的"规定"与"实存概念的精确规定"对应起来理解，没有意识到康德在此强调"实存概念的精确规定"是综合的实存性命题的谓词，是与第八段强调实存性命题必须是综合命题一致的。同时，人们也没有想到这里所说的一个逻辑谓词和一个实在谓词，就是笛卡儿派加强版证明小前提中的存有（Dasein）和上帝的实在性，也就是《证明根据》中"存有根本不是一个事物的谓词或规定"命题中的"存有"和"一个事物的谓词或规定"。这里的逻辑谓词就是指 Dasein 或 Existenz，只不过笛卡儿派将之当作了同义反复式的实存性命题的谓词，因而需要通过精确规定来真正超出主词概念；就笛卡儿派论证的小前提而言，这里的实在谓词就是上帝概念所包含的实在性（如全能），是上帝这类可能事物的谓词或规定，因而非但不是综合命题的谓词，而且恰好就是分析命题的谓词。[2]

　　依据《证明根据》中"存有根本不是一个事物的谓词或规定"来理解这里的逻辑谓词和实在谓词，我们立即可以发现《证明根据》中有别于存有的"一个事物的谓词或规定"，就是这里的实在谓词，等同于这里所说的"一个事物的规定"，两个表达也是相同的。《证明根据》把一个事物的谓词和规定看作可以替换的表达，在《纯粹理性批判》中，像上帝这类可能事物的规定也同时是其谓词，例如全能。而存有，则就是这里所说的逻辑谓词。

---

[1] 参见笔者（舒远招）在其他文章中对这种流行解读模式的批判性分析，如《论康德 Sein 论题中的逻辑谓词与实在谓词——从二项解读模式到三项解读模式》（《哲学动态》2020 年第 9 期），《实在谓词一定是综合命题的谓词吗？——就 Sein 论题中实在谓词的理解与胡好商榷》（《现代哲学》2020 年第 4 期）等。这些文章更详细地探讨了"但规定"何以不能与"实在的谓词"，而只能与"实存概念的精确规定"相对应。本文侧重于从《证明根据》关于 Dasein 的两个命题来论证康德所说的"逻辑谓词"与"实在谓词"，其实就是 Dasein（存有）或 Existenz（实存）与一个可能事物的谓词或规定。

[2] 在康德反驳笛卡儿派证明的语境中，主要讨论的是上帝的存有与上帝的实在性的关系，故本文在叙述中也聚焦于小前提的这两个方面。诚然，康德在叙述中也提到了一百塔勒，它作为一个可能的事物所具有的规定，也可以算作这里所说的实在谓词。在《证明根据》中康德也谈到了其他可能的事物，甚至谈到了可能的世界。

　　如前所述，《证明根据》不仅强调了"存有根本不是一个事物的谓词或规定"，而且在指出存有是一个事物的"绝对的肯定"时，还指出它由此而有别于"每一个本身在任何时候都仅仅在与另外一个事物的关系中被设定的谓词"，这就把存有与系词所设定的谓词区别开来，而后者正好是《纯粹理性批判》反驳本体论一节第十段所说的实在谓词，如"上帝是全能的"这个例句中的谓词"全能的"。康德在提出"Sein 显然不是实在的谓词"命题时，指出了 Sein 要么作为 Dasein 是对一个事物的肯定，要么作为系词（Sein 的逻辑含义）是对一个事物的"某些自在的规定本身"（gewisse Bestimmungen an sich selbst，A598/B626）的肯定。这里所说的一个事物的"自在的规定本身"，正好对应于第九段所说的"一个事物的规定"，而《证明根据》和《纯粹理性批判》同时给出的"上帝是全能的"这个命题中系词所肯定的"全能"即为例子。在《证明根据》中，康德指出全能是上帝的一个特征，与上帝这个主词具有逻辑关系；在《纯粹理性批判》中，康德指出系词所设定的谓词"全能的"，就是关于全能这个谓词客体的概念，而全能"可以加给上帝概念"，即为上帝概念所包含。

　　可见，《证明根据》中有别于存有的"一个事物的谓词或规定"对应于《纯粹理性批判》反驳本体论证明一节第九段所说的"实在的谓词"，即"一个事物的规定"（实在谓词客体，如全能）；《证明根据》中有别于存有的"每一个本身在任何时候都仅仅在与另外一个事物的关系中被设定的谓词"，则对应于《纯粹理性批判》反驳本体论证明一节第十段所说的"实在的谓词"，即"关于可以加给一个事物的概念的某种东西的一个概念"（实在谓词概念，如全能的）。

　　在《纯粹理性批判》反驳本体论证明第十段中，康德在说到笛卡儿派对 Dasein 概念的使用时，还提供了两个例句：（1）Gott ist；（2）Es ist ein Gott。第一个例子是把系词当作肯定上帝存在的逻辑谓词来使用，这就解释了第九段关于逻辑谓词的第一句话"人们可以把自己想要的任何东西用作这个逻辑谓词"，把系词当作逻辑（实存）谓词来用表明了笛卡儿派在逻辑谓词上的随意性，也表明了它把存在肯定（设定）混淆为系词肯定（设定）的错误。在第二个例子中，主词出现在了谓词的位置上，这就解释了第九段关于逻辑谓词的第二句话"甚至主词也可以被自己本身所述说"。因为康德在此所说的"一个逻辑谓词"特指"实存谓词",因而当康德说"逻辑抽调了一切内容"时,这首先是指这个实存谓词作为逻辑谓词不是主词概念所包含的一切实在性(实在谓词)。当然,笛卡儿派所肯定的上帝的实存也不具有经验内容,这是通过"实存概念的精确规定"才增加的(增加了一种"可能的知觉")。

总之,《证明根据》一文在存有(Dasein)与"一个事物的谓词或规定"之间的区分,或者在存有与"每一个本身在任何时候都仅仅在与另外一个事物的关系中被设定的谓词"之间的区分,在《纯粹理性批判》中被说成是逻辑谓词与实在谓词之分,这是《纯粹理性批判》在术语上的最大创新,也是康德本体论证明批判思想的一个特别的发展。我们不能采用《逻辑学讲义》中关于分析命题与综合命题的谓词的说法来解读《纯粹理性批判》中的逻辑谓词与实在谓词,否则,就不会看到康德对逻辑谓词与实在谓词的区分与《证明根据》批判笛卡儿派的核心思想的关联,也不会看到这一区分是直接针对加强版证明混淆 Dasein 与上帝的实在性的小前提而提出的。我们的解读也与康德的反驳程序相吻合:康德首先澄清了笛卡儿派在逻辑谓词(Dasein)与实在谓词(上帝实在性或关于上帝实在性的概念)之间的混淆,然后再通过"实存概念的精确规定"来瓦解本体论证明。

On the Development of Kant's Critical Thought of Ontological Proof

——From The Only Possible Argument in Support of A Demonstration of the Existence of God to Critique of Pure Reason

(Shu Yuanzhao, Liu Danfeng, School of Marxism, Hunan University, Changsha, 410082)

Abstract: The development of Kant's critical thought of ontological proof, from The Only Possible Argument in Support of A Demonstration of the Existence of God to Critique of Pure Reason, mainly reflects in two aspects: first, Critique of Pure Reason negates the "ontological proof" which Kant advocats in the The Only Possible Argument in Support of A Demonstration of the Existence of God, that is, the way of proving the "existence of God" as a ground from possible things as a result; second, Critique of Pure Reason promotes the criticism of Cartesian's way of proving the existence of God as a result from possible things as a ground. The critique of Cartesian's ontological proof in Critique of Pure Reason is more hierarchical and systematic than that in The Only Possible Argument in Support of A Demonstration of the Existence of God. In addition, Kant also adopts some new terms, the most innovation of which is calling the "existence" in The Only Possible Argument in Support of A Demonstration of the Existence of God as "logical predicate", and calling "a predicate or a determination of a thing" as "real predicate".

Keywords: Kant; ontological proof; critical thought; development

《神圣家族》和《关于费尔巴哈的提纲》的历史唯物主义

任帅军 *

摘要： 马克思如何转向历史唯物主义一直存在若干理论争议。如何界定历史唯物主义形成的最后阶段，《提纲》是《家族》的继续还是写作《形态》的直接原因，《提纲》是"新世界观"的萌芽还是基本纲领？通过比较《家族》和《提纲》可以提供新的解读意境：第一，历史唯物主义是在与同时代思想家的论战中逐渐形成的，从《家族》《提纲》到《形态》反映出历史唯物主义形成的一个完整理论过程；第二，《家族》和《提纲》在历史唯物主义形成中的不同作用对于理解和把握历史唯物主义有重要理论价值；第三，应当重视研究《家族》和《提纲》对历史唯物主义侧重点的强调；第四，历史唯物主义作为"历史科学"，通过融合辩证法和实践实现了世界观上的"哥白尼式革命"。通过比较研究，不仅能在很大程度上涵盖目前对《家族》和《提纲》中关于历史唯物主义研究的成果，而且对国内外关于这两个文本的研究提供了新的理论视角。

关键词： 历史唯物主义；《神圣家族》；《关于费尔巴哈的提纲》

历史唯物主义从一些重要观点的提出到成为科学理论体系，并不是在马克思早期的某一部论著当中就能完全涵盖的，而是在与同时代思想家的论战当中逐渐形成的，其理论成果就反映在《神圣家族》（以下简称《家族》）、《关于费尔巴哈的提纲》（以下简称《提纲》）和《德意志意识形态》

* 作者简介：任帅军，法学博士，复旦大学马克思主义学院讲师，从事《神圣家族》文本比较研究，邮箱：rsj0806@fudan.edu.cn。本文系 2020 年度教育部人文社会科学研究青年基金项目"基于美好生活视角下的《神圣家族》研究"（项目批准号：20YJC710050）的阶段性成果。

（以下简称《形态》）等文本当中。通过对《家族》和《提纲》的比较研究，不仅可以澄清马克思转向历史唯物主义的一些争论，而且可以从方法论高度揭示马克思形成历史唯物主义所经历的理论跨越，还能在对文本的关联分析中避免脱离文本之间所形成的历史语境而对其做出过高或过低的评价。例如，《家族》就在历史唯物主义形成中处于一个非常特殊的关键阶段，却长期不受重视。《提纲》却意外获得了学术界的青睐，被视为历史唯物主义形成中的一个重要文本。然而，《家族》正是马克思恩格斯实现对黑格尔辩证法进行系统反思和超越的一部重要理论著作。如果没有《家族》的面世，很难想象他们在形成历史唯物主义之前经历了什么样的思想转变。《提纲》是在《家族》的基础上对"新世界观"的继续阐发。马克思恩格斯在与同时代人论战的《家族》《提纲》中融合辩证法与实践，最终在《形态》中初步系统阐发了他们的"新世界观"。

一、回顾马克思转向历史唯物主义的若干理论争议

目前对马克思在何时形成历史唯物主义存有争议。这些争议主要集中在《家族》《提纲》《形态》等马克思早期著作当中。随之带来的问题是上述三部论著之间是一种怎样的思想关系，尤其是《提纲》在《家族》与《形态》之间扮演了什么角色？《提纲》到底是强调实践的社会维度还是历史维度，是"新世界观"的基本纲领还是只是萌芽？上述问题都可以视为如何看待历史唯物主义形成的子问题，本质上都是对马克思在何时转向历史唯物主义、怎样转向历史唯物主义的探讨。

1. 如何界定历史唯物主义形成的最后阶段？

在如何看待历史唯物主义形成的问题上，一种观点认为应当对《家族》予以高度重视。姜海波从《家族》是马克思早期思想演变的最后阶段[1]肯定了它对形成历史唯物主义的理论贡献，但没有看到马克思早期思想的演变还存在于《提纲》当中。刘秀萍认为马克思在《家族》中建立了

---

[1] 姜海波：《马克思恩格斯〈神圣家族〉研究读本》，中央编译出版社，2017 年，第72 页。

不是从观念和精神出发的"新哲学"架构，并用"新唯物主义""现代唯物主义"等称谓自己的哲学形态[1]。该主张看到历史唯物主义已经在《家族》中开始形成，但拔高了它的理论重要性，因为历史唯物主义的核心理论和系统阐释并未在《家族》中展开和完成。

另一种观点认为《提纲》在历史唯物主义形成中的作用不容忽视。张一兵认为《提纲》以实践概念确立了马克思新唯物主义哲学的创立起点标志[2]。该看法充分肯定了实践在形成历史唯物主义中的理论重要性，但是还应进一步指出历史唯物主义最为核心的概念是《形态》中的"物质生产"。孙伯鍨认为实践是人与自然界、社会的关系活动[3]，从而超越了把实践限定于某种具体活动的局限性。

历史唯物主义在形成过程中经历了《家族》对辩证法的反思，以及《提纲》对实践观的阐释。但是，历史唯物主义并没有在这两个文本中正式形成。在历史唯物主义形成之前，唯心史观大行其道，要么鼓吹辩证运动的观念史，要么只承认物质形态的自然史。马克思之所以会在此提出历史唯物主义的某些重要观点和理论，正是为了批判唯心史观。因此，这两个文本是历史唯物主义形成的"黎明期"。

2.《提纲》是《家族》的继续还是写作《形态》的直接原因？

《家族》正式出版后立即在当时引起争论。一派观点认为，《提纲》是《家族》的继续，不仅是对《家族》争论的回应，而且通过超越费尔巴哈继续清算了思辨唯心主义。"马克思关于费尔巴哈的提纲乃是他在前一时期（从1843年借助于费尔巴哈转向唯物主义到1845年初《神圣家族》的发表）提出的诸原理（辩证唯物主义和共产主义世界观）的进一步发展和总结；这个提纲也提出了新的问题，表述了辩证唯物主义和历史唯物主义

---

[1]刘秀萍：《思想的剥离与锻造〈神圣家族〉文本释读》，中国人民大学出版社，2018年，第429页。

[2]参见张一兵、姚顺良、唐正东：《实践与物质生产——析马克思主义新世界观的本质》，《学术月刊》2006年第7期。

[3]参见孙伯鍨：《马克思的实践概念——纪念〈关于费尔巴哈的提纲〉写作150周年》，《哲学研究》1995年第12期。

的新思想"[1]。在苏联学者的解读中《提纲》是对《家族》的一种延续。陶伯特在编 MEGA2/ Ⅰ /5 的过程中,通过考证《记事本》第 51 页紧挨着《提纲》第一条上面的四行笔记,也认为《提纲》与《家族》发表以后的反响有关[2]。

还有观点认为,《提纲》是写作《形态》的直接原因,是后者的"思想大纲"。理由是,马克思已经完成对思辨唯心主义批判的任务,而对费尔巴哈的批判则是在《提纲》和《形态》中共同实现的。巴加图利亚认为,马克思在 1845 年春与恩格斯见面后,向他表达了大致形成的新唯物主义想法,而《提纲》就是这一新世界观的第一个萌芽文件,于是他们决定共同正面阐发这个新世界观,《形态》是这一努力的成果[3]。

以上两种看法都有一定道理,但都不全面,因为它们没有客观反映出历史唯物主义形成的一个完整理论过程。历史唯物主义的形成是建立在反思、借鉴黑格尔辩证法和费尔巴哈唯物主义的基础之上。缺少了对其中任何一个方面的理论超越,历史唯物主义都不可能真正形成。《家族》只完成了对思辨唯心主义的理论超越,而对费尔巴哈的超越是通过《提纲》对实践的正面论述,最终在《形态》中对历史唯物主义的初步系统阐发完成的。《提纲》不仅是《家族》的继续,也是《形态》的思想纲领,反映了历史唯物主义形成中一个没有间断过的理论环节。

3.《提纲》是"新世界观"的萌芽还是基本纲领?

恩格斯在 1888 年发表《提纲》时,称它"作为包含着新世界观的天才萌芽的第一个文献,是非常宝贵的"[4]。这句话引发热烈讨论。有学者认为《提纲》是新唯物主义世界观的基本纲领[5],也有学者认为它仅仅包含

[1][苏]纳尔斯基等主编:《十九世纪的马克思主义哲学》(上),金顺福、贾泽林等译,中国社会科学出版社,1984 年,第 201 页。
[2]参见鲁克俭:《〈关于费尔巴哈的提纲〉的写作原因及其再评价》,《马克思主义与现实》2008 年第 5 期。
[3]参见鲁克俭:《〈关于费尔巴哈的提纲〉的写作原因及其再评价》,《马克思主义与现实》2008 年第 5 期。
[4]《马克思恩格斯文集》第 4 卷,人民出版社,2009 年,第 266 页。
[5]参见马拥军:《作为"非哲学"的新唯物主义世界观的基本纲领——与鲁品越教授商榷》,《河北学刊》2018 年第 4 期。

了"新世界观"的萌芽[1]。这场争论的实质是《提纲》中的"实践"概念是否具有社会性和历史性。"纲领说"一般持肯定态度；"萌芽说"却给出了否定回答，但也肯定了实践萌发"新世界观"的理论重要性。这就表明，"实践"概念是形成历史唯物主义的前件要素，这已成为一般共识。

需看到，对"实践"概念进行不同解读的实质是确证《提纲》反映了什么样的唯物史观。鲁品越认为《提纲》确立了以社会关系为核心的唯物史观[2]。该看法确实把握住了《提纲》的社会关系维度，但是缺失了从历史维度的解读。马拥军则认为，《提纲》把实践理解为是环境改变与人的自我改变相一致，是从历史维度对人类实践活动中的矛盾进行阐发的[3]。不管是强调实践的社会维度还是历史维度，都直指《提纲》对"新世界观"的阐发。然而，上述争论并未揭示出马克思是如何在方法论上清算唯心史观，从而跨越了形成历史唯物主义的思想障碍。

笔者认为，在《家族》中，马克思恩格斯批判思辨唯心主义因袭黑格尔的辩证法却片面发展了辩证法的做法。通过清算作为"奥吉亚斯牛圈"的思辨唯心主义，他们彻底清理了残存在自己世界观当中的黑格尔唯心痕迹。在此之后的《提纲》中，马克思进一步对包括费尔巴哈在内的旧唯物主义展开批判。因为费尔巴哈的唯物主义把辩证法排斥在外，导致他看不到因人而形成的历史从而在历史观上陷入唯心主义。为什么马克思之前的这些哲学家都戴上了唯心史观的"有色眼镜"？因为他们割裂了实践与辩证法。马克思在方法论上把辩证法与实践相结合，才看到了人通过扬弃自身而形成的历史活动。这就为《形态》研究人与自然的关系在资产阶级社会的特殊历史规定及其运动规律规划了方向。马克思恩格斯正是从交往和生产力入手分析私有制下的商品经济所呈现出来的特殊历史规律，才正式

---

[1]有学者认为《提纲》中的"实践"概念仅仅是一个包含了主体能动性的抽象的实践概念，而不是一个现实的实践概念。参见刘福森：《新世界观的"纲领"还是"萌芽"？——对马克思〈关于费尔巴哈的提纲〉的重新理解》，《西南大学学报》（社会科学版）2016年第3期。
[2]参见鲁品越：《马克思主义哲学原生态基本纲领——〈关于费尔巴哈的提纲〉系统化新解》，《河北学刊》2018年第1期。
[3]参见马拥军：《作为"非哲学"的新唯物主义世界观的基本纲领——与鲁品越教授商榷》，《河北学刊》2018年第4期。

宣告了历史唯物主义的诞生。

二、《家族》和《提纲》在历史唯物主义形成中的作用

《家族》和《提纲》在历史唯物主义形成中处于不同阶段，分别有各自作用。对这两个文本在历史唯物主义形成中的作用进行比较和关联分析，对于理解历史唯物主义具有不容忽视的意义。《家族》从对黑格尔辩证法的反思中把握资产阶级社会物质资料的生产方式，反驳了思辨唯心主义的世界观；《提纲》把唯物主义对"物"的直观提升到了人的实践的高度，关注到社会关系中环境（物质生活条件）的改变对变革社会的重要作用，二者把形成历史唯物主义的"问题域"极大地向前推进了。

1.《家族》从对辩证法的反思中把握物质资料的生产方式

黑格尔终其一生都在论证绝对精神的辩证实现过程。他在《逻辑学》中将绝对精神否定自身的活动看作是不断向前发展的过程，把否定性视为辩证法的内核，把辩证法视为"唯一能成为真正的哲学方法""唯一真正的方法"[1]；在《历史哲学》中，他将这种"辩证法"适用于对历史的分析，认为历史不过是绝对精神不断扬弃自身的辩证发展过程，"精神的这个发展过程，自身就是一个不断扬弃自身前一阶段的辩证发展过程"[2]。绝对精神在黑格尔这里是客观存在的具有普遍性的精神。然而，他的得意门徒布·鲍威尔却用自我意识取代绝对精神，把这种实证分析的辩证法片面化为纯粹主观的辩证法，导致辩证法不仅无视自然，更无视了"以自然为基础的现实的人"[3]。

在布·鲍威尔看来，自我意识可以通过否定天空、大地之类的自然存在而消灭万物与自身的差别，从而把自己确立为绝对的东西。这样，自我意识之外的一切就成为由它产生的东西，它就成了唯一的存在。自我意识还靠自己的这种想象把除它之外的东西都变成暂时之物、虚假之物，而把

---

[1][德]黑格尔：《逻辑学》上卷，杨一之译，商务印书馆，1966 年，第 36、37 页。
[2][德]黑格尔：《黑格尔历史哲学》，潘高峰译，九州出版社，2011 年，第 55 页。
[3]《马克思恩格斯文集》第 1 卷，人民出版社，2009 年，第 342 页。

自己视为能够独立存在、发展并具有人格性的神秘精神。马克思认为，这种思辨否认精神的现实物质基础，导致它看不到立足于自然之上的人的物质生活对于精神而言的基础性、优先性和首要性。所以马克思批判道：被视为"真理"的自我意识"不去接触住在英国地下室深层或法国高高的屋顶阁楼里的人的粗糙的躯体，而是'完完全全'在人的唯心主义的肠道中'蠕动'"[1]。

马克思在批判"批判的批判"时已经指出，在资产阶级社会中从事物质资料生产方式的人才是历史的创造者，从而抓住了辩证法的唯物主义基础。思辨唯心主义之所以把辩证法引向歧途，是因为看不到资本主义社会化大生产才是推动资产阶级历史发展的社会动力。这一特定的社会历史条件使马克思自觉深入粗糙的物质生产中，找到了资产阶级扬弃封建专制统治的奥秘。故而他才讥讽道："难道批判的批判以为，它不把比如说某一历史时期的工业，即生活本身的直接的生产方式认识清楚，它就能真正地认清这个历史时期吗？"[2] 在此，马克思表现出把辩证法建立在物质的经验的基础之上的深刻认识，使他超越了黑格尔的辩证法水平。

2.《提纲》从对费尔巴哈的超越中把握历史唯物主义

在《家族》中，恩格斯充分肯定了费尔巴哈的理论贡献。"是谁摧毁了概念的辩证法即仅仅为哲学家们所熟悉的诸神的战争呢？是费尔巴哈。"[3] 费尔巴哈不满意青年黑格尔派的辩证法，就在对思辨唯心主义的批判中把辩证法排斥在外，这也成为他不能辩证对待历史运动的原因。

比起思辨唯心主义，费尔巴哈的唯物主义确实具有理论进步性。可是他只会直观自然，把人也纳入纯粹自然的范畴，因而"只是从客体的或者直观的形式去理解""对象、现实、感性"，"而不能把它们当做感性的人的活动，当做实践去理解"[4]。马克思正是立足于实践改造了费尔巴哈的唯物主义，使《提纲》成为正视"现实的人"及其感性活动的提纲。

---

[1]《马克思恩格斯文集》第 1 卷，人民出版社，2009 年，第 285—286 页。
[2]《马克思恩格斯文集》第 1 卷，人民出版社，2009 年，第 350 页。
[3]《马克思恩格斯文集》第 1 卷，人民出版社，2009 年，第 295 页。
[4]《马克思恩格斯文集》第 1 卷，人民出版社，2009 年，第 499 页。

不仅如此，实践的提出还表明马克思将辩证法运用到了唯物主义上面。一个典型分析是，他深入社会历史领域探究人在生产劳动中滋生出来的异化现象，尤其是宗教异化。马克思在《提纲》第四条举例费尔巴哈看到了宗教异化，却不理解宗教异化的根源只能到宗教的世俗基础中去寻找，"只能用这个世俗基础的自我分裂和自我矛盾来说明"[1]。费尔巴哈没有用实践的动态眼光把握宗教的世俗基础即《家族》中的世俗社会，更没有从它的自我的"分裂"和"矛盾"即世俗社会的自我矛盾运动中考察宗教产生的社会根源。马克思却指出，由于世俗社会的矛盾运动才会产生人对宗教的情感需要，由此就决定了宗教只能通过世俗社会的矛盾运动来加以消灭。这就是第三条所说的"革命的实践"。这里的"革命"指的就是实践的辩证法及其彻底的批判性。

由此可见，马克思所强调的实践概念是从一定的社会关系中概括出来的历史性概念，要放在具体的社会历史条件当中才能准确界定它的现实内容。这就为他在《形态》中从资产阶级社会的物质生活条件出发考察社会交往和生产力提供了辩证唯物主义的哲学基础。

3. 历史唯物主义建立在融合辩证法和实践的基础之上

马克思在 1844 年前后正处于世界观的转型期，或者也可以说成是思想上的裂变期，表现在通过清算思辨唯心主义彻底告别了唯心世界观，通过扬弃旧唯物主义扫清了前进路障。然而马克思非常清楚，当时的最大敌人莫过于观念论，所以《家族》开门见山地指出："现实人道主义在德国没有比唯灵论或者说思辨唯心主义更危险的敌人了"[2]，这是对它无视社会现实的真实评价。此时，马克思借助费尔巴哈对他形成"新世界观"起到很大帮助。恩格斯事后回忆说：费尔巴哈《基督教的本质》使"我们一时都成为费尔巴哈派了。马克思曾经怎样热烈地欢迎这种新观点，而这种新观点又是如何强烈地影响了他（尽管还有种种批判性的保留意见），这可以从《神圣家族》中看出来"[3]。但是在《提纲》中，马克思不再对费尔巴

---

[1]《马克思恩格斯文集》第 1 卷，人民出版社，2009 年，第 500 页。
[2]《马克思恩格斯文集》第 1 卷，人民出版社，2009 年，第 253 页。
[3]《马克思恩格斯文集》第 4 卷，人民出版社，2009 年，第 275 页。

哈有所保留。他从现实这一前提出发，把辩证法与实践统一到现实社会关系当中，才从唯心史观的"地基"上清理出历史唯物主义的"地盘"。历史唯物主义的"新世界观"就诞生于这一清理的过程中。

三、《家族》和《提纲》对历史唯物主义侧重点的强调

《家族》和《提纲》都属于历史唯物主义"新世界观"的建构阶段，但各有侧重。考察历史唯物主义的形成应重视研究这一建构过程中各自的侧重点。

1. 历史唯物主义形成中的共同立足点

"现实的人"是《家族》和《提纲》共有的核心概念，是二者形成历史唯物主义的共同立足点。

马克思在《家族》中批判黑格尔"把人变成自我意识的人，而不是把自我意识变成人的自我意识"时，指出"现实的人"就是"生活在现实的对象世界中并受这一世界制约的人"[1]。马克思使用"对象世界"的术语表明，他仍然受到费尔巴哈的影响，还没有彻底超越抽象的人的看法[2]，故而有学者认为，要想真正理解费尔巴哈对马克思的影响，就要充分估价"现实的人"的概念及其意义[3]。费尔巴哈的"现实"是指自然，只有借助于自然，人才能存在[4]，故而他没有看到社会状态中活生生的人。马克思指出，爱尔维修在费尔巴哈止步的地方把唯物主义运用到了社会生活领域："感性的特性和自尊、享乐和正确理解的个人利益，是全部道德的基础。人的智力的天然平等、理性的进步和工业的进步的一致、人的天然的善良和教育的万能，这就是他的体系中的几个主要因素。"[5] 可以看出，爱尔维修摒弃了抽象的道德批判；在对人的认识上，他从现实生活入手考察人，认为

---

[1]《马克思恩格斯文集》第 1 卷，人民出版社，2009 年，第 357 页。

[2] 参见张智、刘建军：《〈神圣家族〉对思想政治教育理论的启示》，《中国人民大学学报》2016 年第 5 期。

[3] 吴晓明：《马克思早期思想的发展逻辑》，上海人民出版社，2016 年，第 175 页。

[4][德] 费尔巴哈：《费尔巴哈哲学著作选集》下卷，荣震华、王太庆、刘磊译，商务印书馆，1984 年，第 113 页。

[5]《马克思恩格斯文集》第 1 卷，人民出版社，2009 年，第 333 页。

人本身具有不可被取代的价值是因为人可以被环境和教育所塑造，可以通过教育使人的发展与社会的进步相一致。爱尔维修对社会环境的强调使他比费尔巴哈更加接近历史唯物主义，可惜他却忽视了人与环境的互动关系。这才有了《提纲》第三条对爱尔维修的批判，"关于环境和教育起改变作用的唯物主义学说忘记了：环境是由人来改变的，而教育者本人一定是受教育的"[1]。

　　紧接着，马克思就道出了立足"现实的人"的基本立场："环境的改变和人的活动或自我改变的一致，只能被看做是并合理地理解为革命的实践。"[2] 也就是说，现实的人与环境在实践中呈现出一种辩证的关系，二者处于矛盾统一体当中，人在改变环境的同时也自我改变了。

　　有了这个基本立场，马克思才在第四条批判费尔巴哈不能从实践的辩证法理解宗教异化，在第五条指出他的症结是只能直观（看到感性对象）而看不到实践（人的感性活动），进而在第六条提出"人的本质不是单个人所固有的抽象物，在其现实性上，它是一切社会关系的总和"[3]。这句话包含两个方面：其一，费尔巴哈没有看到人与人之间的关系才是人的本质的体现，这是因为他没有深入具体的历史进程当中考察人，只是从与宗教对立的层面归纳人，把神看作是人的本质的异化，因而陷入了对人的本质的抽象论述；其二，费尔巴哈所理解的本质是"类"（人类），即没有现实差别的人与人之间的绝对统一，而没有看到人类社会的矛盾问题（当然也看不到人与环境的矛盾问题）。马克思不仅早在《1844 年经济学哲学手稿》中就看到自然界（环境）只有在社会中才能使人成为人[4]，还在《家族》中通过批判资产阶级社会

---

[1]《马克思恩格斯文集》第 1 卷，人民出版社，2009 年，第 500 页。
[2]《马克思恩格斯文集》第 1 卷，人民出版社，2009 年，第 500 页。
[3]《马克思恩格斯文集》第 1 卷，人民出版社，2009 年，第 501 页。
[4]"自然界的人的本质只有对社会的人来说才是存在的；因为只有在社会中，自然界对人来说才是人与人联系的纽带，才是他为别人的存在和别人为他的存在，只有在社会中，自然界才是人自己的合乎人性的存在的基础，才是人的现实的生活要素。只有在社会中，人的自然的存在对他来说才是人的合乎人性的存在，并且自然界对他来说才成为人。因此，社会是人同自然界的完成了的本质的统一，是自然界的真正复活，是人的实现了的自然主义和自然界的实现了的人道主义。"参见《马克思恩格斯文集》第 1 卷，人民出版社，2009 年，第 187 页。

非人性的生活条件[1]指出了人类社会存在的矛盾冲突，进而在《提纲》中强调通过改变作为总和的社会关系实现"现实的人"的解放。

2.历史唯物主义形成中的各自侧重点

马克思在《家族》中从"使用实践力量的人"出发阐发了群众史观，而在《提纲》中通过强调"革命的实践"自觉把握住了资本主义历史发展进程。从"使用实践力量的人"到"革命的实践"表明，历史唯物主义所强调的"一切社会关系的总和"在现实性上正是"使用实践力量的人"的"革命实践"的历史产物。

马克思在《家族》中论证群众在法国革命中的历史作用时指出，历史由群众创造的根据在于群众就是"使用实践力量的人"[2]。对于任何社会形式的认识都应该被放到特定的历史背景当中去理解，对于法国革命时期的资产阶级社会的认识同样如此。群众作为最主要的社会力量参与了这场革命，却为何没有改变革命的资产阶级性质？因为这场革命是由资产阶级领导的，必然使革命体现出资产阶级的性质和利益。群众只有从所谓的"群氓"转变为无产阶级，认识到自己所肩负的不消灭一切非人性的生活条件就无法解放自己的历史使命，才能在资产阶级社会重新发动"环境的改变和人的活动或自我改变的一致"的"革命的实践"即无产阶级革命，从而在改变世界中解放自己。

这就是马克思所期待的无产阶级通过"革命的实践"对历史发展进程的自觉把握。在这里，"实践"的内涵不再局限于人与自然界的互动关系，已经延伸到《家族》中人与社会的互动关系，即对自然科学和工业生产活动的强调，以及无产阶级反抗压迫的阶级斗争运动。在《提纲》中，"实践"已经不是某种具体的活动所能涵盖，而是涉及人与自然、人与人（社会）之间矛盾运动的辩证关系概念。所以，《提纲》第十一条的"改变世

---

[1]"在无产阶级的生活条件中集中表现了现代社会的一切生活条件所达到的非人性的顶点……如果无产阶级不消灭它本身的生活条件，它就不能解放自己。如果它不消灭集中表现在它本身处境中的现代社会的一切非人性的生活条件，它就不能消灭它本身的生活条件。"参见《马克思恩格斯文集》第1卷，人民出版社，2009年，第262页。

[2]《马克思恩格斯文集》第1卷，人民出版社，2009年，第320页。

界"是指这个"世界"作为"革命的实践"的产物，是"使用实践力量的人"的感性活动的产物；而"解释世界"只是把这个世界当作认识的感性对象，止步于理论领域进行辩护而在现实面前显得苍白无力。这正是"新世界观"不同于以往种种"旧世界观"的根本所在。

3. 历史唯物主义的生活世界观

历史唯物主义"新世界观"的两块理论"地基"是辩证法和实践，在《家族》和《提纲》中通过"现实的人"的实践，即"使用实践力量的人"的"革命的实践"充分融合在一起，同样也通过"生活"这一历史唯物主义范畴体系最为突出的概念得到了确证。马克思恩格斯确实在《家族》中通过"生活"概念发现了生活条件对于无产阶级而言的历史意义[1]；在《提纲》中把实践提升到人类社会生活特质的高度进行理解[2]，才有了《形态》中从生活入手对历史唯物主义的专门表述。

"这种历史观就在于：从直接生活的物质生产出发阐述现实的生产过程，把同这种生产方式相联系的、它所产生的交往形式即各个不同阶段上的市民社会理解为整个历史的基础，从市民社会作为国家的活动描述市民社会，同时从市民社会出发阐明意识的所有各种不同的理论产物和形式，如宗教、哲学、道德等等，而且追溯它们产生的过程。这样做当然就能够完整地描述事物了（因而也能够描述事物的这些不同方面之间的相互作用）。"[3]

这段话从两层意思体现了辩证法与实践在社会历史领域的有机融合：一是对"生产物质生活本身"的规律揭示，即通过对物质生产与交往方式的辩证分析，重新确证市民社会对政治国家的决定作用，把决定历史发展的根本推动力归结为"生产物质生活本身"；二是对市民社会运动机制的揭示，即通过对市民社会与意识形态的辩证分析，找到了解释各种观念形态的现实的历史的基础，即市民社会。其中，"生产物质生活本身"对于"市民社会"而言处于更为基础的层次，乃是推动历史发展的根本动力。

---

[1] 参见任帅军、杨寄荣：《〈神圣家族〉与〈德意志意识形态〉中的历史唯物主义》，《华南理工大学学报》(社会科学版) 2019 年第 6 期。
[2] 参见苗启明：《从人类学哲学视域对马克思〈关于费尔巴哈的提纲〉的新理解》，《思想战线》2018 年第 6 期。
[3]《马克思恩格斯文集》第 1 卷，人民出版社，2009 年，第 544 页。

市民社会是以"生产物质生活本身"为基础的生活领域，在其中产生出各种观念形式的范畴。这就是物质生产方式起决定作用、生活决定意识的历史唯物主义基本原理的成熟表达，标志着马克思恩格斯在"新世界观"上所实现的革命性变革。

四、《家族》和《提纲》对历史唯物主义的独特贡献

在《家族》和《提纲》中，历史唯物主义保留了"辩证法"具有批判性的合理内核，同时又立足于现实生活和人的实践研究人类社会的历史发展规律，从而使自身呈现出辩证的、实践的、历史的唯物主义的内在逻辑体系。在对苏联用辩证唯物主义与历史唯物主义二分法的批判中，国内学界逐渐达成了历史唯物主义、辩证唯物主义与实践唯物主义"三位一体"的全新认识。这种认识的核心要义在于，历史唯物主义不是辩证唯物主义在历史领域的应用，而是内在地包含了辩证法和实践，因此历史唯物主义就是辩证的、实践的唯物主义，是把辩证唯物主义和实践唯物主义包含于自身之内的唯物主义。这是历史唯物主义在世界观上所掀起的那场"哥白尼式的革命"。

1.《家族》通过批判思辨唯心主义凸显历史唯物主义的革命性

马克思在《家族》中揭露思辨唯心主义历史观的本质是"绝对的批判摒弃群众的历史并打算用批判的历史取而代之"[1]。这种历史观之所以无视真正的历史，归根结底是它所使用的方法的"不接地气"以及必然会带来的掩饰性。思辨唯心主义自带神秘主义色彩，用充满神秘感的自我意识取代一切现实，所以《家族》着力对思辨唯心主义掩盖社会现实矛盾的做法进行批判。在马克思恩格斯看来，这种历史观不仅从来没有接触到生活，更没有对真实的历史产生过任何作用。而他们不仅要立足于现实对人类历史进行客观的把握，还要实际地影响这个历史进程。

于是，马克思恩格斯就要把辩证法改造成唯物的辩证法，因为只有唯物辩证法才能对人类社会的历史问题有一个本质的认识。这个认识的"出

---

[1]《马克思恩格斯文集》第1卷，人民出版社，2009年，第286页。

发点是从事实际活动的人"，过程是"发展着自己的物质生产和物质交往的人们，在改变自己的这个现实的同时也改变着自己的思维和思维的产物"，结论是"不是意识决定生活，而是生活决定意识"[1]。《形态》中概括历史唯物主义的经典表述对《家族》中的批判进行了升华，把辩证法的出发点扬弃为"现实的人"，将历史发展的辩证过程扬弃为"现实的改变"和"人的改变"的一致，将历史的最终指向扬弃为在消灭异化中实现人的解放。这就显现出历史唯物主义的革命性，即历史唯物主义通过把历史解读为是人的解放活动的产物，将辩证法实现于自身之内。

2.《提纲》通过实践指认人类社会问题凸显历史唯物主义的科学性

《提纲》不仅通过实践实现了对思辨唯心主义和直观唯物主义的双重超越，而且还显现出历史唯物主义指认人类社会问题的勇气。在第一重超越上，马克思通过实践即对人的感性活动的现实把握，否定了局限在观念领域解释世界时无法克服的根本缺陷。在第二重超越上，马克思立足实践解决人类社会问题，确立了从人出发改变世界的视角，就超越了费尔巴哈的感性直观，在对人类社会问题的指认中自觉地投身到对现实生活的变革和无产阶级的革命实践当中。

马克思不仅看到实践、人与生活的关系，还在《形态》中进一步把"现实的人""感性活动""生活条件"确立为历史唯物主义的"一整块钢"："这是一些现实的个人，是他们的活动和他们的物质生活条件"[2]，正是这些前提构成历史唯物主义对过去一切唯心史观的革命。历史唯物主义不仅通过"现实的个人"在超越抽象人本主义中确证了自己的"人学"基础，而且通过"他们的活动"确证了自身的现实存在形式，更通过"他们的物质生活条件"体现出对历史发展进程的自觉把握[3]，从而显现出科学性，即它以一种具有整体性的全新世界观把辩证法与实践融合于自身之内，进而直指人类社会问题。可以说，关照现实是历史唯物主义作为科学理论形态的必然要求。

---

[1]《马克思恩格斯文集》第 1 卷，人民出版社，2009 年，第 525 页。
[2]《马克思恩格斯文集》第 1 卷，人民出版社，2009 年，第 519 页。
[3] 参见邹诗鹏：《实践唯物主义与唯物史观的相通性——基于〈关于费尔巴哈的提纲〉与〈德意志意识形态〉的探讨》，《马克思主义与现实》2015 年第 4 期。

3. 作为"历史科学"所掀起的"哥白尼式革命"

不管是《家族》还是《提纲》都深入经验的现实研究社会历史问题，运用实证分析方法探寻真实的历史。真实的历史往往具有千差万别的可能性。只有深入具体历史的现实境遇当中，客观描述历史进程的各种发生机制，才有可能把握住历史前进的规律。这就是《家族》从物质生产方式入手对资本主义经济本身进行的分析，以及《提纲》立足革命的实践对资本主义世界的改变。这就为《形态》运用实证分析方法对资本主义社会特殊经济运动规律的分析铺平了道路。"在思辨终止的地方，在现实生活面前，正是描述人们实践活动和实际发展过程的真正的实证科学开始的地方。"[1] 这种转向一旦完成，历史唯物主义就不会是一种"历史哲学"[2]，而只能是"一门唯一的科学，即历史科学"[3]。

按照列宁的话来说，这门"历史科学"之所以具有彻底性，是因为马克思"抛弃了所有这些关于一般社会和一般进步的理论，而对一种社会（资本主义社会）和一种进步（资本主义进步）做了科学的分析"[4]。历史唯物主义所深入的现实就是资本主义社会的历史进步性，以及对它所做的实证考察和批判性分析。这样历史唯物主义才能不断扬弃自身的社会形态，实现由理想到科学、由理论到实践、由不成熟到成熟的过渡，完成世界观上的"哥白尼式的革命"。

五、结语

通过《家族》和《提纲》的比较研究可知，马克思转向历史唯物主义

[1]《马克思恩格斯文集》第1卷，人民出版社，2009年，第526页。
[2] 马拥军认为，"人的全部生命活动包括知、情、意三个方面，哲学围绕思维与存在的关系问题展开，只涉及知识论世界观；宗教则围绕情感与存在的关系问题展开，涉及情感世界观；伦理学围绕意志与存在的关系问题展开，涉及意志论世界观"，参见马拥军：《唯物辩证法：现象学与诠释学的统一与超越》，《南京大学学报》（哲学·人文科学·社会科学）2019年第3期。历史唯物主义不仅是站在哲学层面对以往的知识论世界观的扬弃，而且作为"历史科学"还是对情感世界观和意志论世界观的扬弃。也就是说，历史唯物主义不仅要科学地解释世界，更重要的是要现实地改造世界。这是历史唯物主义作为"历史科学"的必然使命。
[3]《马克思恩格斯文集》第1卷，人民出版社，2009年，第516页。
[4]《列宁选集》第1卷，人民出版社，1995年，第13页。

经历了一个世界观的上升过程，目的是扬弃对世界进行观念论的解释，而呼吁立足实践改变世界。用改变世界替代和超越解释世界，标志着"新世界观"上的"哥白尼式的革命"的确立，"也标志着马克思所引发并完成的哲学范式的革命性重建"[1]。从方法论的高度把握这一过程，就能完整呈现出双重马克思形象：即与唯心史观进行斗争的马克思形象，以及建构"新世界观"的马克思形象。

也只有在《家族》和《提纲》的对比中才能尽可能客观、真实地揭示马克思形成历史唯物主义的完整历程。这就要求我们既要重视基于文本的文献学研究的成果，又要用对历史唯物主义的思想研究引领对马克思与同时代人论战的文献事实的整理工作，从而整合文献事实在理论研究中所起的佐证作用。更为重要的是，用思想连贯性视角对待《家族》和《提纲》，不仅能打破文本研究之间的壁垒，更能用历史唯物主义形成的完整视角引领文本研究。

就现实关照而言，历史唯物主义虽产生于 19 世纪中叶，却对新时代中国特色社会主义建设具有现实指导意义。首先，在新时代，通过考察《家族》《提纲》如何处理"唯心""唯物"世界观之争，对把握我国当下意识形态领域的现实问题[2]具有重要启示。其次，通过考察《家族》《提纲》对历史唯物主义基本观点和原理的阐发，尤其是用融合辩证法与实践的方法论指导社会主义现代化建设，才能在改变世界的方法论高度深化对中国特色社会主义的理解，即夺取新时代中国特色社会主义伟大胜利，就要决胜全面建成小康社会，实现"两个一百年"奋斗目标，这正是在当代对改变世界的深刻诠释。

---

[1] 参见何中华：《解释世界和改变世界：是补充还是超越？——再读马克思〈关于费尔巴哈的提纲〉第 11 条》，《天津社会科学》2019 年第 3 期。

[2] 笔者曾对《神圣家族》中的意识形态思想进行过专门论述，认为《神圣家族》是马克思恩格斯对当时存在的各种错误意识形态展开战斗的经典文本，应从这一方面予以高度重视。参见任帅军：《〈神圣家族〉意识形态思想探究》，《复旦学报》（社会科学版）2020 年第 2 期。

Historical Materialism in The Holy Family and The Outline of Feuerbach

(Ren Shuaijun, School of Marxism, Fu Dan University, Shanghai, 200433)

Abstract: There have always been some theoretical disputes about how Marx turned to historical materialism. How to define the final stage of the formation of historical materialism, is The Outline of Feuerbach the continuation of The Holy Family or the direct cause of writing The Holy Family, is The Outline of Feuerbach the seed of the "new world view" or the basic program? By comparing The Holy Family and The Outline of Feuerbach, we can provide a new interpretation: First, historical materialism was gradually formed in controversies with contemporary thinkers. From the Holy Family, The Outline of Feuerbach to The German ideology, it reflects a complete theoretical process of the formation of historical materialism. Second, the different roles of The Holy Family and The Outline of Feuerbach in the formation have important theoretical value for understanding historical materialism. Third, attention should be paid to the emphasis on historical materialism in The Holy Family and The Outline of Feuerbach. Fourth, historical materialism as a "historical science" has realized the "Copernican revolution" in the world view through the integration of dialectics and practice. The comparative study of The Holy Family and The Outline of Feuerbach not only covers the current research results of historical materialism in The Holy Family and The Outline of Feuerbach, but also provides a new theoretical perspective to these two texts research at home and abroad.

Keywords: historical materialism; The Holy Family; The Outline of Feuerbach

政治哲学与伦理学

论普世性的平等观念与比较性的平等观念

陆鹏杰 *

摘要： 阿玛蒂亚·森认为，当前所有经得起时间考验的社会规范理论，实际上都主张人们应当平等地拥有某些东西，这些理论在这个意义上都可以被看成是平等主义理论。对于森的这一著名论断，拉里·特姆金通过区分"平等"的三种不同含义而质疑。尽管特姆金的论证本身存在着缺陷，但通过修订特姆金所提出来的区分，我们可以看到，真正得到广泛认可的平等观念是一种普世性的观念，而不是一种比较性的观念。因此，森的这一论断确实是难以成立的。

关键词： 平等主义；自由至上主义；效益主义；比较性原则；分配正义

在当代政治生活中，似乎很少有其他政治价值会像"平等"这样一直备受争议。一方面，在反对平等的人看来，平等不仅是一种不切实际的乌托邦理想，而且促进平等还会阻碍我们去追求自由、公平和效率等真正重要的价值理念。但另一方面，支持平等的人则主张，任何违反平等理念的政治共同体都必定是不正当的 [1]；甚至在不少学者看来，当代所有具有一定合理性的政治理论都建立在平等这一理念的基础之上 [2]。就后一种观点而言，阿玛蒂亚·森（Amartya Sen）无疑是最有影响力的支持者之一。在他

---

* 作者简介：陆鹏杰，中国人民大学哲学院博士研究生，主要研究英美政治哲学，邮箱：lupengjie@ruc.edu.cn。本文得到国家留学基金的资助。
[1] Ronald Dworkin, *Sovereign Virtue: The Theory and Practice of Equality* (Harvard University Press, 2000), p.1.
[2] 可参见 Thomas Nagel, *Equality and Partiality* (Oxford University Press, 1995), p.63, 以及 Will Kymlicka, *Contemporary Political Philosophy: An Introduction* (Oxford University Press, 2002), pp.3—5.

看来，当前所有经得起时间考验的社会规范理论，实际上都主张人们应当平等地拥有某些东西，这些理论在这个意义上都可以被看作是平等主义理论[1]。为方便讨论，让我们姑且把森的这种观点称之为"平等理念的普世论"。森的这个论断自提出以来就引起了极大的关注，并受到广泛的认可。然而，在拉里·特姆金（Larry Temkin）看来，森之所以得出这一论断，是因为他混淆了"平等"的不同含义。特姆金通过区分"平等"的三种不同含义而对森的观点质疑[2]。

本文将分析森的这一论断和特姆金对此的质疑，并试图指出特姆金的论证所存在的不足之处。通过修订特姆金所提出来的区分，我们将看到，真正得到广泛认可的平等观念是一种普世性的观念，而不是一种比较性的观念。因此，森的这一论断确实是难以成立的。

一、平等理念的普世论

与大多数哲学家一样，森同样也把平等理解为一种比较性的观念。在他看来，我们关于平等的判断是通过将不同的人在某个特定方面的状况进行比较而得出来的[3]。正如森所指出的，当前哲学家们对平等的讨论，主要围绕着两个问题展开：第一，"为什么要平等"；第二，"关于什么东西的平等（Equality of what）"[4]。第一个问题追问的是我们是否有理由以及有哪些理由来支持平等，第二个问题则探究的是人们应当平等地拥有哪些东西。虽然这两个问题彼此之间存在着密切的联系，但在森看来，真正引起争议的是第二个问题，而不是第一个问题。换言之，在平等这一主题上，

---

[1] Amartya Sen, *Inequality Reexamined* (Oxford University Press, 1992), pp.1—21.

[2] 特姆金在多篇文章中都提到了这三种不同的平等含义，可参见 Larry S. Temkin, "Inequality: A Complex, Individualistic, and Comparative Notion", *Philosophical Issues* 11 (2001): 327—353, Larry S. Temkin, "Illuminating Egalitarianism", in *Contemporary Debates in Political Philosophy*, ed. Thomas Christiano and John Philip Christman (Wiley-Blackwell, 2009): 155—178, Larry Temkin, "Equality as Comparative Fairness", *Journal of Applied Philosophy* 34, no. 1 (2017): 43—60。

[3] Amartya Sen, *Inequality Reexamined* (Oxford University Press, 1992), p.2.

[4] 以下对森的观点的讨论，皆参考自 Amartya Sen, *Inequality Reexamined* (Oxford University Press, 1992), pp.1—21。

当前哲学家们正在争论的核心问题并不是我们"为什么应当支持平等",而是"应当支持哪一种平等"。正是为了说明这一点,森才提出了"平等理念的普世论"。森指出,人们通常把那些为收入平等、福祉平等或机会平等辩护的理论家称之为"平等主义者"。但在他看来,不仅这些被称为"平等主义者"的理论家在提倡平等,而且连那些一般被认为是"平等主义的反对者"的理论家也都在提倡平等。例如,哪怕是像罗伯特·诺齐克(Robert Nozick)这样的自由至上主义者(libertarian),他也在提倡某种版本的平等理论。因为诺齐克认为每个人都应当拥有平等的自由权(right to liberty),也就是说,没有人应当比其他人拥有更多的自由权[1]。为了进一步捍卫自己的观点,森又以效益主义(utilitarianism,也译为"功利主义")为例,试图表明效益主义实际上也奠定在平等这一价值的基础之上。

作为一种道德理论,效益主义主张我们应当促进效益的最大化。效益主义的核心内容主要分为三个部分:第一,它需要先界定哪些事态(或事物)是有价值的;例如,古典效益主义者就认为,只有快乐才是唯一有正面价值的东西,痛苦则是唯一有负面价值的东西。效益主义者把这些有价值的东西称之为"效益(utility)"。第二,效益主义还需要提供一种衡量效益的标准,以此来衡量哪些行动或规则会带来更多的效益。第三,效益主义要求把所有人的效益都纳入考虑,并主张我们应当采取的行动就是那些会给所有人带来最多效益的行动。[2]让我们举一个简单的例子来说明这一点。假设为了解决某个问题,我们只能采取 A 行动或 B 行动,这两个行动都只会给张三、李四和王五这三个人造成影响。A 行动会给张三带来 10 个单位的效益提升,而只让李四和王五分别提高 2 个单位的效益。B 行动则给张三、李四和王五都带来了 4 个单位的效益提升。由于 A 会导致这三个人的总效益提高 14 个单位,B 只会带来 12 个单位的效益提升,因此效益主义者会主张,我们在这个情形中应当采取 A 行动。由此可见,效益

---

[1] 诺齐克的观点可参见 Robert Nozick, *Anarchy, State, and Utopia*(Basic Books, 1974)。值得指出的是,诺齐克似乎并没有在书中明确表达过他主张每个人都应当拥有平等的自由权。
[2] 对效益主义的讨论,可参见 Will Kymlicka, *Contemporary Political Philosophy: An Introduction*(Oxford University Press, 2002),pp.10—52。

主义提倡的是总效益的最大化。如果我们以人们在效益水平上的差距作为衡量平等程度的指标，并且假设张三、李四和王五原来所达到的效益水平是一样的，那么 B 行动显然更有利于促进平等。然而，对于效益主义者来说，这种人际间的比较是没有任何意义的，我们应当做的只是促进总效益的最大化。既然如此，森有什么理由声称效益主义者也在提倡平等呢？

虽然效益主义并不主张每个人应当达到相同的效益水平，但森指出，效益主义是以一种平等主义的方式来促进效益最大化的。效益主义主张，在计算总效益的过程中，每个人的效益都应当被赋予相同的权重（equal weight）。为了看清楚这一主张所具有的平等主义特征，让我们来构造一种"反平等的效益主义"：这种理论同样也提倡促进效益的最大化，但与效益主义不同，这种理论主张在计算总效益的过程中，男性的效益应当被赋予比女性更大的权重。把这种理论和效益主义进行对比，我们便能看到效益主义同样也要求人们应当平等地"拥有"某种东西，因为它要求所有人的效益应当被赋予相同的权重。在森看来，这种平等主义的要求是效益主义的一个核心组成部分。正是在这个意义上，森认为效益主义也是某种版本的平等主义理论。

通过上述的论证，森试图表明，即使是像自由至上主义和效益主义这两种通常被认为是反对平等的理论，事实上也都提出了某种平等主义的要求。在森看来，平等作为一种政治价值之所以看起来备受争议，主要有两个原因：第一，虽然当前这些社会规范理论都要求人们应当平等地拥有某些东西，但在"关于什么东西的平等"这一问题上，这些理论却存在着巨大的分歧。例如，诺齐克提倡的是自由权的平等，但森本人支持的是能力平等，另外还有一些学者则主张资源平等、优势平等或福祉平等。而不同的个体之间不仅有着千差万别的外在环境（例如社会和家庭环境），也有着迥然相异的内在特质（例如年龄、性别和健康状况）。这就导致了人们在某个方面的平等必定会造成他们在另一个方面的不平等。例如，自由权的平等往往会造成收入的不平等，收入的平等则通常会导致福祉的不平等。因此，无论是在理论上还是在实践中，不同版本的平等主义经常会互相冲突。但需要再次强调的是，真正引起争论的问题依然只是我们"应当支持哪一种平等"，而不是"为什么应当支持平等"。第二，森指出，在当前关于平等的讨论中，很多学者经常以看似简洁的方式来讨论"平等"，而没有清晰地指出他们讨论的是"关于什么东西的平等"。这就导致了不少学者看起来是在反对"平等"，但事实上他们反对的只是某种版本的平等理论，而不是平等本身。森以哈里·法兰克福（Harry Frankfurt）为例来说明这一点。法兰克福把他那篇批评平等的著名论文命名为《作为一种道德理想的平等》[1]。但在这篇文章中，他的批评其实只是针对经济平等而已[2]。法兰克福试图表明的是，让人们在经济上保持平等的状态，这本身没有任何内在的道德价值。在森看来，法兰克福同样也要求我们应当以一种平等主义的方式去回应那些真正有内在价值的事物。此外，森也注意到，在当前的讨论氛围中，很多人在提到"平等"的时候，往往指的是收入、财富或效益方面的平等；"平等主义"也经常被用来指这些支持收入、财富或效益平等的理论。森并不打算反对这样一种常见的讨论方式，但他希望人们能够看到这种讨论方式的不足，因为这种讨论方式很可能会掩盖其他政治理论（包括那些通常被认为是反对平等的理论）所具有的平等主义特征。

二、"平等"的三种含义

作为当代平等主义的重要捍卫者，特姆金却认为森把自由至上主义和效益主义这两种往往被认为是反对平等的理论也视为平等主义理论，这有点令人难以置信。在他看来，像收入平等主义和福祉平等主义之类的平等主义理论，与自由至上主义和效益主义在根本上是完全不同的。为了捍卫这种主张，特姆金区分了"平等"的三种不同含义；或者用他的话来说，"平等"这一概念可以被理解成三种不同的原则[3]。

---

[1] Harry Frankfurt, "Equality as a Moral Ideal", *Ethics* 98, no. 1（October 1, 1987）: 21—43.

[2] 值得一提的是，在 2015 年出版的《论不平等》一书中，法兰克福把这篇文章的题目改成了《作为一种道德理想的经济平等》，参见 Harry G. Frankfurt, *On Inequality*（Princeton University Press, 2015）, p.1.

[3] 以下对特姆金的观点的讨论，皆参考自 Larry S. Temkin, "Inequality: A Complex, Individualistic, and Comparative Notion", *Philosophical Issues* 11（2001）: 327—353。

"平等"的第一种含义是把平等理解为一种普适性（universality）原则。依据这种理解方式，平等所提出来的要求是：规范理论应当普遍地应用到它所规定的所有对象身上，否则这种实践就违背了平等的要求。也就是说，普适性原则要求的是实践应当与理论相一致。例如，假设某个规范理论主张"所有老师都有权力任意旷课"，那么依据这种普适性的要求，我们就应当确保所有老师都能够行使这种权力。如果有某个老师的这种"旷课权力"被侵犯了，那么我们就可以说他／她被不平等地对待了。但显而易见，这种普适性原则仅仅对规范实践提出了要求，它对规范理论本身并没有进行任何限制。换言之，任何规范实践只要与它对应的理论相一致了，那么它在这个意义上都会被视为符合平等的要求，哪怕它的理论看起来与一般人所理解的平等理念背道而驰。例如，特姆金就指出，即便某个规范理论主张"所有蓝眼睛且名字叫'特姆金'的人都应该当国王"，只要这个理论普遍地应用到所有符合要求的人身上，那么这种实践就符合了普适性原则。而正如约瑟夫·拉兹（Joseph Raz）所指出的，如果我们仅仅把平等理解成这种普遍性（generality）原则[1]，即要求规范理论应当平等地适用于它所规定的全部对象，那么所有的规范理论实际上都能符合这种要求。

"平等"的第二种含义是把平等理解为一种不偏不倚（impartiality）原则。在这个意义上，平等指的是我们应当不偏不倚地对待所有人。与普适性原则有所不同，不偏不倚原则要求规范理论必须把所有人都纳入考虑，而不能把任何人排除在外。因此，"所有蓝眼睛且名字叫'特姆金'的人都应该当国王"这种主张就不符合不偏不倚原则。在特姆金看来，不同的规范理论往往对我们应该怎么做才算"不偏不倚地对待所有人"会有不同的理解。例如，他指出，康德主义者认为"不偏不倚地对待所有人"意味着我们应当把所有人都看作目的本身，而不仅仅是工具；效益主义者则把不偏不倚原则理解成在促进效益最大化的过程中，我们应当给予每个人的

---

[1] 虽然拉兹所使用的术语（即"普遍性"）与特姆金的术语（即"普适性"）略有不同，但他们所表达的意思是一样的。参见 Joseph Raz, *The Morality of Freedom*（Clarendon Press, 1988），pp.220—221。

利益相同的权重；某些马克思主义者则相信，不偏不倚原则要求我们应当"各尽所能，按需分配"。按照特姆金的观点，这三种规范理论虽然有所不同，但在不偏不倚的意义上，它们都主张平等地对待所有人。此外，特姆金还指出，那些支持不偏不倚原则的人往往也会支持普适性原则，但支持普适性原则的人则未必会支持不偏不倚原则。

最后，"平等"的第三种含义是把平等理解成一种比较性（comparability）原则。这种意义上的平等关注的是人们相对而言过得好不好（how people fare relative to others），或者说是否有一些人过得比其他人更好。特姆金指出，虽然很多支持比较性原则的人也会支持普适性原则和不偏不倚原则，但比较性原则是一种比普适性原则和不偏不倚原则更深入且更彻底的平等主义观点。特姆金认为，尽管当代所有道德理论都支持普适性原则和不偏不倚原则，但它们并没有都支持比较性原则。在他看来，比较性原则在当下仍然是一种饱受争议的观点。例如，他认为效益主义和自由至上主义就都不支持比较性原则，因为这两种理论都允许某些人比另一些人过得好得多。特姆金指出，效益主义的根本关切是促进效益的最大化，自由至上主义的根本关切则是让人们能够自由地行动，这两种理论根本不关心是否有某些人过得比其他人更好。因此，特姆金总结道，当森主张当代所有道德理论支持平等这一价值时[1]，森所说的"平等"指的是不偏不倚原则，而不是比较性原则。

三、普世性原则与比较性原则

通过区分上述这三种原则，特姆金认为森之所以会提出"平等理念的普世论"，是因为他混淆了"平等"的不同含义。然而，仔细考察特姆金的论证，我们却不难发现他对不偏不倚原则和比较性原则的区分存在着不少含糊不清、甚至不一致的地方。例如，在特姆金看来，比较性原则关注的是人们相对而言过得好不好，但他并没有明确指出这具体包括哪些

---

[1] 特姆金把森所说的"社会规范理论"替换成了"道德理论"，我们在第四节还会讨论到这一点。

内容。就此而言，我们至少有两种不同的解读方式。按照第一种解读方式，特姆金所说的"比较性原则"仅仅关注的是福祉方面的人际比较。虽然"福祉"到底指的是什么，这本身也是一个富有争议的问题，但无论基于哪一种理论，没有人会认为福祉方面的人际比较涵盖了所有类型的人际比较。也就是说，按照这种解读方式，比较性原则仅仅关注的是某些方面的人际比较。然而，这样一来，特姆金所做的澄清工作就变成了他试图指出：当森主张当代所有道德理论都在提倡平等时，森所说的"平等"指的并不是福祉平等。但这无疑会让特姆金的澄清工作显得毫无意义。因为森早就明确地指出，虽然这些理论都在提倡平等，但它们提倡的是不同方面的平等，例如有些理论支持的是自由权的平等，另一些理论则主张的是收入平等、资源平等或福祉平等。

在我看来，我们应该采取另一种更宽泛的解读方式来理解特姆金所说的"比较性原则"。按照这种解读方式，比较性原则除了可以关注人们在福祉方面的差异，它还可以关注其他方面的人际比较。也就是说，这个意义上的平等指的是一种比较性的观念，它可以用来刻画所有类型的人际比较。而如果我们把特姆金所说的"比较性原则"理解为这样一种宽泛的比较性观念，那么我们又该如何理解他所说的"不偏不倚原则"呢？

首先，在特姆金看来，效益主义者把不偏不倚原则理解成"我们应当给予每个人的利益相同的权重"，但这里所说的"相同的权重"显然也是一种比较性的观念，因为它指的是我们应当把每个人的利益看成与其他人的利益一样重要。用托马斯·内格尔（Thomas Nagel）的话来说，这意味着效益主义要求我们应当以"同样的方式"把每个人的利益都纳入考虑[1]。正是在这个意义上，森才认为效益主义也提出了某种平等主义的要求。然而，或许有人会反驳道，效益主义对总效益的衡量并不一定需要涉及人际比较。例如，效益主义者可以先规定一定量的快乐为一个单位的快乐（就像规定某种长度为"一米"一样），然后再用这个标准来衡量所有人的快乐。这种衡量总效益的方式并没有涉及人际比较，所以效益主义并

---

[1] Thomas Nagel, *Mortal Questions*（Cambridge University Press, 1979）, p.113.

不需要包含某种比较性的观念。但是，这种反驳意见却忽略了效益主义以同一个标准来衡量所有人的快乐，这本身就体现了一种比较性的平等观念。例如，假设某种"反平等的效益主义"已经规定好了一个单位的快乐包含了多少快乐，但它同时规定：如果是女性身上的快乐，那么一个单位的快乐算两个单位的效益；但如果是男性身上的快乐，那么一个单位的快乐算三个单位的效益。假设持上述反驳意见的人认为这种规定是错误的，他们有什么理由这么认为呢？在这里，似乎最合理的回应是：这种"反平等的效益主义"之所以是错误的，是因为女性的快乐和男性的快乐是一样重要的。如果我们认可这种回应的话，那么我们就可以看到，效益主义确实包含一种比较性的观念，因为它要求我们给所有人的效益都赋予相同的权重，而不能偏袒任何人。这意味着，特姆金在这里所说的"不偏不倚原则"指的也是一种比较性的观念。但这样一来，他所说的"不偏不倚原则"和"比较性原则"之间的界限就显得更模糊不清了。

其次，特姆金又认为，康德主义者把不偏不倚原则理解成"我们应当把所有人都视为目的本身，而不仅仅是工具"。然而，这种康德主义的观点一般都被认为是一种非比较性的（non-comparative）观点，因为这种观点所主张的并不是"我们应当像对待其他人一样把某个人视为目的本身"，而是"我们应当把所有人都视为目的本身"。也就是说，仅凭我具有理性这一事实，我就有道德权利要求你应当把我视为目的本身，而不是因为你把其他人视为目的本身，所以我才要求你应当像对待其他人那样对待我。由此可见，这种康德主义的观点并不是一种比较性的观点。这意味着，特姆金所说的"不偏不倚原则"在这里又指的是一种非比较性的原则。但我们已经表明，效益主义所支持的不偏不倚原则是一种比较性的原则，而比较性的原则和非比较性的原则至少从表面上看是如此截然不同，特姆金又是依据什么标准来把它们归成同一类呢？我们在他的相关论述中并没有找到任何答案。

基于上述这些考虑，我认为我们有必要修订特姆金所提出来的区分，以便我们能够以一种更清晰的方式来讨论平等的不同含义。如前所述，在我看来，我们应该以前面所提及的第二种解读方式来理解特姆金所说的

"比较性原则"；也就是说，比较性原则指的是我们应当确保人们在某个特定方面保持平等的状态，它除了可以关注福祉方面的人际比较，还可以关注其他方面的人际比较。在这个意义上，平等指的是一种比较性的观念。基于这种解读，当效益主义要求我们应当给予每个人的利益"相同的权重"时，这种主张同样也体现了某种比较性原则。此外，为了让不偏不倚原则与比较性原则之间能够形成清晰的界限，我认为我们应该把特姆金所说的"不偏不倚原则"理解为一种非比较性的观念，它仅仅指的是规范理论应当把所有人都纳入考虑。然而，由于"不偏不倚"这个词本身的含义是"不偏袒任何一方"，它显然带有比较的意味。为了避免误解，以下我们将用"普世性原则"来指代这样一种非比较性的观念。而我们之所以把这种非比较性的观念也看成是"平等"的一种含义，是因为人们有时候确实是在普世性的意义上使用"平等"这个概念的。例如，托马斯·斯坎伦（Thomas Scanlon）就指出，几个世纪以来最重要的一种道德进步是越来越多的人都认可每个人在道德上都是重要的，无论人们在性别、种族或国籍等方面会有哪些差异。斯坎伦把这种越来越受认可的观念称之为"基本的道德平等（basic moral equality）"。在他看来，连那些反对实质性的平等理论的人也接受这种"基本的道德平等"。比方说，斯坎伦指出，当诺齐克主张"个体拥有权利"的时候，他的意思是"所有的个体都拥有权利"[1]。由此可见，斯坎伦所说的"基本的道德平等"仅仅指的是一种普世性的观念，而不是一种比较性的观念。

借助这种新的区分，我们可以看到，效益主义和康德主义都体现了某种普世性原则，因为前者要求把所有人的利益都纳入考虑，后者则主张所有人都应当被当作目的本身。但效益主义还包含了某种比较性原则，因为它要求我们应当给予每个人的利益"相同的权重"，而康德主义则没有包含任何比较性原则。通过上述这些讨论，我们已经对特姆金的观点进行了澄清，并且还对他所提出来的区分做出了修订，接下来让我们来考察特姆金对森的反驳。

---

[1] Thomas Scanlon, *Why Does Inequality Matter?*（Oxford University Press, 2018）p.4.

四、对森的批评

现在让我们把森的"平等理念的普世论"重新表述如下：在森看来，当代所有具有一定合理性的社会规范理论实际上都体现了某种比较性原则。我们在第二节已经看到，特姆金主要以自由至上主义和效益主义作为反例来反驳森的观点。在特姆金看来，这两种理论都不支持比较性原则，因为效益主义的根本目标是促进效益的最大化，自由至上主义的根本关切则是要让人们能够自由地行动。然而，这两个例子似乎很难对森的观点构成挑战。因为森已经指出，自由至上主义主张每个人都应当拥有平等的自由权，所以自由至上主义同样也支持某种比较性原则，只不过它支持的是自由权的平等，而不是福祉的平等。当特姆金强调自由至上主义者关注的是自由而不是平等时，他犯了森所提及的"范畴错误（category mistake）"。在森看来，"自由"和"平等"并不是两个相互竞争的范畴，因为自由是可以被分配的东西之一，而平等则是一种分配模式[1]。此外，森也已经指出，效益主义同样也包含了某种比较性原则，因为它主张我们应当给予每个人的利益"相同的权重"。就此而言，特姆金对森的反驳是难以成立的。那么，这是否意味着森的观点就是正确的呢？

通过上一节的讨论，我们似乎可以直接回答说：森的观点当然是错误的。因为我们已经指出，尽管康德主义是一种普世性的观点，但它是非比较性的。因为康德主义主张的是"我们应当把所有人都视为目的本身"，而不是"我们应当像对待其他人一样把某个人视为目的本身"。这意味着只要你的行为没有把我当作目的本身，那么你的行为就是错误的，并且这种错误和你如何对待其他人无关。但森或许可以这样回应，康德主义只是一种道德理论，而他所主张的"平等理念的普世论"针对的是社会规范理论。但即便这种回应能够成立，森的观点也仍然是错误的，让我们再次回到法兰克福的观点来说明这一点。

在森看来，虽然法兰克福反驳了经济平等，但他依然要求我们以一种

---

[1] Amartya Sen, *Inequality Reexamined* (Oxford University Press, 1992), pp.22—23.

平等主义的方式去回应那些真正有价值的事物。然而，森对法兰克福的这种解读是站不住脚的。因为在《作为一种道德理想的平等》这篇论文中，法兰克福并没有在支持另一种平等理论；恰恰相反，他提出并捍卫了一种反平等的理论——充足论（sufficientarianism）。这种理论并不要求人们应当平等地拥有某些东西，而是主张我们应当让所有人的物质水平（或福祉水平）都达到某个门槛以上。例如，某种版本充足论可能会主张，在当今社会，我们应当满足每个人的基本物质需求，或者我们应当让所有人的生活质量都达到小康水平。虽然这种充足论是一种普世性的观点，但它跟康德主义一样，也是非比较性的。举例来说，假设某个富裕国家的一些政策导致只有一部分人能满足基本物质需求，另一部分人则长期饱受营养不良之苦。充足论的支持者当然会认为这些政策是不正当的，但他们所依据的理由是"我们应当满足所有人的基本物质需求"，而不是"我们应当让所有人过得一样好"（或者说"所有人的基本物质需求都应当被满足到相同的程度"）。这种充足论的理由是非比较性的，因为它并不关注人们相对而言过得好不好。例如，我们可以再假设，这个富裕国家后来改变了政策，可这种改变造成的结果是所有人都无法满足基本需求了。这种改变从平等主义的角度来看会是一种改善（至少是无可厚非的），因为现在所有人都过得一样"好"了。然而，从充足论的角度来看，这种改变无疑是不正当的，因为它导致更多的人无法满足基本需求。当然，非比较性的理由和比较性的理由是可以共存的[1]。如果有人既持有充足论的立场，同时也持有某种平等主义的立场，那么他会认为之前的政策之所以是错误的，既因为它没有满足一部分人的基本需求，又因为它导致一些人过得比其他人差。但显而易见的是，这两种理由完全是相互独立的，而充足论本身并没有包含任何比较性原则。如果我们非要说充足论也体现了某种平等观念的话，那么我们只能说它体现的是一种普世性的平等观念，而不是一种比较性的平等观念。因此，我们没有理由认为，当代所有具有一定合理性的社会规范理论都体现了某种比较性原则。也就是说，森所提出来的"平等理念的普

---

[1] 对此的讨论，可参见 Niko Kolodny, "Why Equality of Treatment and Opportunity Might Matter", *Philosophical Studies* 176, no. 12（December 1, 2019）: 3357—3366.

世论"是难以成立的。

五、结语

现在我们可以看到，真正得到广泛认可的平等观念实际上是一种普世性的观念，而不是一种比较性的观念。因此，为了避免在讨论平等的时候出现各种各样的误解，我们有必要明确指出我们所说的"平等"指的是一种普世性的观念，还是一种比较性的观念。如果是后者的话，借助森的洞见，我们还有必要指出我们所讨论的"平等"究竟指的是"关于什么东西的平等"。当然，与森的看法有所不同，我们已经看到，真正引起争议的问题并不只是"关于什么东西的平等"，而且还包括"为什么要平等"。这意味着我们对平等的研究仍然需要将精力同时放在这两个问题上。

On two conceptions of equality: equality as universality and equality as comparability

（ Lu Pengjie, School of Philosohy, Renmin University, Beijing, 100872 ）

Abstract: Amartya Sen claims that every normative theory of social arrangement that has stood the test of time demands equality of something. According to Sen, all of these theories can be regarded as egalitarianism. But Larry Temkin challenged Sen's view by distinguishing three conceptions of equality. In this paper, I argue that Temkin's distinctions and arguments are flawed. However, by revising the distinctions proposed by Temkin, I also argue that the widely recognized conception of equality is a universal conception rather than a comparative conception. Therefore, Sen's view is indeed a mistake.

Keywords: egalitarianism; libertarianism; utilitarianism; comparative principles; distributive justice

平等主义风尚：广义的还是狭义的？

田　润*

摘要： 威廉姆斯对科恩的平等主义风尚提出了狭义与广义的两种解读。他认为狭义的风尚无法满足科恩对效率的要求，因此科恩应该选择广义的平等主义风尚，不过广义的风尚却会面对一种与直觉十分冲突的额外义务的挑战。根据这种解读，科恩平等主义风尚论述的成立就会遭遇困难。本文试图阐述科恩实际上会选择狭义的风尚，同时狭义的风尚能够满足效率的要求，也能够应对其他的一些挑战。如果狭义的风尚能够成立，那么针对广义风尚解读的批判则构不成对科恩的平等主义风尚的威胁。

关键词： 科恩；平等主义风尚；威廉姆斯

在《拯救正义与平等》（*Rescuing Justice and Equality*）一书中，科恩认为对罗尔斯差别原则的严格解读要求有天赋者不会在主观上想利用天赋比别人获得更多的分配，由此可以存在一种比一般设想的差别原则更加平等的状态，但是这种平等状态需要我们引入一种平等主义的风尚（Egalitarian Ethos），这种风尚避免了有天赋者会用自己的意志来索取更多的激励或收入。

安德鲁·威廉姆斯（Andrew Williams）对科恩的这种平等主义风尚提出了狭义风尚与广义风尚的区分，并认为由于科恩对效率的要求，他势必会选择广义的风尚[1]。与威廉姆斯的想法类似，马库斯·弗伦达尔（Markus Furendal）认为，如果坚持狭义风尚，其中的成员会面对一种"无差别挑

*作者简介：田润，华东师范大学哲学系博士生，主要研究英美政治哲学，邮箱：rtian@mail.ecnu.edu.cn。

[1] Williams A. "Incentives, Inequality, and Publicity", 27（3）, *philosophy & Public Affairs*（July, 1998）, pp.225—247.

战"（The Indifference Challenge）[1] 的困难，因为个人即使在满足平等要求的前提下，也未必就会做出能够让社会更多获益的选择。要破解这个问题，萨拉丁·梅克伦德－加西亚（Saladin Meckled-Garcia）认为就需要增加一种让社会更大获益的道德责任激励[2]，其实也就类似威廉姆斯所谓广义风尚的要求。但是威廉姆斯、卡萨尔（Paula Casal）[3]、泰特尔鲍姆（Michael G. Titelbaum）[4] 等学者都认为，广义的风尚会存在一些过度的要求，这违反了我们的直觉。狭义的风尚无法满足效率的要求，广义的风尚后果又会反直觉，那么科恩的平等主义风尚的主张就陷入了理论的困境。

上述视角的确可以引导我们更深入地思考科恩的平等主义风尚，但本文认为这并不意味着我们需要放弃科恩的平等主义风尚主张。本文的目的是要论证，在平等主义风尚的社会中，科恩实际上选择的是威廉姆斯所指的狭义的风尚，这种风尚能够满足帕累托更优的要求，也能应对"无差别挑战"的问题。

一、科恩的平等主义风尚简述

罗尔斯著名的正义两原则中的第二原则主张，社会和经济的不平等应该满足两个条件："第一，它们所从属的公职和职位应该在公平的机会平等条件下对所有人开放；第二，它们应该有利于社会之最不利成员的最大利益。"[5] 但是，在遵循宽泛意义上的差别原则时，一个社会可能会出现如下的情况。例如，政府将税率从 40% 调整到 60% 的时候，占据优势地位的有天赋的富人可能会说（同时假设即使在 60% 的税率时，有天赋的富人也没有比其他人增加劳动负担），这样的话我就不会像原来那样努力工作

[1] Furendal M. "Rescuing Justice from Indifference in advance: Equality, Pareto, and Cohen's Ethos", 44（4）, *Social Theory and Practice*（Oct. 2018）, pp.485—505.
[2] Meckled-Garcia S. "Why Work Harder? Equality, Social Duty and the Market", 50（4）, *political Studies*（Sept. 2002）, pp.779—793.
[3] Casal P "Occupational Choice and the Egalitarian Ethos", 29（1）, *Economics and Philosophy*（April 2013）, pp. 3—20.
[4] Titelbaum M.G. "What Would a Rawlsian Ethos of Justice Look Like?" 36（3）, *philosophy & Public Affairs*（Sept. 2008）, pp.289—322.
[5] 罗尔斯：《正义论》，中国社会科学出版社，2009 年，第 56 页。

了，因为我的回报变少了。如果我不再那么努力工作，由此造成的社会减产可能无法有利于最不利者。

当我们把税率提高到60%，并假设富人的工作负担仍旧和他在40%时候的负担时一样的话，他所获得的收入虽然与之前对比看似下降了，但是这里我们要问的是，之前他的收入是合乎平等要求的么？因为虽然税率提高、富人收入下降了，但是他与其他普通人相比，也并没有更重的劳动负担，之前他比别人收入高的理由何在呢？在罗尔斯那里，更多的产出并不是更多地获得的理由，因为获得必须要满足"社会之最不利成员的最大利益"——在40%的税率显然没有达到60%税率下"最大利益"的要求。鉴于这样的理由，科恩认为，持有这种说法的富人是在"欺诈"，因为"那些有着高额收入和优越生活方式的人们，即使税率增至60%，他们仍能继续像现在一样努力工作，并且因此给穷人们带来更多的利益，且仍然比穷人们的处境更好"[1]。科恩指出，"如果这样的人怀着产生政治影响的寻租希望，从而宣布税率升高将会导致他们较少努力工作，那么这些人就是在欺骗"[2]。

如果我们在宽泛意义上来理解差别原则，把正义两原则仅仅看作"作用于社会基本结构"[3]时，那么"在国家强制性的规则结构中，生产者谈判得越厉害，他们就越少愿意在高额税收下勤奋而热情地工作，处境最不利者的境况从总体上也就会越不利。如果在经济上接受差别原则的生产者由此迁就非常高的再分配税收，而不是以出国或早停工对高税收作出反应，或用别的方式来抗议，那么处境最不利者的境况将会显著地好起来。但是那两个方案之间的区别是风尚的不同以及风尚主导的行为的不同"[4]。因此科恩认为，在一个"差别原则的术语里公平的社会，不仅要求公正的强制性规则，而且要求一种影响个体选择的正义风尚"[5]。可以存在一种比一般设想的差别原则更加平等的状态，但是这种平等状态需要我们引入一种平

---

[1] 科恩：《拯救正义与平等》，复旦大学出版社，2014年，第53页。
[2] 科恩：《拯救正义与平等》，复旦大学出版社，2014年，第51页。
[3] 罗尔斯：《正义论》，中国社会科学出版社，2009年，第216页。
[4] 科恩：《拯救正义与平等》，复旦大学出版社，2014年，导言第15页。
[5] 科恩：《拯救正义与平等》，复旦大学出版社，2014年，导言第15页。

等主义的风尚，这种风尚避免了有才能者会用自己的意志来索取更多的激励或收入。"这种被需要的风尚促进了一种比经济游戏规则自身所能够保证的更加公正的分配。"[1] 在这种风尚的引导下，有才能者不会主观上期望高的收入，平等风尚会让他们主动发挥尽己所能更多地生产，从而有利于最不利者。而且科恩认为，这种风尚我们在现实中也能看到一定程度的实际体现。例如 1945 年到 1951 年英国的工资差距没有后来变化的那么大，也没有当时美国的工资差距大。高于工人 5 倍薪酬的英国经理人与高于工人 15 倍薪酬的美国经理人相遇时，当时的英国经理人也不会觉得应该迫切要求更多的薪酬。科恩认为在当时的英国存在着"一种战后重建的社会风尚"，"它限制了追逐私利的欲望"[2]。

二、对平等主义风尚的两种解读

根据科恩的论述，威廉姆斯提出了对平等主义风尚的两种解读。他认为其中的狭义的风尚无法满足科恩对效率的要求，因此科恩更应该选择广义的平等主义风尚，但是广义的风尚同样会面对一些直觉上的困难。根据对平等主义风尚的这种区分解读，科恩平等主义风尚论述的成立在整体上就会遇到困难。

1. 威廉姆斯对科恩平等主义风尚的两种解读

科恩的平等主义风尚的思想散见于《拯救正义与平等》及成书之前发表的一些论文[3]中，科恩本人并没有在书中或论文中单独列出某个章节进行系统化阐发。正因为如此，从不同的视角，对科恩的平等主义风尚可能存在着不同的解读。威廉姆斯就认为，科恩的平等主义风尚可以有狭义的

---

[1] 科恩：《拯救正义与平等》，复旦大学出版社，2014 年，第 113 页。
[2] 科恩：《拯救正义与平等》，复旦大学出版社，2014 年，第 130 页。
[3] 威廉姆斯对科恩平等主义风尚进行两种解读的区分时，科恩的《拯救正义与平等》一书尚未出版，但是其中的关键章节与思想已经以论文的形式发表，威廉姆斯所参考的主要是 "Incentives, Inequality, and Community", G. B. Petersen, ed., *The Tanner Lectures on Human Values*, Volume Thirteen (Salt Lake City: University of Utah Press, 1992), pp. 262—329; "The Pareto Argument for Inequality", *Social Philosophy and Policy 12* (1995): 160—185; and "Where the Action Is: On the Site of Distributive Justice", *Philosophy & Public Affairs 26*, no. 1 (winter 1997): 3—30.

风尚（a narrow ethos）与广义的风尚（a wide ethos）两种视角的不同解读。

威廉姆斯认为，狭义的风尚只包括了"分配要求"，只限制"有天赋者获得不平等的巨额奖励"[1]的情况。在这种狭义风尚的要求下，任何分配的不平等都必须满足以下三个要求之一：第一，它必须是补偿了特殊的劳动所带来的负担；第二，它对生产劳动的激励与行为者主观（获得个人利益的）意愿无关；第三，它是行为者的合理的特权（a reasonable agent-centered prerogative）[2]。广义的风尚则包含了一种"额外的生产要求，这些要求与决定接受哪些培训或从事哪些工作是息息相关的"[3]。威廉姆斯把这种要求与共产主义格言"各尽所能、各取所需"（From each according to his ability, to each according to his needs）的要求联系在一起，认为把平等主义风尚当作一种道德命令来理解时，它不但会包含对分配的要求，还会包含对"额外"生产的要求。

为了解释两种不同解读会带来的不同后果，威廉姆斯假设有一个叫苏菲的人，她具有社会稀缺的商业设计天赋，她能够选择成为商业设计师或概念艺术家。如果她从事商业设计，将会给社会带来更多的可供平等分配的财富；如果她成为艺术家，给社会带来的益处则要少一些[4]。威廉姆斯说，"如果苏菲仅仅根据她的个人价值观来决定她的职业，她会非常喜欢艺术"[5]，但是苏菲的决定的最终结果将取决于她所信奉的平等主义风尚是广义的还是狭义的。在广义的风尚下，苏菲会遵从广义风尚的额外生产要求，以较低的工资接受成为一个商业设计师，这时给社会带来的利益为Aw。在狭义风尚的要求下，苏菲会认为虽然艺术不如设计那样给社带来更多利益，但是平等主义并不要求她从事任何特定的职业。"尽管我对艺术

［1］Williams A. "Incentives, Inequality, and Publicity", 27（3）, *philosophy & Public Affairs*（July, 1998）, p.235.

［2］Williams A. "Incentives, Inequality, and Publicity", 27（3）, *philosophy & Public Affairs*（July, 1998）, p.235.

［3］Williams A. "Incentives, Inequality, and Publicity", 27（3）, *philosophy & Public Affairs*（July, 1998）, p.235.

［4］Williams A. "Incentives, Inequality, and Publicity", 27（3）, *philosophy & Public Affairs*（July, 1998）, p.236.

［5］Williams A. "Incentives, Inequality, and Publicity", 27（3）, *philosophy & Public Affairs*（July, 1998）, p.236.

的兴趣相当浓厚，但如果设计报酬足够高，我个人的兴趣会倾向于选择设计工作。然而，由于平等的分配要求，我不能接受这么高的报酬。我没有更好的选择，只能基于对这两种职业的内在回报的估计来做出决定，因此我会选择艺术家的生活。"[1] 因此在狭义的风尚下，苏菲会选择较低工资的艺术工作，给社会带来 An 的收益（An < Aw），也可以选择高工资的设计工作，这时给社会带来的收益会介于 An 和 Aw 之间，同时成为高工资的设计师给苏菲自己带来的利益也会大于如果她选择了低工资的概念艺术家工作[2]。

可以看到，在威廉姆斯这一思想实验的设计中，广义风尚会比狭义风尚对社会更加有益，但是对行为者个人而言要求也更高。

2. 狭义风尚无法满足帕累托更优的要求

根据上面对平等主义风尚的两种解读，威廉姆斯认为，科恩应该放弃狭义解读的风尚，"因为科恩关心的是实现平等和效率"[3]。科恩在提到平等、自由与帕累托的关系时认为"如果我们是平等主义者，那么我们就不应该牺牲其中任何一个"[4]。威廉姆斯所指的效率，其实就是科恩所谓的"帕累托"的实现，而狭义风尚显然无法满足这一要求。在威廉姆斯的思想实验中，"广义的社会风尚使得苏菲作为一名设计师，在保持平等工资（an equality-preserving wage）的情况下工作效率更高，在这种情况下，每个人都享有更好的利益"[5]。因此，广义的风尚显然比狭义的风尚更能够实现效率的要求。

在威廉姆斯的设计中，苏菲其实是非常喜欢艺术的，因此在狭义风尚外加平等工资的情况下，苏菲会选择艺术家而不是设计师职业。我们根据

---

[1] Williams A. "Incentives, Inequality, and Publicity", 27（3）, *philosophy & Public Affairs*（July, 1998）, p.237.

[2] Williams A. "Incentives, Inequality, and Publicity", 27（3）, *philosophy & Public Affairs*（July, 1998）, p.237.

[3] Williams A. "Incentives, Inequality, and Publicity", 27（3）, *philosophy & Public Affairs*（July, 1998）, p.238.

[4] 科恩：《拯救正义与平等》，陈伟译，复旦大学出版社，2014 年，第 180 页。

[5] Williams A. "Incentives, Inequality, and Publicity", 27（3）, *philosophy & Public Affairs*（July, 1998）, p.237.

弗伦达尔论述可以进一步发现，在狭义的风尚之下，即使对于平等主义者苏菲来说，以低工资从事商业设计师和概念艺术家职业是同等的（从工资到偏好都是平等的），帕累托效率也可能不会达成。因为虽然对社会来说苏菲从事商业设计师会更好，但是我们找不到理由要求苏菲放弃作为平等两端的设计师或艺术家任何一种职业，苏菲选择二者任一都是符合狭义风尚的。这种情况弗伦达尔称之为"无差别挑战"（The Indifference Challenge）[1]。在"无差别挑战"的情况下，苏菲的选择可能会实现帕累托更优，也可能不会。但无论苏菲是否选择实现帕累托更优的职业，我们都没有理由对她进行是非的道德评价。

在这种无差别挑战之下，如果我们要想在标准市场中那样为社会增加总财富，就需要一种像市场激励一样的道德责任来进行驱动，也就是对苏菲这样情况的人提出一种道德的要求。梅克伦德－加西亚说，"如果一个人没有义务去发挥他的才能，那么社会就无法获得这种才能所带来的好处，如果不征用，唯一的选择就是寻找一种非强制性的方式来鼓励这种才能的使用"[2]。在其看来，在使用这种非强制的鼓励下，"我'仿佛'由市场策略驱动一样，需要在道德上由一种责任来驱动，为社会获得更大利益。没有这种道德责任，就没有追求标准市场中物质激励所推动的那种市场活动的激励"[3]。梅克伦德－加西亚认为，接受科恩狭义风尚的社会理论家不得不"要么需要为增加生产的义务提供一个正当理由，要么放弃这种义务，接受一个平等但可能生产率较低的社会"[4]。

3. 广义风尚与额外义务的要求

根据威廉姆斯的解读，狭义的风尚无法实现科恩的效率要求，科恩势必会转而选择广义的风尚。但是如果人们需要接受广义风尚的要求，那

[1] Furendal M. "Rescuing Justice from Indifference in advance: Equality, Pareto, and Cohen's Ethos", 44(4), *Social Theory and Practice* (Oct. 2018), pp.491—492.
[2] Meckled-Garcia S. "Why Work Harder? Equality, Social Duty and the Market", 50(4), *political Studies* (Sept. 2002), p.788.
[3] Meckled-Garcia S. "Why Work Harder? Equality, Social Duty and the Market", 50(4), *political Studies* (Sept. 2002), p.782.
[4] Meckled-Garcia S. "Why Work Harder? Equality, Social Duty and the Market", 50(4), *political Studies* (Sept. 2002), p.783.

么科恩的平等主义风尚就会面对一种与直觉十分冲突的额外义务的挑战，"一个人仅仅拥有生产天赋就意味着他有义务去提高生产力，而不仅仅是有义务平等地分配财富"[1]。如果我们要实现效率的要求，就需要一种额外义务以实现威廉姆斯所谓的广义风尚。

　　事实上平等主义风尚的众多批评者，也正是从广义风尚角度来理解科恩的风尚，并针对额外义务及其带来的问题，提出了他们的批判。

　　例如，卡萨尔假设某地发生了自然灾害，公民吉尔在这种情况下就在道德上有义务放下她现在的工作，去帮助受灾的最不利者。但是随着灾害情况得到缓解，卡萨尔认为吉尔就有理由花更多时间恢复原来正常生活而不是继续帮助最不利者。但是对于卡萨尔来说，这似乎是不容于科恩的平等主义风尚的要求，因为"科恩没有提到任何富裕水平，超过这个水平，我们就可以不再被迫从事最大限度地有利于最不利者的物质优势的职业。也没有人告诉我们，随着物质繁荣的增长，对我们的道德要求会减弱"[2]。

　　又如泰特尔鲍姆（Michael G. Titelbaum）提出了"生产自由度"（productive latitude）的概念，这不仅包括了我们前面提到的职业选择的自由，也含有了职业内部的执业自由，他说"个人有时出于对相当合理的生活计划、至关重要的考虑而行使生产自由。他们设定工作时间，这样他们就可以和家人待在一起，或者在某个地方工作，接近年迈的父母，或者选择一份特定的工作，因为他们认为这是他们的使命"[3]。泰特尔鲍姆认为，科恩对罗尔斯的正义社会的解读，让公民永远无法做出这样的选择，在那里所有个人的生产决策都取决于他们与他人经济状况的关系。因此，如果最不利者的物质舒适度水平与我们应该努力帮助他们的程度无关，吉尔将不得不在任何情况下都要努力奋斗。博格（Thomas W. Pogge）把这一点说得更清楚，他指出在科恩的风尚之下，"每个人都应该寻求能力所及的最高效

［1］Meckled-Garcia S. "Why Work Harder? Equality, Social Duty and the Market", 50（4），*political Studies*（Sept. 2002），p.788.

［2］Casal P. "Occupational Choice and the Egalitarian Ethos", 29（1），*Economics and Philosophy*（April 2013），p.14.

［3］Titelbaum M.G. "What Would a Rawlsian Ethos of Justice Look Like?" 36（3），*philosophy & Public Affairs*（Sept. 2008），p.291.

的工作，不管他们多么讨厌这样的工作；所有人都应该接受不超过团队工资的工作，应该用其余的钱来提高收入最低者的收入"[1]。

可以看到，虽然威廉姆斯认为科恩应该放弃狭义风尚转而选择广义风尚，但是广义风尚的结果也并不那么理想。此外，在威廉姆斯看来，广义风尚还存在着更高的公共性与信息的要求[2]，由此科恩平等主义风尚的论述似乎整体上就失败了。不过本文接下来要论述的是，通过进一步的分析我们可以发现，在科恩自洽的逻辑环境下，我们仍旧可以选择狭义的平等主义风尚而避开这种广义的解读。

三、科恩对狭义风尚的选择

为了证明科恩平等主义风尚能够成立，本部分将试图阐明科恩本人并没有提出额外生产的义务要求，同时狭义风尚能够满足帕累托更优的要求，也能应对"无差别挑战"的问题。如果体现科恩真实设想的狭义风尚能够成立，那么对于广义风尚的解读就是错误的，针对广义风尚解读的批判则构不成对科恩的平等主义风尚的威胁。

1.科恩未曾提出额外生产义务的要求

前面提到，威廉姆斯把广义的风尚的要求与共产主义格言"各尽所能、各取所需"联系在一起，并意指把平等主义风尚当作一种道德命令来理解时，不仅会类似地包含对分配的要求，还会包含对"额外"生产的要求。威廉姆斯在这么说的时候，使用了一个注释，在其中说"另一种有说服力的解释参见 G.A. 科恩的《自我所有权、自由与平等》第 126—127 页"[3]。威廉姆斯虽然没有明确说科恩的平等主义风尚支持这种各尽所能的"额外"生产要求，但是他的这种表述方式很容易让人误以为科恩对此有要求或者以为威廉姆斯认为科恩对此有要求。

---

[1] Pogge T.W. "On the Site of Distributive Justice: Reflections on Cohen and Murphy", 29（ 2 ），*Philosophy & Public Affairs*（ Jan. 2010 ），p.152.
[2] Williams A. "Incentives, Inequality, and Publicity", 27（ 3 ），*philosophy & Public Affairs*（ July, 1998 ），p.235.
[3] Williams A. "Incentives, Inequality, and Publicity", 27（ 3 ），*philosophy & Public Affairs*（ July, 1998 ），p.235.

　　我们回到科恩的《自我所有权、自由与平等》，在其中科恩是这样说的：“‘各尽所能’不是一个命令，而是共产主义自我描述的一部分：鉴于劳动是生活的首要需求，事情就是这样发展的。人们在他们所从事的工作中实现自我，这是一种无条件的偏好，而不是服从一种有约束力的规则。”[1] 而就在这一段之前，科恩还说了：在共产主义社会，“在物质丰富的高水平上，奖励劳动贡献的动机不再有存在必要，所以现在没有必要维持自我所有权的要求”。[2] 可以看到科恩这里讨论的是共产主义状态下对各尽所能的理解，实际上与平等主义风尚的论述并没有什么关联。

　　或许考虑到这种可能的误解，科恩在《拯救正义与平等》中对这句格言特别进行了阐释。科恩说“我对‘各尽所能，按需分配’这个共产主义口号有一些同情。这个口号将劳动、能力的运用和收入分开，这个口号宣称收入应该严格符合需要。在共产主义的理想中，劳动就像非营利的爱一样（虽然不因此出自爱）被自由地给予。但是，这个口号是不周到的，因为‘各尽所能’对服务的期望没有限制。这确实是对有才能者的奴役，并且它有待按比例递减。相应地，我们反而需要说，从共产主义观点来看，劳动，像爱一样，如果被给予的话，应该被自由地给予”[3]。“各尽所能，按需分配”这句格言“最多只是不充分的表述，因为它暗示着更有能力的人应该付出更多，而不管他们的需求可能因此得到满足或受挫。为了避免给有才能者或其他任何人带来不公平的负担，这个口号的第一部分应该受到第二部分的约束：不应该期望任何人工作方式会过度降低在满足她的生活所需方面的处境”[4]。可以看到，科恩并不简单地赞同“各尽所能”的要求，他认为各尽所能需要在“按需分配”的共产主义实现的前提下才能作为道德要求，对于科恩来说，“平等主义者要求有才能者提供更多产品或服务，

---

[1] Cohen G.A. *Self-ownership, Freedom, and Equality* , Cambridge, Cambridge University Press, 1995. p.126–127.

[2] Cohen G.A. *Self-ownership, Freedom, and Equality* , Cambridge, Cambridge University Press, 1995. p.126.

[3] 科恩：《拯救正义与平等》，复旦大学出版社，2014 年，第 207 页。

[4] Cohen G.A. *Rescuing Justice and Equality*, Cambridge, Harvard University Press, 2008. p.192.

而不是更多的牺牲"[1]。

如果科恩对平等主义风尚下的人没有提出"各尽所能"的要求，那么在此风尚下的人应该为平等付出到什么程度呢？科恩说："我们的立场的一个后果是如下的思想，即关于人们的劳动——这种劳动会确证他们为之得到的收入中的差异性的正义——的唯一事情是那种劳动负担中的一种差异，这种劳动负担是在广义的解释之下（以便它包含获取所需的执行它的技能的负担［若有的话］）。如果因为更有才能并且很轻易地就获得了她的才能，A 就比 B 在相当令人厌恶的（或者不令人厌恶的）苦工上每小时生产更多的小器具，那么正义禁止按照一个更高的小时工资率向 A 支付工资。于是，如果 A 使用她的能力去控制她努力工作的程度，通过除了在那种高工资率下以外拒绝去每小时生产像她所能（不比 B 工作得更辛苦）生产的一样多的小器具来保证获得一个更高的工资率，那么她就表达了这样一种姿态，即她反对公正的平等主义原则。"[2]

从上面这段科恩的引言可以看出，他所以重视的平等主义风尚下的平等是一种劳动负担与收入对等的平等。换而言之，一个人承担了多少的劳动负担，就应该获得多少的收入，科恩所设想其实是"同样负担，同等收入"的意思。在平等主义风尚的要求下，有才能者在完成一项工作时，不能故意隐藏自己的天赋，例如装作与普通人一样劳累，以求比别人更少的精力或负担去获得与普通人一样的收入。但是，平等主义风尚也不会因为有才能者能够轻松完成这项工作，就让他承担比普通人更重的负担。在平等主义风尚的社会中，在收入一致的情形下，能者应该"多劳"，但这种"多劳"所带来的劳动负担却应该是与普通人所承受的劳动负担一样多的。

2. 平等负担要求与帕累托更优的要求不存在矛盾

威廉姆斯认为科恩会选择广义风尚的主要理由在于，科恩的平等主义风尚有效率的追求。如果现在科恩选择的不是广义风尚而是狭义风尚，又如何满足帕累托更优的要求呢？

这里我们先来看看科恩如何谈论帕累托更优的要求。科恩把初始状

---

[1] 科恩：《拯救正义与平等》，复旦大学出版社，2014 年，第 191 页。
[2] 科恩：《拯救正义与平等》，复旦大学出版社，2014 年，第 166 页。

态的平等情景设定为 D1，一种帕累托更优的替代为 D2。假设 D1 中，有才能者和无才能者劳动负担是一样的，因此他们的工资率都为 W。在 D2 中，二者的工资率都高于 W，但有才能者 Wt 高于无才能者 Wu，同时无才能者并不比他们在 D1 中生产得更多。科恩指出，还可以有一个状态 D3，其中每个人的工资率都是 We，We 超过 W 和 Wu，但是少于 Wt。D3 同样比 D1 帕累托更优，但是与 D2 帕累托不可比。既然与 D2 的帕累托不可比，我们有理由选择与 D1 相比帕累托更优且更平等的 D3 [1]。

不过，如前面所指出的，威廉姆斯、弗伦达尔、梅克伦德 – 加西亚都认为狭义的风尚无法满足科恩 "帕累托" 实现的要求，类似苏菲选择商业设计师的情境下，显然每个人都会过得更好。以威廉姆斯为代表，他就认为广义的社会风尚可以使得苏菲作为一名设计师，能够在保持 "平等工资" [2]（an equality-preserving wage）的情况下工作效率更高，每个人也都享有更好的利益。但是这里威廉姆斯显然弄混了工资与工资率的区分。科恩所指的帕累托更优时候的平等，不是工资的平等，而是工资率（wage rate）的平等。在平等的状态中，"劳动收入的平等是每小时工资的平等……有才能者和无才能者劳动同样的时数并投入同等程度的努力" [3]。工资的平等与工资率的平等的差异我们可以通过对科恩提出的园丁—医生案例的思想实验的扩展来进行说明。

假设一个只有 T、U 二人的世界。T 是有医学天赋者，可以自由选择园丁和医生的职业，U 是缺乏天赋者，只能选择园丁职业。我们假设每一种状况下的工资率都是单位小时收入 / 劳动负担的比值（见表一）。

在科恩的 D1 初始状态中，T、U 二人都选择从事园丁工作，由于 T 的天赋无法在园丁工作中发挥作用，因此二人在一切项目上都是平等的。

在 D2 状态中，在 T 选择做医生后，由于医生工作的辛劳或者前期知识储备需要额外的劳动负担，因此他的每小时的劳动负担有了提高。同

---

[1] 科恩：《拯救正义与平等》，复旦大学出版社，2014 年，第 92—96 页。

[2] Williams A. "Incentives, Inequality, and Publicity", 27（3），*philosophy & Public Affairs*（July, 1998），p.237.

[3] 科恩：《拯救正义与平等》，复旦大学出版社，2014 年，第 91 页。

时，因为允许索取激励，T 提出了 70 个单位收入的要求。不过 T 这时的产出更高，我们根据罗尔斯广义差别原则[1]的要求，扣除了 T 少数赋税（10 个单位），转递给最不利者 U。这里虽然扣除了一些赋税，但是 T 的收入仍旧远高于 U，同时 T 的工资率也比 U 高。

在平等主义风尚的 D3 状态中，由于科恩要求工资率的平等，因此 T 的收入会更多地作为赋税转递给 U（20 个单位）。这时，虽然工资率是相等的，但是 T 的收入仍然高于 U。D2 和 D3 是帕累托不可比，且二者创造的社会总价值是一样的，但 D3 显然更平等。

在威廉姆斯所设想的平等工资的 D4 状态中，T 和 U 的收入是相等，但是我们看到二者的工资率显然不一样，T 的工资率低于了 U。这时 T 显然有理由对 U 说，这不公平，我承担了更大的劳动负担，却只获得更少的收入。

因此我们可以看到，只要在平等主义风尚的要求下，公民的工资率是一样的，如果公民会受到收入的激励，那么他就有理由选择 D3 而不是 D1。D3 不但满足了科恩狭义风尚的要求，而且满足了威廉姆斯所谓广义风尚中"额外"生产的要求，社会创造了最大的产值，并且公民获得了工资率意义上的平等的分配。但是，我们要注意 D3 的实现，并不存在一种广义风尚中"额外生产"的"要求"，这样的"要求"在我们的狭义风尚中是不存在。只不过满足狭义风尚各项要求的人，也就是在达到了平等的要求之后，在一般正常理性的条件下，会主动选择 D3 这种情况，因为 D3 中的工资率会更高。正常情况下，多数人会趋向选择工资率更高的职业。如果硬要把风尚社会要求平等说成是收入的平等而不顾工资率的情况（D4），这就并不是科恩所要求的平等主义风尚，因为这时 T 作为医生的工资率居然更低了，这不符合平等的要求，更不具有直觉上的说服力。

---

[1] 科恩：《拯救正义与平等》，复旦大学出版社，2014 年，第 62 页。

表一：

	D1 初始状态	D2 激励情境	D3 风尚情境	D4 威廉姆斯设想的 广义风尚
T U	T 园丁 U 园丁	T 医生 U 园丁	T 医生 U 园丁	T 医生 U 园丁
T 工资率	1	3.5	3	2.25
T 收入	10	70	60	45
T 负担	10	20	20	20
T 劳动时间	1	1	1	1
T 产出	10	80	80	80
U 工资率	1	2	3	4.5
U 收入	10	10+10	10+20	10+35
U 负担	10	10	10	10
U 劳动时间	1	1	1	1
U 产出	10	10	10	10

注：如收入 10+20 中，10 表示根据初始 D1 状态 U 的劳动负担应得，20 表示在相应的工资率下额外分配到的收入。

因此，我们可以初步认为，科恩的平等主义风尚与帕累托更优不存在矛盾。有天赋者 T 接受平等主义风尚的平等负担要求（也就是我们所指的工资率的平等），并不妨碍我们认可他接受获得更多收入的激励（D3），同时对社会来说也满足了帕累托的要求。

3. 更复杂情形下的效率问题

尽管我们证明了平等主义风尚情形下并不存在威廉姆斯的效率担忧，却有可能在极端的情形下出现需要类似广义风尚中"道德激励"的问题。科恩自己举过一个例子，每人初始有 5 片吗哪（一种假设的益品），后来另 3 片从天而降，假设吗哪无法分成半片的话，我们是坚持初始 5—5 分配还是应该 6—7 分配呢？Markus 认为，科恩在讨论这个例子时会主张 6—7 的分配，用科恩的话说是"正义不遵照帕累托最优，并且（一种帕累托最优、不公正的分配）是不公正的，但是鉴于人类的繁荣昌盛，它就是最可取的，并可能因此合理地被选择"[1]。由此 Markus 主张科恩平等主义风尚应该加入如下的原则："个人应该在其合理能力范围内给人类带来繁荣。"[2] 但是，科恩说的是"最可取（preferable）""合理的（reasonably）"，在 Markus 那里却被加上"应该在（ought to）"，这显然是一种过度的解读，Markus 在这里添加了过度的道德规范性的要求。

可以看到，这种从天而降的吗哪并不涉及人在**工作选择**上的道德动机。对于从天而降的吗哪，我在**生产**的道德或责任上没有任何义务或权利，但是我可以有投票**选择**如何分配的权利。如果投票选项是我 1 你 2，我显然会否决这样的建议；如果选项是抽签决定你 1 还是我 1，我可能会同意这样的决定，这项决定在随机的意义上你体现了"给人类带来繁荣"，但是我做出这项决定的动机并不是我们需要关注给**人类**带来繁荣，而是这项选择有给我**自己**带来繁荣的概率。所以科恩所说的是"鉴于人类的繁荣昌盛……合理被地选择"，科恩并没说这是一种"道德的选择"，根据我们的分析这种选择完全可以是一种合理的利益选择。

但是，如果我们的吗哪不是从天而降，而是某人的劳动产出，情况就会更加复杂。我们假设 D5 的情况下，医生同样劳动负担下，会有 11 个单位的产出，且单个单位是不能拆分的。我们需要一个道德激励让 T 从事医生职业么？由于 1 个单位的不可分割，我们采取最容易为双方接受的随机分配的方案，分配的结果要么是对 T 有利，要么是对 U 有利，也并不存在对**人类**有益的结果，如果人类包括了所有人的话。T 可以因为有 50% 获益的概率选择 D5，不必以道德激励让自己去这么做。如果 T 认为 50% 的概率对自己没有吸引力，他完全可以选择园丁工作。回到苏菲的例子上，苏菲从事设计能够给人类带来利益，那么也就有一定的可能同样会给自己带

---

[1] 科恩：《拯救正义与平等》，复旦大学出版社，2014 年，第 293 页。
[2] Furendal M. "Rescuing Justice from Indifference in advance: Equality, Pareto, and Cohen's Ethos", 44（4）, *Social Theory and Practice*（Oct. 2018）, p.501.

来利益，苏菲可以理性地判断，是否选择对她完全平等且没有害处有对半概率的机会。如果苏菲是通常经济学上假设的理性人，她完全有理由选择这样的机会去尝试（表二）。

尽管如此，我们还可以再进一步假设另一个 D6 情境，T 从事医生职业可以多生产一种不可分割不可享受的社会益品，比如或许许多代以后才能享用的益品，T 有没有"给人类带来繁荣"这样的道德义务呢？这也就是 Markus 提出的"无差别挑战"，在这样的情形下，有才能者可以任意地选择对社会是否更有益的职业，从而可能会出现无法满足效率要求的情形。那么有人可能会说，平等主义风尚在这里就显现不出比宽泛解读的罗尔斯差别原则更好的优势，因为在有激励的情况下，T 会选择做一名对社会有益的医生。梅克伦德－加西亚说"如果一个人没有义务去发挥他的才能，那么社会就无法获得这种才能所带来的好处，如果不征用，唯一的选择就是寻找一种非强制性的方式来鼓励这种才能的使用。激励为使用人才提供了一个可选择的理由，而差别原则使选择对社会有益。另一方面，社会责任理论对其看似不自由的含义做出了解释：仅仅拥有一个有生产能力的人才就意味着有义务提高生产力，而不仅仅是平等地分配财富"[1]。

但是这其实是"无差别挑战"所带给我们的一种错误的印象。"无差别挑战"告诉我们有天赋者在某种情况下会选择不是最有利于社会的做法，这一点并没有错。但是如果我们把这一点引申为在这种我们所设想的特殊情况下罗尔斯的宽泛解读的差别原则社会会做得更好，那就显然是思维惯性带来的错误。要揭示这种思维惯性所带来的错误，我们只要问问在我们所设定的这个思想实验中，罗尔斯那里我们对于 T 的激励能够来自何处？

请看 D7 的情况，如果 T 要有激励，激励又不能来自 T 的产出，那么只能来自 U 的收入的扣除。在这种情况下，D7 和 D1 因为出现了不平等的工资率分配，显示出的是与 D1 的帕累托不可比，现在 T 当然乐于接受这样的分配，但是最不利者 U 却失去了接受这样分配的理由。因此，至少

---

[1] Meckled–Garcia S. "Why Work Harder? Equality, Social Duty and the Market", 50（4）, *political Studies*（Sept. 2002）, p.788.

在这一特殊情形下，罗尔斯的宽泛解读的差别原则也同样不会具有要求 T 选择医生职业的恰当理由。

因此，平等主义风尚要实现帕累托更优的要求，在平等分配的前提下并不需要一种道德激励（D5）。同时，一些学者认为通过道德激励能够给社会带来更大益处的情形，超过了科恩平等主义风尚的要求（D6），在此情形下风尚中的人的确可以"冷漠"选择任一职业。但是这并不意味着在我们所设定的这种特殊情况下，差别原则能够做得更好。因为如果我们允许罗尔斯式的"激励"发挥作用，那么最终将损害最不利者的利益，从而在根本上违背了差别原则的要求（D7）。

表二：

	D1	D5	D6	D7
T U	T 园丁 U 园丁	T 医生 U 园丁	T 医生 U 园丁	T 医生 U 园丁
T 工资率	1	1.1/1.0	1	1.1
T 收入	10	10+1/+0	10	10+1
T 负担	10	10	10	10
T 劳动时间	1	1	1	1
T 产出	10	10+1	10+ 不可分割不可享受的社会益品	10+ 不可分割不可享受的社会益品
U 工资率	1	1.0/1.1	1	0.9
U 收入	10	10+0/+1	10	10−1
U 负担	10	10	10	10
U 劳动时间	1	1	1	1
U 产出	10	10	10	10

综上所述，我们能够看到，威廉姆斯把科恩的平等主义风尚区分为狭义的风尚与广义的风尚，并认为科恩会选择广义的风尚，这是一种错误的判断。科恩的平等主义风尚就是威廉姆斯所谓的狭义的风尚，这种风尚能

够满足帕累托更优的要求，在面对所谓"无差别挑战"时，也能够具有可以让人满意的回应。

Egalitarian Ethos, The Wide or The Narrow?

（Tian Run, Department of Philosophy, East China Normal University, Shanghai, 200241）

Abstract: Williams proposed two interpretations of Cohen's egalitarian ethos. He insisted that the narrow ethos cannot meet Cohen's requirements for efficiency, so Cohen should choose the wide ethos. But unfortunately the wide ethos will face the challenge of an additional obligation that conflicts with intuition. According to this interpretation, the establishment of Cohen's egalitarian ethos will get into predicament. This article tries to explain that Cohen will actually choose the narrow ethos, and it can meet the requirements of efficiency and some other challenges. If the the narrow ethos can be established, then criticism of the wide ethos will not pose a threat to Cohen's theory.

Keywords: G.A. Cohen; Egalitarian Ethos; Andrew Williams

德里达解构主义的政治面向

谷若峥　王晓东*

摘要：德里达解构思想可以以政治主题为标志分为前后两个阶段，在前期反逻各斯中心主义与延异策略的论述中可以发掘到一定的政治伦理旨趣，后期研究逐渐指向政治领域并形成与反逻各斯中心主义和延异概念相对的事件政治和延异政治。德里达以边缘化视角对政治事件、敌友政治以及民主友爱问题进行解读，并将其置于西方传统哲学、政治学的历史背景下找出它们思想的同源之处，解构现代政治的同时也表达他对传统形而上学的对抗。

关键词：德里达；解构主义；延异；政治

德里达的名字几乎代表了解构，他一生致力于解构思考，但在他的后期研究中政治是一个明确的重要主题，因此德里达思想通常以 20 世纪 80 年代末陆续发表的政治哲学著作为界限分为前后两个阶段。解构是一种异质性与不断变化生成的过程，德里达的解构思想在研究方法、重点和时间顺序方面存在些许差异，但这并不能武断地得出他思想彻底转变的论断。德里达的后期思想究竟是彻底的转向还是其解构理论的延伸，理清德里达前期与后期关键思想的微妙变化及复杂关系可以帮助我们探究这个问题。那么他的早期思想是否有一定政治指向，为何后期会直接进入政治主题，前后时期的思想差异如何，德里达政治思想的最终目的是什么，会对政治产生怎样的影响。

---

* 作者简介：谷若峥，黑龙江大学哲学学院博士研究生、黑龙江大学西语学院副教授；主要研究欧洲大陆哲学，邮箱：guruozheng@163.com；王晓东，黑龙江大学哲学学院教授，博士生导师，主要研究欧洲大陆哲学。本文系国家社科基金重点项目"文化哲学视域下现代俄国哲学虚无主义问题研究"（项目号 20AZX014）阶段性成果。

一、早期解构思想的政治意蕴

纵观德里达思想进程，确实存在一次较为明显的主题转变，以 1987
年德·曼事件和德里达的两部著作《论精神》《心灵，他者的发现》为界
限，大致可以划分为前期的形而上学解构和后期的伦理、政治思考。由于
要找出德里达前后时期思想在何种程度上有着怎样的关联，故将德里达的
前期思想又进一步细分为两个阶段。以《论文字学》的发表为界限，在此
之前，德里达主要是对逻各斯中心主义的形而上学的批判；在此之后，则
是通过对文学哲学界限的探讨，发展了解构的重要思想——延异。在德里
达早期的这两方面内容中可以探索隐含的政治、伦理向度，挖掘德里达与
政治的迂回联系。

（一）在场形而上学的解构

从 20 世纪 50 年代开始到《论文字学》的发表，德里达的主要作品几
乎都在针对传统形而上学，这一时期是他质疑西方逻各斯中心主义、语音
中心主义的阶段。德里达思想很大程度上受海德格尔和尼采影响，尤其是
前者对传统形而上学的拆解，但他认为海德格尔没有坚持对本体论思想的
反叛，所以德里达倾注大量精力论述不在场对于在场的重要性、未来对于
现在的重要性等问题。西方传统形而上学核心就是本原的"在场"问题，
这种由逻各斯中心主义和语音中心主义构建起来的在场的形而上学的主要
特征就是强调本原的完满性、同一性，由此建立了二元对立结构，例如
真理与谬误、同一与差异、实体与虚无甚至声音与文字、男人与女人、中
心与边缘等两级结构。德里达反对这种二元对立的基础主义，在他看来
这些两级概念并不是平等独立的，这中间存在着一方对另一方的排斥、统
治以及边缘化。德里达的解构并不是二元结构的转换，而是对二元结构的
颠覆。德里达认为转换只是树立了新的中心和权威，且仍然停留在二元论
结构内，而解构要做的是拆解后的重新思考。显而易见，解构形而上学并
不是要摧毁形而上学而是建立对传统哲学新的视角和解释，因为德里达对
传统形而上学本原问题的质疑，实际上是对本原或者形而上学可能性的解

构。在西方传统形而上学中，本原的同一性、完满性和在场性是其无须思考的前提，差异、缺陷和非在场均外在于本原，德里达的解构就是要思考这个前提的可能性。诚然，德里达在思想渊源上深受海德格尔的启发，其解构策略上则基于结构主义的技艺。索绪尔的结构主义语言学认为语言是一套人为的符号系统，人为了掌握外界世界同时也使外界进入认识领域而创造的能指与所指的符号体系，它的产生是任意的、武断的。人的生存无法跳出能指与所指的语言结构，也有学者称为语言的牢狱。这与传统语言观认为语言是人交流、表达的工具有着鲜明的对立，这种符号系统语言观以符号的客观存在性批判语言神授的逻各斯中心论的语言学。索绪尔以及后来的结构主义思想家希望以语言哲学及语言理论反对古典形而上学思维。德里达肯定了索绪尔的差异原则，但他认为索绪尔的结构语言学仍然以语音为中心，并没有彻底逃出逻各斯中心主义。因此，对在场形而上学的解构可以通过他对普通语言学中在场的语音中心主义的清理加以理解，德里达要清理的是文字对言语的从属地位、声音对文字的优先性以及永恒在场问题，然后再解构文字。

首先，他用文字颠覆语音中心主义，这一时期的德里达解构的重要主题就是声音的特权。德里达对于文字的解构并不是在语言学的意义上进行的，而是在哲学层面上展开的，是基于存在论角度解构文字。从《书写与差异》开始，德里达就反复探讨文字问题，而《论文字学》一书则全面展现了德里达对文字的解构。德里达考察索绪尔在《普通语言学教程》中对文字的压抑，是结合柏拉图为源头的类似的文字观。柏拉图在《裴德诺》中表达过写作会对心灵在逻各斯中的呈现造成掩盖，而索绪尔则是直接将文字外在于语言。索绪尔认为从语言的本质上说，文字与语言（langue）无关，言语（parole）才是语言学（linguistique）的核心 [1]。索绪尔将文字看作是言语的形象表达，认为文字从外部入侵了语言，是对语言的中断。在德里达看来索绪尔给文字以道德色彩和等级划分，即文字似乎是败坏的、边缘的。德里达说："与表音—拼音文字相联系的语言系统是产生逻

---

[１] 在索绪尔看来 langue 指社会成员共有的语法体系，parole 指说话人对语言的具体使用，linguistique 指以言语为研究对象的学科。本文的外文单词均统一为法语。

各斯中心主义的形而上学的系统，而这种形而上学将存在的意义定义为在场，这种逻各斯中心主义，这个充分言说的时代，始终给对文字的起源与地位的所有自由思考，给整个文字学加上括号，对它们存而不论，并因为一些根本原因对它们进行抑制……"[1] 他要"表明文字的暴力为什么没有降临到无辜语言的头上"[2]，文字的暴力是对索绪尔的反讽，文字的这种暴力是因为文字与语言从一开始就发生关系，这种关系被德里达表述为"正当性的意义出现在神话般的轮回效果中"，也就是说语言具有正义的优先性，文字只是在不断地入侵语言的轮回中。这里所提的"暴力""正义"问题以及对文字给予的伦理色彩与后期德里达政治伦理思想中的"暴力"和"正义"自然不是同一概念，但由此也能看出在其早期理论中已经触及一些政治哲学相关的主题。而且对于索绪尔的普通语言学中突出语音、压抑文字的论述，德里达将其解释为欧洲人种中心主义在作祟，说明在其哲学指向上还是会包含政治、伦理问题。

其次，在抬高文字位置后，德里达又对在场性的文字进行解构。德里达仍然将问题投掷到西方传统形而上学历史中，古希腊以来就将文字服务语言的技术性与逻各斯中心主义联系在一起。在场的真理原本与语言联系在一起，而现在成为文字与在场真理的结合，能指层面的文字与所指结合，文字成为能指，成为逻各斯的在场。德里达质疑的是将文字替换言语的做法，实质是树立了又一个中心，是语音中心主义结构下将文字与逻各斯结合。德里达要注意的正是这种膨胀的文字学，这里他还分析了列维斯特劳斯在人类学层面提升文字学的地位，以此来颠覆欧洲人种中心主义。这一时期的德里达指出逻各斯中心主义、语音中心主义与欧洲中心主义之间有着某种必然联系。虽然当时的德里达并没有对这一层面展开论述，却为后期的解构思考留下一个思考点。

---

[1] 德里达:《论文字学》，上海译文出版社，2005 年，第 59 页。
[2] 德里达:《论文字学》，上海译文出版社，2005 年，第 50 页。

（二）延异思想的发展

在《论文字学》之后，从 1968 年法国哲学年会上《论延异》[1] 的演讲到《丧钟》发表，这是德里达超越文学，以哲学解释文学的阶段也是其解构的核心概念——延异思想的发展时期。德里达的延异并不是首创性的，还是受到海德格尔的差异思想影响，但更为直接的还是受索绪尔语言学的差异概念的启发，德里达的延异思想是对索绪尔差异原则的超越和突破，延异思想仍然是与结构语言学的批判联系起来。德里达关注书写，因为在他看来，书写总是处于延异之中：它总是延迟着到场，在它内部蕴含着区别、差异。这样，他将语言看作是一个差异系统，以差异替代中心，以差异弱化本原，但这并不意味着德里达要扶植一个新的中心，而是发现祛中心化、祛本原的延异（différance）。这个词是德里达创造的，是基于法语差异（différence）一词，从法语读音规则上说，两个词的发音是完全相同的，但转换的字母 a，却使我们直观地感受到差异，进而思考这种产生"差异"的"差异"，即汉语翻译的延异。这种"差异"的"差异"强调的是事物自身内在的异质性，也就是与其内在的异质成分的差异。它是对逻各斯中心主义强调的在场、同一、共时的反对，它要突出的是被压抑的距离、差异和历时。德里达的延异是时间上的延宕和空间上的分延，他要统一时间与空间，历时与共时。事物自身的异质性是一切事物变化的前提，这是事物生命力和多样化的可能，否定异质性将走向灭亡。这与德里达后来的政治伦理思想有着紧密的关系，以致德里达的政治哲学被称为延异政治，后期他对自己延异思想的解释也加入了政治哲学意蕴。

按照德里达常见的说法，延异既不是一个词，也不是一个概念，他通过一种替补（supplément 补充、增补）逻辑来诠释延异。在德里达的解构思想中，延异与替补是互相阐释的两个重要概念。对于强调在场的传统西方思想而言，替补一直是对中心的替补。替补的出现意味着中心的缺失，有着次生的、补充的、附加的特性的替补，在替补了中心的同时又拆解了

---

[1] Différance 收录于 Marges de la philosolhie, Minuit, 1972. 由此，德里达正式使用延异术语。

中心。德里达写道："无限的替代过程不断对在场造成伤害，它始终铭记这重复的空间和自我的分裂。"[1] 德里达精心选择了卢梭的经典文本展开他哲学性的解读，发现卢梭文本中的逻辑悖论，即卢梭对写作或文字存在一种矛盾态度[2]，使其陷入一种中心主义的思想困境，由此入手，德里达发现卢梭在写作中的替补策略。例如德里达发现卢梭在《爱弥儿》中关于"母爱的替代"与《忏悔录》中"危险的替补"的矛盾，前者中卢梭强调母爱是不可取代的，而后者中卢梭又对华伦夫人有着母亲般的依赖和特殊的爱欲。德里达解构的阅读往往通过联想和隐喻，激活原有文本，加之其跳跃的思维让他的整个论述过程自由发散，他对卢梭作品的文本性阅读后，还是回到了他所关心的替补问题。他看到卢梭在经历了种种母亲的替代之后，"母亲"在根本上的欠缺，使母亲本身便在某种程度上成为替补，这个词也成为替补链环，而德里达实质上质疑了这种链环的起源或初始。因此，无限的替补链环代表着在场的自身同一性的延迟，原始的在场无法完成自身同一，总是需要反复替补后再回到自身，也就是在场不再具有完满性和同一性。起源和终点，只有在替补链环中的补充再构建。同样，时间意义上的当下同样需要其他的时间维度，通过过去或未来的差异维度来定义自身。因此延异与替补的含义也必须通过它们之间的互释游戏才能被更充分地理解。德里达解除中心、起源，理性逻辑在他看来是隐喻的替补，他以解构的修辞性阅读对抗形而上学传统。

　　面对形而上学对差异与替补力量的抑制，德里达从西方传统哲学预设的原初入手，通过延异与替补的互相诠释对其进行解构，即延迟到场、内在差异这样的延异游戏结合上替补逻辑。延异与替补其实都是指向在场化、同一化、对象化的传统形而上学，德里达把海德格尔的此在思想，索绪尔结构主义的预设的结构中心等，进行彻底的解构与颠覆，使它们本身置于一种延迟到场，成为替补。但这种全新理解并不是解构的全部内容，他的重要意义更为深远，因此他的延异与替补继续延伸至不**在场的绝对他者**、**未经现在**的绝对过去，以及那**即将来临的绝对未来**。这种解构的伦理

[1] 德里达：《论文字学》，上海译文出版社，2005 年，第 237 页。
[2] 陈晓明：《德里达的底线》，北京大学出版社，2009 年，第 286 页。

思想与时空观在其后期政治哲学中成为正义、民主、弥赛亚性等问题的理论基础。这似乎是其解构思想的延伸、水到渠成的论述，即使德里达后期论述主要围绕政治问题，也体现其解构思想的一以贯之而并非其哲学思想的转向。

二、后期政治哲学的解构基础

如上述提到的划分，从 1987 年开始，《法的力量》等政治性质的著作相继问世，德里达开始关注当代民主政治、正义及马克思主义等问题。理解和分析德里达的政治哲学思想及其与整体思想的复杂关系，要结合当时的世界政治背景和西方政治哲学语境。随着国际局势的变化，美国的霸权地位日益明显，福山、科耶夫等思想家以及多数主流思想都流露出西方自由民主制度是最好的，全球一体化的实现以及人类历史就此终结等思想。面对民主政治的趋同化，德里达不仅看到了自由民主政治制度的困境还从存在论角度反思这种制度的起点。此外，20 世纪 80 年代德里达的解构思想面临前所未有的指责，例如福柯等人批评解构理论只局限文本而不进入政治伦理的现实领域，这使他进入关注度较高的政治问题内，以其政治哲学的观点回应当时的各种质疑。德里达由对本原同一性的解构延伸到政治同一性的批判，除了回应现实政治问题外，主要还是在于借此丰富和发展他对在场的、同一的形而上学的解构。

"解构不是、也不应该仅仅是对语言、哲学话语或者概念以及语义学的分析，它必须向制度、向社会结构以及政治结构、向最顽固的传统挑战。"[1] 德里达在苏塞克斯大学的一次座谈中曾说过他所做的一切都与政治问题直接或间接相连。哲学思想确实潜藏着某种政治可能，德里达也许是基于这一层面，认为自己的思想并没有发生过转向，正如他自己说的那样，他从一开始就关注政治和伦理问题。尽管进入政治主题，德里达依然坚持对逻各斯中心主义和语音中心主义的解构式对抗，这种对抗在他后期

---

[1] Entretiens avec Derrida, par Didier Cahen. Paris: In *Digraphe*, No.12, décembre 1987. 转引自高宣扬：《当代政治哲学》，人民出版社，2010 年，第 603—604 页。

进入政治领域后即是对西方人种中心主义、欧洲中心主义的批判。与德里达对传统形而上学的解构一样，他对现代政治哲学的解构依然是其解构策略的延续运作，在批判某种政治哲学思想后，找出其思想形成过程中所隐含的理论预设和基本逻辑并对其可能性进行否定后加以重构。德里达后期对政治问题的论述，能够折射出其解构思想的微妙变化：一方面是对在场的更加重视，另一方面是对延异思想的进一步补充。

（一）事件政治——在场性的解构事件

20 世纪中期，欧洲哲学经历了从存在主义到结构主义、从结构主义又到解构主义的思想裂变，但在整个过程中，社会政治事件似乎成为一种不言而喻的场域。与此同时的法国也经历了二战后难民问题、1968 年五月风暴、左翼政党的壮大，存在主义对法国政治影响日渐弱化，而开始了对欧洲倡导的理性、自由、民主概念的反思[1]。这一系列的政治事件就是德里达的政治思想产生的背景，而他的解构策略也正是在这一过程中逐步实践。哈贝马斯在其著作中也曾表达过德里达对形而上学中心主义的解构在政治上表现为欧洲与第三世界之间的新格局，以及人类中心论的批判。正是在具体的政治事件的反思进程中，德里达早期反逻各斯中心主义以及语音中心主义的解构思想与其政治思想互相指向、互相论证，在解读政治事件的基础上建立了事件政治。因此，德里达的"政治哲学既是对解构主义对当代各种政治事件的批判，又是他的解构策略的一种政治实践，这就决定了他的政治哲学的散播性、碎片性、在场性、零散性、游击性和事件性"。[2]德里达对于事件的关注、对在场的重视，呈现出其后期思想的微妙变化，这也是德里达为摆脱解构主义抽象或"缺席"的思维定式所做的尝试。

德里达在早期强调书写文字自身内部的差异性问题时就显示出对西方中心主义的反对，对于象形文字的书写系统他认为是"完全被我们西方人

---

[1] 麦克·里拉：《德里达的政治哲学》，载《思想文综》8，中国社会科学出版社，2003 年，第 6 页。
[2] 高宣扬：《论德里达晚年的政治哲学思想》，《上海交通大学学报》2016 年第 3 期第 24 卷。

所压制"[1]，书写文字"自身主体的不在场"[2] 所产生的差异化运动蕴含着无限差异化的可能，也意味着文化差异的合理存在。一方面，在德里达的政治思想中，将事件看作文本，再通过文本差异来揭示政治的任意性。恐怖袭击也被看作是解构性事件，当"911"事件发生时，他就事件后果做出如下表达：该事件的后果具有多种可能性，甚至也具有多种不可能的可能性[3]。德里达认为该袭击针对的是以纽约世贸中心和五角大楼为意义符号的强权世界，这并非一次恐怖袭击而是文明冲突或者更多层面的事件，在德里达看来，这种事实的结构性事件中隐含着差异的可能性。"事件"对于德里达有着更为特殊的意义，与其伦理思想中的"他者"相似，德里达认为"每一他者作为整体他者……对于我是不可接近的、神秘的和超验的"[4]，事件也具有不可预测性，而这种不可预测也预示着事件的多种可能性。在德里达流变的时空观中，政治也随着时代变化而呈现出流动多变的特性。另一方面，德里达也将政治文本看成是政治事件并以边缘化视角进行解读，揭示政治中的在场性。例如，西方国家常以《人权宣言》中的"人权"为由对第三世界国家进行蓄意干涉，而"人权"只是一个抽象概念，在德里达看来这要拿到具体的事件中才能体现其实质，仅凭一系列抽象符号就代替了在场的作用未免太过霸道。政治就是这样以不可预见的方式介入私人或公众领域，使社会中的个人受到威胁的可能，承受被随时驱逐所在领域的危机。德里达以文本差异对抗政治中的逻辑中心主义，他的事件性政治的实质就是揭示当代政治的霸道性质。在《马克思的幽灵》一书中，针对西方"完美民主"德里达指出：我们不得不说在人类历史上从未像今天这样有如此之多的人生活在暴力、不公、饥饿、排外和经济压迫之中[5]。他认为结合发达的科学技术，当代政治以其任意性更加随意地加强对个人或国家的干预及管制。当代政治具有越来越强的在场性和任意性，可以干预、

［1］Jacques Derrida, *L'écriture et la différence*, Seuil, 1967, p.288.

［2］Jacques Derrida, *L'écriture et la différence*, Seuil, 1967, p.265.

［3］德里达 2001 年在复旦大学的演讲与座谈。

［4］Jacques Derrida, *Donner la mort*, Galilé, 1999, p.110. 原文中 tout autre comme tout autre, 由于语法上使用了单数形式，结合上下文语境，第一个 tout 翻译为每一个，第二个 tout 翻译为整体。

［5］德里达：《马克思的幽灵》，中国人民大学出版社，1999 年，第 120 页。

操控事件，以加强其权威性。德里达反复强调政治事件的在场性，是为了激起对政治的在场的反思，政治事件的本质只有在场发生时才能把握。通过对在场事件的巨大影响力以及多种可能性的分析，呈现出在场事件的转化的可能以及对未来的诸多影响。这些都传达了他在政治哲学中对在场问题新的理解。

（二）延异政治——差异中的敌友政治

德里达将语言符号看作持续性、延展性的差异化系统，后期他将视野超越语言范畴投射到政治领域，符号与意义间的关系成为一种多元异质性文化创造，符号本身的差异性带动文化、政治的差异化思考。此时，德里达的延异思想更多的是反思国家、个人界限外的差异化过程。对于政治的基本概念的思考，敌友关系是一个重要的维度，德里达巧妙地抓住卡尔·施密特的《政治的概念》这一文本，在对其中的敌友政治解构的过程中，阐发他的别样的友爱政治。二者的核心分歧就在于对敌与友的划分，在此基础上探究政治的本质。施密特主张找出能使政治最大限度地区别于其他领域的本质性因素，对政治进行本原性的还原。如道德中的善恶、经济中的盈亏等均不属于划分政治的标准，施密特给出政治的本质在于划分敌友，其划分对象便是他者，对他者的敌友划分是独立且对立的。在这一划分基础上，施密特将政治概念根植于敌对中，通过敌人来理解与其对立统一的朋友概念。在明确了敌友问题后，施密特进而将这一概念引入生活世界，展现了敌对性如何体现在人类生活中。对于这种非敌即友的二元对立模式的政治概念，德里达展开了他与施密特的对话。德里达如何拆解敌友政治的二元基础？如何找到我与他者之间除敌友关系外的其他可能？如何建立自己的延异政治？

德里达的延异思想不断发展和超越，他对伊丽莎白·卢迪内斯库曾说："延异指的是宏观的普遍差别，而差异指的是微观的差别。只有承认差异的普遍性，才能更好地理解各种微观的差异，不管是文化、民族、语言方面的，还是人种方面的差异。从地球上有生物的时候起，延异就开始存在了，那是一种生／死或存／亡的关系。在很早以前，在还没有人类的时候，在动物界里，这种关系就形成了。延异现象是伴随着生物和生命的产生而产生的，它超越了'人类'与'动物'的界限，超越了各种文化、哲学与传统的界限。"[1] 德里达的延异更强调差异化和非对立的异质性，这与施密特敌友划分中的联合或分裂、统一或对立完全不同。虽然德里达将施密特看作最后一位伟大的政治形而上学家和欧洲政治形而上学的最后一位发言人[2]，并且赞同施密特将政治的本性定义在敌友关系基础上，但他主张政治上化敌为友，强调政治应该成为友爱的政治。德里达首先解构的是施密特的敌友界限，他从西方哲学史出发，指出施密特的敌友政治是《理想国》"公敌"与"私敌"问题的延续。施密特在界定敌人上认为"……在潜在意义上，只有当一个斗争的群体遇到另一个群体时，才有敌人存在。敌人意味着公敌……"[3] 也就是说，在施密特的敌友政治中，敌人被划分为公敌和私敌，而真正的敌人是公敌。对于朋友的划分施密特似乎没有这么明确的公私之分，而且友谊更多是存在于私人领域。施密特本人也承认两个概念间的不对等，私人情感与公共领域确实不是同一层面的对立。德里达认为"我对那些具体的带有对立性质的差异也质疑。我想坚持的观点是，延异并不是对立，甚至不是辩证的对立。延异包含有与他者相同的意思，不能只强调延异所包含的差别和不同的那些方面。当然，有些人可能会从这个表面上抽象的解释中找出指责所有提倡社团主义的理由"。[4] 也就是说公共领域的敌人可能是私人情感上的朋友，朋友与敌人的界定发生反转。如果敌友界限上出现模糊，那么以明确敌人为政治本质因素的敌友政治就陷入难以自洽的困境。施密特无法保证政治领域中敌友关系的纯粹性，敌人与朋友间的模糊界限使它们的划分不断延异。施密特没有从现实层面考虑敌友之间是否有转化的可能性，这在德里达看来是不能把握政治本质的。因为全然抛开现实，仅凭敌对性来确立政治的存在就意味着一直

［1］德里达、卢迪内斯库：《明天会怎样》，苏旭译，中信出版社，2002年，第28—29页。
［2］汪堂家：《汪堂家讲德里达》，上海三联书店，2019年，第155页。
［3］施密特：《政治的概念》，上海人民出版社，2004年，第109页。
［4］德里达、卢迪内斯库：《明天会怎样》，苏旭译，中信出版社，2002年，第29页。

寻找敌人，也就是说对我而言他者要么化为朋友要么归为敌人，抹去了他者的他异性是对他者的暴力，也是非正义的[1]。德里达认为以民族、国家这样的公共领域为基础区分敌友不够彻底，应该将公共领域的差异推至个体之间的差异，才能建立面向未来的差异政治。

德里达又以政治哲学中较为边缘性的友爱问题来思考敌友政治，他认为自古希腊以来的男性中心主义的、兄弟关系的友爱观念是划分敌友的前提，在此前提下我与他者的友爱政治和我与他者的敌对政治实际上是同源的。"谱系学的纽带从来不是纯粹实在的，它是被设定的、被构造出来的……暗含着一种象征的话语效果。"[2] 德里达质疑这种兄弟关系、血缘纽带为自然基础的真实性与合理性，法律规范、民主政治都是以一种比喻意义上的博爱为基础，实际上还是一种同化或者排斥他者的政治。"如果，名称与概念或事物之间，距离的游戏引起了作为政治策略的修辞效果，那么，我们今天能从中吸取什么教训呢？"[3] 德里达想建立的是一种超越兄弟关系，充分肯定他者差异为基础的民主政治，这种面向他者的无限友爱的政治相较于以西方传统思维为根基的政治而言，是一种尚未到来的别样政治。

三、结语

进入后结构时代，包括德里达在内的一些激进思想家，如福柯、利奥塔、德勒兹等对既追求科学性又保守封闭的结构主义进行抨击，认为结构主义实质上是逻各斯中心论的最后的维护者，他们走向更具批判性、游戏性的解构主义，并将解构思想延伸到政治伦理领域。尽管解构主义思想阵营内部也有这激烈的思想对抗，但德里达的差异思想及解构理论成为后结构时代差异政治、微观政治的思想基础，他影响着其他后结构主义思想家。我们不能以传统政治哲学的框架去理解德里达的晚期思想，当他的解构策略实施到政治事件中并超越哲学范畴以更广阔的视野揭示当代政治

[1] 朱刚：《敌对的抑或友爱的政治？——施米特的"政治的概念"以及德里达对他的解构》，"西方政治哲学"全国学术研讨会论文汇编，2011 年。
[2] Jacques Derrida, *Politiques de l'amitié*. Paris: Galilée, 1994, p.114.
[3] Jacques Derrida, *Politiques de l'amitié*. Paris: Galilée, 1994. p.83.

时，他就开始给政治以全新的概念，但并不是构建一套新的理论、范式，而是在多学科、多领域交叉下对政治的重新思考。德里达的政治思想对于认识政治概念、反思政治的方法等方面有着深刻的影响。

德里达的政治面向隐含于前期的解构思想中并在后期的现实运作中成为显指，面向政治的德里达对哲学文本解读有着政治性的关注同时也以政治逻辑发展哲学思想的内涵。德里达解构政治哲学的目的和策略是比较明晰的，只是他的拆解式的思考让具有同一性思维定式的大众难以理清。他的事件政治、延异政治让人警惕逻各斯中心主义的单一思维向度，引导人们对现代社会进行反思。德里达既不是突然转向了政治哲学，也不是其早期思想中就树立了政治意向，而是解构思想作为一个持续发展变化的过程最终进入政治领域，这是解构思想一脉相承的发展结果。就德里达整个解构思想发展看来，解构理论与解构实践不可分离，政治问题是其展现解构理论的重要场域。

The Political Aspect of Derrida's Deconstructionism

（Gu Ruozheng, Wang Xiaodong, School of Philosophy, Heilongjiang University, Haerbin, 150000）

Abstract: Marked by political themes, Derrida's theory of deconstruction can be divided into two phases. In the first phase, a certain political ethics is found in his discussion of anti-logocentrism and différance strategies; and in the second phase, his work took a "political turn", and formed event politics and différance politics as opposed to anti-logocentrism and différance concepts. Interpreting political events, enemy-friend politics and democratic fraternity issues from a marginalized perspective, exploring their common origin by putting them under the historical background of traditional Western philosophy and political science, Derrida presented his critique of "metaphysics of presence" while deconstructing modern politics.

Keywords: Derrida; deconstructionism; différance; politics

功利主义与完整性是否相容？

——对西方功利主义式完整性辩护路径的述评

张继亮 *

摘要：除了与正义不相容、要求过高等这些常见的批评之外，功利主义面临的另一个常为人忽视的批评就是其忽略完整性。完整性意味着人们大部分时间都坚定持有但需要在特定时刻做出修正的本源性承诺或计划。而功利主义所秉持的功利最大化诉求会要求人们放弃体现人们完整性的承诺或计划。面对这一完整性的批评，功利主义的同情者或辩护者从"受以行为者为中心限制式功利主义""精致式功利主义""完整性式功利主义"以及"功利主义居优"等角度出发为它进行完整性辩护。然而，国内学术界对这些辩护路径并不是非常清楚，为了深入理解这些辩护路径，我们一方面需要明确它们具体的论点，另一方面也需要明确其辩护的限度。

关键词：功利主义；完整性；受以行为者为中心限制式功利主义；精致式功利主义；完整性式功利主义

人们通常从功利主义忽略正义以及要求过高（demanding）出发对它展开批评，[1]在这些批评中，人们往往关注的是它为实现功利最大化而忽略正义或权利以及为了实现功利最大化而对人们提出超出其本无须承担的义务的要求等这些问题，而很少关注它对完整性（integrity）的破坏。威廉斯（Bernard Williams）首先从完整性的角度出发对功利主义提出了严厉的

* 作者简介：张继亮，东北大学文法学院副教授、硕士生导师，研究方向为政治哲学、行政伦理学，邮箱：zhjlwyn@163.com。本文系中央高校基本科研业务经费（63192203）的阶段性成果、"天津市高校习近平新时代中国特色社会主义思想研究联盟成果"。
[1] John Rawls, *A Theory of Justice*, Massachusetts: Harvard University Press, 1999, p.24. Spencer Carr, "The Integrity of a Utilitarian", Ethics, 1976（86）, p.241.

批判。在威廉斯看来，完整性意味着"一个人深切且广泛地参与其中并深深认同的那些'承诺'（commitments）"，或者一些"一个人在某些情形之下从内心最深处将之视为其生活意义之所在的计划和观点"[1]。[2] 由于功利主义根据一个行为是否能带来功利最大化来判断其正确与否，所以，当一个行为不能实现功利最大化，那么这一行为也需要被舍弃，即使这一行为源自体现一个人完整性的承诺、计划、观点或"根本性计划"也是如此，然而，这里的问题在于，正是功利主义的功利最大化这一要求侵蚀了人们的完整性：个体的完整性在功利计算中没有任何特殊意义，人变成了只是进行功利加总的机器，用威廉斯的话来说就是，"这在很大程度上忽略了一个人的行为和他的决定源自他最为深刻认同的计划和观点这一事实。因此，从最表面意义上来看，这构成了对他完整性的侵犯"。[3] 毋庸置疑，威廉斯对功利主义展开的完整性批判是奠基性的，然而，在其观点提出之后，西方很多学者对他的这一观点质疑，他们纷纷认为，功利主义者实际上可以消除功利主义与完整性之间的冲突或矛盾。[4] 然而，国内学术界却对这一重要的议题知之甚少，[5] 为了更好地展开对这一重要议题的述评，本文首先从威廉斯对完整性的界定出发开始讨论，然后分别介绍并评价"受以行为者为中心限制式功利主义""精致式功利主义""完整性式功利主义"以及"功利主义居优"等为功利主义进行完整性辩护的路径，最后，在总结部分中，我们需要说明这些路径总体来讲为什么是失败的。

---

[1] Bernard Williams, "A critique of utilitarianism", in *Utilitarianism: For and Against*, J. J. C. Smart and Bernard Williams, Cambridge: Cambridge University Press, 1973, p.116.
[2] 威廉斯有时将这些体现一个人完整性的承诺、计划和观点称为与一个人的"存在密切相连，并在很大程度上给予他的生活以意义"的"根本性计划"（ground project），参见 Bernard Williams, *Moral Luck: Philosophical Papers*1973—1980, Cambridge: Cambridge University Press, 1981, p.12.
[3] Bernard Williams, "A critique of utilitarianism", in *Utilitarianism: For and Against*, J. J. C. Smart and Bernard Williams, Cambridge: Cambridge University Press, 1973, pp. 116—117.
[4] Sarah Conly, "Utilitarianism and Integrity", *The Monist*, 1983（66）, p.299.
[5] 一个非常重要的例外是毛兴贵在其文章中曾提到过本文涉及的两个重要视角并对其展开了分析，参见毛兴贵：《伯纳德·威廉斯对功利主义的批判》，《中国人民大学学报》2010 年第 3 期。

一、完整性的概念

威廉斯将完整性界定为"一个人深切并广泛地参与其中并深深认同的那些'承诺'（commitments）"，由于这一界定与"完整性"一词的词义相匹配——"完整性指的是一个事物的整全性（wholeness）、完整性（intactness）、纯洁性（purity）"[1]，因而它从直觉层面来看具有很强的吸引力，很多学者也因此追随威廉斯将它界定为对观念与承诺的坚守。例如，弗拉纳甘（Owen Flanagan）就认为，"完整性指的是一个人坚守他最重要的观念和承诺并按照它们行事的特点"[2]；布鲁斯坦（Jeffrey Blustein）也认为，"从直觉层面来看，完整性意味着人们忠于自己最重要的承诺，或忠于自己的根本计划"[3]。

将完整性看作是忠于自己的观念和承诺具有一定道理，因为它明确指出，如果我们说某人具有某方面的完整性时，[4] 他需要真正根据自己所奉行的信念、承诺去行动，而不只是具有行动的欲望或倾向，并且，更重要的是，在面对人性所能承受范围之内的危险、诱惑时能够坚守住相关的观念、承诺，[5] 相反，如果在这种情况下，他不能抵御上述危险和诱惑，那么，我们会说，他在某些方面并不具有完整性。从这一角度来说，完整性这一价值与本真性（authenticity）有所区别，虽然两者都指向真实的自我，但一个人虽然可以有很多本真性欲求、信念与承诺，或者说他具有按照这些欲求、信念与承诺的欲望与倾向，但他不一定真的按照它们去行动，更重要的是，在面对危险与诱惑时，它们可能会被舍弃掉。

但从另一方面来看，将完整性只是定义为忠于自己的观念和承诺也存

［1］Damian Cox, Marguerite La Caze, and Michael P. Levine, "Integrity", in *Stanford Encyclopedia of Philosophy*, https://plato.stanford.edu/entries/integrity/.

［2］Owen Flanagan, *Varieties of Moral Personality*: *Ethics and Psychological Realism*, Massachusetts: Harvard University Press, 1993, p.81.

［3］Jeffrey Blustein, *Care and Commitment*: *Taking the Personal Point of View*, New York: Oxford University Press, 1991, p.80.

［4］对完整性更为详尽的分类参见 Damian Cox, Marguerite La Caze, and Michael P. Levine, *Integrity and the Fragile Self*, London: Routledge, 2003, pp. 101—138.

［5］Mark S. Halfon, *Integrity: A Philosophical Inquiry*, Philadelphia: Temple University Press, 1989, pp. 39—47.

在问题。一方面，这些观念和承诺可能是"非道德的或甚至从道德层面来看是可鄙的"[1]，而且，更有可能的是，它们并不是真实的，它们只是人们自我欺骗的结果，而如果一个人所忠于的信念或承诺是假的或不道德的，这就与人们忠于这些信念与承诺的做法相矛盾；[2]另一方面，这些观念和承诺虽然在一定时期内是稳定的，但它们绝不是一成不变的，随着人们在现实中遇到一些特别事件或随着自己经验的增多，他们可能会修改，甚至在个别情况下会放弃之前奉行的观念或承诺。所以，人们忠于自己的信念或承诺并不意味着完整性的实现，人们至少需要保证他们所信奉的信念或承诺是真实的，并且需要根据自己遇到的现实情况和经验的增多进行必要的调整。在这里需要注意的是，在调整自己的完整性过程中，人们可能会持有两种相互冲突的观念或承诺，例如，在欧美国家中的来自亚、非、拉三洲传统社会的同性恋移民一方面认同于同性恋身份，另一方面又认同于塑造他们身份认同的传统社会的观念，虽然这些传统观念是反同性恋的。而这就使得完整性与自主（autonomy）这一概念区别开来，因为，自主意味着二阶欲求支持一阶欲求，[3]然而，在上述例子中对同性恋的认同问题上，来自传统社会移民的二阶欲求之间出现冲突，因而，从自主的层面来看，他并不具有自主性，但这不妨碍他具有完整性。当然，除了这类特殊情况之外，完整性与自主之间具有共同的交集，毕竟完整性意味着一个人（的二阶欲求）对（作为一阶欲求的）观念与承诺的确认与支持。

另外，威廉斯、弗拉纳甘与布鲁斯坦等人没有指出的是，完整性意味着人们所信奉的观念和承诺必须是本源性的，即人们忠于它们必须是出于它们自身而去行动而不是出于更高层面的观念或承诺，或者说，构成完整性的信念或承诺必须具有足够的自主性或独立性。[4]例如，一个法官持有

［1］Cheshire Calhoun, "Standing for Something", *The Journal of Philosophy*, 1995（92），p.242.

［2］Elizabeth Ashford, "Utilitarianism, Integrity, and Partiality", *The Journal of Philosophy*, 2000（97），p.424.

［3］Gerald Dworkin, *The Theory and Practice of Autonomy*, Cambridge: Cambridge University Press, 1988, p.20.

［4］Damian Cox, Marguerite La Caze, and Michael P. Levine, *Integrity and the Fragile Self*, London: Routledge, 2003, pp.84—87.

公平断案的信念或承诺，而且在现实中的确也是这么做的，但这一事实本身并不能说他具有职业完整性，他可能迫于上级命令或出自升职的想法而这么做，在这些情况下，我们就不能说这名法官具有真正的职业完整性，因为他公平断案的行为并非出自公平断案的信念或承诺，而是源自更高的命令的信念。

总体来说，完整性并不只是意味着忠于自己的信念与承诺，它意味着人们所秉持的信念是真实的并且有价值的，而且随着人们的经历与经验的增多，这些信念与承诺需要被修正甚至被放弃，最后，构成完整性的信念与承诺必须是本源性而不是外源性的。因此，从我们对完整性这一定义所作的这些修正来看，威廉斯等人的完整性定义存在很多漏洞。[1] 然而，即使如此，威廉斯可能会说他完全接受这些批评，并按照这些批评对完整性进行重新界定，那么，从新的完整性定义出发对功利主义的批判是否也存在很多漏洞？很多学者认为这一答案是肯定的，他们从 "受以行为者为中心限制式功利主义""精致式功利主义""功利主义居优" 以及 "完整性式功利主义" 等角度出发对威廉斯的功利主义完整性批判提出了反驳。

二、受以行为者为中心限制式功利主义

既然威廉斯对功利主义提出的完整性批评的核心在于功利主义的功利最大化要求会损害行为者的完整性，那么一个非常自然的应对方案就是在功利计算中提升人们完整性的重要性，使之在最大程度上不受功利计算最大化要求的影响，这样，人们的完整性就得到了保护，我们可以将这一方案称之为 "受以行为者为中心限制式功利主义"（agent-centered restriction utilitarianism）："在特定的情况之下，对于一个行为者是否应被要求促进最好的整体结果这一问题来说，答案取决于他这么做所带来的益品的数量（或者他这么做所避免的坏的结果的数量），以及他为了实现最优的结果所做出的牺牲的规模。更具体地说，我认为，一个可行的以行为者为中心的

---

[1] 对照 Daniel D. Moseley, "Revisiting Williams on Integrity", *The Journal of Value Inquiry*, 2014（48），pp. 60—68.

特权（a plausible agent-centered prerogative）允许每个行为者赋予他自己的利益而不是其他人的利益以更大的重要性。"[1] 对完整性这一议题来说，这种功利主义认为，是否采取促进功利最大化的行为取决于这一行为是否会危及他自己的完整性，经过行为者衡量之后，如果这一行为不会危及自己的完整性，那么他就可以实施这一实现功利最大化的行为，反之，他就可以不去实施这一行为，因为，毕竟"从心理层面来讲，一个行为者不可能放弃他自己的计划"[2]，那么，按照"应该意味着能够"的原则，在这种情况下，人们就不能要求这个行为者因为要实现功利最大化而放弃自己的完整性。

受以行为者为中心限制式功利主义这一方案，据说一方面保存了行为者的完整性，同时又兼顾了其他人的利益从而没有陷入利己主义，因而实现了保存完整性与功利最大化两者之间的平衡。[3] 然而，事实上却是，这一方案既没能保存行为者的完整性，也没有尊重功利主义的基本要求。

从完整性这一层面来看，它的一个基本要求是人们所奉行的相关观念或承诺必须是本源性的而不是外源性的，然而，在受以行为者为中心限制式功利主义这一路径之下，体现行为者的完整性的信念和承诺并不是本源性的，它们来源于外源性的功利计算，即，虽然某个行为会实现较优的目标，但由于它会危及甚至会牺牲他的完整性，而牺牲完整性对行为者来说基本是不可能的，那么，功利计算后的结果就是不去做这一行为，在这种情况下，不去做这种行为反而实现了功利最大化："人们允许行为者去促进他所选择的非最优结果的实现，假如相比起他选择其他每个更优方案所带来结果，他这么做所带来结果的低劣（inferiority）程度按照具体的比例来说不超过他为了实现较优结果而所做出必要之牺牲的程度。如果行为者所有可以实现的非最优结果按照这个标准都被排除在外的话，那么只有在这种情况下，他才能被要求实现最大化的整体结果。"[4] 因此，在受以行为

[1] Samuel Scheffler, *The Rejection of Consequentialism*, Oxford: Oxford University Press, 1994, p.20.
[2] Ibid, p.59.
[3] Ibid, p.21.
[4] Ibid, p.20.

者为中心限制式功利主义的视野之下，体现行为者完整性的信念与承诺并不具有自主性或独立性，它们并不体现出行为者的完整性。

从功利主义这一层面来看，由于功利主义要求人们在进行功利计算的过程中保持无偏私性（impartiality）——在"人与人之间完全做到不偏不倚"[1]，在此基础上找出能够实现功利最大化的方案。然而，在受以行为者为中心限制式功利主义的路径之中，行为者的利益 / 完整性却被赋予"特权"或者说赋予他自己的利益 / 计划比其他人的利益 / 计划更大的重要性，这实际上破坏了功利主义的无偏私性承诺，所以，在此基础上经过计算得出的结果严格来说并不为严格的功利主义者所接受。[2] 总之，受以行为者为中心限制式功利主义虽然从表面上看既维护了行为者完整性又坚持了功利主义原则，但实际上，它并没有做到这一点。

三、精致式功利主义

由于威廉斯完整性批评的目标指向的是行为功利主义（act-utilitarianism），而行为功利主义只是功利主义家族谱系中一员而已，[3] 因此，很多功利主义的辩护者指出威廉斯的完整性批评并不适用于其他类型的功利主义，例如间接功利主义或精致式功利主义（sophisticated utilitarianism）。从历史上来看，很多功利主义者意识到，人们如果直接追求幸福或功利，会导致自我挫败（self-defeating）的结果，即，直接追求幸福反而无法获得幸福。例如，密尔在其《自传》中通过追溯自己青年时的经历指出："生活的各种享受足以使生活成为乐事，但是必须不把享受当作主要目的，而把它们看作附带得到的东西。若是一旦把它们当作主要

---

[1]［英］约翰·穆勒：《功利主义》，徐大建译，商务印书馆，2014 年，第 78 页注释。
[2] Damian Cox, Marguerite La Caze, and Michael P. Levine, *Integrity and the Fragile Self*, London: Routledge, 2003, p.92.
[3] 对功利主义更为详尽的分类参见 David Lyons, *Forms and Limits of Utilitarianism*, Oxford: The Clarendon Press, 1965, pp.1—29, 以及［美］茉莉亚·德莱夫：《后果主义》，余露译，华夏出版社，2016 年。

目的，就会立刻觉得它们不足以成为乐事。"[1]

在此基础上，雷尔顿（Peter Railton）提出了"精致式功利主义"来说明完整性与功利主义可以相容。雷尔顿首先区分了主观功利主义（subjective utilitarianism）与客观功利主义（objective utilitarianism）两者之间的差别，主观功利主义指的是"一个人在行动中应该采取快乐主义式观点，即，他应该在任何可能的时刻尝试决定那个行为最可能有助于最优地实现他的幸福并根据这一决定采取行动"[2]，也就是说，主观快乐主义不仅规定何为正确的标准——幸福最大化，而且规定了取得正确结果的决策程序——直接进行快乐式计算；相比之下，客观功利主义指的是"一个人应该采取实际上最能实现个人幸福的行为，即使这在行为过程中并不采取快乐主义式观点"[3]，这意味着，客观功利主义采取了判定行为正确性的标准，而在很多情况下舍弃了取得正确结果的直接式计算程序，相比起主观功利主义，客观功利主义更具有优势，因为，人们的计算能力有限，而且人们在计算过程中不可避免地带有偏私性，所以，人们最好在很多情况下放弃直接式的功利计算。在此基础上，雷尔顿提出了能够容纳完整性的精致式功利主义："如果一个人试图过一种客观式快乐主义生活（即，在特定环境之下，他能实现的最快乐的生活）而且并没有持有一种主观式快乐主义，那么，我们就可以称这个人为精致式快乐主义者。"[4]精致式功利主义实际上是一种间接功利主义，它将功利最大化规定为判断人们行为的最终标准，但没有将直接的快乐计算作为决策程序，因此，它允许人们发展出特定原则、信念、承诺，只要它们最终能够实现最大化幸福，而且重要的是，这些原则、信念、承诺可以免于直接功利计算，所以，从总体上看，这种形态的功利主义能容纳完整性。

为了更好地说明精致式功利主义能够容纳完整性，雷尔顿举了一个假

[1]［英］约翰·穆勒：《约翰·穆勒自传》，吴良健、吴衡康译，商务印书馆，1987年，第88页。

[2] Peter Railton, "Alienation, Consequentialism, and the Demands of Morality", *Philosophy & Public Affairs*, 1984（13），pp.142—143.

[3] Ibid., p.143.

[4] Ibid.

想的关于胡安（Juan）和琳达（Linda）这对夫妻的例子。胡安和琳达是一对因工作原因分居两地的夫妇，胡安每隔两周与琳达聚会一次，最近一周，琳达似乎有点情绪低落，所以，胡安决定最近的每周都去看望琳达一次，但胡安也意识到，每次去看望琳达的路费是一笔不小的费用，如果他仍按照每隔两周去看一次琳达的频率可以把一笔不小的费用省下来，他可以把它捐给乐施会（Oxfam），乐施会可以用它在非洲凿井来救济处在濒临渴死边缘的居民。但如果胡安是一个精致式功利主义者，而且他也明确知道将钱捐给乐施会而不去看望琳达从客观功利主义的角度来讲是正确的选择，或者说，能够带来最大化的客观功利主义结果，虽然如此，他还是更注重培养对妻子琳达关心的承诺、倾向或性格，因为，在他看来，这种承诺、倾向或性格从长远来看更能够促进世界的最大化幸福，而如果他不培养这样一种关爱琳达的承诺、倾向或性格的话，那么，"最终他对人类的幸福的贡献就不会获得最大化的结果，因为，他可能变得更愤世嫉俗和更以自我为中心"。[1]

雷尔顿的精致式功利主义方案在很大程度上避免了受以行为者为中心限制式功利主义的局限，更融贯地将完整性整合进功利主义之中。然而，这种路径的功利主义也面临着不小的难题。首先，胡安发展出来的对琳达的关心的承诺并不是本源性的，他是在经过功利计算后发现发展出这种承诺会有利于幸福最大化这一结果的出现，因而，即使他在现实中克服障碍一直在忠于这一承诺，他也不具有关心琳达的完整性。

其次，胡安明确知道他为了保持关心琳达的承诺是有代价的——付出他人生命的代价。虽然，他知道形成关心他人的承诺甚至形成关心他人的性格、倾向有助于实现世界范围内的功利最大化，而且即使最后他成功了，他也需要背上沉重的负担——本来可以拯救他人的生命却放弃了这一机会。这样，他在反思这一选择过程中可能会对他发展这一关心承诺的正当性质疑，如果他质疑，那么，这种符合精致式功利主义原则的

————————

[1] Peter Railton, "Alienation, Consequentialism, and the Demands of Morality", *Philosophy & Public Affairs*, 1984（13）, pp.159—160.

完整性就会遭到侵蚀。[1]当然，精致式功利主义者可以反驳说，他可以放弃这一反思活动，因为，毕竟坚守这一承诺或发展出相关的性格会实现世界范围内的功利最大化，但这一反驳并不成立，因为完整性要求人们在面对新的经验或事件后进行反思，并对自己的承诺或计划做出修正，而如果胡安修正自己的关爱的承诺，容纳特定场合之下的功利计算的话，他就违反了精致式功利主义的限定——排除直接式功利计算，而且即使精致式功利主义能够允许这种修正，它也会带来"道德滑坡"的危险——慢慢滑向主观式功利主义的危险。总之，作为精致式功利主义者的胡安面临两个困境：反思自己之前的选择会侵蚀自己的符合精致式功利主义的完整性，甚至会完全颠覆自己对精致式功利主义的坚持；不反思之前的选择，那么他可能会冒着自欺而失去完整性的危险。

四、完整性式功利主义

既然人们对功利主义的承诺经常与其他非功利式承诺、计划相冲突，而且，据说这种冲突是"内在于行为功利主义之中的"[2]，那么，功利主义的拥护者或辩护者的一个"最具影响力"[3]的回应就是人们都将功利主义作为自己的承诺或将功利最大化作为自己的承诺，而如果人们都将功利最大化作为自己的承诺的话，那么，原先的承诺都会从属于功利主义承诺，从而不会再出现非功利最大化的承诺与功利最大化的承诺相冲突的可能性，即，"如果这是可能的话，那么按照行为功利主义的要求去思考和行事就至少会与一个承诺相一致"[4]，而这样就会消弭"据称是造成完整性被削弱

---

[1] Damian Cox, Marguerite La Caze, and Michael P. Levine, *Integrity and the Fragile Self*, London: Routledge, 2003, pp.96—97.

[2] Peter S. Wenz, "The Incompatibility of Act–Utilitarianism with Moral Integrity", *Southern Journal of Philosophy*, 1979（17）, p.552.

[3] Damian Cox, Marguerite La Caze, and Michael P. Levine, "Integrity", in *Stanford Encyclopedia of Philosophy*, https://plato.stanford.edu/entries/integrity/.

[4] Gregory W. Trianosky, "Moral Integrity and Moral Psychology: A Refutation of Two Accounts of the Conflict between Utilitarianism and Integrity", *The Journal of Value Inquiry*, 1986（20）, p.280.

的根源"[1]，完整性因此也就无法构成对功利主义的批评了。我们可以将功利主义的这种应对方案称为"完整性式功利主义"（integrity-utilitarianism）方案。

完整性式功利主义这一应对完整性批评的方案虽然在直觉上具有吸引力，但它立刻会面临一个反驳：既然完整性意味着与其他人的承诺、观念、计划相比，人们认为属于自己的承诺、观念、计划具有首要性（primacy），即，人们具有更充分的理由首先要实现这些承诺、观念、计划，而功利主义的承诺为了实现功利最大化却要求人们保持无偏私性，或要求人们将自己与他人的承诺、观念、计划一视同仁，那么，我们从什么意义上来确认功利最大化式完整性是一种完整性呢？这一问题的答案在于，既然我们将功利最大化奉为自己的承诺或计划，那么，这就要求我们保持无偏私性，要求将自己与他人的承诺、观念、计划一视同仁，这也就意味着，我们并不只是因为某些承诺、观念、计划是他人的就因此对它们一视同仁，而是因为我们奉行功利最大化这一承诺才对他人的承诺、观念、计划一视同仁，简言之，功利最大化这一首要性承诺与平等对待其他人的承诺、观念、计划一视同仁相一致。[2]

另外，完整性式功利主义会面临高阶 / 低阶计划的困境。威廉斯曾指出，"作为一个功利主义者，他拥有一个实现最大化可欲性结果的总体性计划……然而，可欲性结果恰好不在于行为者执行**那个**计划；必须存在一些一个行为者和其他行为者共同持有的更基本或更低阶的计划，并且，这些可欲性结果部分在于最大化地、和谐地实现这些计划……除非这些一阶性的规划存在，一般性的功利性计划无法发生作用，因此会变得非常空洞"。[3] 简言之，功利最大化式承诺的实现需要依赖于"更基本或更低阶的计划"，然而问题在于，功利最大化式承诺经常会破坏这些"更基本或更低阶的计划"的实现，所以，完整性式功利主义者最终会面对高阶 / 低阶

---

[1] Spencer Carr, "The Integrity of A Utilitarianism", *Ethics*, 1976（86）, p.243.

[2] Jeffrey Blustein, *Care and Commitment: Taking the Personal Point of View*, New York: Oxford University Press, 1991, p.71.

[3] Bernard Williams, "A critique of utilitarianism", in *Utilitarianism: For and Against*, J. J. C. Smart and Bernard Williams, Cambridge: Cambridge University Press, 1973, p.110.

计划的困境：高阶计划（功利最大化的承诺）的实现需要低阶计划（非功利最大化式承诺）的实现，但高阶计划（功利最大化的承诺）的实现却往往会破坏低阶计划（非功利最大化式承诺）的实现，高阶计划最终就无法实现，然而，如果放任低阶计划发展而不去进行干涉，那么，功利最大化的计划也可能无法得到实现。这种高阶／低阶困境式批评并没有力度，因为，完整性功利主义者完全可以通过引导欲求、希望、愿望而不是诉诸非功利最大化式的计划来实现功利最大化的计划。[1]

即使功利最大化这一首要性承诺与平等对待其他人的承诺、观念、计划一视同仁相一致，它还存在的缺陷在于它与人性不符。功利最大化式承诺要求人们的非功利最大化式承诺服从于它，但由于这些非功利最大化式承诺构成人生的意义之所在，人们可能会拒绝让功利最大化的要求挫败这些承诺与计划，反过来说，这意味着"对于一个具有根本性计划的人来说，在特定的情形之下，将所有因果相关性的要素都考虑在内之后，如果那个计划所要求的行为与作为一个非个人性的功利最大化者的承诺相冲突，那么功利主义就会要求他放弃他的根本性计划所要求他做的事情，而这一要求是很荒谬的……以道德行为者所在世界的无偏私性式益品排序的名义让一个人放弃他赋予这个世界以意义的东西从根本上来说是不合理的"[2]，或者说，"当一个总数从部分由其他行为者决定的功利网络中得出以后，人们要求一个人绕过他自己的计划和决定并认可功利式计算所要求的决定这一做法是荒谬的"[3]，而如果人们允许功利最大化的承诺压倒这些构成人生意义的承诺或计划，那么，人生就会失去意义，就会变得贫乏。面对这一批评，完整式功利主义者可能会回复说，人性具有非常高的可塑

［1］Jeffrey Blustein, *Care and Commitment*: *Taking the Personal Point of View*, New York: Oxford University Press, 1991, p.74.

［2］Bernard Williams, *Moral Luck*: *Philosophical Papers* 1973—1980, Cambridge: Cambridge University Press, 1981, p.14.

［3］Bernard Williams, "A critique of utilitarianism", in *Utilitarianism: For and Against*, J. J. C. Smart and Bernard Williams, Cambridge: Cambridge University Press, 1973, p.116.

性，[1] 人们最终会将功利最大化式承诺作为自己的立身的根本，但按照目前人性的特点来看，功利最大化式承诺只能是非常少数人的首选，绝大部分人仍将它看作是分外的义务，而不是一种严格的道德义务，换言之，目前大部分人的人性仍然无法承担如此沉重的、要求如此严格的功利最大化式承诺，按照"应该意味着能够"的原则来看，对于绝大部分人无法承担的承诺不能确立为道德义务。

五、功利主义居优

威廉斯对功利主义（包括康德式道德哲学）的完整性批评暗含着一个三段式结构：W（1）：一种道德理论具有合理性的一个必要条件是它不能牺牲完整性；W（2）：作为一种道德理论的功利主义牺牲了完整性；W（3）：所以，作为一种道德理论的功利主义不具有合理性，人们因而也就无须严肃对待它。

受以行为者为中心限制式功利主义、精致式功利主义与完整性式功利主义都试图从各个方面出发来证明功利主义给予完整性以足够的重视或尊重，即，它们都试图证明威廉斯对功利主义三段论式完整性批评中的 W（2）是错误的，虽然它们由于存在很多缺陷而没有能证明 W（2）是错误的，但它们基本都认可 W（1）是正确的，即"一种道德理论具有合理性的一个必要条件是它不能牺牲完整性"。阿斯福德（Elizabeth Asford）却反其道而行之：他并没有试图证明 W（2）是错误的，他试图证明 W（1）是错误的，因为，事实表明以及很多道德理论家都认识到，构成个人完整性的根本性计划经常与道德责任相冲突，而如果 W（1）是错误的，那么，威廉斯的结论就站不住脚，除此之外，他也试图表明 W（2）也是不成立的。在此基础上，他得出结论说，功利主义不仅认识到现实之中构成个人的完整性的根本性计划与道德责任相冲突，而且还提出了协调这些冲突的

---

[1] Gregory W. Trianosky, "Moral Integrity and Moral Psychology: A Refutation of Two Accounts of the Conflict between Utilitarianism and Integrity", *The Journal of Value Inquiry*, 1986（20），p.286.

程序，因此，它要比其他道德理论更具优势。[1]

阿斯福德认为一个人的生活包括两部分——"无偏私性的道德承诺"与"个人计划和承诺"，其中，"无偏私性的道德承诺"属于道德价值系统，而"个人计划和承诺"属于审慎性价值系统[2]。如果构成个人生活的"无偏私性的道德承诺"与"个人计划和承诺"能够相互融贯地整合成一体，那么，这种生活就是一种良好的生活。但实际上，在现实生活之中，"无偏私性的道德承诺"与"个人计划和承诺"经常处于冲突之中，即，"构成良好生活的这两个成分处于根本性、无可挽回的冲突之中并因此难以整合进一个完整的良好生活之中"[3]，简言之，在现实生活之中，个人的完整性经常受到道德承诺的挑战。

不仅现实之中的个人完整性经常受到道德承诺的挑战，有些强调完整性重要性的道德理论家实际上也默认了这一点，例如威廉斯自己。威廉斯虽然非常重视完整性对每个人生活的重要意义，但阿斯福德却指出，威廉斯的论述默认道德承诺对个人完整性提出了挑战这一事实。例如，威廉斯在《伦理学与哲学的限度》一书中曾指出，道德义务"最终都基于一种理解：每个人都有他自己的生活要过。人们需要帮助，但并非（婴儿、极老迈者、严重残疾者除外）无时无刻需要帮助。他们无时无刻需要不遭杀害，不遭凌辱，不遭无端干涉"。[4] 按照威廉斯的论述，这意味着他承认，"鉴于很多人的根本性利益（vital interests）正遭受营养不良和疾病的威胁，帮助他们的义务经常与行为者将金钱与精力奉献于他们的根本性计划这一做法不相容"。[5]

基于上述人类生活现实以及道德哲学家的认识，阿斯福德认为个人的完整性与道德承诺或原则在很多情况下不相容不只是功利主义所独自面临

---

[1] Elizabeth Ashford, "Utilitarianism, Integrity, and Partiality", *The Journal of Philosophy*, 2000（97），pp.421—439.

[2] Ibid., p.426.

[3] Ibid., p.427.

[4]［英］B. 威廉斯：《伦理学与哲学的限度》，陈嘉映译，商务印书馆，2017年，第223页。

[5] Elizabeth Ashford, "Utilitarianism, Integrity, and Partiality", *The Journal of Philosophy*, 2000（97），p.430.

的一个事实，然而，相比于其他道德理论，功利主义不仅认识到这一事实，而且提出了一个解决两者冲突的方案：如果一些根本性的道德要求，例如，保护人们的根本性利益不受伤害，即保证他们"不遭杀害，不遭凌辱，不遭无端干涉"，与人们的根本性计划或承诺相冲突，那么，人们就需要暂时牺牲自己的完整性去满足这些要求，因为，如果人们的根本性利益得不到保护，那么他们会遭受极大的痛苦；而如果其他人的根本性利益没遭受威胁，那么人们就不需要承担试图实现功利最大化的义务，因为，毕竟从心理上来讲，人们不可能同等对待所有人，每个人都会对自己的计划和承诺具有偏私性。[1] 从这个意义上来说，阿斯福德认为功利主义并不具有威廉斯等人所批评的那样具有要求过高的特点。

　　阿斯福德的功利主义居优式论点独辟蹊径，提出了一条为功利主义进行完整性辩护的新路径，从某种意义上来说，与其他为功利主义进行完整性辩护的路径相比，他的论证更具进攻性，因为它表明，功利主义不仅意识到个人完整性受到道德原则的挑战，而且更是表明它能够为解决这一困境提供出路。然而，阿斯福德的两个论证存在漏洞。第一，阿斯福德并没有能证明 W（1）是错误的，他只是表明现实之中的道德原则对人们的完整性提出了挑战，这是一个事实，因为，毕竟在一个价值多元以及承诺多元的世界中，人们总会面对相互冲突的要求，面对这一局面，人们需要在不断反思的基础上不断调整自己的根本性承诺或计划，然而，这里需要注意的是，即使道德责任会对人们的完整性提出要求，但这一要求并不是一种无偏性的功利最大化式要求，或者说，一般性道德责任对完整性提出的要求并没有过高。同样，威廉斯也认识到道德原则会对人们的完整性提出挑战，但这一挑战并不是功利主义最大化式道德原则对完整性的挑战，即，他可能认为人们需要承担相应的道德责任，但他们无须承担起为了实现功利最大化而牺牲完整性的责任。总之，阿斯福德只是表明道德原则会与个人完整性相冲突，但他没有能证明一般的道德原则会对个人完整性提出过高要求。第二，阿斯福德试图表明 W（2）是没有根据的，他一方

---

[1] Elizabeth Ashford, "Utilitarianism, Integrity, and Partiality", *The Journal of Philosophy*, 2000（97），p.437.

面试图通过限定功利最大化原则的适用范围，另一方面试图通过人类的心理事实出发来确保个人的完整性免受过多的侵蚀，但这两个论证都存在问题。就前者而言，将功利最大化原则限定在维护人们的根本性利益并不能降低功利最大化原则去完整性的挑战；就后者而言，由于功利主义的目标在于实现功利最大化，这就需要依照无偏私性的功利计算来找到并执行实现功利最大化的方案，如果阿斯福德赋予个人完整性以更大价值，那么，这就从客观层面上使得功利最大化无法实现，从而也就失去了功利主义的独特价值。[1]

六、结论

虽然威廉斯对完整性的界定存在一些问题，但他对功利主义的完整性批判是强有力的。即使人们从"受以行为者为中心限制式功利主义""精致式功利主义""完整性式功利主义"以及"功利主义居优"等角度出发为功利主义进行完整性辩护，但这些辩护都难以成立。功利主义之所以难以容纳完整性的关键在于，功利主义主张进行无偏私性的功利加总，而完整性恰恰重视偏私性，重视每个人自己的承诺与计划，同时，在绝大多数人的绝大多数情况下，完整性拒绝加总，拒绝功利最大化。谢弗勒（Samuel Scheffler）很好地把握住了这一点，他认为威廉斯对功利主义进行的完整性批判是为了"回应下述不一致，即，一些关切与承诺自然地源自一个人的看法而不是依赖于这些关切在总体事态中的非个人性排序中的重要性的方式与功利主义要求行为者将来源于他自己看法的关切看作是完全依赖于它们在这种排序中的道德重要性的方式之间的不一致"。[2]总之，通过系统地梳理西方学者围绕完整性批评所提出的四种功利主义式完整性证明路径，我们更加明确了目前西方学术界针对功利主义提出的完整性证明的研究现状，同时也为我们进一步提出更具有说服力的功利主义式完整性证明

---

[1] 对照毛兴贵：《伯纳德·威廉斯对功利主义的批判》，《中国人民大学学报》2010年第3期，第44—45页。

[2] Samuel Scheffler, *The Rejection of Consequentialism*, Oxford: Oxford University Press, 1994, p.56.

路径提供了基础。

Can Utilitarianism Be Compatible with Integrity?
—— An Interview of justification of Utilitarian Integrity in Western Academy

（ Zhang Jiliang, College of Humanities and Art, Northeastern University, Shenyang, 110169 ）

Abstract: Utilitarianism is often charged with being incompatible with justice and being demanding. Besides, it is usually ignored that it cannot pay attention to integrity, which is often criticized. Integrity means that, in most times, people steadily hold and sometimes revise their own commitments and plans. However, the maximization principle of utilitarianism asks people to give up their integrity commitments or plans. The components of utilitarianism usually defend it through the ways of agent–centered restriction utilitarianism approach, sophisticated utilitarianism approach, integrity utilitarianism approach, and utilitarianism–priority approach. However, in order to comprehensively understand such important topic, we should not be aware of the meanings of each approach but also their limits.

Keywords: Utilitarianism; Integrity; Agent–centered restriction utilitarianism; Sophisticated utilitarianism; Integrity utilitarianism

博士论坛

对斯特普信念自由论证的两个反驳

——基于信念意志主义与认知责任

尹孟杰*

摘要： 信念自由问题是当代信念伦理学的主要议题之一，信念自由是认知责任的必要条件。哲学家马蒂亚斯·斯特普（Matthias Steup）在相容论的前提下，认为我们绝大多数的信念态度都是自由的，信念态度与行动在自由问题上具有对等性。本文通过厘清信念自由问题的理论背景，重构斯特普对信念自由的论证，并提出两个反驳，旨在表明信念自由论证需要对信念的产生过程进行更细致的把握，对行动理由与信念理由进行更合理的区分与更准确的运用。

关键词： 信念自由；信念态度；认知责任；意志主义

在日常生活中，我们可以通过意志来控制行为是否发生。然而，信念态度是否也受意志控制，引起了学界的争论。信念伦理学认为，信念自由是认知责任的必要条件，即如果我们需要对某些信念负认知责任，那么该信念的形成过程处于我们的意志控制中。这一观点受到了来自信念非意志主义的挑战：因为我们的信念态度从来都不受意志控制，所以信念态度不是自由的，我们也不需要负任何认知责任。

为了支持信念伦理学的立场，马蒂亚斯·斯特普（Matthias Steup）对信念非意志主义的挑战作出回应，但他的回应不太成功。本文第一部分将简要阐明信念自由问题的提出背景及其理论意义，在第二部分重构斯特普

* 作者简介：尹孟杰，武汉大学哲学学院外国哲学专业博士研究生，主要研究领域为形而上学，邮箱：yinmengjie@whu.edu.cn。

的信念自由论证，在第三部分对斯特普提出两个反驳，最后在第四部分，重新审视信念自由与认知责任之间的关系。

一、信念自由问题的提出

我们的对某一命题的信念态度（doxastic attitudes）（例如：相信、不相信、悬搁判断）是认知责任的核心内容，因此，信念的形成过程是探讨认知责任的关键所在。与此相关的信念伦理学讨论中，信念自由问题主要集中于意志主义与非意志主义之间的争论，源起于哲学家威廉·克利福德（William K. Clifford）与威廉·詹姆斯（William James）。克利福德在《信念伦理》一文中指出："不论在任何时候、任何地点，对于任何人来说，在不充分的证据下相信任何事物的做法都是错误的。"[1] 詹姆斯对此提出了相反的意见，"我们的激情本质不仅可以合法，而且必须在命题之间作出选择"。[2] 在某些情况下我们没有充足证据，甚至也很清楚目前所得证据并不充分，但我们仍然可以凭借意志直接形成信念，这种做法在道德和认知层面都是正确的。

意志主义与非意志主义之间的争论引发了信念自由的一系列问题：我们是否可以直接通过意志而获得信念？我们的信念态度是否受意志控制？一些哲学家和心理学家认为，我们的信念态度或多或少都在一定程度上不受意志控制；另一些哲学家认为，如果某种事物在任何意义上都不受意志控制，那么我们似乎就无法为自己的行为或者信念负责。其中，哲学家阿尔斯通（William P. Alston）提出了非意志主义论证（the anti-voluntarism argument）来拒绝认知责任。我们的信念态度不受意志控制，并且信念态度与行动在自由问题上不对等：行动可以是自由的，但信念态度不是自由的。信念都是根深蒂固的，我们无法自由地选择相信或者不相信某个命题，对于真命题我们只能选择相信，对于假命题我们只能选择不相信，对

---

[1] William K. Clifford, The Ethics of Belief, 29 *The Contemporary Review*（1876），pp.289—309, p.295.
[2] William James, The Will To Believe, 1（1）*The Philosophers' Magazine*（1997），pp.52—57, p.54.

于那些非真非假的命题，我们则没有能力作出判断。"对于几乎所有的正常知觉、内省以及记忆命题，如果我们认为可以通过意志控制而接受或者拒绝这些命题，那么这种想法将是荒谬的。当我看着窗外，看到雨水落下，水从叶子上滴落，还有汽车驶过时，对于形成'在下雨'的信念，我没有任何的意志控制，并且我也没有任何办法来拒绝形成这个信念。"[1] 沙仑·瑞恩（Sharon Ryan）将阿尔斯通的论证总结如下：

前提 1：如果我们拥有某些认知义务，那么信念态度必须在某些情况下受到意志控制。

前提 2：但我们的信念态度从来都不受我们的意志控制。

结论 1：因此，我们没有任何认知义务。[2]

这一论证冲击了认知责任的合理性。蒂莫西·佩林（Timothy Perrine）指出，"任何版本的认知义务论都无法回避阿尔斯通论证"[3]。为了捍卫认知责任和应对非意志主义者带来的挑战，持意志主义立场的哲学家们主要采取了两种路径：反驳前提 1 或者反驳前提 2。信念非意志论的前提 1 之所以能够受到广泛的认可，是因为它背后有强大的逻辑支撑，即康德提出的"应当蕴含能够"（ought implies can）原则。如果行动者对某个行为具有义务，那么行动者就可以在意志控制下做出这个行为。瑞恩认为前提 1 看起来似乎是可信的，但最终会形成悖论。[4] 理查德·费尔德曼（Richard Feldman）则主张在道德领域承认康德原则，在认知领域拒绝康德原则。[5]

---

［1］William P. Alston, *Epistemic Justification*, *Essays in the Theory of Knowledge*（Ithaca: Cornell University Press, 1989）, p.129.

［2］Sharon Ryan, Doxastic Compatibilism and the Ethics of Belief, 114（1—2）*Philosophical Studies*（2003）, pp.47—79, p.48.

［3］Timothy Perrine, Strong Internalism, Doxastic Involuntarism, and the Costs of Compatibilism, 197（7）*Synthese*（2020）, pp.3171—3191, p.3171.

［4］假设"应当蕴含能够"是对的，并且存在反例：某件事我们无能为力但有义务去做。如果将无能为力作为借口消除反例，那么道德法则将毫无意义；如果承认反例，那么假设就是错的。因此，不论是消除还是承认反例，从"应当蕴含能够"中得出的结论都与前提 1 相矛盾。参见 Sharon Ryan, Doxastic Compatibilism and the Ethics of Belief, 114（1—2）*Philosophical Studies*（2003）, pp.50—59.

［5］参见 Richard Feldman, Voluntary belief and epistemic evaluation, in *Knowledge, Truth, and Duty*: *Essays on Epistemic Justification*, eds.Matthias Steup（New York, NY: Oxford University Press, 2001）, pp.77—92.

前提 2 也同样引发了众多争议，最具代表性的一种意志主义论证思路是：以理由反应相容论（reason-responsiveness compatibilism）来反驳强的信念态度非意志论。斯特普将弱意向性（weak intentionality）与理由反应相容论结合起来共同构成信念自由的论证。同时，还有一些其他的解决方法集中讨论我们对信念态度拥有直接的还是间接的意志控制。卡尔·吉奈特（Carl Ginet）认为正常人所拥有的众多信念中，虽然绝大多数是非意志性的，但仍有一小部分是出自意志的；"仅通过'决定相信某事'就能够做到'相信某事'，同时我们这样做也不必违背认知理由"[1]。布莱恩·韦瑟森（Brian Weatherson）指出即使是无意识的行为也是由意向引起的，"一些可推论出的信念来自我们的意志，我们有能力对它们进行反思"[2]。另一些哲学家则认为，我们对信念态度持有间接的意志控制：即使某些信念的形成只是由我们引起的，我们对这些信念也同样拥有意志控制，只不过是间接的。

综上可以看出，对信念自由问题的讨论主要围绕着信念形成、意志控制以及认知责任而展开。斯特普对信念自由的论证在一定程度上捍卫了认知责任，他将信念态度与行动进行类比，用行动自由的论证模型来论证信念自由，接下来将重构斯特普的信念自由论证。

二、对斯特普论证的重构：信念态度是自由的

许多当代哲学家认为不存在"信念自由"（doxastic freedom）。虽然我们的行为大部分都是自由的，但是我们的信念态度（doxastic atiittude）却不是自由的。[3]斯特普对此提出反驳，信念态度也有对等的自由：

对等的信念自由理论（equal doxastic freedom）是指，如果我们的行动

---

[1] Carl Ginet, Deciding to Believe, in *Knowledge, Truth, and Duty: Essays on Epistemic Justification*, eds. Matthias Steup (New York, NY: Oxford University Press, 2001), pp.63—76, p.63.

[2] Brian Weatherson, Deontology and Descartes' demon, 105 *Journal of Philosophy*(2008), pp.540—569, p.557.

[3] 信念自由（doxastic freedom）是指：由于我们的信念态度（doxastic atiittude）是自由的，因此信念自由存在。

大部分是自由的，那么我们的信念态度大部分也是自由的。根据相容论的观点，我们的行动大部分是自由的。如果对等的信念自由理论为真，那么根据相容论的观点，可以得出信念态度大部分也是自由的。[1]

首先，斯特普将"voluntary"的含义界定为"the will"，意志控制（voluntary control）中的"意志"一词，是指我们在实际中做选择、做决定以及与认知、人的精神状态相关的能力。意志控制在我们的日常生活中随处可见，例如：我可以通过意志控制手臂抬起，或者通过意志选择在午餐的时候吃面包。如此界定会存在着有待解决的问题："如果我们无法通过意志来控制决定与选择，那么我们的行动或者信念态度还是自由的吗？"[2]因此，讨论应该上升到形而上学的层面。我们通常在两种立场上讨论意志控制，即相容论（compatibilism）与不相容论（incompatibilism），后者又具体表现为自由意志论（libertarianism）和强决定论（hard determinism）。其中，自由意志论与相容论之间的分歧在于，在行动发生前我们是否可以随意地形成决定：在因果决定论的前提下，我们无法随意地形成决定；在自由主义的前提下，我们可以随意地形成决定，因果决定论对我们毫无影响。

斯特普选择了在相容论的前提下讨论意志控制，原因在于：阿尔斯通论证的前提 2 承认自由意志论（不相容论立场），但前提 1 却承认因果决定论（相容论立场），两个相互矛盾的前提得出的结论是无效的。如果采取相容论立场来讨论意志控制，不仅可以得出有效结论，而且可以论证出我们对信念态度拥有意志控制，因而需要承担认知责任。斯特普将阿尔斯通的观点表述为："只要有证据存在，我们就无法选择其他的信念态度。"[3]仅当我们以自由意志论的方式设想一种绝对的、无条件的意志控制时，阿尔斯通论证的前提 2 才得以成立。当我看见窗外汽车驶过时，对于形成"有汽车驶过"这一信念，我没有任何的意志控制，因为我无法拒绝它，

---

[1] Matthias Steup, Doxastic freedom, 161（3）*Synthese*（2008），pp.375—392, p.375.

[2] Matthias Steup, Doxastic Voluntarism and Epistemic Deontology, 15（1）*Acta Analytica*（2000），pp.25—56, p.28.

[3] Matthias Steup, Belief, Voluntariness, and Intentionality, 65（4）*Dialectica*（2011），pp.537—559, p.540.

只能相信它。但是，如果在相容论的前提下进行考察，"在正常情况下，知性无法拒绝强有力的证据"[1]。我无法拒绝形成"有汽车驶过"这一信念，是因为相关的事实证据以及我的理性思考能力使我愿意去相信它，我对这一信念的形成具有内在的意志控制。

其次，斯特普以相容论的四种自由定义为基础，结合了弱意向性，对自由行动的定义进行条件叠加和概念修补，使用行动自由的论证模式对信念自由进行类比论证。自由意志（free will）常常作为道德责任（moral responsibility）的前提条件，经典相容论（classical compatibilism）关注自由行动的两个条件：行动者的行动 A 是自由的，当且仅当，行动者想要实施行动 A，并且行动者没有被强迫。因为决定论与这两个条件都不冲突，所以自由意志与决定论相容。这一论证遭到了不相容论者的责难，自由意志要求"可供取舍的可能性"（alternative possibility），即：行动 A 是自由的，当且仅当，如果行动者不想实施行动 A，那么他本可以不实施行动 A。那么，决定论下的行动者就没有可供取舍的可能性。斯特普指出，"经典相容论虽然抓住了自由的必要条件，但没有抓住自由的充分条件"[2]。针对这一争论，不同的哲学家给出了不同的解决方案。彼得·斯特劳森（Peter Strawson）认为相容论者和不相容论者似乎都误解了道德责任的真正含义，并提出了反应性态度相容论（reactive attitude compatibilism）加以解释。反应性态度是道德责任的本质所在，即"人们在行动和态度中表现出对我们的自然反应：善意，恶意或者冷漠"[3]。行动者需要为行动 A 负道德责任，当且仅当，行动 A 是反应性态度的恰当对象。将某个行动者作为道德责任的承担者，意味着我们会以某些特定方式（怨恨、感激、宽恕、气愤等）对待他。斯特普指出，虽然这一定义解决了经典相容论所面临的部分问题，但我们仍然想知道"到底是什么使

---

[1] Matthias Steup, Doxastic Voluntarism and Epistemic Deontology, 15（1）*Acta Analytica*（2000），pp.25—56, p.46.

[2] Matthias Steup, Doxastic freedom. 161（3）*Synthese*（2008），pp.375—392, p.376.

[3] Peter Strawson, Freedom and Resentment, in *Perspectives on Moral Responsibility*, eds. John Martin Fischer & Mark Ravizza（Ithaca: Cornell University Press, 1993），pp.45—66, p.53.

得信念态度成为反应性态度的恰当对象，从而使得信念态度自由"[1]。哈里·法兰克福（Harry Frankfurt）构造了反例[2]，否认可供取舍的可能性是道德责任的必要条件，并提出了结构相容论（structural compatibilism）。二阶决断（second-order volitions）[3] 是二阶欲望（second-order disire）对一阶欲望（first-order disire）的评估性反思。行动者的行动 A 是自由的，当且仅当，行动者想要实施行动 A，并且对行动 A 的欲望与二阶决断相协调。对此，斯特普认为结构相容论没有解释清楚高阶欲望的起源。法兰克福式反例使得学界开始关注行动的实际原因，在此基础上，约翰·费舍尔（John Martin Fischer）区分了调节控制（regulative control）和引导控制（guidance control），前者强调行动者拥有可替代性选择的能力，后者包含两个要点："行动必须出于行动者自己的心理机制，这种机制必须对理由产生恰当反应。"[4]引导控制以恰当的反应机制（moderately responsive mechanism）为基础，恰当的反应表现为：行动者因为理由而对行动产生倾向性（intentional），对理由的感受能力（receptivity to ressons）具有规律性，但是不必对所有的理由都产生反应。[5]换言之，引导控制不需要可供选择的可能性，行动者也不必对所有的理由都进行回应。费舍尔指出，即使行动在实际的因果序列中是被决定的，由于道德责任只要求行动者拥有引导控制的能力，而不要求可供取舍的可能性，因此因果决定论虽然与可供取舍的可能性（调节控制）不相容，但与道德责任却是相容的。如果行动者基于恰当的理由反应而实施某个行为，那么就需要负道德责任；反之则不需要负责。据此，可以将行动自由定义为：行动者的行动 A 是自由的，当且仅当，行动者想要实施行动 A，并且行动 A 是理由反应的心理

［1］Matthias Steup, Doxastic freedom, 161（3）*Synthese*（2008）, pp.375—392, p.378.

［2］在法兰克福式反例（Frankfurt-style examples）所设定的情境下，行动者缺乏可供取舍的可能性，但仍然需要负道德责任。

［3］二阶欲望也指高阶欲望（higher-order disire），参见 Harry Frankfurt, Freedom of the Will and the Concept of a Person, in *Free Will*, eds. Robert Kane（Oxford: Blackwell, 2002）, pp.127—144.

［4］John Martin Fischer, Frankfurt-style Examples, Responsibility and Semi-compatibilism, in *Free Will*, eds. Robert Kane（Oxford: Blackwell, 2002）, pp.95—110, p.108.

［5］参见 John Martin Fischer & Mark Ravizza, *Responsibility and Control: A Theory of Moral Responsibility*（Cambridge: Cambridge University Press, 1998）, pp.69—85.

机制的因果产物。斯特普将它运用到信念态度中，得到信念自由的初步定义：认知者对命题 p 的信念态度 B 是自由的，当且仅当，（1）认知者对命题 p 拥有信念态度；（2）认知者想要对 p 拥有信念态度 B；并且（3）信念态度 B 是理由反应的心理机制的因果产物。

斯特普尤其赞同费舍尔的理由反应相容论，并在此前提下对信念自由给出了进一步的解释：将"好的因果"（good cause）和"坏的因果"（bad cause）作为判断信念态度是否自由的标准；将"理由反应"等同于"好的因果"，并同时都等同于"意志控制"。在相容论的前提下，判断选择自由的标准不是选择是否被决定了，不要求行动者必须拥有可供取舍的可能性；而是选择是如何被决定的。斯特普认为，信念自由产生于好的因果。好的因果即，可能的控制（enable control）；坏的因果即，被阻碍的控制（prevent control）。

如果我们假设信念态度不是自由的，那么我们就会说，信念不是由理由反应产生的。相反，信念产生于坏的因果，比如：催眠、操纵、强迫、洗脑等。显然，这种情况很少发生，我们的信念大多数是通过感知、记忆、内省、推理而形成的，这些都是好的因果。[1]

因此，我们的信念态度大部分都是自由的。接着，斯特普使用理由反应论来继续解释好的因果和坏的因果这对概念[2]："理由反应"等同于"好的因果"，且二者同时等同于"意志控制"。如果行动者倾向决定或选择行动 A，并且，行动者的所有的理由都支持行动者去决定或者选择 A，那么行动 A 就是对理由的反应。[3] 行动者可以对理由产生恰当反应意味着，行动者的行动或者信念来自好的因果，并且行动或者信念态度是受意志控制

---

[1] Matthias Steup, Belief, Voluntariness, and Intentionality, 65（4）*Dialectica*（2011），pp.537—559, p.548.

[2] 斯特普特别指出：用理由反应论来解释好、坏因果概念，目的不在于将理由反应作为好、坏因果的划分标准，而在于将好、坏因果作为信念自由的划分标准。参见 Matthias Steup, Belief, Voluntariness, and Intentionality, 65（4）*Dialectica*（2011），pp.546—548.

[3] 为了避免理由反应相容论遭受到过多的反驳，斯特普在费舍尔的基础上作了弱化调整。仅要求行动者对理由产生反应后，倾向于选择行动 A，而不要求行动者所有的理由都必须指向行动 A。参见 Matthias Steup, Belief, Voluntariness, and Intentionality, 65（4）*Dialectica*（2011），p.547.

的；反之则来自坏的因果，不受意志控制。例如：强迫症患者无法对任何理由产生反应，即使"手上没有细菌""过多洗手会破坏皮肤"等众多理由摆在他面前，他也只能反反复复地洗手。催眠、操纵、强迫、洗脑等"坏的因果"阻碍了患者对理由产生恰当反应，因此他无法出于意志而自由行动。某个正常人在听无聊的讲座，他可以通过感知、记忆、内省、推理这些"好的因果"而对理由产生恰当反应。不论这个人接下来选择继续听下去还是选择中途离开，这其中的任何一种都是出自意志的自由行为。随后，斯特普指出，理由反应相容论和结构相容论都面临着类似的问题：对理由的反应是否也是被其他事物控制而产生的结果。并且，理由反应相容论还面临着新的问题，我们是否应该只考虑好的理由。

斯特普对以上四种定义都不太满意，于是引入了弱意向性理论对自由的定义进行修补，弱意向性理论是指：其一，承认意向性行为（intentional action）和意向性信念态度（intentional doxastic attitudes）的存在，但拒绝将事先形成的意向（antecedently formed intention）作为判断行动和信念态度受意志控制的标准。其二，行动者在没有受到突发事件影响的情况下，并且对自己接下所做的行为持赞同态度而作出的行为即弱意向性行为。意向性行为不必然是事先形成意向的因果产物。通常来说，行动的意向性理论将事先形成的意向作为判断行动是否受意志控制的重要标准："我想要做某事"意向性地导致了"我做了某事"，意志控制的作用就体现在"对行动事先形成的意向"因果地导致了"行动的发生"。信念非意志论者常常将这一观点作为反驳信念自由的论据。然而，斯特普拒绝将事先形成的意向作为判断行动和信念态度是否受意志控制的标准，自由不要求行动必须是事先形成的意向的因果产物。以行动为例，现实中存在着两种自由行动没有事先形成的意向：习惯动作和下意识动作，我们在做出习惯或者下意识的动作之前，并没有提前想到要做这些事情。例如：我开车去学校的过程中，插钥匙和踩油门的行为都是习惯动作和下意识动作，并没有在每个动作之前先形成一个"我想插钥匙"或者"我想踩油门"的意向。这两种行为都与行动者的高阶欲望不冲突，也都是理由反应机制的结果。因此，即使它们不是事先形成的意向的因果产物，也是自由的行动。斯特普指出，习惯行为和下意识行为本身就是意向性的，而不是其他意向的因果产物。在否定了"事先形成的意向"的必要性后，斯特普提出了弱意向性的概念。弱意向性同时满足两组条件[1]，条件一：弱意向性不包含偶然性因素。例如：我没有踩离合器，是因为我的腿突然抽筋了。我没有倒挡，是因为换挡机制突然有故障。条件二：弱意向性是行动者在行动发生前的赞成或者肯定态度。即使我没有明确意图去做这些事情，但我还是有一定的赞成态度，去踩离合器并倒挡。换言之，行动者在没有受到突发事件影响的情况下，并且对自己接下的行为没有反对态度而实施的行为即弱意向性行为。自由不要求明确的意向性，需要的只是一个较弱的赞成态度。结合相容论的四个代表性定义以及弱意向性理论，斯特普的对信念自由的最终定义如下：

认知者对命题 p 的信念态度 B 是自由的，当且仅当，（1）认知者对命题 p 拥有信念态度 B；（2）信念态度 B 是弱意向性的；并且（3）认知者对命题 p 采取的信念态度 B 是理由反应的心理机制的因果产物。[2]

回到信念非意志主义论证，斯特普通过反驳前提 2 论证出信念自由存在，从而捍卫了认知责任。综上，对斯特普的信念自由论证进行规范化重构：

前提 1：对等的信念自由理论是指，如果我们的行动大部分是自由的，那么我们的信念态度大部分也是自由的。（类比论证）

前提 2：根据相容论的观点，行动者的行动 A 是自由的，当且仅当，（1）行动者实施了行动 A，（2）行动 A 是弱意向性的；并且（3）行动 A 是理由反应的心理机制的因果产物。

前提 3：大量事实表明我们大部分行动都符合前提 3 对行动自由的定义。

结论 1：根据相容论的观点，我们的行动大部分是自由的。（前提 2、前提 3）

结论 2：根据相容论的观点，我们的信念态度大部分也是自由的。（前提 1、结论 1）

---

[1] Matthias Steup, Doxastic Freedom, 161（3）*Synthese*（2008），pp.375—392, p.385.
[2] Matthias Steup, Doxastic Freedom, 161（3）*Synthese*（2008），pp.375—392, p.385.

至此，我们可以看出，斯特普对信念自由的论证很好地回应了非意志主义带来的挑战。信念非意志论通过"我们的信念态度不受意志控制"而否定了信念义务论。斯特普以相容论的四种自由定义为基础，引入了弱意向性理论，证明我们大部分行动和信念态度都是符合相容论对自由的定义，从正面直接证明了"我们的信念态度受意志控制"，捍卫了认知责任。

三、对斯特普论证的反驳及建议

斯特普的信念自由论证对自由问题的探讨贡献了很多极具启发性的观点。不仅表现在，他肯定了四种相容论解决自由难题的可取之处，而且也指出了它们各自还将要面对的挑战，并给出了合理的建议；更体现在他敏锐地指出，事先形成的意向不是意志控制的必要条件，同时也不是自由的必要条件，很好地应对了阿尔斯通给信念意志主义带来极大挑战。信念非意志主义试图使用"因为我们的信念态度不是意向性的，所以信念态度不受意志控制"的策略来否定信念自由，斯特普认为这种论证策略过窄地将论据局限于那些没有矛盾的信念，例如，我们在相信真命题的时候无须慎思、无须权衡事实证据，就可以去相信它。但我们日常生活中的大部分事实都表明，我们往往在相互矛盾的好几个信念之间进行选择，我们需要通过理性慎思以及权衡事实证据来作出决定，我们的意志发挥着作用，使得我们的信念态度也可以是意向性的。但同时，斯特普也面临着挑战和质疑，反对意见主要针对"对等的信念自由理论"。正如前文提到的，对等的信念自由理论将行动与信念态度进行了类比论证。

如果行动自由是行动责任的基础，那么信念自由是认知责任的基础吗？科纳·麦克休（Conor McHugh）认为，虽然信念自由是认知责任的基础，但斯特普使用行动自由来类比论证信念自由是不合理的。"意志控制使得行动自由得以实现，但是意向自由（freedoom of intention）与信念自由却不需要意志控制。"[1] 对信念自由的捍卫，不应该采取行动自由的

---

[1] Conor McHugh, Exercising Doxastic Freedom, 88（1），*Philosophy and Phenomenological Research*（2014），pp.1—37, p.3.

模型，而应该采取意向自由的模型。行动者通过意志控制使得行动是自由的，行动自由具备两个条件：意向反应与理由反应。但是，信念态度并不符合这两个条件。意向自由在行动者与道德责任中起着重要的作用。意向自由不要求行动者对意向拥有意志控制。同样地，信念自由也不要求行动者对信念态度拥有意志控制，反而意志控制会破坏意志自由与信念自由。

薇娜·瓦格纳（Verena Wagner）也明确反对斯特普对行动与信念态度进行类比论证，认为自由行动和自由信念之间没有任何相似之处。自由概念只适用于行动实践领域，不适用于精神态度领域。"令人惊讶的是，斯特普对行动和信念进行了类比推论，而没有类比欲望（desire）、意图（intention）和信念。"[1] 相容主义下的理由反应理论对控制的定义，仅仅是对自由的条件的削弱。如果每遇到一种不自由的状况，就对自由的定义加以修补，引进新的概念来添加条件，那么这种定义则毫无意义。自由可以被任何方式定义，变得极为宽泛，我们会得到害怕的自由、恐惧的自由、希望的自由等众多毫无意义的自由概念。在斯特普的论证中，理由反应是信念自由的充要条件；但瓦格纳认为，理由反应只是行为自由或者信念自由的一个普遍条件，在自由问题中起不到关键性的作用。瓦格纳对斯特普论证中的例子质疑，他对强迫症患者的描述具有迷惑性：到底是不可改变的信念，还是不可抗拒的欲望，使得反复洗手的患者不自由呢？[2] 对于斯特普而言，需要列举出：某人缺乏信念自由，但是在实践中却是自由的。瓦格纳认为他并没有举出这样的例子。

本文将在两方面对斯特普的信念自由论证给出反驳和建议。反驳一，斯特普将好的因果作为判断信念是否自由的标准，最终会使得意志控制变得极为宽泛，反而会得到一些反直觉的结论。反驳二，斯特普似乎在一定程度上混用了行动理由、信念理由、因果理由，但他主要是将前两者进行

---

[1] Verena Wagner, On the Analogy of Free Will and Free Belief, 194（8）*Synthese*（2017），pp.2785—2810, p.2796.

[2] "强迫症患者每天洗手 60 次"的例子来自 Matthias Steup, Doxastic freedom, 161（3）*Synthese*（2008），pp.375—392. 第一次描述：患者由于受到内部不可抗拒的欲望而使得行为不自由。第二次描述：不可改变的信念使得患者不自由，他固执地相信自己的手上有很危险的细菌，需要反复洗手。

了混淆。

关于反驳一。斯特普将好的因果作为信念自由的标准。他虽然否定了事先形成的意向与意志控制的相互蕴含关系，但又提出了另一对相互蕴含关系：好的因果等同于意志控制。"理由反应等同于好的因果，将好的因果等同于意志控制；同理，缺乏理由反应等同于坏的因果，坏的因果等同于缺乏意志控制。"[1] 相容论的前提下，一个决定是否自由，取决于影响这个决定的因果过程是一个好的因果还是一个坏的因果。如果决定产生于好的因果，那么这个决定是自由的；反之不自由。那么可以得到如下推论：

前提 1: 如果信念态度是被好的因果决定，那么信念态度是自由的。

前提 2: 如果信念态度是自由的，那么信念态度受到意志控制。

结论 1: 如果信念态度是被好的因果决定，那么信念态度受到意志控制。

很显然，结论 1 是反直觉的。如果按照这种定义，很多本来不被意志控制的信念态度，反而要受意志控制。例如：我认为地球是不规则的椭圆球体。这一信念的形成有一个好的因果过程（地球的形状是地质演化的结果），因为它不是我被强迫或者洗脑后产生的信念。但是，如果按照斯特普的判断标准，如果好的因果过程是意志控制的充分条件，那么就会得出一个非常反直觉的结论："地球是不规则的椭圆球体"这个信念的形成，是意志控制的结果。即使是相容论者也不希望将意志控制扩展到如此宽泛的程度，所以不论是判断行动自由还是判断信念自由，都需要更多的判定标准，而不仅仅归结于好的因果过程。因此，斯特普的类比论证是缺乏充足说服力的。

关于反驳二。斯特普似乎在一定程度上混用了行动理由与信念理由。类比论证的问题在于：信念态度和行动之间存在明显差异。他对相容论下的理由反应理论的论证主要分为两步：首先假设我们的信念态度不是对理由的恰当反应，然后指出，现实中只有很小一部分信念态度产生于精神疾病等其他不正常的心理状态，大部分信念态度都是对理由的恰当反应。最后得出结论：我们的信念在大多数情况下都达到了理由反应机制对意志控

---

[1] Matthias Steup, Belief, Voluntariness, and Intentionality, 65（4）*Dialectica*（2011），pp.537—559, p.547.

制的判断标准。但是斯特普的这种类比使得理由反应论的使用范围变得过于宽泛，并且混用了理由（reason）的三种不同含义。当我们谈及理由的概念时，它实际上牵涉三种不同的含义：关于行动的理由，关于信念的理由，以及关于因果的理由，这三者之间存在着差异，不能相互混用。斯特普将行动理由等同于信念理由，进行了不恰当的类比论证。为了避免这种对理由反应机制的过度使用，应该将理由这一概念限定为行动理由，而斯特普似乎忽视了这一点。行动理由基于意向或者欲望，指向实践。在实践层面，即使行动者实施了行动 A 之后，A 的其他可替代性选择 B、C、D 也仍然可以被实施。信念理由基于事实证据，指向真理。在求真的层面，如果针对某个命题 p 存在一对相互矛盾的信念，那么认知者最多只能选择相信其中一个信念。

如果存在某个因果性的特征能够将信念理由与行动理由区分开来，那么就可以证明用行动理由类比信念理由是不可取的。行动者在采取行动的时候，在没有受到任何外在或者内在强迫的情况下，有可能违背最佳理由，依据次要理由而采取行动。这种现象通常被称为不自制（akrasia）或者意志薄弱（weakness of will）。生活中充满了这样的例子，我想要减肥却一直在吃蛋糕和甜食，我想要好好学习却一直在看电视剧而没有打开书本。这些例子无不说明行动中的不自制现象或者意志薄弱行为是存在的。那么，如果按照斯特普的类比论证，也应该存在认知上的不自制现象。在信念的形成过程中，认知者也有可能违背最佳证据，而依据次要证据去形成信念；不自制现象也应当存在于信念的形成过程中。

实际上，认知中的不自制现象是不存在的，接下来分两个部分进行论述。

首先，某些信念之间具有互斥性。我们最终依据次要证据去形成信念，是因为次要证据削弱了最佳证据的辩护力。按照认识论的普遍观点，信念指向真理，我们在形成信念的时候往往以求真为目的。克里福德的证据主义，认为信念的形成依据相关证据。设想这样一种情况，我已经收集到了足够充分的事实证据，并将它们分为两组，分别支持两个互斥的信念。那么，当我对它们进行评估的时候，其中一组必然会削弱另一组的辩护力。那么，至多只能存在一组证据能够为信念的形成进行辩护。这种现象排除了信念违背最佳理由可能性，并且我们日常生活中的大部分信念形成过程都是类似的过程。例如，我在衡量自己是否有能力报考哲学系的时候，一方面我会认为我很适合这个专业，因为我受过基础教育，我对哲学很感兴趣；另一方面，我又会认为自己不适合这个专业，因为我阅读哲学类的书籍很少，我的逻辑推理能力比较弱。产生了两组相互矛盾的证据，矛盾的存在不仅同时削弱了两组证据的辩护力，而且如果我对其中一组证据的评估高于对另一组证据的评估，那么评估低的那一组证据的辩护力再次被削弱。因此，当我最终形成了一个基于最佳证据的信念时，我就不会再想要去相信其他的信念。不论我是对所有证据进行平衡性的评估，还是从多组证据中挑选出某一组作为最佳证据，这些证据都处于相互排斥的状态；以真理为目标的前提和不矛盾原则使得至多只能存在一个关于事实命题的信念。同时，也存在这样的情况：我仍然可以认为我适合报考数学系。但这并不是求真意义上的相信，而仅仅是我的期待，它是缺乏充足事实证据的。在求真层面，最终形成的信念至多有一个。

其次，形成决策（make a decision）和执行决策（execute a decision）是两个不同的过程。在形成决策和执行决策的意义上，信念态度都可以是自由的。在形成决策阶段，如果我决定相信信念 B1，然后在执行决策阶段，我选择了相信 B2。我似乎最终形成了一个我本不愿意相信的信念。例如，我在考试前决定相信我会合格，考试后分数没有合格，我于是改为相信我没有合格。首先，在形成决策的意义上，我的决定是自由的。那么，可能会有这样的反驳出现：信念形成重点在于执行，形成意义上的自由是不够的。再来看执行决策的过程，事实证据使得我没有执行最开始形成的决策。我使用理性慎思对事实证据进行分析，意识到最开始形成的决策不合理，所以我在执行的时候改变了决策，形成了相反的信念。由于执行过程与理性慎思相符合，因此我的这种信念态度出于意志控制，而不是意志薄弱。这不是认知中的不自制，由于证据发生了变化，证据变得更为充足和全面。在形成决策阶段证据是缺乏的，但是在执行决策阶段证据变得充足，足够使我的理性慎思进行权衡，并做出选择。这种信念上的转变，不同于行动上的不自制。行动者有可能基于同样的理由，而做出违背最佳判断的行为，但是信念态度可以随着证据的不断充实而做出相应的调整。

再进一步，因为执行信念决策的风险比执行行动决策的风险小得多，所以执行信念决策的难度远远小于执行行动决策。换言之，我们很难确保大部分的行动都与最佳判断一致，但是保持大部分的信念与最初决策一致却是可能的。例如：某人想要减肥，但最终以失败告终。即使他心里仍然坚信自己可以减肥成功；但是在实践操作中，他确实违背了自己的最佳判断，身体不适，天气恶劣，惰性等种种现实因素，都会使得行动者违背最佳判断，而做出了意志薄弱的行为。再者，即使是放宽到自由主义的意义上来讨论，执行信念决策和执行行动决策，后者也具有更多的阻碍。我可以忽视既有证据、随意地形成任何信念，或者对某个命题随意地采取信念态度，这除了有损于我获得可靠知识，没有人或者事物阻止我。然而，如果我随意地采取行动，会碰到很多不可抗的阻力，我不能随意地举起大树，我不能随意地盗窃物品，我不能阻止头发脱落，等等。

综上所述，不自制现象表明了行动理由与信念理由的不一致性，出于行动理由，行动的发生会出现不自制的现象；但出于信念理由，在信念的形成中，不自制现象是不存在的。因为信念之间具有互斥性，并且，事实证据仅仅影响了信念的决策执行，而没有影响决策形成。再者，信念决策的执行比行动决策的执行风险小、难度小，也表明信念理由就无法与行动理由相一致。综合这两方面的论述，斯特普的确在一定程度上混淆了行动理由与信念理由，从而削弱了信念自由论证的可靠性。

结语：对信念自由与认知责任关系的反思

信念自由与认知责任之间的关系是密不可分的：我们在讨论信念自由的时候，往往要涉及意志控制以及认知责任。通过对斯特普信念自由论证的重构和反思，可以看出，信念自由与行动自由之间存在着一些决定性的差异。斯特普的类比论证对自由问题的解决提供了很好的思路，但是也避免不了信念自由论证的个别前提在某些情况下缺乏充足的说服力。

此外，我们还需要学习和反思其他支持或者反对信念自由的观点，例如：即使我们的信念态度不受意志控制，我们也要负认知责任；信念的形成不仅仅受意志的影响，更多的是受到我们的社会以及文化的侵染而形成的。信念态度与意志之间的关系比我们认为的还要复杂，信念自由还有更多的讨论空间。我们需要对信念的形成过程进行更为细致的把握，对行动理由与信念理由进行更为合理的区分和准确的运用，才能更好地捍卫或者反对认知责任。

Two Objections for Doxastic Freedom of Steup
——Based on Doxastic Voluntarism and Epistemic Responsibility

(Yin Mengjie, School of Philosophy, Wuhan University, Wuhan, 430072)

Abstract: In contemporary epistemology, doxastic freedom has become a central issue. In the related debates, it has commonly been assumed that if our doxastic attitudes are free, then we own some epistemic responsibilities. According to compatibilism, Matthias Steup thinks that the thesis of equal doxastic freedom is true, which means that if our actions are mostly free, then our doxastic attitudes are mostly free. This paper begins by giving a brief overview of the theoretical background of doxastic freedom. It will then go on to reconstruct Steup's argument for doxastic freedom and give two objections for Steup. Also, this paper aims to make a sense that the argument of doxastic freedom needs something more specific about belief-formation, and we should distinguish or make use of the concept of action's reason and the concept of belief's reason more accurately.

Keywords: doxastic freedom; doxastic attitude; epistemic responsibility; voluntarism

约翰·希克神义论思想探究

——以《恶与仁爱的上帝》为中心的考察

王伟平*

摘要："恶的问题"是一个重要而又疑难的问题。面对"恶的问题"，希克试图在批判继承奥古斯丁式神义论的基础上，融合爱仁纽等人的思想，提出了一种具有"灵魂塑造""末世论"特征的自由意志神义论。在具有一定理论解释效力的同时，希克的神义论并没有完全解决"恶的问题"。该神义论的问题包括：不能解释部分自然的恶，大量而强度极大的道德的恶和毫无目的的恶；自由与救赎之间存在不可调和的矛盾，"末世普救论"也难以成功。然而，面对"恶的问题"，希克在神义论上的卓越探索具有重要的理论意义和启发。

关键词："恶的问题"；灵魂塑造；普救论；自由意志；救赎

恶，总是伴随着人，成为人的一种生存境况。从人的自欺、欺人、人性的败坏，从自然界中的各种不同程度的灾害中，可以看到这些恶的踪迹。对于恶的思考，最早可以追溯到柏拉图《理想国》《蒂迈欧篇》《法律篇》等，并逐渐演化为对"恶的问题"的探讨。

探讨"恶的问题"的思想进程具有延续性。"恶的问题"最早表现为

* 作者简介：王伟平，武汉大学哲学学院 2016 级博士生，研究方向为认识论、宗教哲学，邮箱：wwpcn@hotmail.com。本文系 2020 年国家社科基金一般项目"施莱尔马赫的宗教共同体理论研究"（20BZJ002）阶段性成果。感谢匿名评审专家的修改意见和王志成、杨乐强、李彦仪等教授提供帮助。

"伊壁鸠鲁悖论"[1]，并成为近现代西方宗教哲学探讨"恶的问题"的起点。近代哲学家大卫·休谟在《自然宗教对话录》通过菲洛（Philo）之口重提"恶的问题"，丰富了"伊壁鸠鲁悖论"的内涵。现当代哲学家约翰·麦基（John Mackie）于1955年发表的文章《恶与万能》（Evil and Omnipotence）及其1982年出版的著作《有神论的奇迹》（The Miracle of Theism）则更为详尽地发展了"伊壁鸠鲁悖论"，提出了"恶的问题"的一种模式，即"恶的逻辑问题"。在"恶的逻辑问题"之外，罗·威廉（William Rowe）等人提出了一种"恶的证据性问题"。"恶的问题"主要表现为"恶的逻辑问题"和"恶的证据性问题"。

　　神义论（Θεοδικία, theodicy）是一种试图在面对或回应"恶的问题"时为神或上帝的正义提供合理性辩护的理论。[2] 神义论这一术语虽然由德国近代哲学家莱布尼兹所创，但神义论是一个自古希腊就存在[3]、至今仍被基督教哲学所讨论的重要议题。约翰·希克（John Hick，以下简称希克）在面对"恶的问题"时，基于基督教一神论传统，在梳理前人的神义论时，融合希腊教父爱任纽（St. Irenaeus）等人的思想，批判性继承奥古斯丁式的神义论思想，提出了一种末世论视角的"灵魂塑造神义论"回应"恶的问题"。[4]

　　本文将从以下四个方面来探讨希克神义论：首先，阐释"恶的问题"及希克神义论的回应思路；其次，论述希克神义论思想渊源及主要内容；再

---

[1]"伊壁鸠鲁悖论"由罗马基督教哲学家拉克坦提乌斯（Lactantius）提出，其内容可概述为：如果上帝是全知全能全善的，那么，他就愿意并且能够消除恶；但如果是这样的话，恶源自哪里呢？参见 Philip Schaff（ed.），*Ante-Nicene Fathers*: *Fathers of the Third and Fourth Centuries*（Michigan: Christian Classics Ethereal Library, 2004），p.414。
[2]神义辩护是为神的正义提供一种可能性的解释；神义论是在神义辩护提供一种可能性解释的基础上，提供一种合理性的解释，在论证的任务和难度上要高于神义辩护。
[3]古希腊时期的神义论是广义神义论，本文探讨的是狭义的、基督教传统的神义论。参见肖厚国：《古希腊神义论：政治与法律的序言》，上海人民出版社，2012年。
[4]希克前期与后期宗教哲学思想的"上帝观"存在一个转向问题。前期宗教思想的"上帝"是基督教传统的上帝，具有全知全能全善属性；在转向"终极实在"的后期宗教思想中，"上帝"是作为最高存在之"终极实在"的一个表现，"上帝"不可称为"善的"或"恶的"。本文主要围绕《恶与仁爱的上帝》等著作探讨希克前期宗教哲学的上帝观及其神义论，暂不谈论转向"终极实在"对希克神义论的影响。参见：John Hick, "An Irenaean Theodicy", in Stephen T. Davis（ed.），*Encountering evil: live options in theodicy*（Louisville: Westminster John Knox Press, 2001），p.38，p.59。

次，探究希克神义论是否成功；最后，讨论希克的神义论的影响和意义。

一、"恶的问题"与希克神义论回应思路

（一）"恶的问题"

探讨"恶的问题"，必须先澄清"恶"和上帝的含义。恶，依据是否包含人为因素，可分为道德的恶和自然的恶。[1] 前者包括杀人、强暴、自私、冷漠等；后者包括地震、海啸、洪水等。对于恶的特征，希克坚持认为，恶是真实存在的而非"幻象"[2]，这个世界是一个恶的场所，充满着大量的、程度不同的恶。恶不是一种能够抗衡上帝力量的实体（substance），否则会导致作为"善"之实体的上帝与"恶"之实体的恶之间形成"善恶二元论"，背离了上帝的全能属性以及传统的"上帝"观[3]。同时，他反对奥古斯丁、阿奎那等人的恶是善的缺乏之观点。

希克神义论中的上帝，仍属于基督教传统的上帝观，即上帝存在并且是万物的创造者，具有全能、全善和爱的属性。[4] 在希克这里，上帝的存在的信念，是讨论神义论的起点。上帝的"全能"意味着上帝能做所有逻辑上可能的事情[5]，包括尽其所能地消除"恶"、抑制"恶"；上帝的"全善"意味着上帝具有完美的善性，愿意抑制和消除世间的"恶"。

---

[1] 希克继承莱布尼兹的想法，将恶分为自然的恶、道德的恶和形而上学的恶，但他似乎认为，形而上学的恶不是一种真正的恶，只是人的有限性的表现。参见 John Hick, *Evil and the God of Love*（Hampshire: Palgrave Macmillan UK, 2010），p.13。
[2] 艾迪（Mary Baker Eddy）等人将"恶"视为一种不真实的幻象（illusion）。参见：Mary Baker Eddy, *Science and Health with Key to the Scriptures*,（Boston: Christian Science Board of Directors, 1971）。
[3] John Hick, *Evil and the God of Love*, p.240.
[4] 按照 Rene van Woudenberg 的观点，在哲学层思考"恶的问题"和神义论，如果否定恶的存在或者否定上帝的全知或全能或全善的属性，神义论的任务就会被取消。希克采用通用的做法，探讨神义论时没有直接讨论上帝的全知属性。或许，这种通用做法认为，全知是一种能力，讨论全能就意味着讨论了全知，否定全知则意味着否定全能。参见：Rene van Woudenberg, "A Brief History of Theodicy", in Justin P. McBrayer, Daniel Howard-Snyder（eds.）, *The Blackwell Companion to The Problem of Evil*（UK: Wiley-Blackwell, 2013）, p.177; John Hick, "An Irenaean Theodicy", pp. 38—39; John Hick, *Evil and the God of Love*, p.3。
[5] John Hick, *Evil and the God of Love*, p.239.

如上所述，"恶的问题"主要包括"恶的逻辑问题"和"恶的证据性问题"。"恶的逻辑问题"试图表明，从上帝存在及其具有全知全能全善属性出发，可以得出上帝的存在与恶的存在不相容。因为全善的上帝会愿意消除所有的恶；全能的上帝能够消除所有的恶。全能全善的上帝既愿意又能够消除所有的恶，因而恶不存在。但恶大量而广泛地存在。因此这样的上帝不存在。[1]"恶的证据性问题"主要由罗·威廉在1979年发表的文章《恶的问题与几种反有神论》中提出。[2]"恶的证据性问题"从经验出发试图表明，恶的存在证明了上帝存在的可能性非常小。其论证主要思路是：对于巨大的恶，一个全能全善的存在者，可以在不损失一些更大的善或不允许同样坏或更坏的恶发生的情况下阻止其发生；而一个全知全能全善的存在者将尽其所能地阻止任何巨大苦难的发生。但实际上，现实生活中存在着许多巨大的恶。因而这些证据证明，一个全知、全能、全善的存在者很可能不存在或存在的可能性非常小。

（二）希克神义论的回应思路

希克神义论对两种模式的"恶的问题"间接地予以回应。其思路为：对于"恶的逻辑问题"，他认为上帝允许恶的发生具有一个合理的理由，即实现创造人的目的——所有自由人都自主地选择回应上帝，成为上帝的子民。（自然的和道德的）恶的存在，构成人的"灵魂"成长的环境。没有这种环境及其塑造，就没有灵魂的成长。因而上帝的存在与恶的存在是相容的。对于"恶的证据性问题"，他认为，对于一个全能全善的上帝而言，恶的发生并不会是多余的或者得不到辩护的，允许多余的恶或得不到辩护的恶发生，不符合上帝全能或全善的属性。因而不会存在有些恶得不到辩护，也不存在消除了一定的恶会取得同样的善，使得被消除的恶成为多余的或得不到辩护。因而，恶的证据性问题，如同恶的逻辑问题，是难

---

[1]"恶的逻辑问题"参见 J. L. Mackie, "Evil and Omnipotence", *Mind*, Vol.64, No.254（Apr., 1955），pp.200—212。

[2] Rowe, William L. "The Problem of Evil and Some Varieties of Atheism", *American Philosophical Quarterly*, 1979:16, pp.335—341.

以成立的。[1]

希克神义论主要任务是一种防守性的，即表明"恶"的存在是与上帝之存在协调一致、没有矛盾；在面对世间的恶时，相信上帝的存在，并不是非理性的。[2]希克对神义论的要求是：具有说服力，并能满足人们"良心"（conscience）和情感的需要。[3]前者是可能性要求，即要求神义论具有内在的逻辑一致性；后者是可行性要求，即神义论与所依赖的宗教传统以及世界的信息（data）相一致，与通过科学探索所发现的世界总的特征、关于道德恶和自然恶的具体事实相一致，满足人的心理要求。[4]

二、希克神义论的思想渊源及其主要内容

希克梳理了历史上主要的神义论，批判性继承奥古斯丁式的神义论，融合希腊教父爱任纽等人的思想，提出了一种基于"末世普救论"的"灵魂塑造论"，试图以此来回应"恶的问题"。

（一）希克神义论的思想渊源

希克神义论是在分析和融合前人神义论的基础上形成的。尤其重要的是，它批判性地继承了奥古斯丁式神义论。国内外学者通常将奥古斯丁式神义论和希克神义论视为两种完全不同的神义论[5]，没有深入思考两者的联

---

[1] 希克神义论巨著《恶与仁爱的上帝》第一版出版于 1966 年，当时思想界主要探讨的是由约翰·麦基在 1955 年《恶与万能》所提出的"恶的逻辑问题"。希克也主要回应"恶的逻辑问题"。直到 1979 年，人们开始关注由罗·威廉所提出的"恶的证据性问题"。参见 John Hick, *Evil and the God of Love*。
[2] John Hick, *Evil and the God of Love*, pp.244—245.
[3] Ibid., p.10.
[4] John Hick, "An Irenaean Theodicy", p.38.
[5] 张爱辉：《基督教思想史上的神义论述评》，《基督教学术》，2014 年第 2 期，第 36 页。

系[1]。这或许是受到了希克本人的误导[2]。实际上，希克在批判奥古斯丁式神义论的同时，也继承了奥古斯丁式神义论的部分观点。

希克神义论的起点，是批判奥古斯丁等人对于恶的观点；希克神义论与奥古斯丁式神义论的差别主要源于两者对恶的看法不同。就解决"恶的问题"的方向而言，奥古斯丁式神义论侧重于起点、过去、创世，而希克神义论则另辟蹊径而侧重于终点、未来和末世（eschaton）。

在希克看来，奥古斯丁等人对于恶的观点——将《圣经》中人祖被造而完美、因诱惑而堕落的故事视为真实故事，同时将恶视为善的缺乏，并将恶的原因追究为人的自由意志的观点，——是有问题的。其问题在于，该观点将导致一个难题：将人视为被造而完美的，将无法令人满意地回答，在上帝看管下的无欲无求的人，为什么能够受到诱惑而（主动地或被动地）堕落？希克认为，奥古斯丁等人关于恶的观点，实际上表达了一种恶是无中生有的观点。这将导致一种悖论：恶能在万能上帝掌管下自我产生而不受上帝掌控。[3]正如保罗·利科所言，奥古斯丁（以及阿奎那等人）关于恶是善的缺乏的观点，实际上是将恶虚无化，恶只是作为一种"象征"，实际上并没有真正承认恶的存在。[4]希克则认为，恶是真实存在的，人并非被造而完美[5]。

希克神义论继承奥古斯丁式神义论[6]最突出的地方在于用自由意志解

---

[1] 周海金：《苦难及其神学问题研究》，浙江人民出版社，2014年，第82—119页；张爱辉：《基督徒的苦难观研究》，宗教文化出版社，2018年7月，第84—123页。

[2] 希克在英语学界首次梳理西方神义论思想，并认为主流思想是奥古斯丁式的神义论，而比较有希望的是爱仁纽式的"灵魂塑造"神义论。希克论述过两种神义论相同点和差异，但两者的相同点常常被忽略了。John Hick, *Evil and the God of Love*, pp.236—240。

[3] John Hick, *Evil and the God of Love*, p.49, pp.54—55, pp.62—64, p.250.

[4] 奥古斯丁把恶虚无化和象征化。参见花威：《从概念到象征：利科论原罪》，中国社会科学网，http://www.cssn.cn/sf/bwsf_zhlwz/201603/t20160308_2903374.shtml（2020年6月22日）；张庆熊：《基督教神学范畴：历史的和文化比较的考察》，上海人民出版社，2003年，第263—266页。

[5] 科学经验表明，人的祖先并不是生活在天堂般的理想状态，而是生活在恶劣的环境里。参见John Hick, *Evil and the God of Love*, p.255; John Hick，"An Irenaean Theodicy"，p.41。

[6] 希克将普兰丁格等人的自由意志神义论或辩护视为一种类型。参见John Hick, "An Irenaean Theodicy", p39。

释道德的恶。[1] 道格拉斯·盖维特（Douglas Geivett）认为，希克神义论实际上也是一种自由意志神义论。[2] 需要注意的是，希克持有不同于奥古斯丁等人的自由意志观点。希克所谓的自由，不仅强调行动本身出自行动主体性格、不受外力影响，而且，行动的结果也不可预测。人的自由，不受上帝（圣灵）的控制。[3] 同时，希克强调，人与上帝之间要保持一种"知识论的距离"（epistemic distance），这种距离保证了人的自由，同时为恶从人的自由选择中产生提供了一种合理解释：恶，不是无中生有，而是从受造物中产生；其前提是受造物与上帝保持一定的知识论距离，世界呈现一种宗教模糊性。[4] 因而，希克的神义论是一种不同于奥古斯丁的现代的自由意志神义论。

需要注意的是，希克除了批判性继承和发展了奥古斯丁式自由意志神义论，还融合了爱任纽等人的人论思想，认为人的发展分为"两个阶段"，即按照上帝形象创造（Bios）和按照上帝的样式创造（Zoe）的阶段。

（二）希克神义论方案

在梳理希克神义论渊源之后，将具体讨论希克神义论方案。总的来说，希克认为，上帝允许恶的发生，是为了更大的善，即塑造人的灵魂，完成创造的目的；恶的存在是塑造人灵魂的条件；对于如大屠杀等极端恐怖的恶等，希克诉诸末世论视角的"末世普救论"。

提出"灵魂塑造论"。希克"灵魂塑造论"认为，人的发展，是从不完善到完善的过程，发展的两个阶段分别是上帝按照"上帝形象"创造动物性生命的阶段和上帝按照"上帝的样式"创造的永恒性生命的阶段[5]，最终的完善在于末世。人类目前处于按照上帝的样式创造的阶段。

不同于上帝通过强力创造的动物性生命的阶段，在人的永恒性生命发

---

[1] John Hick, *Evil and the God of Love*, pp.265—291.
[2] R. Douglas Geivett, *Evil and the evidence of God: The Challenge of John Hick's Theodicy*（Philadelphia: Temple University Press, 1993）, p.188.
[3] John Hick, *Evil and the God of Love*, p.266.
[4] Ibid., pp.277—280, pp.281—288, pp.315—316, pp.373—385.
[5] Ibid., p.257.

展的阶段，人具有相对于上帝的自由，不能被上帝的强力所干预或剥夺。希克认为，"上帝创造人的过程的第二个阶段不能通过全能的力量来执行。因为个体生命本质上是自由和自我导向的"。干预或剥夺了自由的人，就如同上帝的"玩偶"，而将人创造为没有自由的"玩偶"并不符合全善上帝的特征。休谟等人曾经认为，上帝创造的世界应该给人带来最大的欢愉和最小的痛苦。在希克看来，上帝的目的不是让人享受，而是让人在恶中自由而真实地选择、成长。[1] 在面临各种恶或苦难时，人自由地选择朝向善和上帝，此时人的"灵魂"所获得的"品质"比上帝直接赋予人这种"品质"更有价值。因而，整个世界是一个"灵魂塑造"的场所，不是享乐的天堂。在设定人的完善在末世的情况下，假定上帝能够创造一个自由而完善的人（末世才能达到的状态）是逻辑上不可能的事情。[2]

在人的发展过程中，（自然的和道德的）恶是塑造人的灵魂或品格的条件。具体来讲，自然的恶，构成塑造人的灵魂的重要条件；而道德的恶，是塑造人的灵魂的重要手段。自然的恶是塑造人的灵魂的重要条件。自然的恶，是自然规律起作用带来的负面效应。如果整个自然界变成一个奇迹式的、能随心所欲地保护人不受伤害的地方，则不存在任何规律和科学；则人们不会经历疼痛、痛苦等，同样也不会产生同情心、爱心。突如其来的地震、洪水、海啸等，在灾难痛苦之余，本身也唤起了互助、互爱、互信，起到了塑造灵魂的作用。[3]

道德的恶，源自人的自由意志选择。上帝允许道德的发生，主要原因在于，具有自由意志是人的本质要素。只有保证人的自由意志，才能让人在经历各种恶时能真正做出选择，使人的品格、灵魂得到不断提升，不断克服以自我为中心等道德的恶，最终成为上帝的子民，实现创造的目的。路人甲被路人乙杀伤，这对于路人甲是莫大的痛苦；同时，目击者将产生憎恶恶行的行为，产生怜悯之情、帮扶伤者的爱心，如打电话报警、向医

---

[1] John Hick, *Evil and the God of Love*, p.256—257.

[2] Ibid., p.240.

[3] 相较于奥古斯丁式神义论，这样解释自然的恶是希克神义论创新的地方。John Hick, "An Irenaean Theodicy", p.50。

院求救、向路人求助等。总之，希克认为，恶是塑造人的灵魂的必要因素，整个世界是塑造人的灵魂的场所。没有这种环境，人的灵魂难以真正成长。

注重 "末世普救论"（eschatological universalism）。"末世普救论" 是希克神义论成功的基石和关键[1]，是希克神义论研究比较薄弱的部分。[2] 希克坦承 "灵魂塑造论" 无法成功解释很多的恶，诸如刚出生不久就夭折的婴儿、类似于奥斯威辛集中营那样的大屠杀等。[3] 解释这些恶，需要求助 "末世普救论"。[4]

希克 "末世普救论" 的前提在于：人今生今世死后，其生命将仍然继续存在；所有人都将会在另外一个世界得到救赎，其所遭受的恶（包括极端的恶）都可以在最终救赎中得到辩护。依据希克的宗教知识论，所有的宗教经验，如同我们所依赖的日常经验一样，具有不可反驳的合理性。除非我们完全否定所有的经验，我们才可以否定宗教经验。[5] 然而，我们没有证据反驳这个信念。[6] 同时，基督教具有人死后生命仍然存在的信念。[7] 基于此以及上帝全能全善属性，他认为，相信末世里人的存在并都得到救赎的信念是合理的。他认为，所有人在全善和爱的上帝的引导下，最终会

---

[1] John Hick, *Evil and the God of Love*, p.338.

[2] 陈志平教授简要地提到希克的末世普救思想，周海金教授简单地提到希克求助于另外一个国度解决恶的问题，而张爱辉教授谈希克神义论时，则没有提到末世普救论。王志成教授是从批评者视角提出希克 "末世普救论" 的相关思想。参见：陈志平：《希克》，《当代西方著名哲学家评传：第六卷 宗教哲学》，傅乐安主编，山东人民出版社，1996 年，第 342—343 页；周海金：《苦难及其神学问题研究》，浙江人民出版社，2014 年，第 82—119 页；张爱辉：《基督徒的苦难观研究》，宗教文化出版社，2018 年 7 月，第 84—123 页；张爱辉：《督教思想史上的神义论述评》，《基督教学术》，2014 年第 02 期，第 36—38 页；王志成：《全球宗教哲学》，宗教文化出版社，2005 年，第 218—219 页。

[3] John Hick, "An Irenaean Theodicy", p.49.

[4] John Hick, *Evil and the God of Love*, p.336.

[5] 正如希克的学生保罗·巴达姆的观点，希克将维特根斯坦 "seeing-as" 理论发展为 "experiencing-as"，并以此来论证宗教经验的合理性。参见 Paul Badham, "The Philosophical Theology of John Hick", in A John Hick reader（Hampshire: The Macmillan Press, 1990），p.3.

[6] John Hick, "Eschatological Verification Reconsidered", Religious Studies, Vol. 13, No. 2（Jun., 1977），pp.189—202.

[7] Ibid., p.336.

在末世被上帝拯救，让"恶的问题"得到解释。

安东尼·傅卢（Anthony Flew）质疑：上帝为何不直接创造一个自由而总是做善事的人。希克回应说，人通过努力而获得的道德品质比直接赋予的道德品质更有价值[1]；直接创造一个自由而总是做善事的人，是逻辑上不可能的事情。[2]上帝的全能，只是做逻辑上可能的事情。

希克"末世普救论"[3]的核心在于：此世得不到辩护的"恶"，可通过后世的灵魂塑造或末世里所有人得救而得到辩护。在末世里，所有人将得到拯救[4]、人最终会达到完美状态、实现上帝创造人的目的。依据上帝全能和仁爱属性，"普救论"具有一种实际的确定性（a practical certainty）。[5]

三、希克神义论未成功解释"恶的问题"

正如大卫·格里芬（David R. Griffin）评论希克神义论时提到，希克神义论彰显了当代人在科学世界观图景下，依据基督教信念对"恶的问题"进行回应的一种卓越的努力。[6]然而，希克的神义论"经常奏效，也常常失败"。

（一）许多的恶无法得到有效解释

首先，无法解释部分自然的恶。罗·威廉认为，存在许多无法塑造人的灵魂的自然的恶。他提出最经典的例子是，假如有一只小鹿在大森林中

---

[1] John Hick, *Evil and the God of Love*, p.255, p.268.
[2] 希克认为人的自由意志，需要具有真实性，可以选择善恶，催眠师催眠后的病人所具有的自由是虚假；自由意味着人的行为不受强制，行为结果不可预测。如果人被造而自由并总是选择善的或对的事情，那么，人与上帝之间形成的关系就不是真实的，而是被造的；人的行为也是可以预测的：从这两个层面看，人并不自由。Ibid., pp.274—277.
[3] 正如大卫·齐塔姆所言，希克神义论强调"末世论"视角。参见 David Cheetham, *John Hick: A Critical Introduction and Reflection*（Burlington: Ashgate Publishing company, 2003），p.7。
[4] John Hick, *Evil and the God of Love*, p.343.
[5] Ibid., p.344.
[6] John Hick, "An Irenaean Theodicy", pp.52—53.

被大火围困并烧伤，在大火之后，小鹿忍受几天剧烈的疼痛，生活在极度痛苦之中，最终死亡缓解了它的痛苦。[1]这些动物的痛苦不为人知，不能成为灵魂塑造的要素，也不能塑造人的灵魂。希克回应，全能全善和仁爱的上帝不会允许多余的恶发生，让其得不到辩护。然而，依据希克的观点可以推导出，动物遭受的恶是得不到辩护的。在希克看来，动物是为人类成长服务，不具有灵魂。因而动物忍受的恶，不会得到灵魂的塑造或救赎[2]，成为未得到辩护的恶。[3]

其次，无法有效解释极端恐怖的恶。希克认为，大屠杀事件，特别是纳粹德国期间 400 万 ~ 600 万犹太人（包括小孩）被杀，是彻底恶的事件，违背上帝意愿，完全不能起到善的作用。[4]因而，这种极端的恶无法通过今生今世的灵魂塑造论来解释。对于如此极端恐怖的恶，希克求助于"末世普救论"，希望末世的极大幸福能为此世所遭受的恶之合理性辩护。然而，如后文论证的那样，希克"末世普救论"并没有成功，只能算是一种期盼；因此，极端恐怖的恶，也不能很好地得到解释。

再次，将"毫无目的"的恶神秘化。希克承认，对于毫无目的的恶，"灵魂塑造论"难以解释。对于毫无目的的恶，只能求助于神秘（mystery）。希克解释说，这种毫无目的难以让人理解的恶，本身又构成了灵魂塑造的一种环境，塑造人的灵魂。[5]然希克在探讨神义论之初，反对求助非理性方法[6]，此处反又求助于神秘和非理性，削弱了他通过理性方法探讨神义论问题的有效性。希克求助于神秘来解释毫无目的的恶，遭到了罗兰·普契尼（Roland Puccetti）的反驳。[7]虽然希克回应，这种神秘可以构成塑造灵魂的环境，但是正如希克研究专家大卫·齐塔姆（David Cheetham）所言，可以确定的是，希克神义论并没有严肃处理以上所言的"神秘"。因

---

［1］William L. Rowe, "The Problem of Evil and Some Varieties of Atheism", pp.335—341.

［2］John Hick, *Evil and the God of Love*, pp.309—311.

［3］Ibid., p.103.

［4］John Hick, *Evil and the God of Love*, p.361.

［5］Ibid., pp.335—336.

［6］Ibid., pp.8—9.

［7］Roland Puccetti, "The Loving God–Some Observations on John Hick's Evil and the God of Love", *Religious Studies*（1967:2）, pp.255—268.

为求助于神秘，确实存在两个问题：在面对恶的问题时，为何不直接求助于神秘，将"恶的问题"直接神秘化或信仰化，而非要建构一套系统的神义论？同时，在"恶的问题"上，求助于"神秘"，将使人死后仍然存在生命的假设，显得完全不必要。[1]

（二）存在理论的困境

首先，自由与救赎之间的矛盾难以调和。自由是人自我不断成长为"上帝子民"的前提。在反对奥古斯丁等人将恶虚无化时，希克主张：恶是真实存在的，人所遭受的恶，并非源自原罪，而源自人的罪——人的自我中心主义（self-centeredness）；同时，人并非被造而完美，允许恶的发生，是为了实现创造人的目的——让人自由地从"生物性生命"阶段发展为具有上帝样式的"永恒属性"的生命。因而，自由是人自我不断成长为"上帝子民"的理论前提。

自由包括认知上的自由和行动上自由。为了保证上帝创造目的的实现，要求人与上帝保持知识论上的距离，保持人具有真正的自由；保证人不是上帝的动物性"宠物""玩偶"。[2] 同时，人的自由可以抗拒上帝的恩典或做工。如前所述，希克认为，人的自由，不受三一上帝（圣灵）的控制。希克表示，催眠师与病人之间因为被催眠而产生的信任关系并不是真正的关系，而是一种被控制的关系，病人在这种关系中并不是自由的。通过这个例子，希克想强调：人的自由和上帝的信任关系不能受到强迫，上帝（圣灵）也不能通过类似于催眠师给病人施加影响一样影响人，更不能直接将人带到最终的完美状态，否则，人就处于一种被控制的关系之中，人处于不自由之中，因而，人也就成为动物性的"玩偶"。[3]

吊诡的是，希克认为，人的最终救赎，需要上帝的恩典或做工。虽然强调人的自由，希克坚持认为，人的创造之完成和最终的拯救需要借助于

[1] David Cheetham, *John Hick: A Critical Introduction and Reflection*, pp.46—48.

[2] John Hick, *Evil and the God of Love*, pp.266—267.

[3] Ibid., p.274.

上帝（圣灵）通过影响世界或通过在我们之中的圣灵的作用和影响来影响我们。[1]

因而，希克的神义论，在处理人的自由和上帝的救赎时，也存在一种张力。[2] 谈到恶的来源和上帝允许恶的发生的理由时，需要提出人的自由和发展的两个阶段学说；而面对"恶的问题"的不断挑战，尤其是面对"极端的恶"时，又必须诉诸上帝（圣灵）的恩典与做工实现"末世普救"。实际上，这种恩典和做工，与希克预设人所具有的可以抗拒上帝恩典之自由是逻辑上不相容的。保证人的自由，则所有人的救赎就难以实现，正如前文所论证的那样；保证人的救赎，则只能通过三一上帝（圣灵）影响人，进而干涉人的自由，人的自由无法得到保障，恶的来源问题等无法得到解释。

其次，"末世普救论"难以成功。希克论证"末世普救论"时强调，因为人具有自由意志，具有选择善或恶的自由；因而"在严格意义上来讲，赋予了自由意志的受造物，在被预定的情况下将会爱上帝和顺服上帝，是一种逻辑矛盾。因为自由存在者的思想和行动，在它们发生之前，原则上是不可知的。因此，它们不能成为绝对预测的对象。对许多人而言，正是从逻辑上排除了这种科学类型的预测，排除了一种普救论的教义"。[3] 也就是说，依据希克对于人的自由的界定，人的自由与上帝的预定必然会冲突，在保证人的自由的情况下，上帝预定的对所有人的拯救和救赎必然会是失败的。人的自由导致的结果是，并非所有人都趋向上帝，成为上帝的子民；而最坏的结果则是，所有具有自由的人都不趋向上帝；无论如何，至少有人必然不会得到救赎。

希克对这个问题的回应并不成功。一方面，他将这个逻辑矛盾弱化为一种可能性，并依据上帝可以将可能性变成现实性来回应这个问题。他认

---

[1] John Hick, *Evil and the God of Love*, p.344.
[2] 历史上自由与恩典之间的张力关系讨论，主要表现为奥古斯丁与佩拉纠之争，路德与伊拉斯谟之争，加尔文与阿米念之争等。希克在此问题上的贡献主要在于：在启蒙运动之后，理性地认识恶的存在，并试图进行神义论建构，以相容论来协调二者关系。张庆熊对自由与恩典的张力作了很好的讨论。参见张庆熊：《基督教神学范畴：历史的和文化比较的考察》，上海人民出版社，2003 年，第 239—269 页。
[3] John Hick, *Evil and the God of Love*, p.343.

为，"逻辑上可能的是，一些人甚至所有人都将在他们的自由中永恒地拒绝上帝，并外在地排除上帝的呈现"。[1] 因而，尽管所有人得救存在失败的可能性，但对于上帝而言，上帝在普救论上成功的概率等于一种实际的确定性。如果所有人得救的失败是一种可能性，那么，希克依据上帝的全能（能够使得逻辑可能性变成现实性）可以使该证明得到有效说明。然而，在希克理论框架下，在保证人的自由的情况下，所有人都得救的失败并不是一种可能性，而是一种必然性。所有人都得救是矛盾的、逻辑上不可能的事情；而上帝只能做逻辑上可能的事情，并不能拯救所有人。同时，逻辑上不可能的事情还包括：逻辑上不可能的事情具有现实的确定性／现实性。因而，上帝并不能使逻辑上不可能的事情变成现实确定性。

另一方面，他以乞题的方式来处理这个逻辑矛盾。他说，我们能够超越这个逻辑矛盾而确认上帝将会实现其仁爱的目的，即所有自由人都得救。而之所以能超越这个矛盾，在于神义论的需要驱使我们这么做。在这里乞题表现为："恶的问题"的神义论阐释，产生自由与救赎之间的逻辑矛盾，而解决该逻辑矛盾的理由在于神义论内在的需要（the needs of theodicy）。[2]

或许，正如希克所言，神义论对于死后生命的信念不是基于任何关于不朽性的理论，而是基于一种死后上帝将会复活、重新创造或重构人的内在和外在的性格的希望。[3] 因而，希克的"末世普救论"是失败的，只能

---

[1] John Hick, *Evil and the God of Love*, p.343.
[2] Ibid., p.344.
[3] Ibid., p.340.

是一种对未来的期盼，并没有提供一个合理的、成功的论证。[1]如果本文论证成功的话，那么，作为希克神义论基石的"末世普救论"的失败，也意味着希克神义论是不成功的。

综上所述，希克神义论不能达到他所提出的可能性和可行性要求，"灵魂塑造说"部分地失败，而"末世普救论"也不成功，最终导致希克神义论难以成功解释"恶的问题"。

四、希克神义论的影响与意义

经分析，希克神义论未能成功解决"恶的问题"。然希克对"恶的问题"的探讨提供了很多有意义的思路和想法，启迪着人们在探索"恶的问题"上不断前行。

首先，它提出新的思路和想法，丰富了神义论思想。希克区分恶的亲历者与恶的旁观者，并认为恶的亲历者的主要任务是度过苦难，而恶的旁观者之任务是从理性上探求上帝良善的可能性及其合理理由。[2]作为恶的亲历者[3]，他试图从恶的旁观者角度，探索恶的问题：梳理主流的奥古斯丁神义论，认定奥古斯丁未成功解决"恶的问题"，继而试图融合长期被忽视的希腊教父们的思想，提出一种具有"灵魂塑造""末世普救"特色的自

---

[1] 在专著《死亡与永恒生命》中，希克试图通过预设死后生命的存在以及提出"心灵摹本说"来挽救第一阶段神义论（以《恶与仁爱的上帝》为代表）中"末世普救论"等存在的问题。"心灵摹本说"试图通过记忆的同一性来保证今生今世的人与后世的"灵魂"之间的同一性，并以此为前提来论证人今生今世遭受的恶可以在后世或末世中得到说明，然存在诸多理论困境，即如何通过记忆保证人跨世界的同一性？对于成年后突然失忆并遭受苦难的人来说，他今生今世如何与后世同一？他今生今世的苦难如何得到解释？同时，正如张力锋、张建军教授所言，死后生命存在的预设只是一种信仰化的推测，并不具有理性的说服力。依据希克的宗教知识论——所有的经验都是"经验为"，并不能论证死后生命存在；毕竟，死后生命存在并不是个人直接的经验，而是我们对他人死亡经验的相信和推测。同时，"末世普救论"只是将"恶的问题"转移到后世，自由与救赎之间的张力并没有得到解决。因而，希克的"末世普救论"是难以成功的，只是一种基于信仰之上的美好愿望而已。参见 John Hick, *Death and Eternal Life* (Glasgow: William Collins Sons,1976), pp.242—261; 张力锋、张建军：《分析的宗教哲学》，江苏人民出版社，2010 年，第 135 页。
[2] John Hick, *Evil and the God of Love*, p.10.
[3] 希克育有三子，其中之一死于登山事故。参见 John Hick, *An Autobiography* (Oxford, OneWorld Publications, 2005), p.136。

由意志神义论。

玛丽莲·亚当斯（Marilyn M. Adams）认为，希克首次将奥古斯丁神义论定位为西方基督教主流的神义论[1]，并被学界认同。同时，希克面对恶，正视恶的真实存在，没有采取奥古斯丁式的虚无化的、"象征性"的"恶"的观点，希克的神义论为人们在启蒙运动之后的现代科学世界观下探索神义论提供了一个典型样本。

国内外学者讨论神义论时，都会直接或间接地探讨希克神义论思想。温伟耀教授、何光沪教授等在解释苦难时，都运用了希克的神义论[2]；而不少国外学者，诸如罗宾·柯林斯（Robin Collins）就以希克的神义论为蓝本，构建出一种"联结塑造"神义论。[3]艾兰诺·斯丹普（Eleonore Stump）则提出类似的灵魂塑造论，即恶的存在可以让人认识自己的脆弱和认识上帝。[4]

其次，对当代的神义论的探讨具有启发意义。自由意志神义论被誉为最有可能成功的一种神义论。而希克在自由意志神义论上的艰难探索，虽然并没有完全成功，但正如他所说的，即使这种尝试失败了[5]，也能为神义论探索提供一种启示和标识，供人参考。

或许，正如康德所言，人试图通过哲学的方式（旁观者视角）建构的神义论是失败的。希克的神义论为这个观点提供了一个现代注解。我们不仅应该从"旁观者视角"出发，更应该从"亲历者视角"出发来探讨"恶的问题"。

---

[1] Marilyn M. Adams, "Foreword", in John Hick, *Evil and the God of Love*, p.xvi.

[2] 温伟耀：《上帝与人间苦难》，明风出版社，2016 年（第三版）；何光沪：《信仰之问》，中国人民大学出版社，2009 年，第 23—30 页。

[3] Robin Collins, "The Connection–Building Theodicy", in *The Blackwell Companion to the Problem of Evil*, Justin McBrayer and Daniel Howard–Snyder（eds.），pp.222—235.

[4] Derk Pereboom, "The Problem of Evil", in *The Blackwell Guide to the Philosophy of Religion*, William E. Mann（Ed.）（Oxford: Blackwell,2005），pp.156—159.

[5] 希克深受康德和维特根斯坦影响。他应该熟悉康德《论神义论中一切哲学尝试的失败》的主要观点，即一切哲学上论证神的正义的诸种努力是失败的。参见：John Hick, *An Autobiography*, p.68；[德]康德：《康德宗教哲学文集（注释版）》，李秋零译注，中国人民出版社，2016 年，第 366—380 页。

A Primary Investigation of John Hick's Theodicy: Based on Inspection Centers on "Evil and the God of Love"

(Wang Weiping, School of Philosophy, Wuhan University, Wuhan, 430072)

Abstract: "The problem of evil" is a very important and difficulty problem haunted around us. Encountering with "The problem of evil", John Hick critically inherits Augustine's free will defense and absorbs the Irenaean thought of man's creation to form an eschatologically soul–making free will theodicy. Though it works often, John Hick's theodicy cannot succeed to solve the "the problem of evil" completely, which cannot explain a part of natural evil and moral evil, such as an extensive and intensive evil and purposeless evil; what's more, man's freedom and the God's salvation are logically contradicted and universalism is fallible. However, Hick's brilliant work on theodicy is illuminating for coping with "the problem of evil".

Keywords: The problem of evil; soul–making; universalism; free will; salvation

书评与前沿追踪

凝思生命的芳香

——读韩炳哲《时间的味道》

包向飞　姚　璇[*]

摘要： 在韩炳哲的《时间的味道》一书中，现今的时代被称为"一个没有芳香的时代"。人们正经历着一种时间危机，它归根于时间的原子化。原子化的时间是一切都袒露于现时的断点式时间，书中将其称为"不良时间"。这些断点无法建构起整体的支撑，它们消弭着时间的张力以及时间得以秩序化的韵律。由此人们常常感到生活中缺少持续的经验和缓慢的过渡。积极生命的绝对地位与如今的时间危机紧密相关。在过度强调有所作为的过程中，生命里凝思的元素以及人们逗留的能力被剥夺，人逐步降格为纯粹的劳动动物。面对原子化的时间，我们无须缅怀二维平面的、向心化的神话式时间，也无须重建一维线性的、目标明确的历史式时间。时间的芳香之气并非是叙事性的，而是凝思性的。为了克服时间危机，我们恰恰必须恢复凝思的生命，恢复逗留和倾听的能力。凝思意味着人自身的缓慢栖居，它暗含着一种持续性和间接性。只有在凝思的生命得以恢复的时刻，时间才能满载意蕴和支撑，生命时间才能萦绕芳香。

关键词： 原子化的时间；凝思；加速；叙事；无聊；缓慢

---

* 作者简介：包向飞，武汉大学外国语言文学学院德语系教授、博士生导师，主要研究德国哲学，邮箱：baoxiangfei163@163.com；姚璇，武汉大学外国语言文学学院德语系博士研究生，主要研究德国哲学。

一、三种时间观

《时间的味道》(Der Duft der Zeit) 一书由韩裔德籍作家、文化理论家、德国柏林艺术大学韩炳哲教授（Byung-Chul Han）所撰写。在两百多页的篇幅中，韩炳哲将历史梳理与学理思辨相结合，在此他不仅阐发或批驳了哲学史上有关"时间"的主要论述，同时也系统探究了当今时间危机的诸多症状及缘由。

书中提及了三种时间观 [1]：古代前历史的神话式时间观、近现代的历史性时间观和后现代的原子化时间观。三种时间观的图示呈现出从二维平面经一维线性（线段或射线）到零维断点的变化。三种时间观的特点可以概括如下：

古代神话式时间是一种以二维平面和向心化为特征的时间。在这种时间中，人是被抛的（geworfen），人并不是主宰者。诸神作为一种权威，是时间的稳定器和校准者。一切都须遵从诸神创造出的不可动摇的秩序轨道，万事万物都有其自身固定的位置。诸事物的价值（Stellenwert）就是它们所处的位置（Stellen），它们如若失位便失去自身的价值。在这种时间里，诸事物处于稳定的、富有意义的关联之中，世界的图示如同一幅静止不动的平面。原则上也就不存在所谓的前进和后退或加速，因为它们都不会促成任何（真正的）改变。

第二种时间观是近现代的历史性时间观。根据书中的阐释，历史性的时间是被定向的、连续不断的、相互追赶的线性时间。这时，万物并非以诸神为中心。万物也不安排在不可动摇的秩序里，它们反而处于一种变迁与发展的状态之中。历史如同语言的句法，它能照亮、挑选诸多混乱的事件，并将其有序地纳入线性的叙事轨道。根据该书，这种历史性的时间具有不同的表现形式：（一）末世论的时间：它以创世为开始，以最后的收割为终结。在此，人不是自由的主体，他被强行抛入终结的命运中。个人

---

[1] 该书区分的三种时间观只是种理想化的概括。现实生活中的时间观多是复杂交错的。例如中国古代的时间观并不是神话式的，而是类似于革命式（循环式）的时间观，它属于历史性时间观的一种，正所谓："一盈一虚，一治一乱"相互交替。此外，即使处于同一时代，不同地区的时间观也可能是有差异的。

的财富和努力都是徒然的。（二）革命式的时间：“革命”（Revolution）在词源上意指恒星的运转。“革命”作为统治形式发生变更的一种历史过程，它以回返往复的形式重复着自身。换言之，统治形式的更迭有着与恒星运转一样的定律。看似人在进行革命，事实上人如同恒星，必须遵守其循环的轨道。（三）目标明确的、进步的线性时间：启蒙运动以来，人不再屈从于被抛状态。人们积极筹划自己的未来，诸事物的可操作程度大大增强。

第三种时间观是后现代的原子化时间观。时间在原子化后呈现出一维断点的样态，线状的历史让位于点状的信息。在这种时间中，由于点与点之间缺乏由整体叙事给予的张力支撑，时间轨道上的诸事物无方向地游离着。在断点间的空隙中，间断性的经验和长久的无聊涌现出来。在这种时间中，人的筹划和加速优先于一切。遗憾的是，这些筹划和加速实际上并没有整体的关联和明确的方向。于是“不良时间”[1]逐渐形成。按韩炳哲的说法，时间在这样的情况下就无法散发芳香。

综观全书，因时间的原子化而引发的时间危机主要表现在以下四个方面：

第一，当代社会缺乏整体的叙事结构。该书断言，我们正在经历的原子化时间是一种断点状的现时时间。整体的叙事结构无法在这种时间的轨道上建立起来。根据该书的阐述，原子化的时间一方面缺乏整体性，另一方面在这种时间里“叙事的终结首先是一种时间危机。这终结摧毁了把过往的和将来的东西聚合到现时之中去的时间引力。如果时间上的聚合付之阙如，时间就会崩塌”。[2]叙事的作用在于，它建构起一个张力结构。这一张力能聚合时间，并为时间轨道上的诸事件赋予意义。而如今的时代充斥着繁杂的、几乎毫无差别的连接。这就造成某个方向或选择相对于其他的方向或选择并没有不可替代的优先地位，事物失去了终极的确定。在这种不具备整体叙事的时间结构中，人们重新开始的成本大大降低，标志持续

---

[1]“不良时间”不具备整体性和持续性特征，同时不良时间也显露出直接化、均匀化和去叙事化倾向。后文的论述有助于理解此概念。
[2]韩炳哲：《时间的味道》，包向飞、徐基太译，重庆大学出版社，2017年，第107页。

性的时间现象（诸如真理、经验和认知）和实践行为（例如承诺、义务、忠诚等）难以出现。

第二，人们逐渐丧失凝思逗留的能力，人们越来越容易被刺激的轰动事件吸引。散点化的时间不具备整体的张力结构，于是无聊（Langweile）就隐藏在时间轨道上那长久的空洞（Lange Weile）中。为了抵抗无聊，点状时间需要通过直接无碍的、花样繁多的新鲜事和轰动事件填补空洞。遗憾的是，刺激的事件无法持久地吸引人们的注意。这样一来，相对长久的关注只能通过叠加事件的数量或加快事件的接替频率来获得。美学上的张力由事件或信息的稠密化而产生出来，稠密化取代了审美上要求的持续性。书中的这一阐述很容易让读者联想起本雅明在《机械复制时代的艺术作品》中提到的观点。按照本雅明的理解，机械复制不仅导致艺术品"灵韵"的消失，它也致使艺术接受方式产生转变，即从侧重价值的膜拜转变为侧重价值的展示。前者强调有距离的审美静观，后者看重零距离的直接反应和艺术品的消遣娱乐性。[1] 也就是说，在如今的时代，本雅明所说的"灵韵"（萦绕在艺术品上的完整的历史经验）在"震惊"（外部刺激唤起的对瞬时事件的特别关注）中四散。[2] 可以看出，虽然韩炳哲与本雅明的出发点和思路不同，但他们对当今时代危机作出的美学方面的诊断有不谋而合之处。

第三，人逐渐变得均匀化、大众化。在无法聚拢自身的散点时间中，人也丧失着自身的连续性和持存性。可以说，时间危机致使人的自我认同产生危机。人的均匀化和大众化成为一种时间现象。书中借普鲁斯特《追忆似水年华》中"我曾是的人再也存在不起来了，我是另外一个"来加强该论述。另外，该书对海德"常人"的援引也是很能说明问题的："在对下一个新事物的期望之中他（即常人）也就已经忘却了旧有之物。……非本真的历史性生存……寻觅着，负载着对它自身而言变得无法辨认的'过

---

[1] 参见瓦尔特·本雅明：《艺术社会学三论》，王涌译，南京大学出版社，2017 年，第 58—59 页。
[2] 参见张文杰：《艺术"裂变"时代的文化美学：本雅明艺术美学理论研究》，中国文联出版社，2017 年，第 14 页。

往'的遗产，即现代性。"熟悉海德格尔的读者很容易想到他在《存在与时间》中对现代的代表现象——"常人"的总结："庸庸碌碌，平均状态，平整作用，都是常人的存在方式。"[1] 书中提到，就大众化和均匀性这一方面而言，海德格尔所说的"常人"与尼采的"末等人"几无差别。

第四，死亡成为一种人们极难面对的事情，"会死"变得尤为困难。生命时长的有限性让人们一直将死亡视为生命时间的终结。死亡的威胁大大增加着现代人的恐慌感。这种恐慌感常常表现为人们害怕错失时机，并竭力通过提升体验速率来实现"充实的生命"；或穷尽方法保持健康，以此对抗衰老和死亡。书中提到，现代人无法像查拉图斯特拉呼唤的那样"适时地死去"。原因是什么呢？韩炳哲在书中区分了"死亡"的"终了性（Sterblichkeit）"与"有终性（Endlichkeit）"。在前者中，死亡被作为一种从外部接入生命的强制性的暴力；而在后者中，人们将死亡领受为"从生命、从生命的时间之中产生出来的完结"。读者可以清晰地感受到，书中推崇的正是后者那种"塑型性的、自由的、完成性的死亡"。

二、时间与生命之思

《时间的味道》一书在探讨"加速""无聊"和"凝思生命"等核心问题时，着力驳斥了下述三个观点：

第一，加速导致了时间的原子化和凝思生命的丧失。书中首先借鲍德里亚诠释了这种观点。鲍德里亚就将历史的终结和意义的流失直接关联到速度问题。对此，《时间的味道》针锋相对地提出：上述观点错误地颠倒了原因和结果。加速并不是时间原子化和凝思生命丧失的原因，加速只是事后性地作为它们的结果。换言之，加速呈现为一种缺乏锚定的无停居状态，它只是时间消散成断点后的一种表现。一方面，正如前文所提到的，在原子化的时间中，选项间的无差别促使人们逗留于一地的迫力和必要性难以形成。人们凝思逗留的能力正因这种迫力和必要性的不足而逐渐消

---

[1] 参见马丁·海德格尔：《存在与时间》，陈嘉映、王庆节译，生活·读书·新知三联书店，2012年修订本，第148页。

失。而恰是凝思能力的丧失，才可能造成一种逃逸的力量，结果是一种普遍的仓忙与加速。就此，该书再次借助海德格尔所称的"常人"来支持这一论述。"我没有什么时间"是"常人"的一种代表性说法。"常人"总在"非本真"地生存着，他劳劳碌碌地把自己丧失于所操劳之物。另一方面，如今人们虽然保持着启蒙运动以来加速前进的惯性，但人们没有意识到，原子化的断点无法建构整体的叙事结构，这必然导致加速失去方向。因为加速本以定向的流动为前提，没有方向地向前狂奔绝非是真正的加速。该书认为，清闲实则为一种特殊的能力。人们不会停留的无能感致使人们只能通过加速前进来削减内心的慌张和忧虑。在这点上，韩炳哲承袭了海德格尔的观点。海德格尔就曾将现代社会普遍奔忙的现象归结为一种能力的丧失，即人们没有能力体验止息、悠远和从容。

第二，仓促与迟缓、充实与无聊是互相冲突的概念。但该书借助阿多诺在《最低限度的道德》里"匆匆忙忙的无眠之夜"这一看似是悖论的表述阐明：这些初看为对立的概念其实是同源的。或者说，它们是由于时间缺乏叙事张力这个同一的深层原因而衍生出的不同现象。根据该书的理解，时间张力可以将现时从其无终点的、无方向的延续中释放出来，并载之以重要性。只有在一个处于指向性的时间性张力关系内部，真正的时间才得以形成。时间张力的缺失使时间断裂成不具备指向性的点状，这样时间上就产生出诸多跳跃和动荡。当叠加无序的事件涌入现时，现时便漫无头绪，只顾仓促地向前奔忙。与之相对，若这些事件普遍无区分地存在着，时间的步调便会显得迟缓笨重。可见，仓促和迟缓是同源的。另外，虽然无聊常出现在轰动事件未在场之处，但该书强调，无聊并不像大多数人所误解的那样，它只出现在散点化的时间间隙之中。事实上，无聊并非是充实的绝对反面，恰恰是永不停歇的积极行动加剧着无聊。该书用怀疑的目光审视阿伦特在《积极生命》中的主张：复原"行动生命"的活力和"作为"。阿伦特主张，积极生命必须展示出生命的不同显现形式。《时间的味道》明确批驳了阿伦特的该论述，该书认为阿伦特混淆了"单纯的充满"和"充实的生命"。前者以集合论的方式展现着生命，它仅仅是事件数量上的叠合和累积，而充实的生命不一定充满着变化的事件，它建立在具备张力和支撑的整体叙事结构之上。韩炳哲将优良时间的轨道比作一支悠扬的曲调。曲调具有韵律，韵律起到强有力的挑选和划分作用。时间轨道上的加速和减慢也可追溯到韵律的缺失。因为韵律使时间节奏化，它调和着仓促与迟缓、充实与无聊，并让它们实现和谐的变换。

第三，"积极生命"与"凝思生命"、"作为"与"停歇"是相互冲突的。"积极生命"常常与辛勤的劳动挂钩，而"凝思"总关联到停歇或倦怠等负能量词汇。在此，该书依旧将阿伦特作为这种观点的代表。阿伦特的看法是：凝思表现为行动的停歇。正是凝思致使了积极生命的平面化，凝思要为积极生命降格为劳动负责。而《时间的味道》一书明确批评了上述观点。该书认为，它们之间并不是相互冲突的，而是和谐一体的。凝思并不表现为无所事事的停歇，反而是一种安居自身的逗留。如书中所说："于自身中安居着的却不一定没有任何运动和行动…于自身中在这里只意味着，不存在任何对外在事物的依赖，人是自由的。"换言之，凝思创造出一种以自身为目的、一种必需之外的状态和场域。相比之下，劳动一般被视为最典型的行动。劳动并非以自身为目的，它作为生存的手段总关乎着紧迫性和必须性。此外，凝思并不像阿伦特所认为的那样会导致生命的平面化，因此凝思也不需要为积极生命降格成劳动负责。事实上，人正因为丧失了凝思的能力才沉降为劳动的动物，人的行动才降级为纯粹的劳动。书中解释了人们将"积极生命"和"凝思生命"、"作为"和"停歇"对立化的原因，即：人们忽视了它们可调和的一体性。积极生命不意味着将非行动的东西完全排除出生活。诸如休息、停顿等看似停滞或被动的状态，它们不仅对行动是决定性的，它们也具备自身的价值。换个角度来看，某种程度的被动性也是十分必要的，人只有被触动才会凝思。"被触动"意味着人受到某种关涉或召唤。对此，熟悉海德格尔的读者很容易想到他在《语言的本质》中提及的："在某事（可以是物、人或神）上取得一种经验意味着：某事与我们遭遇、与我们照面、造访我们、震动我们、改变我们。"[1] 可见，在凝思或触动所暗含的十分重要的被动性上，韩炳哲

---

[1] 马丁·海德格尔：《在通向语言的途中》，孙周兴译，商务印书馆，1997年，第127页。

受到了海德格尔的很多启发。

为了强调凝思不同于闲散，也不同于外在身体上的劳动，韩炳哲援引了从古希腊的亚里士多德、古罗马的西塞罗经中世纪的奥古斯丁、托马斯·阿奎那直到德国哲学家康德的诸多论述。不难看出，《时间的味道》一书对凝思的呼唤并不是突发奇想的，而是在很大程度上受益于前人的智慧。

三、时间危机与解救之道

《时间的味道》是一部讨论当今时间危机的哲学书籍。它不仅在内容上极具广度和深度，而且其在用词（隐喻的使用和概念区分）上也十分考究。

首先，书名《时间的味道》[1]隐喻性地概括出了香气与时间、香气与凝思生命之间的紧密关联。

（一）"香气（der Duft）"具有持续、迟缓和间接的特点，而香气的这些特点正是优良时间的主要特征。其一，香气与优良时间都具有持续性。该书指出，原子化的时间是一种不良时间，它是没有芳香的。只有当时间取得一种持续性的时候，当它获取一种叙事张力或者深层张力的时候，它才开始散发芳香。那么如何抵抗不良时间，进而恢复芳香的优良时间呢？该书将目光投向古中国的熏香之印，并将其作为优良时间的一种象征化示例。人们利用熏香测量时间与利用水和沙漏不同，因为熏香将时间空间化了。人们可以从香气（嗅觉层面）和余温（触觉层面）中感知时间的流逝。香印燃烧之时，它给人两种持续的视觉图像：保持着笔法造型的火晕和升腾团起的烟云。对此，书中借麦克卢汉在其《可会意的媒介》中的表述来解释：气味感官是"象形的"。气味在熏香中得以画面化，人们也愈发整体化地感知时间。香气在视觉、嗅觉和触觉上的持续感受替代了时间的瞬时性。其二，缓慢性是芳香的优良时间的标志。韩炳哲认为，匆忙时代是一种被视觉广泛影响的、影片拍摄式的时代，它是一个没有芳香的时

---

[1] 该书标题的德语名为 *"Der Duft der Zeit"*（时间的芳香），"Duft" 的准确含义为：香气、芳香。

代。在快速接替的过程中，持存着的事物难以存在，凝思性的逗留无法产生。对应地，香气是迟缓悠长的。香气自身很难像视觉图像一样实现快速的交接。人们也无法像看到沙的滴漏或水的流逝那样看到香气的消逝，香气是弥漫的。其三，优良时间总是避免直接地享用，它是间接迂回的。同样，香气的萦绕需要时间的累积。可以看出，香气和那蕴含凝思的优良时间一样，都表现为一种持续的萦绕和安居自身的缓慢聚合。

（二）"气"常常关涉着呼吸、灵魂和生命，时间的"香气"实际上也与凝思的生命紧密相关。或许词源学早已展现出"气"与呼吸、精神、生命以及灵感之间的关联：古希腊语中"pneuma"词源义为"气、呼吸"，后来它增加了"灵魂、精神"的含义。这个词在拉丁语中是"spiritus"，spiritus 源于拉丁动词"spirare（吹，呼吸）"。这里可以参见英语动词"inspirate（激发灵感）"。从构词法上来理解，就是"向里吹气（in-spirate）"，它意指那带来生命的呼吸。正如《时间的味道》一书中提到的那样："精神自身要将其形成归结为时间的盈余、一种清闲，呼吸的一种悠长之态……丢落呼吸的人，是没有精神的。"此后，该书阐明了时间香气与凝思生命之间的关系："时间的这些芳香之气并非是（宏大）叙事性的，而是凝思性的。"换句话说，生命时间拥有自身的芳香，它无须神学（神话式时间）和目的论（历史性时间）也能运行，但生命时间预设了凝思生命的恢复。因为在上述两种时间中，人都必须从属于诸神、上帝或必然性预设的既定轨道。韩炳哲的这一主张表明，宏大叙事已无法重建，也无须重建。用书里的话说，面对时间的原子化，现实的唯一出路便是"借力于自身的生存上的鼓动"。基于香气和优良时间、香气和凝思生命的共同点，该书的标题十分契合，书中论述的展开也显得非常连贯。

其次，该书严格区分了四组相似的概念。[1]

（一）"叙述"不同于"列举"：叙事并非是机械地对诸事件的计数和枚举。叙事预设了时间具有整体性的结构。时间的轨道由此获得了韵律，诸事物得以区分和被挑选，同时它们被赋予含义和关联。该书以中世纪的日

---

[1] 书中也对死亡的"有终性"和"终了性"、生命的"充实"与"单纯的充满"作出了区分。本文的第一、第二小节已阐述过它们之间的区别，在此不再赘述。

历作比方，认为当时日历的功能不只是为了计算日子，而是以节假日等固定节点形成蕴含生活意义的站点。这些站点串联起时间并使之节奏化。韩炳哲将这种具有节奏和整体叙事结构的时间比作引人入胜的、张弛有度的小说；相比之下，原子化的时间却在不断地去叙事化，时间崩塌为诸事件的时间列表。事件只是被"列举"而非被"讲述"出来。叙事退场，让位于信息。机械的列举无法将事物的关联和含义拢入序列之中，一连串事件的单纯计数并不能造就吸引人的故事。韩炳哲的这一阐述与本雅明在《讲故事的人》中的论述主旨不谋而合。该文通过评述 19 世纪俄国作家尼古拉·利厄斯科夫的创作问题，阐明了"讲故事"（丰富的叙事）与"新闻报道"（信息的枚举）的不同。本雅明哀伤地感叹，"讲故事的艺术"与他所称的"灵韵"一同在现代社会中消亡了。

（二）"思想"不同于"计算"。思考作为一种凝思性的观察是建基在静观和清闲之上的。思想并非总以直线的方式前行，它常常暗示着绕行和曲折。熟悉德语的读者不难想到德语动词"沉思（sinnen）"的原初义便是"漫游"。漫游是悠闲的，人们在漫游时多没有明确的前行目标，往往会走弯路。相反，计算遵循定向的线性轨道，它具有直接性和目的性。因而人们可以对计算的过程实现加速。这种思想也显然受到了海德格尔哲学的影响。[1] 书中有曲调是思想的典型特征的说法。人们也常说：思想在跳舞。正如法国诗人瓦莱里所言："行走如同散文，瞄准一个确定的对象，行走这个行动是指向某个事物的，我们的目的就是和这个事物会合。指挥行走步伐的是一些实际情况，比如对某事物的需要，欲望的驱使……它们为行走规定方向、速度，为它指定一个确定的期限。"[2]

（三）"认知"不同于"信息"。认知是充满过程性和持续性的，它的形成立足于时间的延展和视域的交叠；而信息的产生并不依赖时间的聚合。信息游离在时间轨道上，呈现出点状的形态，它们可以被随意地检索或储存。

---

[1] 参见高山奎：《试析海德格尔哲学的技术之思及其限度》，《云南大学学报》2020 年第 2 期，第 21 页。
[2] 保罗·瓦莱里：《文艺杂谈》，段映虹译，百花文艺出版社，2002 年，第 293 页。

（四）"道路"不同于"通道"、"朝圣者"不同于"游人"。道路将出发地与目的地分离了，它是居间的、间接的。相反，通道强调即时性和直接性，它在不断地去远化，去除着过渡。朝圣者的意义存在于路途中，行走意味着忏悔、解救或感恩。朝圣之路不是单纯的通道，而是朝向异地的过渡。而游人将道路变成空洞的通道，他们在走马观花地浏览着接踵而来的新鲜事物。

四、几点思考

尽管该书将历史梳理和学理思辨紧密结合，但书中的论述仍存在不清楚之处。现举出两点不足，以供读者探讨。

第一，该书对线性历史时间的分析不够细致，尤其对启蒙运动以来的时间观的分类较为笼统。启蒙运动将人从被抛状态（Geworfenheit）和事实性（Faktizität）[1] 中解放出来。也就是说，人既不被抛入时间的终结（末世论时间）也不被抛入诸事物的自然循环（革命式时间）。人的筹划和自由操作代替了命运的安排。该书不仅将启蒙运动以来的时间观都归为自由进步的、开放未来式的时间观，还将其都归为线性的时间观。实际上，这样含混的阐述和笼统的归纳是有问题的。比如，黑格尔—马克思式的时间观同样属于启蒙运动以来的线性时间观，但它强调一种必然性，从严格意义来说，它并不属于开放未来式的时间观。黑格尔的绝对精神作为一种精神性的本源，是宇宙万物的内在本质。在马克思主义哲学中同样存在着不以人的意志为转移的历史规律，自由意味着对必然规律的认识。在这种时间观中，他们所强调的必然性实际上为历史预设了一个既定的运行轨道和前进方向。然而，《时间的味道》一书在谈到启蒙运动后的线性历史时间时，它单单强调与该时间观对应的可操作性（自由）和开放性。该书并没有注意到黑格尔—马克思式时间观中所凸显的必然性。

第二，该书在归纳三类时间观的样态特征时存在两处不太准确的表达。（一）在阐述神话式时间观时，该书提到"永恒轮回（ewige

---

[1] 属于事实性的是一种被动性，它在被关涉、被抛、被召唤等用语中得以表达。

Wiederkehr）"。这一描述很可能导致人们混淆神话式时间与回返的革命式时间，继而让读者误以为神话式时间强调的是圆圈式的运动轨道。诚然，循环往复的运动在两种时间中都会出现，但神话式时间强调万物向心（围绕诸神）及万物固定不变的位置。在这里，叙事的逻辑掌握在诸神手中，原则上也就不存在所谓的前进和后退。可见，与其说神话式时间是轮回的，不如说它是静止的。也就是说，在神话式的时间中，向心和恒定的位置是第一位的，循环往复的轨道是第二位的，万物的价值在于"不失位"。相反，虽然革命式的时间轨道为圆圈式的，但它在一个具体的截段上仍有前进或后退的方向。在革命式时间中，圆圈式的轨道是第一位的，位置（Stelle）是第二位的，万物的价值在于"不脱轨"。（二）书中将历史式时间与神话式时间作对比，从而彰显线性的"历史性时间并非是回溯性的，而是相续不断的；不是重复性的，而是追赶着的"。然而，这些描述却是成问题的。首先，线性时间有不同的表现形式，它不一定是"相续不断的"。例如其中的末世论时间是从创世到收割的一个线段。连续性和逻辑性恰恰是末世论所反对的。从这个角度来说，人类的行动是散点化的。另外，线性时间不一定是"追赶着的"。例如，最后的收割全凭上帝的恩典，在这里不存在个人的进步和后退；革命式时间也遵循"天机"回返往复地运行，"追赶"也是无意义的。所以说，在这两种线性时间中，并不存在书中所描述的"前后追赶"。

总而言之，在韩炳哲看来，今天的人们正经历着宏大叙事终结后的原子化时间。时间的原子化使时间失去了聚合自身的能力，时间无法建构起整体的张力支撑。过去和未来不再能为现时赋予意义，加速失去了最终的方向。在断点式的时间中，时间的韵律逐渐消弭，富有意义的时间节点无法形成。同时，积极生命的绝对地位也在侵蚀着人们凝思的能力。不停歇的劳动不仅让人们被加速感所带来的焦虑所裹挟，它也让"用于运动的曲调的眼睛和耳朵"消失掉，人的行动降格成一种纯粹的劳动。笔者认为，韩炳哲对现代社会的这一诊断是发人深省的。

值得注意的是，该书提出了一种不同于古典美学的对美的理解：美可归为一种持续、沉淀和凝思式的聚拢。美是时间沉淀的结果，它如同晚霞，而不是刹那间的光辉或吸引力。"直接地享用"是没有能力获取美的。可见，在韩炳哲的理解里，美的特征是持续性、缓慢性和间接性，而不是直接性。该书似乎想借此尝试，在保留（一定的）叙事的前提下（凝思在宽泛的意义下也是叙事的），将叙事与美相结合（这是古典美学所反对的），由此恢复优良时间。当然，我们这里所说的叙事并不是任何意义上的宏大叙事。我们可以把这种叙事称为"香气叙事"。在这种叙事里，叙事和美似乎可以得到一定程度的结合。

Contemplation of the fragrance of life

（ Bao Xiangfei, Yao Xuan, College of foreign languages and literature, Wuhan University, Wuhan, 430072 ）

Abstract: In The Fragrance of Time, today's era is called by Han Bingzhe, the author of this book, "an era without fragrance". People are experiencing a time crisis due to the atomization of time. The atomized time is a breakpoint time in which everything is exposed to the present. It is called "bad time" in the book. These breakpoints cannot construct an integrated support; instead, they eliminate the tension of time and the rhythm that makes time order. As a result, people often feel the lack of continuous experience and slow transition in life. The absolute status of active life is closely related to today's time crisis. In the process of over-emphasis on acting actively, people are deprived of the elements of contemplation and the ability to stay in life, thus are gradually reduced to pure working animals. In the face of atomized time, we neither need to yearn the two-dimensional and centripetal mythical time, nor need to reconstruct the one-dimensional linear, and well-defined historical time. The fragrance of time is not narrative, but contemplative. In order to overcome the time crisis, we must precisely restore the life of contemplation and the ability to stay and listen. Contemplation means the slow dwelling of oneself, implying a kind of persistence and indirectness. Only when the life of Contemplation is restored can time be full of meaning and support, and by then life time can be fragrant.

Keywords: atomized time; contemplation; acceleration; narrative; boredom; slowness

古希腊光辉今犹在

——评赵林教授《古希腊文明的光芒》

洪明超　文碧方*

摘要：赵林教授在《古希腊文明的光芒》一书中，依照黑格尔式的精神现象学方法，叙述了古希腊文化精神逻辑演进的历程。古希腊的历史、宗教、神话、艺术、哲学等方方面面，都在本书中得以渐次展开并全幅展现，共同绘成一幅波澜壮阔的历史画卷。

关键词：赵林；古希腊；悲剧；哲学

黑格尔曾说："一提到希腊这个名字，在有教养的欧洲人心中，尤其在我们德国人心中，自然会引起一种家园之感……今生，现世，科学与艺术，凡是满足我们精神生活，使精神生活有价值、有光辉的东西，我们知道都是从希腊直接或间接传来的。"[1] 西方的艺术、宗教、文学、哲学乃至科学，都可以从古希腊找到根源。因此，说古希腊奠定了西方后世两千多年的文化形态的根基，绝无丝毫夸张。

事实上，也正是这在世界历史的"轴心时代"涌现光辉的古希腊文明，使西方文明的发展成为有本之木、有源之流。正如雅斯贝斯说："直至今日，人类一直靠轴心期所产生、思考和创造的一切而生存。每一次新的飞跃都回顾这一时期，并被它重燃火焰……轴心期潜力的苏醒和对轴心期潜力的回忆，或曰复兴，总是提供了精神动力。"[2] 时至今日，在全球化

* 作者简介：洪明超，武汉大学哲学学院博士研究生，研究方向为儒家哲学，邮箱：ziyilee7@qq.com。文碧方，武汉大学哲学学院教授，博士生导师，研究方向为中国哲学。

[1] 黑格尔：《哲学史讲演录》，商务印书馆，1983年，第157页。
[2] 雅斯贝斯：《历史的起源与目标》，华夏出版社，1989年，第14页。

的时代，古希腊已经不再只是西方文明发展的源泉，而是成为全世界共同的文化宝藏，它也将点燃世界文明发展的火焰。

　　然而，古希腊文明又充满着谜一般的神秘气息。一方面，固然是因为两千多年历史迷雾的笼罩；但另一方面，对中国人来说，古希腊作为一种与中国传统殊异的文明形态，也让我们怀揣着对异域的想象。但中国文明与古希腊的最初碰触，却也并非始于近代的西学传入。至少在明末，耶稣会来华传教，或多或少就引介了古希腊的典籍和思想。如利玛窦便传来了欧几里得的《几何原本》，也曾介绍亚里士多德的哲学思想。可惜这些星星之火，尚未引发燎原之势，便夭折了。以至于几百年后，古希腊对我们来说，仍然是一个未解之谜。

　　虽然坊间已有不少西方人对古希腊研究的译介，但西方人对西方文化的研究，却多少让我们感到生疏的再生疏，隔阂的再隔阂，明知虽有余，亲切却不足。而赵林教授写作《古希腊文明的光芒》一书，则不但为我们拨开了历史的迷雾，更因其以中国人的思维和写作方式去体贴古希腊文明，由此也拉近了古希腊与中国的距离，原本世界文明的东西两极，仿佛在这里相接契；原本神秘的异域，对于我们也显得如此亲切，似乎触手可及。这种亲切，自然归功于赵林教授数十年来深耕于此，但诚如其《自序》所言，更得之于他走出书斋，先后十次踏访地中海沿岸的古希腊故地，经受古老文明遗迹的冲击，沉浸于超越时空的文化感动。

　　赵林教授在此书中，展现了一幅波澜壮阔的历史画卷，时间跨度从克里特文明到希腊化时代近两千年，空间跨度则包括希腊本土到西亚、北非的整个地中海沿岸。作为一本古希腊"全史"，本书可以说囊括了整个古希腊的宗教史、政治史、哲学史、艺术史和文学史。内容虽如此繁复，赵林教授却"一以贯之"，以一条前后贯穿的线索串起所有主题，使全书脉络清晰，有条不紊，仿佛古希腊的兴衰和风雨自行呈现于读者面前。

　　这条线索，便是依照黑格尔式的精神现象学方法，遵循希腊文化精神的逻辑演进逐步展开。首先介绍了希腊文化的源头克里特文明和迈锡尼文明，随后转入了古希腊文明最根本的土壤——希腊神话和宗教，以城邦社会的政治形态为现实基础，按照文化精神的逻辑环节和历史顺序，依次展开叙述希腊城邦时代的宗教、竞技、雕塑、诗歌、戏剧和哲学。古希腊文化始于奥林匹斯宗教，各种艺术形式都以之为中心而环绕在旁。但随着社会历史和人的精神之发展，戏剧（主要是悲剧）在反映宗教内容的同时，也激发了人的自我意识的觉醒。悲剧展现了自由意志与必然命运的冲突，引发了人们对形而上的存在的思考，此时"密涅瓦的猫头鹰"便张开双翼，振翅翱翔。哲学的发展成熟，深刻地批判了奥林匹斯宗教，而传统宗教的衰落，又与城邦社会的瓦解形影相随，古希腊文明至此也不可逆转地走向终结。

以下我们选取本书三部分内容加以介绍，共同领略古希腊文明的光芒如何在赵林教授笔下绽放。

一、古希腊宗教的奇光异彩

古希腊的宗教并非自始就具有独立的系统，而是继承吸收了克里特、迈锡尼时期的宗教，又与埃及传入的宗教相融合，而后渐渐形成的完整、统一的宗教体系。如果进行细分，这个宗教可分为社会高层崇尚的奥林匹斯宗教、民间崇尚的地下宗教以及东方传入的神秘主义宗教。其中最负盛名的，自然是奥林匹斯宗教。

风流成性的众神之王宙斯，勇敢的智慧女神雅典娜，多才多艺的文艺之神阿波罗，爱与美之神阿芙洛狄忒，这些天神的爱恨情仇，及其各自不同的性格与命运，赵林教授一一娓娓道来。除了"阳春白雪"的奥林匹斯宗教，还有下层民众信奉的带有"下里巴人"特点的古老的地祇，他们与奥林匹斯主神崇尚战争的形象大相径庭，而与人们的生产生活息息相关，如大地女神盖亚、丰产女神德墨忒尔、谷物女神珀尔塞福涅；此外，还有神秘主义宗教崇拜的酒神狄奥尼索斯等神。

对于古希腊人来说，这些宗教并不只是提供一些奇幻迷人的神话故事，而是与希腊城邦社会紧密相关。正如赵林教授所揭示的，在古希腊，政权和神权密不可分，宗教为世俗权力的合法性提供保证，成为城邦统治者维护自己权威和维持城邦秩序的主要手段。因此在古希腊，城邦的统治者往往也是祭祀的领袖。而城邦之间，虽然各自为政，奉行分离主义原则，但在战争爆发时，或在各种宗教节日里，人们却会自发聚集在一起，表现出空前的团结和手足情深，而起到维系彼此作用的，便是他们拥有共同崇拜的神祇和共同信仰的宗教。"宗教就是维系整个社会的最重要的黏合剂。"[1]

对于诸神的崇拜，也促发了古希腊各种文艺的兴盛。诸如诗歌、舞蹈、雕塑和戏剧，都莫不以诸神为主要内容。甚至最早的奥林匹亚运动会，也是为了祭祀天神宙斯。此外，宗教也催生出了公共建筑的产生，至今遗留下来的各处神庙的断壁残垣，仍能让人遥想当年的恢弘盛景。

古希腊宗教的基本特点，可以说是神人同形同性，诸神像人一样有喜怒哀乐，但他们更加敢爱敢恨，毫不虚伪做作。希腊宗教展现的是一种求真求美的精神，是一种热烈奔放的豪情。赵林教授精辟地指出："灵魂与肉体的和谐统一、情与意的自然交融，使古希腊神灵与其说是高高在上的抽象'精神'，倒不如说本来就是一些富有人情味的生灵。"[2] 相比于后世基督教以神性贬低人性，以灵魂唾弃肉体，以天国超越人间所弥漫的阴郁凄楚的宗教色彩，古希腊宗教则充满童真童趣，"神性与人性、灵魂与肉体、天国与人间等一系列本应对立的矛盾都融合在一起，宗教表现出一种童真的情怀，焕发出欢快明朗的情感光芒"。[3]

二、古希腊悲剧的生存追问

古希腊悲剧主要取材于神话传说、英雄故事和史诗，其共同的主题是人在客观世界中面临的矛盾冲突与不幸命运。从历史的发展上看，这种悲剧正凸显了社会转型期的伦理冲突；从人的精神发展上看，这种悲剧则表现了人的意识的觉醒。

在古希腊悲剧的"命运"主题下，人的自由意志与不可抗拒的客观必

---

[1] 赵林:《古希腊文明的光芒》，人民邮电出版社，2020 年，第 435 页。
[2] 赵林:《古希腊文明的光芒》，人民邮电出版社，2020 年，第 448—449 页。
[3] 赵林:《古希腊文明的光芒》，人民邮电出版社，2020 年，第 455—457 页。

然性之间的紧张和冲突，演绎了一幕幕令人扼腕叹息的故事。然而悲剧并不仅仅停留在史诗或叙事诗那样单纯地呈现这种紧张和冲突，而是表达了对这种"命运"的深刻反思，对人与世界关系的探求，以及对人生存在意义的追寻。

赵林教授指出，近代悲剧往往塑造的是善与恶的对立和斗争，善最终被恶所吞噬或毁灭，因而是"道德悲剧"。现代悲剧则塑造个人自我内心的冲突，因而是"个性悲剧"。与此都不同，古希腊悲剧是一种"命运悲剧"，其塑造的乃是命运与主人公之间的冲突。其间并不存在泾渭分明、截然对立的善恶之界限，因此"古希腊悲剧是一种更为深刻的悲剧，它并未将悲剧看成是人滥用自由意志（恶）的结果，而是将悲剧理解为生存或生活的一般规律和某种终极性的宿命，是人的自为存在（自由意志）与自在存在（命运）之间的一场不可避免的冲突"。[1] 也正是在这个意义上，赵林教授认为，古希腊悲剧的意境要比近现代悲剧更高，它展现出一种"朦胧的深刻"，给予人们更深远的智慧和启迪。

具体来说，本书详细评述了古希腊三大悲剧作家的主要作品。埃斯库罗斯在《奥瑞斯提亚》三部曲中，讲述了遭受诅咒的伯罗奔尼撒家族夫妻反目、兄弟成仇、骨肉相残的悲剧。阿伽门农为了攻打特洛伊，残忍地献祭了自己的女儿。当他凯旋时，妻子克鲁泰墨斯特拉为报女儿之仇，勾结同样为报杀父之仇的情人埃吉索斯刺杀了阿伽门农。而阿伽门农的二女儿厄勒克特拉与儿子奥瑞斯忒斯，又再次杀死他们的母亲为父报仇。奥瑞斯忒斯由此也遭到复仇三女神的索命。在阿波罗的指引下，他最后来到战神山，请求雅典娜审判。雅典娜最终投出关键一票，宣判奥瑞斯忒斯无罪，从此伯罗奔尼撒家族的诅咒终于被解除。在这个悲剧中，父杀其女，妻杀其夫，子弑其母的悲剧轮番上演，仇恨相互交织、层层相扣。每一项罪行都得到了相应的惩罚，但每一项惩罚又转变为新一轮的罪行，召唤着新的复仇。罪与罚的轮回和宿命，深陷其中的人根本无法摆脱。其中每一方都有着正义的借口，但他们的行动终究逃不出命运的摆布。除了揭示"命

---

[1] 赵林：《古希腊文明的光芒》，人民邮电出版社，2020年，第633—634页。

运"的主题之外，这部悲剧还有着人类社会发展的隐喻：最后对奥瑞斯忒斯的无罪判决，意味着人类社会从血亲复仇原则，迈向法治原则；以血缘关系为纽带的母权社会，转向了以法权关系为纽带的父权社会。埃斯库罗斯也以自己的方式，给出了解决这种伦理矛盾的答案，用理性与民主，为这个家族悲剧画上了句号。而索福克勒斯的《奥狄浦斯王》，作为古希腊悲剧的典范，则讲述了奥狄浦斯弑父娶母的故事。奥狄浦斯屡次想要躲避自己身上的诅咒，却阴差阳错反而一步步落入命运的牢笼之中，误杀了父亲，娶了母亲并生下孩子。当真相大白之后，他只能通过刺瞎双眼和自我放逐来惩罚自己。奥狄浦斯竭力反抗那无理由的命运，却终究无法摆脱命运的陷阱和神谕的威力。但他勇于承担，自我放逐，在威严的命运和神谕面前，仍然维护了人类的尊严，也由此开始走向内心的光明和自我完善。欧里庇得斯在《伊菲革涅亚在奥利斯》中，聚焦于阿伽门农用自己女儿伊菲革涅亚向狩猎女神献祭的故事。阿伽门农为了自己的权欲野心和贪婪，不顾伊菲革涅亚的乞求，反而以一套冠冕堂皇的说辞逼迫她献出生命。伊菲革涅亚只能坦然赴死并发表了慷慨激昂的讲话，所幸最终被神所救。欧里庇得斯通过描写无辜的伊菲革涅亚被作为所谓民族大义牺牲品时的大义凛然，反衬出了那些所谓大英雄的肮脏龌龊，也表达了对主流价值观的怀疑。

在这些悲剧中，我们也看到了古希腊人奋力抗争、不屈不挠的精神。他们虽然知道"命运"不可违，却不苟且和妥协，而是勇敢地面对，积极地承担。在命运的捉弄之下，人仍然表现出了自我超越和升华的可能；在命运摧压之下，人性仍然顽强地展露出属于自己不可磨灭的一丝亮光。这道亮光跨越千载，使我们为之动容。

在对三大悲剧作家的作品——一介绍和点评之后，赵林教授指出，希腊悲剧呼唤着哲学的到来。哲学的智慧只有在一个民族拥有足够多阅历，对社会、人生乃至世界、宇宙拥有更深刻的看法之后，才能获得发展。在古希腊悲剧中，个人与命运的冲突始终存在，这种自由意志与命运决定论之间的冲突，也激发人们探求宇宙的根本原理，"希腊悲剧已经在呼唤哲学的腾飞，隐藏在悲剧中的命运意向也逐渐发展成明晰的'逻各斯'，成为希腊哲学的核心概念"。[1]

三、古希腊哲学的脉络演进

古希腊哲学最初也起源于宗教与神话，神话用感性和拟人的方式解释了世界本原的问题，也用神秘的"命运"来解释世界运动变化的必然性。但随着科学和理性思维的发展，古希腊人非但越发不满足于神话的解释，甚至开始运用理性反思、怀疑甚至批判传统的宗教与神话。事实上，在宗教和神话中朦胧揭示出的人与世界的关系问题，也只有发展到哲学的阶段，才能在更高的层次上予以解答。古希腊人最终把哲学建构为一门独立的学科和知识体系，他们深邃睿智的哲思，及其对理性思维的卓越运用和对科学精神的不懈追求，使古希腊哲学毋庸置疑地成为西方哲学的源头活水。

早期古希腊哲学流派众多，观点各异，纷繁复杂，其发展与演进是否存在连贯的内在脉络呢？前苏格拉底时期的哲学主要有四个流派：米利都学派、以弗所学派、毕达哥拉斯学派和爱利亚学派，他们共同探讨的主要问题是何为万物的本原。赵林教授表明，这些学派中存在两种探寻本原的进路，把握这两者，便能串联起希腊哲学发展演进的整体脉络：一是试图用某种自然物质来说明万物起源的自然哲学进路；二是试图用某种抽象本质来说明万物本质的形而上学进路。

"哲学之父"泰勒斯提出能够滋生万物的水是世界的本原，从以神话解释世界转变到以哲学解释世界，迈出了人类思维的一大步。然而水作为有形之物，何以能够成就万有之不同？因此泰勒斯的弟子阿那克西曼德提出，任何具有特定规定性的东西，都不足以成为万物之本原，因而只有没有任何规定的"无限者"才是万物之本原。然而阿那克西曼德的学生阿那克西美尼亦不同意师说，提出"气"才是万物之本原。这种"气"既是有内在规定的自然物质，又具有无定形的特点，因此气本原说通过否定之否定，完成了对水本原说和无限者说的综合。与这种思路不同，毕达哥拉斯

---

[1] 赵林：《古希腊文明的光芒》，人民邮电出版社，2020年，第736—737页。

认为万事万物都有一种"数"的规定性，因此"数"如同"命运"一样，是事物背后不出场、不可见，却决定一切的性质。这种"数"本原说，以思维中的抽象的规定作为万物的本原，开启了形而上学的源端，也表现了人类思维发展的再次飞越。而第一次把这两种思路结合起来的，则是赫拉克利特，他一方面继承自然哲学的进路，强调"火"比"气"更稀薄和无定形，因此"火"才是世界的本原；另一方面也继承形而上学进路，指出生灭变化的事物背后存在恒常不变的"逻各斯"，由此建构起一种二元论。此外，坚持形而上学进路的，还有被视为西方形而上学真正奠基者的巴门尼德，他提出了不生不灭、独一无二而不变不动的"存在"才是事物的本质，现象世界中万事万物只是"非存在"。古希腊哲学至此开始走向成熟。

早期哲学在经历了智者派的怀疑主义和相对主义的解构之后，两种进路又大放光彩。恩培多克勒提出"四根说"，阿那克萨戈拉提出"种子说"，最终出现了德谟克利特的原子论，他认为万事万物都由不可分的原子构成，这一学说可谓自然哲学的最高峰。与此相应，苏格拉底追问事物背后的普遍本质，其弟子柏拉图发展为"理念论"，认为任何事物都是对完善的精神性理念的分有或模仿，这一学说则构成形而上学的最高峰。最终，亚里士多德作为古希腊哲学的集大成者，又把两种进路挽合为一，建构了博大精深的哲学体系。

亚里士多德去世后，伴随着古希腊文明发展进入希腊化时代，哲学也步入了衰颓期。此时出现三大哲学学派：伊壁鸠鲁主义、斯多葛主义和怀疑主义。这三个学派对世界的本原、本质都已经丧失兴趣，其关注点转向如何在现实世界中获得幸福，可以视为古希腊哲学的余波。

以上基于本书观点对古希腊哲学进行了简要概述，从中我们发现，赵林教授通过揭示自然哲学和形而上学两种进路的相互作用，以及各派哲学理论的内在发展逻辑，极为清晰地勾勒出了古希腊哲学的发展线索。正所谓"举网以纲，千目皆张；振裘持领，万毛自整"，赵林教授提纲挈领地把握住古希腊哲学发展的内在脉络，又不遗巨细地详加分析，犹如庖丁解牛，其间纷纭复杂的流派和学说，都昭然展现于读者面前。

我们以上从宗教、悲剧和哲学三个方面对本书做了简要介绍，展现了赵林教授所描绘的波澜壮阔的古希腊文明画卷中的几个侧影。这本书虽然不是深奥严密的学术专著，看似通俗晓畅，但绝不浅显易懂，尤其是其中许多精辟的论断，乃是赵林教授治学多年的独到心得和人生智慧。无论是一般的历史爱好者，还是专业研究者，都能在此书中得到不同的启发。书中可谓遍地珍宝，值得细细品读和回味。

赵林教授"读万卷书，行万里路"，数十年来深思体认，对西方文明的把握已臻炉火纯青之境。若无此等学力和胸怀，做研究最多只能偏于一隅，如何能够如此驾轻就熟，深入浅出地将古希腊文明全貌在一本书中全幅展现呢？在阅读此书的过程中，读者仿佛被引领到两千多年前，有幸目睹那绝美壮丽的风景，令人沉浸其中，如痴如醉，流连忘返。

正如赵林教授所说："古希腊时代已经一去不复返，古希腊文明也早已落下帷幕，但古希腊文明的光芒却穿越时空，一直投射到中世纪、投射到近代，乃至投射到现代……古希腊文明的光芒，永远闪耀在人类历史的星空中。"[1] 历史如果没有人书写，便只是死去的陈迹；古希腊的历史正借着一代代人的不断书写，才成为活着的永恒。赵林教授此书，让古希腊文明的光辉，在今世重现；让古希腊文明的火焰，在华夏大地上点燃！

The Brilliance of Ancient Greece Still Exists Today
——Review of The Glory of Ancient Greek Civilization

（Hong Mingchao, Wen Bifang, School of Philosophy, Wuhan University, Wuhan, 430072）

Abstract: In The Glory of Ancient Greek Civilization, Professor Zhao Lin describes the logic evolution of the spirit of ancient Greek culture according to the method of Hegelian phenomenology of spirit. The history, religion, mythology, art, philosophy and other aspects of ancient Greece are gradually unfolded in this book, and all of them are fully displayed, and together they form a magnificent historical

---

[1] 赵林：《古希腊文明的光芒》，人民邮电出版社，2020 年，第 954 页。

picture.

Keywords: Zhao Lin; Ancient Greece; Tragedy; Philosophy

图书在版编目(CIP)数据

哲学评论. 第 27 辑/武汉大学哲学学院编. —长沙:岳麓书社,2021.5
ISBN 978-7-5538-1318-9

Ⅰ.①哲…　Ⅱ.①武…　Ⅲ.①哲学—文集　Ⅳ.①B-53

中国版本图书馆 CIP 数据核字(2021)第 088843 号

ZHEXUE PINGLUN DI 27 JI

哲学评论. 第 27 辑

编　　　者:武汉大学哲学学院
责任编辑:许　静
责任校对:舒　舍
封面设计:向　阳

岳麓书社出版发行

地址:湖南省长沙市爱民路 47 号
直销电话:0731-88804152　0731-88885616
邮编:410006

版次:2021 年 5 月第 1 版
印次:2021 年 5 月第 1 次印刷
开本:710mm×1000mm　1/16
印张:20.5
字数:286 千字
书号:ISBN 978-7-5538-1318-9
定价:98.00 元

承印:广东虎彩云印刷有限公司

如有印装质量问题,请与本社印务部联系
电话:0731-88884129